HEYNE <

Zum Buch

Amerika. Mitte des letzten Jahrhunderts, irgendwo im Grenzgebiet von Missouri, wo das Leben so rau ist, dass ein Mensch es kaum ertragen kann. Mary Bee Cuddy hat gelernt, in den Weiten des Westens zu überleben und allen Stürmen zu trotzen. Sie ist eine starke Frau in einer erbarmungslosen Männerwelt. Doch als Mary sich vor die Aufgabe gestellt sieht, vier Frauen, die Einsamkeit, Entbehrungen und Wildnis fast um den Verstand gebracht haben, zurück in den zivilisierten Osten zu bringen, weiß sie genau, dass sie es allein nicht schaffen wird. Nur der schroffe Revolverheld Briggs, den Mary Bee einst vor dem Galgen bewahrt hat, ist bereit, den Treck zu begleiten. Gemeinsam machen sie sich mit ihrer seltsamen Fracht auf einen gefahrvollen und abenteuerlichen Weg durch die Wildnis. Und bald merkt Mary, dass sie mit dem Raubein mehr verbindet als nur der Kampf gegen Banditen und Wegelagerer.

The Homesman gilt als ein Meilenstein des klassischen amerikanischen Western-Romans und ist jetzt von und mit Tommy Lee Jones verfilmt worden, mit Hilary Swank und Meryl Streep in weiteren Rollen.

Zum Autor

Glendon Fred Swarthout, 1918 in der Nähe von Pinckney, Michigan geboren, schrieb 16 Romane und zahlreiche Kurzgeschichten. Berühmt wurde er vor allem durch seine großen Western, die heute als Klassiker gelten. Viele seiner Bücher wurden erfolgreich in Hollywood verfilmt, u.a. mit John Wayne und Paul Newman. Swarthout verstarb 1992 in Scottsdale, Arizona, und wurde 2008 posthum in die Western Writers Hall of Fame aufgenommen.

GLENDON SWARTHOUT

THE HOMESMAN

ES FÜHRT EIN WEG ZURÜCK

ROMAN

Aus dem Amerikanischen
von Kollektiv Druck-Reif

MIT EINEM NACHWORT
VON MILES SWARTHOUT

WILHELM HEYNE VERLAG
MÜNCHEN

Die amerikanische Ausgabe THE HOMESMAN erschien 2014 bei
Simon and Schuster, New York

Der Roman erschien in Deutschland bereits 1992 unter dem Titel
Es führt ein Weg zurück im Goldmann Verlag

MIX
Papier aus verantwortungsvollen Quellen
FSC® C014496
FSC
www.fsc.org

Verlagsgruppe Random House FSC® N001967
Das für dieses Buch verwendete FSC®-zertifizierte Papier
Holmen Book Cream liefert Holmen Paper, Hallstavik, Schweden.

Vollständig überarbeitete Taschenbuchausgabe 12/2014

Printed in Germany 2014
Umschlaggestaltung: Nele Schütz Design, München
Umschlagmotiv: PHOTO DAWN JONES © 2014
THE JAVELINA FILM COMPANY-ITHACA FILMS
Redaktion: Kristof Kurz
Druck und Bindung: GGP Media GmbH, Pößneck
ISBN: 978-3-453-41817-2
www.heyne.de

Kate: damals, jetzt und für immer

DIE ZUSAMMENKUNFT

Südost 2, Parzelle 10, Bezirk 8, Abschnitt 4 Ost

Im Spätsommer erzählte Line ihm, dass sie zwei Monate über der Zeit war. Das bedeutete, dass sie bald noch einen Mund mehr zu füttern hatten. Und außerdem, sagte sie, wäre sie mit dreiundvierzig zu alt für ein Baby. Sie fürchtete, dass es einen Wasserkopf haben würde oder verkrüppelt wäre, oder dass es eine Hasenscharte haben könnte, denn Gott musste ihnen ja zürnen, wenn man bedachte, was in diesem Jahr schon alles geschehen war.

Im Frühjahr hatten sie ihr ganzes Vieh durch die Klauenseuche verloren, bis auf eine einzige Kuh und deren Kalb.

Zur gleichen Zeit lief auch Virgil, ihr einziger Sohn und ein sechzehnjähriger Draufgänger, auf und davon, um in Kalifornien Gold zu schürfen.

Im Juli mähte Hagel ihren Weizen nieder, und als im August der Mais in die Höhe schoss, verbrannte ein höllisch heißer Wind innerhalb von zwei Wochen so viel davon, dass sie im folgenden Herbst die kümmerlichen Reste zwischen den Fingern zerrinnen ließen, weil es nicht lohnte, sie zur Mühle zu schleppen. Zwanzig Morgen Weizen und dreißig Morgen Mais waren verloren. Alles, was sie hatten verkaufen wollen, war dahin. Gott schuf das Wetter, sagte Vester nur.

Inzwischen war es März, und Line fuhr fort, ihre Sorgen aufzuzählen, wie ein Kind, das einen Reim aufsagt. Vester ließ sie reden, denn sie sprach in dieser Zeit sonst nur wenig; vielleicht würde es ihr helfen, ihr Leid zu ertragen.

Schließlich, noch bevor der erste Schnee gefallen war, wurde ihnen klar, dass es ein harter Kampf werden würde, sich den Winter hindurch zu ernähren. Darum schickten sie Loney, ihre älteste Tochter, in den Dienst einer Familie, die vierzehn Meilen entfernt lebte und weit besser dran war als sie. Das arme Ding arbeitete dort für nichts weiter als für ihre Verpflegung und das Drittel eines Bettes.

Zu allem Elend wurde auch noch einer ihrer Ochsen von Würmern – Parasiten, die unter der Haut saßen – befallen. Man musste die Schwellung aufschneiden und die Würmer mit Petroleum töten und ausspülen, sofern man Petroleum hatte. Wenn man sich nicht um die Würmer kümmerte, da war Line sich sicher, würden sie das Innere des Ochsen zerfressen. Und im kommenden Frühjahr würde das arme, ins Joch gespannte Vieh dann tot auf dem Feld zusammenbrechen.

Und dann kam dieser Winter voller Verdammnis. Womit hatten sie sich nur versündigt, dass sie so gestraft wurden? Es war so bitter kalt, dass ihnen bereits Ende Januar Holz und Mais ausgingen und sie mit Heuballen heizen und kochen mussten.

Zweimal, als die Temperatur wohl vierzig Grad minus erreicht haben musste, hatten sie die beiden Schweine über Nacht mit ins Haus genommen, damit sie nicht erfroren. Aber als sie eines Nacht nicht an die Tiere dachten, fiel ein Rudel Wölfe über die Schweine her und fraß sie auf bis auf die Knochen. Die Schneestürme waren so heftig, dass man von der Haustür aus nicht weiter als drei Fuß weit sehen konnte. Sie mussten ein straffes Seil von der Haustür zum Stall hinüber spannen und ein zweites Seil von der Tür bis zum Toilettenhäuschen, um nicht vom Weg abzukommen, wenn sie hinausgingen. Im Januar kam Reverend Dowd während einer kurzen Tauwetterphase vorbei, und auch Mary Bee kam herüber, um sie mit Lebensmitteln zu versorgen. Aber außer diesen beiden, dem Wanderprediger und ihrer nächsten Nachbarin, hatte die Familie seit fünf Monaten kein menschliches Wesen mehr zu Gesicht bekommen. Die Kirche, die auch als Schule diente, war eingeschneit, niemand kam auch nur auf einen Sprung vorbei, und sie sehnten sich nach dem Klang einer Fidel, über deren Saiten sanft ein Bogen strich. Vater, Mutter und die drei Mädchen froren, waren kränklich und tranken alle aus derselben Schöpfkelle.

Und jetzt auch noch ein Baby, schloss Line bitter die Litanei.

Vester war vierundvierzig. Er legte seine Hand auf ihren Bauch und sagte, dass das Baby schließlich nicht seine Schuld sei. Ein Mann hätte eben seine Bedürfnisse, und Gott der Allmächtige hätte die Frauen zur Befriedigung dieser Bedürfnisse erschaffen.

Sie schob seine Hand beiseite.

Seitdem sie ihm im letzten Sommer erzählt hatte, dass sie zwei Monate über die Zeit war, hatte er beobachtet, wie sie sich veränderte. Stundenlang sagte sie kein einziges Wort. Wenn er an manchen sonnigen Tagen vom Feld nach Hause kam, traf er sie draußen vor der Tür an, von wo aus sie auf die Prärie hinausstarrte, als gäbe es dort irgendetwas zu sehen. Sie warf sich im Schlaf hin und her, kränkelte und stocherte in ihrem Essen herum. Sie litt unter Kopfschmerzen. Früher war sie so stolz gewesen auf ihr herrliches schwarzes Haar, das sie so regelmäßig wie nach einem Uhrwerk schnitt, wusch und kämmte. Nun ließ sie es wachsen, es wurde grau und verfilzte. Die Mädchen erzählten ihm, dass Line an manchen Tagen dreimal den Boden wischte und kalte Luft hereinließ. Aber wenn er an anderen Tagen das Haus betrat, fand er sie auf einem Stuhl an der Rückwand des Hauses sitzen, wo sie stumm und mit wirrem Blick vor sich hin starrte. Sie jagte ihm Angst ein. Er beobachtete sie und musste an die Maden denken. Es war, als säße ein Wurm unter ihrer Haut, der die kraftvolle, lebensfrohe und liebevolle Ehefrau, die sie einst gewesen war, von innen her zerfraß. Und dagegen half selbst Petroleum nicht. Ein Wurm – das Baby?

Vester und Theoline Belknap lagen nebeneinander im Bett auf ihren mit Heu gefüllten Matratzen und lauschten. Es war Anfang März. Am Nachmittag hatte der Wind gedreht und wehte nun warm von Süden her, so warm, dass man das Feuer im Herd nach dem Abendessen hatte ausbrennen lassen können. Es regnete heftig. Schmale Rinnsale schmutzigen Wassers rannen in die vier Eimer, die sie noch vor dem Schlafengehen aufgestellt hatten. Der Regen bedeutete ein erbittertes Ringen mit dem Schlaf und dem Matsch: denn wenn man die Eimer nicht oft genug vor der Tür ausleerte, würde sich der staubige Fußboden bis zum Morgen in Morast verwandelt haben. Sie horchten. Weit draußen heulten die Kojoten. Nebenan, auf der anderen Seite des Vorhangs, der aufgehängt worden war, um ein Drittel des Hauses als Schlafraum abzutrennen, sprach eins der

Mädchen im Schlaf. Nachdem sie Loney hatten fortschicken müssen, waren nun noch drei Mädchen im Haus. Junia war acht, Aggie sechs und Vernelle vier Jahre alt. Das Haus war aus Grassoden gebaut, von denen jede etwa drei Fuß lang und einen Fuß breit war. Es waren Grasnarben, die mithilfe eines hinter die Ochsen gespannten Pfluges aus dem unbeackerten Prärieboden herausgelöst und dann, die Längsseiten aneinandergelegt, aufeinandergeschichtet worden waren, um so eine drei Fuß dicke Wand zu bilden. Innen war das Haus acht Fuß lang und fünfzehn Fuß breit. Es hatte eine hölzerne Tür, die in Scharnieren aus Seil eingehängt war und sich nicht vollständig schließen ließ. Außerdem hatte das Haus noch ein gerahmtes Glasfenster, durch das sie allerdings nicht hinaussehen konnten, weil die Scheibe zu uneben war. Hinter dem Vorhang stand das Bett der Mädchen. Vor dem Vorhang war das sogenannte »Vorderzimmer«, in dem die Familie miteinander lebte. Zum Essen saßen sie alle um einen Sägebocktisch herum, Vater und Mutter auf den Stühlen, die dem Ofen am nächsten standen, eines der Mädchen auf einer Kekskiste und die beiden anderen auf der Bettkante des elterlichen Bettes. Line besaß sonst nur wenig Möbel. Sie hatte zwei Borde in der Grassodenwand befestigt, um Bestecke, Kochgeschirr, die Spülschüssel und ein kleines Schränkchen mit Spitzenvorhang für Salz, Gewürze, Getreidekaffee und Ähnliches unterzubringen. Und schließlich besaß sie noch den Koffer, den sie mitgebracht hatte, als sie vor drei Jahren aus dem Osten gekommen waren. Er enthielt alle ihre Wertsachen: einen Hut, den sie noch nie getragen hatte; ein echtes Seidenkleid, das sie für die Hochzeit ihrer Töchter aufbewahrte; Daguerreotypien ihrer geliebten Eltern, die damals in Kentucky gelebt hatten; einen Kamm aus Schildpatt; ihren Nähkorb; einen Spiegel, in den hineinzusehen sie nicht ertrug; Briefe von daheim; ihren Ehering und die sieben Dollar, die sie von Mary Bee bekommen hatte, weil sie für sie ein paar Sachen genäht hatte.

»Wann ist es so weit?«, fragte Vester sie.

Sie wälzte sich herum und versuchte, es sich bequemer zu machen. Sie war nun schon sehr dick, und das Heu in ihrer Matratze war klumpig.

»Es dauert nicht mehr lange«, antwortete sie.

Sie lagen in der Dunkelheit und horchten, wie das Wasser in die Eimer rann und der warme Wind draußen über die Steppe blies. Nach und nach erklärte Vester ihr, welchen Entschluss er gefasst hatte. Dies sei jetzt die dritte Tauwetterphase, und da es inzwischen März war, glaubte er, dass die Wärme diesmal andauern würde. Sie besaßen ganze sieben Dollar. Wenn sie nicht verhungern wollten, mussten sie Lebensmittel besorgen; und sie mussten Saatgut kaufen, wenn sie ihre Farm nicht verlieren wollten. Er sagte ihr, dass er vorhabe, am frühen Morgen nach Loup zu reiten, um bei der Bank eine Hypothek auf ihren Besitz aufzunehmen. Mit dem Geld würde er Lebensmittel besorgen und Saatgut bestellen, auf das er gleich eine Anzahlung leisten würde. Bei dieser Gelegenheit könnte er auch gleich die Post aus dem Laden mitbringen, und bei Einbruch der Dunkelheit wäre er dann wieder zurück. Er war sich sicher, dass sie jetzt ein stummes Stoßgebet zum Himmel sandte, weil sie der Schuldschein beunruhigte, der für jeden Siedler eine Quelle ständiger Sorge war. Vester war fast schon eingeschlafen, als sie zu seinem Ärger plötzlich wieder zu sprechen begann.

»Das Baby kommt bestimmt, wenn du weg bist.«

»Line – ich muss in die Stadt.«

»Dann wird ein Fluch auf ihm lasten.«

Bei Tagesanbruch stand Vester auf, zog sich an, ging in den Stall, um das Vieh zu füttern, und sattelte sein Pferd. Line stand ebenfalls auf, zog sich an, entfachte ein Feuer im Herd und ging hinaus zum Toilettenhäuschen. Als sie zurückkam, leerte sie die Eimer aus, weckte die Mädchen und buk, mit den Füßen im Matsch stehend, Maisfladen zum Frühstück. Alles, was sie noch hatten, war Maismehl, das sie mit Wasser vermengte, bis ein sämiger Brei entstand, den sie dann ausbuk.

Vester kam wieder herein. Sie bestrich seine Maisfladen mit dem letzten bisschen Melasse, das noch da war, und schenkte ihm den Rest des dunkel gerösteten Getreidekaffees ein, gerade noch zwei Tassen. Er versicherte ihr noch einmal, dass er bei Einbruch der Dunkelheit zurück wäre. Loup lag sechzehn Meilen nordöstlich ihrer Farm. Er wollte sie auf die Wange küssen, aber sie wandte ihr Gesicht ab.

Nachdem sie den Mädchen etwas zu essen gegeben hatte, trug sie ihnen auf, Heuballen zu Rollen zu drehen und sie an der Wand aufzustapeln. Sie gehorchten und holten Heu aus dem immer noch eingeschneiten Stall. Im Haus drehten die Mädchen dann das trockene Präriegras zu fußlangen Rollen. Heu heizte zwar gut, aber es verbrannte schnell, und man musste das Feuer ständig beobachten.

Am Vormittag drehte sich der Wind von Süd nach Nord und blies nun bitterkalt. Nachmittags begann es zu schneien. Und da wusste Line, dass Vester nicht vor dem nächsten Morgen zurück sein würde und sie das Baby allein zur Welt bringen musste. Es schneite zu stark, als dass man es riskieren konnte, Junia die zwei Meilen zu Mary Bee hinüberzuschicken, um sie zu Hilfe zu holen. Sie musste sich allein behelfen, wie auch immer sie das anfangen sollte. Gott schuf das Wetter, hatte Vester gesagt.

Kurz bevor es dunkel wurde, ging sie in den Stall hinüber und fütterte den Ochsen, die Kuh und das Kalb. Sie legte ihre Hand auf die wurmzerfressene Flanke des Ochsen, direkt auf die Schwellung, und sie war sicher, dass sie spürte, wie ein Wurm sich unter der Haut bewegte. Dann kehrte sie ins Haus zurück und nahm zwei feste Stricke mit hinein, mit denen sonst das Vieh angepflockt wurde.

Sie schickte die Mädchen hinaus auf die Toilette. Als sie draußen waren, band sie je einen der Stricke um die Bettpfosten am Ende des Bettes. Als die Mädchen wieder ins Haus kamen, drückte sie jedem ein Stück Maisfladen in die Hand und trug ihnen auf, in ihren Kleidern zu Bett zu gehen und dort zu bleiben. Was auch geschehen mochte, sie sollten hinter dem Vorhang bleiben und auf keinen Fall ins Vorderzimmer kommen.

Es war jetzt stockdunkel. Sie zündete eine Kerze an. Im Koffer fand sie ihren schmalen goldenen Ehering und legte ihn in einen Topf mit Wasser, das sie zum Aufkochen auf den Herd stellte. Auf das Bett legte sie eine Schere, Faden und die Spülschüssel in greifbare Nähe.

Sie nahm den Topf vom Herd, ließ das Wasser darin etwas abkühlen, trank einen Schluck und legte ihren Ehering wieder in den Koffer zurück. Als kleines Mädchen hatte sie gehört, dass Wasser, in dem der Ehering gekocht war, den Körper entspannen und die Geburtswehen lindern helfen solle.

Sie stopfte einige Heurollen in den Ofen, rückte die Kekskiste ans Bett und stellte die Kerze darauf. Dann zog sie ihre Stiefel, ihre Hose und ihre sackleinene Unterwäsche aus. Sie schob sich beide Kissen in den Rücken und setzte sich auf. Nun schloss sie die Augen und wartete.

Sie hörte, wie die Mädchen miteinander flüsterten.

Etwa eine Stunde später spürte sie, wie sich die Muskeln in ihrem Inneren zusammenzogen. Kurz darauf platzte ihre Fruchtblase, und das Fruchtwasser durchnässte das Bett. Ein paar Minuten danach setzten die Wehen ein. Sie schätzte, dass sie eine gute Stunde andauerten, und sie folgten in immer kürzeren Abständen aufeinander. Sie versuchte, sich still zu verhalten, aber bald war der Schmerz so heftig, dass sie stöhnte und so laut aufschrie, dass die Mädchen sich zu Tode fürchteten und wimmerten wie ein Chor junger Katzen.

Das Feuer im Herd erlosch. Obgleich es im Haus kalt war, war Line schweißgebadet.

Plötzlich war der Schmerz sehr gleichmäßig, und sie wusste, dass es nun so weit war. Sie setzte sich auf, warf die Decken beiseite, zog die Knie an und schob ihre Wollweste und das lange Holzfällerhemd, das man über den Hosen trug, bis zu den Brüsten hinauf. Sie streckte die Hände aus und griff nach den beiden Stricken, die sie an die Bettpfosten gebunden hatte. Sie nahm einen in jede Hand und zog daran, während sie mit dem Unterleib presste. Sie zog, presste und schrie jetzt, und auch die Mädchen schrien nun.

Das Baby kam mit dem Kopf voran.

Sie ließ die Stricke los, zog das Baby selbst ganz heraus und stellte fest, dass es ein gesundes Mädchen war.

Sie packte es an seinen schlüpfrigen Beinen und gab ihm einen Klaps auf den Hintern, sodass es zu schreien begann.

Dann legte sie das Baby zwischen ihre Schenkel und betastete seinen Mund mit dem Zeigefinger. So entfernte sie den Schleim und vergewisserte sich, dass die Zunge des Babys nach vorn und nicht nach hinten gerichtet war, sodass es nicht ersticken konnte. Sie griff nach Schere und Faden, band die Nabelschnur ab und schnitt sie durch. Dann trocknete sie den winzigen Säugling vorsichtig mit dem Bettzeug ab und bettete ihn neben sich. Sie nahm die Spülschüssel, stellte sie zwischen ihre Beine und sank in die Kissen zurück.

Die Mädchen waren jetzt still, aber Line meinte fast, ihr Herzklopfen hinter dem Vorhang hören zu können.

Ein, zwei Minuten später fing sie die Nachgeburt in der Spülschüssel auf, aber sie blutete immer noch und strich sich beruhigend über den Unterleib, um den Blutstrom zum Stillstand zu bringen.

Sobald sie wieder einigermaßen bei Kräften war, stand sie vom Bett auf, nahm das Baby auf den Arm und wiegte es sanft. Nur mit Hemd und Wollweste bekleidet, ging sie über den matschigen Fußboden nach draußen. Es war immer noch stockfinster, aber es hatte zu schneien aufgehört, und sie musste sich nicht mehr mithilfe der Seile ihren Weg zur Toilette suchen.

Sie ging barfuß den Pfad zum Toilettenhäuschen hinüber, ging hinein und warf das nackte Baby mit dem Kopf voran in das Toilettenloch.

Vester Belknap kam noch vor Mittag nach Hause. Er bemerkte eine Blutspur im Schnee. Er stieg sofort ab, ließ das Pferd stehen und betrat das Haus.

Theoline Belknap lag auf dem Bett und starrte mit irrem Blick vor sich hin. Er bemerkte, dass auch auf dem Bett Blutspuren waren, entdeckte die niedergebrannte Kerze und die blutverschmierte Schüssel, die umgekippt auf dem Boden lag. Aber keine Spur von den Mädchen.

»Line, was ist passiert?«, fragte er.

Beim Klang seiner Stimme begannen die Mädchen hinter dem Vorhang zu weinen.

»Pa! Oh, Pa!«, schluchzten sie.

»Was ist los?«, schrie er sie an.

»Sie hat das Baby gekriegt!«

»Wo ist es?«, rief er. Er sah seine Frau an. »Line, wo ist das Baby?«

»Da«, sagte sie.

Er starrte sie an. »Wo, wo liegt es?«, fragte er ungeduldig.

»Da«, sagte sie wieder. »Da, da, da, da, da, da, da.« Einer Eingebung folgend brüllte er zum Vorhang hinüber: »Junia, hat sie das Haus verlassen?«

»Jaaa!«

»Gott im Himmel!«, rief er und rannte hinaus.

Es war, als wäre eine tiefe Gruft geöffnet worden, in die nun gleißend helles Licht flutete. Die Sonne stand an einem strahlend blauen Himmel und beschien alles unter sich mit ihrem Segen. Die weite Ebene, die so lange unter dem weißen Schnee verborgen gewesen war, trat nun endlich wieder zutage. Männer, Frauen und Kinder, die so lange unter der Kälte des Winters gelitten hatten, kamen wie armselige Kreaturen aus dem Schlamm hervorgekrochen, um zu sehen, wie die anderen diese Monate voll Düsternis, Sturm und Tod überlebt hatten. Manche von ihnen waren am Verzweifeln, andere dachten an den kommenden Frühling, und wieder andere beteten dankbar zu Gott.

Gottes irdischer Repräsentant, Reverend Alfred Dowd, ritt am frühen Morgen mit seinem Gaul aus. Er hatte einen zerlumpten Wollschal um Hals, Nase und Ohren geschlungen und ihn über dem Hut zusammengebunden, damit er nicht herunterrutschte. Was Lebensmittel und Unterkunft betraf, war Dowd von seiner Herde abhängig. Ging es aber um die Vergebung der Sünden oder das erlösende »Herr-vergib-ihnen« der Absolution, so war die Gemeinde auf ihn angewiesen, ebenso wie bei Hochzeiten, Beerdigungen und bei der Verbreitung von Nachrichten. Alfred Dowd war ein Wanderprediger. Der Konfession nach war er Methodist, und auf seiner üblichen Strecke betreute er sechs Gemeindehäuser, die als Kirchen dienten oder die man zumindest als Kirchen nutzen konnte. Wenn das Wetter klar genug und die Wege passierbar waren, wenn er schnell genug ritt und wenn er es schaffte, jeden Sonntag drei kurze Predigten zu halten, konnte er alle zwei Wochen Gottes Wort in jede seiner Gemeinden tragen. Was er auch tat, wenn die Bedingungen günstig waren. Zwischen dem ersten lauen Frühlingstag und dem ersten Schnee versuchte er außerdem, jeder Familie in seiner Herde ein- oder zweimal im Jahr einen Besuch abzustatten. Bei einer Familie frühstückte er dann, bei der nächsten aß er zu Mittag, und bei der dritten blieb er zum Abendessen und über Nacht. Es war ein beliebtes Rätselraten, wer mehr Zeit auf dem Pferderücken zubrachte: der Prediger oder der Arzt. Man tippte im Allgemeinen auf Dowd, der mit der Bibel und dem Paar Socken zum Wechseln nur mit leichtem Gepäck ritt, während der Arzt, Doktor Jessup, durch seine schwarze Tasche, eine Flasche Whiskey und seinen Hang, in dem nicht gerade sehr bequemen Sattel einzuschlafen, behindert wurde.

Dowd war wahrscheinlich auch derjenige, der für die Leute von größerer Bedeutung war. Er wachte bei den Kranken, er stand mit seinem Rat bei, wenn einem das Wasser bis zum Hals stand, und er tröstete die Trauernden, die den Tod eines geliebten Menschen beklagten. Er schlichtete Streit zwischen Ehepartnern und versöhnte sie wieder miteinander. Er sprach den Paaren, deren Besitz kurz vor der Zwangsversteigerung stand, wieder neuen Mut zu. »Die Menschen, die wir lieben, geben uns mehr als Land und Besitz.« Er kam sich nicht zu fromm vor, um auch mal die Ärmel hochzukrempeln und mit anzupacken, wenn man ihn brauchte, sei es mit Forke, Axt oder Pflug. Außerdem war er dafür bekannt, dass er sich dort, wo er aß, auch um den Abwasch kümmerte. Seine ganze Barschaft betrug im letzten Jahr achtundzwanzig Dollar. Da er aber säte, brachte er auch seine Ernte ein, die aus Hühnern, Ferkeln, Kälbern, Eiern, Gemüse und Feuerholz für seinen Ofen bestand. Er hatte zwei kleine Kinder und eine um zwanzig Jahre jüngere, gottesfürchtige Frau. Das einzige Schimpfwort, das ihm je über die Lippen kam, war »Blödsinn«. Man achtete ihn wegen der langen Ritte, die er zurücklegte, und man schätzte seine kurzgefassten Gebete und Predigten. Er trödelte nicht herum, und er war überall ein gern gesehener Gast. Alfred Dowd war sehr beliebt.

In dem Gebiet war es Sitte, erst an ein Sodenhaus heranzureiten und in einigen Ruten Entfernung davor zu warten, bis jemand herauskam und einen erkannte, bevor man näher ritt und abstieg. An diesem makellos schönen Märztag stürmte Vester Belknap beim Anblick des Predigers aus seinem Haus und rannte ihm schon von Weitem entgegen. Er versuchte, noch während des Laufens in seinen Mantel zu schlüpfen.

»Oh, Reverend, Sie kommen nicht einen Moment zu früh!«

Dowd konnte nicht sagen, ob der Mann Tränen in den Augen hatte, weil er weinte, oder ob ihn nur die Sonne blendete.

»Es geht um Line! Sie ist durchgedreht.«

»Nun mal langsam.«

»Es war vorgestern. Ich kam aus Loup nach Hause, und sie hatte das Kind bereits bekommen, und sie hat es umgebracht.«

Dowd stieg vom Pferd. »Nein, sagen Sie, dass das nicht wahr ist.«

»Doch, sie hat es getan. Sie ist völlig verrückt geworden.«

»Beruhigen Sie sich, Vester«, besänftigte ihn Dowd. »Und jetzt ganz langsam.«

Der Siedler hatte eine Statur wie ein Fass, und jetzt war es, als hätte man es angestochen. Alfred Dowd hörte entsetzt zu. Als er seinen Schal losband, um sein Gesicht in den Wind zu halten, spürte er, wie seine Handflächen feucht wurden. Belknap beendete seinen Bericht. »Ihr eigenes Baby, ihr eigenes Baby. Können Sie sich das vorstellen?«

Der Prediger schüttelte den Kopf und fragte dann

zu allem Überfluss: »Was haben Sie mit dem Kind gemacht?«

»Es hoch oben in den Stall gelegt – sie will es da aufbewahren, bis ich es in der Erde begraben kann.«

»Wir müssen es richtig beerdigen.«

»Wenn Sie meinen.«

»In der Zwischenzeit muss unsere Fürsorge Ihrer armen Frau gelten.« Dowd sah zum Haus hinüber und glaubte, hinter der unebenen Fensterscheibe die Gesichter der drei kleinen Mädchen zu erkennen, die ihn anstarrten. »Ich werde reingehen und nach ihr sehen.«

»Oh, nein.« Belknap schob sich ihm mit herausgestrecktem Bauch abwehrend in den Weg. »Nein, ich will nicht, dass irgendjemand sie zu Gesicht kriegt. Nicht in ihrem Zustand.«

»Schämen Sie sich ihretwegen?«

Der Mann errötete. Das, was er am liebsten gesagt hätte, konnte er selbstverständlich nicht antworten. »Natürlich nicht, sie ist schließlich meine Frau!«, brüllte er. Aber Line sei eben nicht mehr sie selbst, nein, überhaupt nicht mehr sie selbst, betonte er. Sie spräche ohne Sinn und Zusammenhang und gäbe wirre Laute von sich. Würde er sie nicht wie ein Baby füttern, wäre sie schon längst verhungert. Er müsste sie auch zum Toilettenhäuschen hinaustragen, ihr die Kleider hochschieben und sie auf die Toilette setzen, sonst würde ihre Blase platzen. »Klingt das noch nach einer Ehefrau?«, fragte Vester aufgebracht und war überzeugt, seinen Standpunkt gut verteidigt zu haben. »Klingt das überhaupt noch nach einem menschlichen Wesen? Antworten Sie mir, Reverend!«

Dowd nickte. »Ich verstehe. Dennoch sollte lieber jemand nach ihr sehen. Lassen Sie mich durch, Vester.« Er lächelte mild. »Denken Sie daran: Wenn ich dort hineingehe, geht Gott mit mir.«

Belknap starrte ihn einen Moment lang an, trat dann aber zur Seite. Der Prediger ging entschlossen auf die Tür zu und nahm seinen Hut ab.

Er war nur kurze Zeit im Haus. Als er wieder herauskam, ging er mit dem Hut in der Hand langsam, fast schwankend zu seinem Pferd hinüber. Er lehnte die Stirn an den Hals des Tieres und schloss die Augen. Er musste an seine eigene Frau denken. Als er den Kopf wieder hob und in die Sonne blinzelte, war Belknap nirgends mehr zu sehen. Gerade als Dowd nach ihm rufen wollte, trat Vester aus dem Toilettenhäuschen, zog seine Hosen hoch und kam auf ihn zu.

»Lassen Sie uns beten«, sagte Dowd.

Sie senkten die Köpfe.

»Lieber Gott, hilf dieser Frau in deiner unendlichen Gnade. Und steh ihrem Mann bei in dieser Zeit, in der er so schwer geprüft wird. Wir bitten dich um Erbarmen für all diejenigen, die krank sind an Geist oder Seele, und für die, die sie lieben. Amen.«

Der Prediger setzte seinen Hut auf. »Vester, es tut mir aufrichtig leid«, schloss er.

Vester fühlte sich bestätigt. »Ich hab's Ihnen ja schon gesagt, Reverend. Aber Mitleid hilft mir nicht weiter. Was zum Teufel, Verzeihung, aber was soll ich denn machen? Ich kann so nicht leben. Sie kann nicht mehr kochen oder sauber machen. Sie ist zu nichts mehr nütze. Nicht mal um für sich selbst zu sorgen.«

Dowd band sich seinen Schal wieder um. »Wenn ich so darüber nachdenke, glaube ich, dass es für die Mädchen in dieser Situation besser wäre, nicht länger mit ihr unter einem Dach zu leben. Können Sie sie nicht zu Mary Bee hinüberschicken? Sie würde sie sofort aufnehmen.«

»O nein.« Belknap wehrte entschieden ab. »Ich werde nicht allein mit ihr hierbleiben. Das jagt mir 'nen Schauer übern Rücken. Lassen Sie sich was Besseres einfallen, Reverend.«

Der Prediger seufzte. »Was wollen Sie denn machen?«

»Ich? Was kann ich denn schon machen? Ich hab darauf gewartet, dass Sie irgendwann vorbeikommen, sonst hätte ich Ihnen bald auf irgendeine Weise eine Nachricht zukommen lassen.«

Dowd seufzte nochmals. Er band den Schal wieder über dem Kopf zusammen. Er fragte, wo Theoline ursprünglich herkam, und Belknap antwortete, sie stamme von dort, wo auch er herkomme: aus Kentucky, aus einer kleinen Stadt namens Slade's Dell, die dort in einem Tal gelegen sei. Sie habe auch immer noch Verwandtschaft dort, eine Schwester und einen Bruder.

»Dann ist das der Ort, wo sie hingehört«, folgerte Dowd.

»Und wie soll sie da hinkommen?«

Dowd sagte, dass sie sich um einen Treckführer kümmern müssten. Er hatte von zwei weiteren Frauen gehört, die sich in demselben bedauernswürdigen Zustand befanden: Eine mit Namen Petzke lebte im Nordosten von Loup und eine Mrs. Svendsen drüben im Osten. Zählte man Theoline nun dazu, waren es also drei, genau wie im Jahr zuvor. »Ich nehme an, dass sich schnell eine Lösung finden wird.« Er blinzelte in den Himmel. »Dieser Tag ist wie ein Zeichen. Noch bevor wir es uns versehen, werden wir schon Frühling haben.« Er nahm die Zügel auf. Falls er gehofft hatte, bei den Belknaps essen zu können, so wurde er nun enttäuscht. »Ich werde für sie beten, Vester.«

»Beten Sie lieber für mich, Reverend. Sie braucht keine Gebete mehr.«

Dowd runzelte die Stirn. »Sie werden in etwa einer Woche wieder von mir hören.«

Belknap hob die Augenbrauen. »Das hoffe ich doch – lange halte ich das so jedenfalls nicht mehr aus.«

Der Prediger saß auf und betrachtete die vereiste Welt ringsum, die in ihrem reinen Weiß fast göttlich wirkte. »Dieser Winter«, murmelte er durch den Schal vor sich hin, als spräche er mit sich selbst, »Oh, dieser verdammenswerte Winter.«

Belknap steckte die Hände in die Manteltaschen und schniefte. »Warum hat sie es getan, Dowd?«, fragte er flehend und setzte eine traurige, sorgenvolle Miene auf. »Sie sind doch Pastor. Warum zum Teufel hat sie mir das angetan?«

Alfred Dowd wendete sein Pferd und ritt davon.

Charley Linens holte John Cox von seiner Farm ab, und sie ritten zusammen in Richtung Südwest. Jeder von ihnen hatte ein geladenes Gewehr in dem Holster am Sattel.

Im Spätherbst, kurz vor dem ersten Schneefall in diesem Winter, hatte ein Junggeselle namens Andy Giffen sein Grundstück verlassen und war heimwärts nach Pennsylvania geritten. An die Tür seines Erdhauses hatte er ein Schild gehängt: BIN NACH OSTEN, UM MIR EINE FRAU ZU SUCHEN.

Das war keineswegs ungewöhnlich. Wenn es ihnen irgend möglich war, nutzten die Siedler den Vorteil des Winters, um den Missouri zu überqueren und aus vielerlei verschiedenen Gründen zu ihren Wurzeln zurückzukehren: entweder um ihre Familie zu besuchen; oder um die Annehmlichkeiten der Zivilisation zu genießen; um in Gesellschaft über Verwandte zu tratschen; oder um Geld von wohlhabenden Schwiegereltern zu borgen. Oder aber – wie in Andys Fall –, um ein Mädchen zu finden, dem man das Leben an der Grenze in schillernden Farben ausmalte, damit es einen heiratete. Dann schwängerte man seine Liebste und nahm sie und ihren dicken Bauch im folgenden Frühjahr mit sich ins Territorium. Heiratswillige Bräute waren seltener als Austern in dieser Region, wo auf acht Männer eine Frau kam. Andy hatte sich in der Nähe des Kettle River ein Grundstück von einhundertsechzig Morgen Größe sorgfältig ausgesucht und abgesteckt. Er lebte dort nun bereits seit zwei Jahren, in denen er auch zwei Ernten eingebracht hatte. Er hatte sich ein gut geschütztes Haus gebaut, indem er ein Loch in den Hang eines engen Tales gegraben hatte. Die Vorderseite des Loches hatte er mit Grassoden zugebaut und eine Tür und ein Fenster aus Holz eingesetzt, die man beide öffnen und schließen konnte. Der Schornstein des Hauses durchbrach das Erdreich und ragte so weit über den Prärieboden hinaus, dass der Schnee einige Fuß hoch liegen konnte, ohne ihn zu verdecken. Andy Giffen war neunundzwanzig Jahre alt und hatte es zu etwas gebracht. Er besaß ein Haus, ein ausgezeichnetes Pferdegespann, eine gute Milchkuh, etliche Werkzeuge und Geräte und Saat für das Frühjahr. Alles, was ihm zu seinem Glück fehlte, waren eine Frau und Kinder.

So dachte er zumindest. Es fehlten ihm aber auch noch die Besitzanrechtspapiere für sein Grundstück. Dadurch, dass er auf seinem Land lebte und es bestellte, hatte er zwei der Voraussetzungen des Vorkaufsrechts erfüllt, aber bisher war er noch nicht dazu gekommen, bei der nächstgelegenen Verwaltungsbehörde, die sich im siebzig Meilen entfernten Wamego befand, vorzusprechen, sein Grundstück eintragen zu lassen und den Dollar fünfundzwanzig pro Morgen, den man als Preis festgesetzt hatte, zu entrichten. Andy glaubte nun, zwei Fliegen mit einer Klappe schlagen zu können: er wollte seine frisch gebackene Braut auf dem Weg über Wamego heimführen, um dort die Papiere zu unterzeichnen, das Grundstück zu bezahlen und sich mit seiner Frau in der Stadt zu zeigen. Es war im Grund keine große Sache. Viele seiner Nachbarn saßen in derselben Klemme, schienen sich aber weiter nicht den Kopf darüber zu zerbrechen. Genau genommen waren sie »Ansiedler« mit den dazugehörigen »Ansiedler-Rechten«; das Gesetz besagte, dass derjenige zu Recht an einem Orte wohnte, der ihn auch bestellte. Was Andy allerdings nicht in seine Überlegungen einbezogen hatte, war die Tatsache, dass es dort, wo Ansiedler lebten, garantiert auch Landräuber gab – und dass ein solches Individuum ganz sicher schon bald, nachdem er zu seinem ehelichen Kreuzzug aufgebrochen war, sein *Bin nach Osten Frau suchen*-Schild abhängen und in sein Haus ziehen würde.

Martin Polhemus schloss sich mit seinem Gewehr Charley Linens und John Cox an, und die drei ritten geradewegs auf Andy Giffens Grundstück zu. Es war ein düsterer Tag. Das Tauwetter hielt immer noch an. Der Schnee war verharscht, und unter der Schneedecke konnten sie ab und zu Wasser rinnen hören. Die Pferdehufe verursachten schmatzende Geräusche.

Niemand wusste auch nur eine winzige Kleinigkeit über den Landräuber. Einige wollten gehört haben, dass sein Name Briggs wäre, andere meinten, er hieße Moore. Er konnte ein Einzelgänger sein, der nur sich selbst in die Tasche wirtschaftete. Er konnte aber auch mit einem Anwalt in Wamego unter einer Decke stecken. Von Wamego sagte man, dass es dort mehr Anwälte als sonstige Bürger gäbe. Jedenfalls wurde man Landdiebe genauso schwer los wie einen Schwarm Fliegen. Und Mr. und Mrs. Giffen würden bei ihrer baldigen Heimkehr eine böse Überraschung erleben. Falls der Dieb anbot, das Land zu verkaufen, dann sicher zu einem Preis, den Andy niemals aufbringen konnte. Und wenn Andy die Angelegenheit in Wamego vor Gericht brächte, würden die Anwälte ihn völlig ausnehmen. Wenn er sich handgreiflich zu wehren versuchte, würde man ihm möglicherweise ein Gewehr unter die Nase halten. Seine Freunde stellten übereinstimmend fest, dass sie keine andere Wahl hatten: Im nächsten Frühjahr, noch bevor Andy heimkehrte, würden sie dafür sorgen müssen, dass dieser Schuft seinen Hintern von hier fortbewegte, oder er würde mit den Konsequenzen rechnen müssen. Jetzt war es Frühling, oder es schien zumindest Frühling zu werden, und damit war die Zeit reif, diese Sache zu erledigen. Andy hätte nicht gezögert, dasselbe für einen von ihnen zu tun.

So ritten Linens, Cox und Polhemus in der Dämmerung durch den Schnee, bis sie Rauch aus Andys Schornstein aufsteigen sahen. Dann ritten sie ein paar Ruten nördlich des Hauses die Schlucht hinunter. Sie kamen an Andys Stall vorbei und sahen darin nichts weiter als das Hinterteil eines klapprigen Gauls. Sie zügelten ihre Pferde und blieben etwa dreißig Fuß entfernt vor der Tür der Erdbehausung stehen. Charley Linens zog sein Gewehr aus der Satteltasche und legte es quer über den Sattelknauf. Die beiden anderen folgten seinem Beispiel.

»Hallo, Sie da drin!«, rief Charley. Ein Mann öffnete die Tür. Er ließ sich reichlich Zeit, trat schließlich heraus und stand ihnen dann von Angesicht zu Angesicht gegenüber. Zwei Dinge fielen den Männern auf. Erstens: Er trug keinen Mantel, nur Hosen und das Oberteil seiner langen Unterwäsche, was bedeutete, dass er es sich recht gemütlich gemacht hatte, während er Andys Holz verfeuerte. Und zweitens: Aus seinem Gürtel ragte der Griff eines beeindruckenden Mehrladers hervor.

»Ihr Name ist Briggs?«, fragte Charley schroff.

»Schon möglich.«

»Moore?«, hakte John Cox nach.

»Schon möglich.«

Er war ein abgebrühter Kerl. Er schob ein Stück Kautabak im Mund herum und schob es dann in eine seiner Backentaschen.

»Nur damit Sie Bescheid wissen«, sagte Charley, »das Haus hier gehört Andy Giffen. Er ist unser Freund. Im Moment ist er im Osten, um sich eine Frau zu suchen, aber er kann jetzt jeden Tag zurückkommen. Was schlagen Sie also vor?«

»Ich schlage vor, dass ich bleibe.«

Das ließ Martin Polhermus vor Wut schnauben. Er war ein armer Mann. Um seine Füße vor dem Erfrieren zu bewahren, hatte er Mehlsäcke in Streifen geschnitten und sie um seine zerlöcherten Schuhe gebunden. »Scheiße«, fuhr Martin Polhemus ihn an, »du bist 'n gottverdammter Landräuber!«

»Wo sind denn seine Papiere?«, fragte Briggs provozierend.

»Und wo sind deine?«, konterte John Cox.

»Wer das Land bestellt, hat das Recht, auch dort zu leben«, antwortete Briggs.

Das verschlug ihnen einen Moment lang die Sprache. Der Lump musterte sie und spuckte dann seinen Priem aus.

»Wo ist Andys Gespann?«, fragte Charley Linens drohend.

»Hab ich verkauft.«

»Und wo ist seine Kuh?«, wollte Cox wissen. John Cox war im Grunde der friedfertigste der drei Männer. »Andy hatte eine ziemlich gute Kuh.«

»Hab sie gegessen.«

»Du Hurensohn«, fluchte Martin Polhemus und legte eine Hand auf den Lauf seines Gewehrs.

Da tat Briggs plötzlich etwas Unerwartetes. Sein rechter Arm schnellte vor wie der Blitz, er zog den Revolver aus seinem Gürtel, riss ihn hoch und feuerte geradewegs in die Luft. Das Echo wurde von den Hängen der Schlucht immer wieder zurückgeworfen, es klang wie Peitschenschläge. Briggs steckte den Mehrlader wieder weg. Die drei Besucher saßen wie versteinert auf ihren Pferden. Sie hielten die Waffe für einen echten Armeecolt.

Nach einer Weile sagte Charley Linens: »Okay, hören Sie genau zu, Mister. Wir haben vor, Ihren betrügerischen Arsch von hier wegzuscheuchen, bevor Andy wieder auftaucht. Und das werden wir auch – egal, auf welche Weise. Wir geben Ihnen also den guten Rat, hier schleunigst zu verschwinden.«

Briggs oder Moore oder wie immer der Kerl sonst heißen mochte musterte erst Charley, dann die anderen mit einem langen, durchdringenden Blick. Dann knöpfte er seine Hose auf, holte seinen Pimmel raus und pinkelte in den Schnee. Es dampfte. Schließlich knöpfte er seine Hose zu, kehrte ihnen den Rücken und ging wieder in die Erdwohnung. Er schloss die Tür so selbstverständlich hinter sich, als wäre es jetzt Zeit für sein Mittagessen.

Er sah Mary Bee Cuddy schon auf eine Meile Entfernung: als kleinen, schwarzen Fleck in der weißen Weite nahe ihres Hauses. Während er heranritt, dachte er über sie nach. Die Nachbarn hatten ihm erzählt, dass sie bei schönem Wetter oft so dastand und in die Ferne starrte, als ob sie etwas zu entdecken hoffte. Aber was? Einen Büffel, einen Reiter oder einen Wagenzug? Oder hoffte sie vielleicht auf das Wunder, hier draußen einen Baum wachsen zu sehen, einen einzigen Baum nur, der sie an die Heimat erinnerte? Er überlegte, ob es eine Möglichkeit gab, das Ausmaß von Einsamkeit zu erfassen.

Als er nur noch etwa eine halbe Meile entfernt war, winkte er ihr zu, und sie winkte zurück – so versicherten sie sich gegenseitig, dass sie sich erkannt hatten. Seit dem Tauwetter im Januar hatten sie sich weder gesehen noch etwas voneinander gehört. Der Prediger kannte Mary Bee wahrscheinlich fast genauso gut wie der Herrgott selbst. Vor drei Jahren war sie mit dem Zug, per Dampfschiff und per Kutsche ganz allein aus dem Hochland des Staates York angereist, um südlich von Wamego die Leitung einer Schule zu übernehmen.

Sie hatte dort ein Jahr lang unterrichtet. Dann hatte sie plötzlich damit aufgehört und dieses Grundstück hier von einer frisch verwitweten Frau gekauft, die nach Osten zurückgekehrt war, nachdem ihr Mann unbewaffnet von Pawnees auf dem Feld überrascht, getötet und verstümmelt worden war. Mary Bee war offensichtlich zu etwas Geld gekommen. Sie zahlte der Frau sechshundert Dollar in bar für das Grundstück und stellte ein paar Männer ein, die ihr ein neues Sodenhaus, einen Stall und sogar ein Toilettenhäuschen aus Grassoden bauen sollten. Es war das Schmuckstück der ganzen Gegend, weil kein Sturm ihm etwas anhaben konnte. Mehrere andere ältere Frauen seiner Gemeinde versuchten ebenfalls, allein ihren Grund und Boden zu bearbeiten, aber keine von ihnen war auch nur annähernd so erfolgreich wie Mary Bee. Sie brachte sich selbst bei, mit einem Pferd zurechtzukommen, und sie lernte, mit einem Gewehr so sicher umzugehen wie ein Kavallerist. Als sie sich hier niederließ, konnte sie bereits kochen und nähen, ihren Haushalt führen, und sie fand auch problemlos den Weg zu den Nachbarn. In kürzester Zeit lernte sie zu pflügen, zu säen, das Getreide zu mähen, zusammenzubinden, es in Garben aufzustellen und schließlich zur Mühle zu bringen. Ebenso lernte sie zu erkennen, wenn ihr Vieh krank war, und sie wusste inzwischen, was in einem solchen Fall zu tun war. Sie war eine gute Köchin, und sowohl ihre Tür als auch ihr Herz standen immer weit offen. Mary Bee war es auch gelungen, genug Geld aufzutreiben, um Dowd beim Bau eines Schul- und Kirchengebäudes zu helfen. Und sie selbst unterstützte das

Unternehmen mit einhundert Dollar. Sie hatte den Belknaps, deren Grundstück an das ihre grenzte, mit Lebensmitteln über den Winter geholfen. Und sie kümmerte sich um ihre eigene, kleine Gemeinde. Sie sprach den Ratlosen neuen Mut zu, pflegte die Kranken und spielte Kindermädchen für die Kleinen. O ja, sie war eine Stütze der Gemeinde. Sie hatte eine gute Erziehung genossen, schätzte die schönen Dinge des Lebens und war eine sehr mutige Frau. Nach Dowds Meinung war Mary Bee ein rundum bewundernswertes Wesen.

Ungeachtet seiner Wertschätzung machte er sich Sorgen um sie, als seine Stute auf ihre Farm zutrabte. Sie musste um die dreißig sein. Er hatte, wie alle anderen, gehofft, dass sie und Andy Giffen sich zusammentun würden, aber dann war Andy zurück in den Osten gegangen, um sich dort eine Frau zu suchen. Bei gutem Wetter war eine alleinstehende Frau vielbeschäftigt, sie konnte andere besuchen oder selbst Besucher empfangen – wie aber hatte sie einen Winter wie diesen überlebt? Einen Winter, in dem sie jede Mahlzeit allein zu sich nehmen musste, in dem ihre einzigen Gesprächspartner Messer und Gabel gewesen waren, in dem sie jeden Abend nur der Wind begleitete, wenn sie zu Bett ging. Wenn schon andere Frauen ihren Verstand verloren, warmherzige, kräftige Frauen, die von ihren Männern geliebt wurden, wie hatte dann Mary Bee, die allein lebte und keine liebevolle Unterstützung erfuhr, ihre fünf Sinne beisammenhalten können? Er wünschte, er hätte ihr gute Nachrichten bringen können – aber leider war ihm anderes beschieden. Dowd überlegte, wie er ihr am besten erzählen sollte, was mit Theoline Belknap geschehen war. Er war nun bei ihrer Farm angelangt, ließ die Zügel los und sprang aus dem Sattel. Sie kam auf ihn zu und streckte ihm beide Hände entgegen. Er ergriff sie und drückte sie herzlich. Ihre Hände waren größer und kräftiger als die seinen, und sie war auch von größerer Gestalt als er.

»Es wird Frühling!«, begrüßte sie ihn.

»Es wird Frühling!«, bekräftigte Dowd.

Ein warmer Wind strich über ihre Köpfe hinweg, und sie lächelten einander zu. Sie ließ seine Hände los, nahm die Zügel seines Pferdes und bat ihn zu raten, was für sie als Mittagessen im Topf schmorte. Er kam nicht darauf, und so erzählte sie ihm, dass es Antilope gäbe. Gestern Nachmittag hatte sie hinter ihrem Haus eine Antilope entdeckt, die von Wölfen gejagt wurde. Sie habe nach ihrem Gewehr gegriffen und den Anführer des Rudels, der die Antilope schon fast gepackt hatte, erschossen. Dann hatte sie den Antilopenbock selbst mit einem sicheren Schulterschuss auf eine Entfernung von dreihundert Yards niedergestreckt, das Tier ins Haus gezogen und gehäutet. So würden sie also Antilope als Hauptgericht haben, denn sie hatte schon mit dem Kochen begonnen, als sie ihn von Weitem hatte kommen sehen. Das sei ihm doch hoffentlich recht so?

Dowd lächelte anerkennend, setzte dann aber eine ernste Miene auf. »Ich habe schlechte Nachrichten. Wollen Sie sie jetzt gleich hören oder lieber später?«

»Lieber gleich.«

Er erzählte ihr von Theoline Belknap. Während seines Berichts wandte sie sich langsam von ihm ab.

»Lieber Gott«, murmelte sie.

»Ja.«

»War es ein Junge oder ein Mädchen?«

»Ein Mädchen.«

»Wie hat Vester es aufgenommen?«

»Genau so, wie es zu erwarten war: Er gibt Theoline die Schuld.«

»Wie zu erwarten war. Warum, warum nur hat er die Mädchen nicht zu mir geschickt?«

»Er behauptet, er könne nicht mit ihr allein sein.«

Mary Bee stand einen Moment lang reglos da, dann führte sie sein Pferd zum Stall hinüber. »Sie können sich schon mal waschen«, schlug sie vor, »und gehen Sie ruhig schon hinein, ich komme gleich nach.« Sie wollte eine Weile allein sein.

Dowd holte eine Schüssel, Seife und ein Handtuch aus dem Haus und wusch sich. Dann leerte er die Schüssel aus und ging hinein. Drinnen guckte er in den Topf, in dem die Antilope schmorte, und schnupperte an dem Braten, dann zog er seinen Mantel aus und setzte sich. Mary Bee kam hinzu und deckte den Tisch. Sie machte sich am gusseisernen Ofen zu schaffen, und beide sprachen währenddessen nur einmal kurz miteinander.

»Raten Sie mal, was ich mir bestellen werde«, fing sie an.

»Keine Ahnung.«

»Ein Harmonium.«

Er wusste, dass sie Musik liebte. »Nein, das kann doch nicht wahr sein, das doch nicht.«

»Doch. Ich glaube nicht, dass ich mir ein Klavier heil hierher transportieren lassen kann, darum werde ich das nächste Mal, wenn ich nach Loup komme, ein Mason & Hamlin-Harmonium bestellen.« Sie hatte jetzt schon fast das Gefühl, sich rechtfertigen zu müssen. »Zu Hause habe ich früher oft stundenlang Klavier gespielt. Ich kann hier ohne richtige Musik nicht länger leben.«

»Sie werden das erste Harmonium in der ganzen Gegend haben«, sagte der Prediger staunend.

Während er hungrig auf das Essen wartete, bewunderte er wieder einmal ihr Heim. Gemessen an Zeit und Ort war es stattlich. Der Fußboden bestand aus Pappelholz-Dielen, und hier und da lagen ein paar Webteppiche. Die Sodenwände waren verputzt und gebleicht, sodass sie keine Wanzen bargen. Sie besaß echte Stühle, sogar einen Schaukelstuhl, einen Tisch und eine Kommode, über der zwei gerahmte Daguerreotypien hingen. Die eine zeigte einen mürrisch wirkenden, bärtigen Mann, wahrscheinlich ihren Vater. Und die Frau auf dem anderen Bild war wohl ihre Schwester Dorothy. An einer anderen Wand hing ein farbiger Druck, der die Niagarafälle darstellen sollte. Ihr Schlafzimmer, das er noch nie gesehen hatte, schloss hinten an und wurde durch eine Innenwand von diesem Raum getrennt. Man erzählte sich, dass sie in einem richtigen Federbett schlief. Von dieser Wohn- und Essküche führte eine selbst gezimmerte Leiter nach oben auf den Dachboden, den sie als Lagerraum und manchmal auch als Gästezimmer nutzte. Alles im Haus war blitzblank.

Schließlich servierte sie ihm ein wahres Festmahl: Antilopensteak, Bratkartoffeln, Maisbrot mit Sirup und eine gedeckte Apfeltorte. Dazu gab es Arbuckle's Ariosa-Kaffee, der laut Aussage seiner Frau fünfunddreißig Cents pro Pfund kostete. Als sie sich setzte, neigte Dowd leicht sein Haupt. Mary Bee tat es ihm gleich.

»Herr«, improvisierte er, »segne diese Frau und ihre

Gastfreundschaft. Lass mich noch lange Zeit hier als Gast willkommen sein. Amen.«

Als er wieder aufsah, blinzelte er, und sie dankte ihm mit dem tapfersten Lächeln, das sie zustande brachte. Sie aßen miteinander und sprachen über das Wetter, ihre Nachbarn und das Ausbleiben der Post, über den Frühling und den nächsten Sommer. Aber so sehr sie sich auch bemühten, sich gegenseitig aufzuheitern und das Essen und die Gegenwart des anderen zu genießen, es gelang ihnen nicht. Theoline Belknap schien bei ihnen am Tisch zu sitzen, und so gab es immer wieder Momente, in denen sie schwiegen.

»Sie ist nicht am schlimmsten dran«, sagte Dowd nach längerem Schweigen.

»Nein?«

»Nein. Es gibt noch zwei andere. Eine Frau oben im Norden von Loup, sie heißt Petzke, und eine weiter drüben im Westen namens Svendsen. Beide sind in demselben traurigen Zustand. Die genaueren Umstände kenne ich noch nicht.«

Ein kurzes Schweigen, dann sagte Mary Bee: »Dann sind es also vier.«

»Vier?«

»Während der letzten Tauphase kam Harriet Linens herüber und erzählte mir von den Sours, einer Familie in ihrer Nachbarschaft. Beide sind noch sehr jung und haben kleine Kinder. Die Frau ist selbst fast noch ein Mädchen, und jetzt hat sie den Verstand verloren. Harriet wusste aber nichts Näheres, sie sagte nur, dass die Familie schlimm dran sei.«

Der Prediger leckte den Sirup von seinen Lippen und dachte nach. »Sours, Sours, ich kenne die Familie, sie gehört zu einer meiner Gemeinden.« Er seufzte. »Vier. Wie tragisch. Wir werden einen Heimführer brauchen.«

»Einen was?«

Er legte sein Besteck nieder. »Ja, so nenne ich ihn zumindest.« Dowd erzählte ihr, dass es im letzten Jahr drei geisteskranke Frauen in seinen Gemeinden gegeben hatte. Bis zum Frühjahr hatten sie entscheiden müssen, was mit ihnen geschehen sollte. Zwei der Frauen waren wirklich gefährlich geworden, es war ihnen durchaus zuzutrauen gewesen, dass sie jemanden tätlich angriffen. Die dritte lief immer wieder von zu Hause fort. »Ich ließ die drei Ehemänner zusammenkommen, sie sind ja immerhin verantwortlich für ihre Frauen, und ließ sie dann Lose ziehen. Der Verlierer sollte der Heimführer sein. Die beiden anderen unterstützten ihn und beschafften den Wagen, das Gespann und alles, was sonst noch gebraucht wurde. Das ganze Unternehmen wurde so geheim gehalten wie nur möglich. Der Heimführer holte die drei Frauen ab und brachte sie zurück nach Hebron in Iowa. Im letzten Jahr fiel das Los auf einen Mann namens McAllister, er ist ein anständiger Kerl und außerdem ein guter Christ. Er hat sie in nur fünf Wochen nach Hebron gebracht, und soweit ich mich erinnere, gab es keine größeren Schwierigkeiten.« In Hebron, fuhr der Prediger fort, gäbe es nämlich ein Frauenhilfswerk der Methodistischen Kirche, das von der ehrbaren Altha Carter, der Frau von Reverend Carter, geführt wurde. Sie hatte mithilfe von Bittschreiben an einige Gemeinden im Osten Gelder aufgetrieben, und als McAllister mit den unglückseligen Frauen eingetroffen war, hatte man sie der Obhut dreier freiwilliger Helfer der Hilfsorganisation übergeben; diese hatten sie dann im Zug nach Osten begleitet, wo ihre Familien oder die nächsten Angehörigen sie aufnahmen. Er zog sein Stück Apfeltorte näher zu sich heran. »Ich nehme an, dass man es an anderen Orten hier draußen genauso handhabt. Ich gebe zu, dass es vielleicht nicht die beste Lösung ist, aber mir fällt keine andere ein.«

Mary Bee hatte aufmerksam zugehört. »Drei im letzten Jahr. Ich habe kein Wort davon gehört.«

»Über solche Dinge redet man nicht. Man handelt einfach.«

Sie nahm die Kanne vom Ofen und schenkte Kaffee nach. »Gott segne Sie«, sagte sie.

»Ach, Blödsinn. Die Notwendigkeit ist der Antrieb zum Handeln, mehr steckt nicht dahinter. Oh, ich glaube schon, dass wir eines schönen Tages all die wunderbaren Errungenschaften der Zivilisation auch hier draußen haben werden, Pflegeanstalten und dergleichen. Aber wir sind noch nicht einmal seit einem Jahr ein rechtlich erfasstes Territorium. Da gehört der Bau einer Anstalt zu den letzten Dingen, die der Gesetzgeber für nötig erachtet. Und so ist im Moment wohl das, was wir vorhaben, die beste aller Möglichkeiten. Doch es verlangt dem Mann, der diese Aufgabe übernimmt, sehr viel ab.«

»Essen Sie Ihre Torte.«

Dieser Aufforderung folgte er nur allzu gern und zollte ihr bald seinen Beifall, indem er sich im Stuhl zurücklehnte und ächzte. »Das war mit Abstand das beste Essen, das ich seit Langem bekommen habe. Gott segne Sie.«

»Ich esse jeden Tag so.«

Weder er noch sie lächelte. Wieder entstand eine Stille,

in der sie nur dasaßen und einander ansahen. Er hatte strohiges, leuchtend rotes Haar. Sie hatte zwar die Augen einer Frau, aber die Kieferpartie ihres breiten Gesichtes wirkte kantig und männlich.

»Wo reiten Sie als Nächstes hin?«, fragte Mary Bee dann.

»Ich sollte am besten nach den Sours sehen. Der arme Kerl.«

»Ich reite morgen früh zu den Belknaps und nehme eine Keule von der Antilope mit.«

Dowd dachte nach. »Bitten Sie Vester, heute in einer Woche zur Kettle-Schule zu kommen. Wir werden dann dort am Nachmittag die Lose ziehen. Ich sage dem jungen Sours heute noch Bescheid, und ich werde auch Petzke und Svendsen benachrichtigen. Also heute in einer Woche.«

»Vester wird da nicht mitmachen.«

»Er muss.«

»Wenn das Los auf ihn fällt, wird er sich der Entscheidung nicht fügen«, erklärte Mary Bee. »Er ist faul und ignorant – und ein Jammerlappen. Theoline hat die Familie zusammengehalten. Sie war sein Rückgrat.«

Der Prediger runzelte die Stirn, dann schob er seinen Stuhl zurück, erhob sich und schlüpfte in seinen Mantel. »Er muss. Er ist für sie verantwortlich – genau wie die anderen für ihre Frauen verantwortlich sind. Ich für meinen Teil könnte auch so einige Dinge über ihn erzählen, aber ich will Gnade walten lassen. Es würde dem Herrn auch nicht gefallen.« Dowd gürtete seinen Mantel mit einem Strick. »Sehen Sie mal, ob Sie etwas bei ihm ausrichten können«, bat er sie, »ich wäre Ihnen sehr dankbar dafür.« Er band sich seinen Schal wieder um, jetzt ausnahmsweise nur um den Hals, und ging zur Tür. »Ich gehe jetzt meine edle Stute holen.«

Ein, zwei Minuten später zog auch Mary Bee ihren Mantel über und trat hinaus in den warmen Wind. Dowd war noch dabei, sein Pferd aus dem Stall zu führen. »Ich platze gleich«, jammerte er scherzhaft. »Ich bezweifele stark, dass Rosinante mich noch tragen wird.«

Sie lächelten einander an und reichten sich noch einmal die Hände. »Ich bin so froh, dass Sie gesund und munter sind«, sagte er.

»Mir geht es mit Ihnen genauso«, erwiderte sie. »Sagen Sie Mrs. Dowd bitte liebe Grüße von mir, wenn es Ihnen recht ist.«

»Aber natürlich. Es tut mir so leid, dass ich nur schlechte Nachrichten gebracht habe. Wenn es geht, denken Sie nicht darüber nach.«

»Wie sollte ich nicht daran denken?«

»Hier draußen geschieht so etwas eben. Es passiert einfach. Jeden Winter aufs Neue. Im letzten Jahr waren es drei, und dieses Jahr sind es vier. Ich bin sogar erstaunt, dass es nicht noch mehr sind, bei diesen Lebensbedingungen hier draußen. Ich weiß nicht, wie eine Frau so ein Leben überhaupt ertragen kann.« Er nahm die Zügel in die Hand, saß auf und blickte ernst auf sie hinab. »Ich weiß nicht, wie Sie es schaffen, meine Liebe. Wie Sie das Alleinsein hier bewältigen, meine ich.«

»Ich schaffe immer alles allein«, antwortete sie.

»Das glaube ich Ihnen«, gab er zu, »aber lassen Sie uns an etwas Erfreulicheres denken. Ein Harmonium hier draußen. Und wir haben Frühling«, erinnerte er sie.

»Ja, Frühling.«

Alfred Dowd ritt entgegengesetzt der Richtung, aus

der er gekommen war, fort. Nach einer halben Meile drehte er sich im Sattel um, weil er wissen wollte, ob Mary Bee ihm nachsah. Sie tat es. Sie winkte, und er winkte zurück. In diesem Abschiedsgruß lag zugleich auch seine ganze Bewunderung für sie.

Am nächsten Morgen sattelte sie Dorothy, ihre treue Stute, und ritt die zwei Meilen zu den Belknaps hinüber. Die Antilopenkeule hatte sie in einem Sack verpackt hinter sich am Sattel befestigt. Vester kam heraus, um sie zu begrüßen. Sie gab ihm das Fleisch und riet ihm, es hoch oben im Stall aufzuhängen, damit die Wölfe es nicht erreichen könnten. Dann erzählte sie, dass sie gestern von Reverend Dowd erfahren hatte, was mit Theoline geschehen war, und dass sie ihn wissen lassen wollte, wie bestürzt sie sei und wie leid es ihr tue. Sie erkundigte sich nach Theolines Befinden, und er antwortete, es sei nach wie vor dasselbe. Sie sei eben immer noch verrückt. Er müsste sie weiterhin wie ein Baby füttern, sie zum Toilettenhäuschen tragen und sich um die Mädchen kümmern. Außerdem müsste er kochen und alles erledigen, was sonst noch so anfiele, sodass er inzwischen vollkommen erschöpft wäre. Mary Bee stieg vom Pferd. Aber was in aller Welt hatte Theoline nur so weit gebracht? Vester schulterte die Antilopenkeule und erwiderte, er hätte keine Ahnung, aber er hätte sich schon lange, seit dem letzten Herbst schon, Sorgen um sie gemacht. Sie hätte laufend über das Wetter gejammert und darüber, dass sie ihre Ernte verloren hatten. Sie hätte auch kaum mehr etwas gesagt und auch fast nichts mehr gegessen. Und sie hätte sich fest eingebildet, dass Gott ihnen zürnte, sodass das Baby verkrüppelt oder mit einer Hasenscharte auf die Welt kommen würde. Ach, und sie hätte andauernd Kopfschmerzen gehabt und gekränkelt. Mary Bee schüttelte den Kopf und ging auf die Haustür zu. Vester hielt sie zurück und sagte, nein, sie dürfe nicht dort hineingehen, er wolle nicht, dass irgendjemand seine Frau in diesem Zustand sehe. Mary Bee fuhr aufgebracht herum und erklärte ihm, dass Theoline schließlich ihre beste Freundin sei und nichts und niemand sie davon abhalten könne, sie zu besuchen. Vester fluchte. Sie fuhr ihn an, den Mund zu halten und sich lieber um das Antilopenfleisch zu kümmern. Dann öffnete sie die Tür und ging hinein.

Die drei Mädchen, Junia, Aggie und Vernelle, warteten schon auf sie. Sie drängten sich an sie wie furchtsame Tiere und umklammerten ihre Taille; fast wäre sie an den Herd gestoßen. Sie weinten, und alles, was Mary Bee im Moment tun konnte, war, sich zusammenzunehmen, damit ihr nicht auch noch die Tränen kamen. Sie wagte es nicht, zum Bett hinüberzusehen. Nach einer Weile fasste sie die Mädchen an den Schultern und bat sie, in den hinteren Raum zu gehen, weil sie jetzt mit ihrer Mutter zu reden hätte – bitte, Mädchen, geht –, und schniefend gehorchten sie. Es waren brave Kinder.

Mary Bee sah sich um. Im Inneren des Hauses sah es aus wie auf einem Schlachtfeld. Dann ging sie hinüber zum Bett.

Theoline Belknap lag auf dem Rücken. Ihre Augen waren starr auf eine Ecke der Zimmerdecke gerichtet. Ihre Haare waren völlig verfilzt, ihr Hemd über und über befleckt. Ihre Füße waren nackt und schmutzig. Beide Handgelenke waren mit einem dicken Seil an den beiden oberen Bettpfosten festgebunden. Mary Bee band das vordere Seil los und beugte sich dann über das Bett, um auch den hinteren Strick loszumachen. Sie setzte sich auf die Bettkante und rieb Theolines Handgelenke, die rau und geschwollen waren.

»Theoline«, sagte sie sanft. »Ich bin's, Mary Bee.«

»Losmachen«, forderte Theoline.

»Die Arme losbinden? Das habe ich doch getan, meine Liebe.«

»Losmachen, losmachen.«

»Theoline, erkennst du mich nicht?«

»Losmachen, losmachen, losmachen, losmachen.«

Mary Bee beugte sich vor, fasste Theoline unter dem Kinn und drehte das Gesicht der Frau zu sich.

Aber Theolines Blick blieb weiterhin starr auf die Decke gerichtet.

»Line, Liebe, ich bin's, Mary Bee, deine Freundin.«

»Da.«

»Erkennst du mich denn nicht?«

»Da«, sagte Theoline, »Da, da, da, da, da, da, da, da.«

Mary Bee wandte sich zur Seite und betete stumm. Sie spürte, wie die Kraft sie verließ. In dieser Ermüdung und Leere merkte sie, wie plötzlich etwas in ihr aufflackerte, so als ob man in schwärzester Dunkelheit ein Streichholz anzündete. Es war Wut, die da entflammte.

Sie erhob sich, schob den Vorhang zur Seite und ging nach hinten zu den Mädchen. Sie breitete ihre Arme aus und nahm die drei Schwestern fest in die Arme. Die Mädchen schluchzten immer noch. »Nun hört mir mal zu, Mädchen«, begann sie, »eure Mutter ist sehr krank, aber sie liebt euch auch jetzt noch genauso, wie sie es immer getan hat. Und ihr müsst sie auch lieben und ihr helfen, so gut es geht. Es gibt ein paar Dinge, die ihr für sie tun könnt. Ich habe ihre Arme losgebunden. Ich möchte, dass ihr sie auszieht, etwas Wasser warm macht und sie mit Seife von Kopf bis Fuß wascht.«

»Hier auf dem Bett?«, fragte Junia.

»Ja, hier auf dem Bett. Und wascht und trocknet auch ihr Haar, bürstet und kämmt es. Dann holt frische Wäsche und Kleider, sie wird so etwas wohl im Schrank aufbewahren, und zieht ihr wieder etwas an. Und während ihr das alles macht, lächelt sie an und seid nett zu ihr. Vielleicht fällt euch ja auch ein Lied ein, das ihr für sie singen könntet?«

»Wir können ›Stille Nacht, heilige Nacht‹ singen«, schlug Vernelle vor.

»Ja, das ist ein schönes Lied«, stimmte Mary Bee zu. »Und wenn ihr das alles getan habt, dann tut auch eurem Vater einen Gefallen. Ihr seid jetzt die Frauen im Haus. Räumt auf, wascht das Geschirr ab und tragt das Bettzeug zum Auslüften nach draußen. Zeigt ihm, wie groß ihr schon seid. Ja, könnt ihr das? Wollt ihr das für euren Vater und für mich tun?«

Sie nickten ernst, wohl weil ihnen die Vielzahl ihrer Verpflichtungen bewusst wurde.

»Gut«, sagte sie, »und vergesst nicht, nett zu eurer Mutter zu sein.« Sie entließ sie aus ihrer Umarmung und stand auf. »So, und nun zeigt mal, wie fleißig ihr sein könnt. Aber lasst euch vorher noch einen Kuss von mir geben.«

Sie hielten ihr ihre Gesichter entgegen. Sie küsste jedes der Mädchen auf die Stirn und ließ sie dann allein. Als sie das Vorderzimmer durchquerte, wagte sie nicht, Theoline noch einmal anzusehen. Vester hatte das Fleisch bereits im Stall aufgehängt und ihr Pferd versorgt. Nun kehrte er zum Haus zurück. Mary Bee merkte, dass sie ihre Hände zu Fäusten geballt hatte. Wieder war es Zorn, der in ihr hochstieg. Vesters Anblick schien ihn von Neuem zu entfachen. Sie musste den Zorn unterdrücken, damit er sie nicht übermannte.

»Ich habe sie losgebunden.«

Vester musterte sie mit finsterem Blick. Allein ihr Pferd zu versorgen hatte ihm schon widerstrebt. Er hatte sich noch nicht einmal für die Antilopenkeule bei ihr bedankt. »Wer hat Ihnen das erlaubt? Keiner weiß, was sie jetzt anstellen wird.«

»Ich versichere Ihnen, dass sie sich ganz ruhig verhalten wird. Übrigens werden Sie vielleicht ohnehin nicht mehr lange mit ihr unter einem Dach leben.«

»Wieso?«

»Das ist einer der Gründe, warum ich hergekommen bin. Ich habe eine Nachricht von Reverend Dowd für Sie.« Sie öffnete die Fäuste und begann ihm zu erklären, dass sie einen Heimführer brauchten, aber Vester unterbrach sie sofort. Er wüsste das schon, Reverend Dowd hätte ihm bereits alles erzählt. Umso besser, erwiderte sie, das Ziehen der Lose würde dann am nächsten Dienstag in der Kirche stattfinden, und er solle, wie die anderen Ehemänner auch, dort hinkommen. Vester fragte sie, was es mit den Losen auf sich hätte. Irgendwie müsste man doch entscheiden, welcher der Männer die vier Frauen über den Missouri nach Osten bringen würde, oder? Schließlich müssten sie bis nach Hebron in Iowa gefahren werden, von dort aus würde jede einzeln nach Hause begleitet werden. Derjenige, auf den das Los fiele, müsste sie nach Hebron führen. Die anderen drei Ehemänner hätten für den Wagen, das Gespann und die übrige Ausstattung zu sorgen. Auf diese Weise hätte man es im letzten Jahr auch geregelt, als in dem langen Winter drei Frauen den Verstand verloren hatten. Reverend Dowd schlüge vor, dieses Jahr genauso zu verfahren. Vester starrte sie an und erwiderte dann nur grob, dass er nichts dergleichen tun werde. Gütiger Gott, Petzke und Svendsen, die beiden kenne er, der eine wäre ein verdammter Deutscher und der andere ein Norweger. Von Sours hätte er noch nicht einmal gehört, und er würde diese Frauen ganz bestimmt nirgendwo hinbringen. Sie könne Dowd ausrichten, dass er sich für diese Aufgabe einen anderen Idioten suchen solle. Mary Bee bestand dennoch darauf, dass er bei der Ziehung dabei zu sein hätte. Schließlich sei er genauso verantwortlich für das Wohl seiner Frau, wie die anderen Männer es für das Wohl ihrer Frauen wären. Vester knurrte, dass er sich einen Dreck darum schere; niemand könne ihn dazu zwingen, denn das hier sei schließlich ein freies Land. »Und was wollen Sie sonst mit Theoline machen?«, fragte Mary Bee.

Diese Frage ließ ihn verstummen.

Sie ging zum Stall hinüber. Zwar hatte sie einen kleinen Sieg errungen, aber innerlich kochte sie noch immer vor Wut. Im Stall fiel ihr Blick auf die geschwollene Flanke des Ochsen, der direkt neben ihrer Stute stand. Es waren bestimmt Würmer, man musste die Flanke mit Petroleum behandeln. Als sie ihr Pferd aus dem Stall führte, folgte Vester ihr jammernd auf den Fersen. Er schwor, dass er zu allem bereit sei, wenn es nur zu Lines Bestem wäre, aber was, wenn bei der Ziehung das Los auf ihn fiele? Wer würde sich um sein Vieh und die Mädchen kümmern, wenn er den Treck nach Osten führte und wochenlang unterwegs wäre? Mary Bee gab ihm zur Antwort, das werde sie schon tun. Doch was, wenn das Los nicht auf ihn fiele? Er wäre schließlich so abgebrannt, dass er nicht einmal einen Sack Mehl beisteuern könne. Er hätte keinen roten Heller mehr. Er wäre ja während der letzten Tauphase in Loup gewesen und hätte eine Hypothek aufgenommen; wenn er es nicht schaffte, in diesem Frühjahr eine Ernte einzubringen, würde er alles verlieren. Wenn er noch mehr Pech haben sollte, jammerte er weiter, dann müsste er im Sommer endgültig aufgeben. Dann müsste er mit den Mädchen nach Kentucky zurückgehen, wo ein anständiger Kerl es noch zu etwas bringen konnte. Ging das denn nicht in ihren Schädel, dass es für ihn die Wahl zwischen Pest und Cholera war? Wenn das Los auf ihn fiele, würde er nicht gehen; und wenn das Los ihn verschonte, könnte er zu seiner Schande nichts beisteuern. In beiden Fällen würde er schlecht dastehen. Was sollte er denn nur tun?

Sie hörte Kinderstimmen im Haus singen. Die Mädchen sangen »Stille Nacht, heilige Nacht«. Was sie ihm am liebsten ins Gesicht geschleudert hätte, wäre Folgendes gewesen: Vester, wir haben nichts weiter in diese Wildnis hier mitgebracht als uns selbst, unser Leben und die Saat der Zivilisation. Wir haben diese Saat ausgestreut, aber wenn wir sie nicht hegen und pflegen, wird sie verdorren; und wenn sie verdorrt, sind wir um nichts besser als wilde Tiere. Diese Frauen wieder heimzuführen, das ist ein kleines Stück Zivilisation.

Stattdessen sagte sie nur: »Gehen Sie hin.«

»Das werde ich nicht tun.«

»Am Dienstag«, mahnte sie.

Jetzt wurde er wütend. Es war ihm nicht gelungen, sie mit irgendeinem seiner Worte milde zu stimmen.

»Dann gehe ich an Ihrer Stelle«, erwiderte sie, »ich werde für Sie ziehen. Wenn mich das Los verschont, werde ich beisteuern, was Sie nicht aufbringen können. Wenn mich das Los trifft, werden Sie mit Ihrer Frau und den drei anderen nach Osten aufbrechen. Sie müssen es tun.«

»Ich will verflucht sein, wenn ich es mache!«

»Da kennen die anderen sicher Mittel und Wege.«

»Ich habe ein gutes Gewehr.«

Mary Bee stieg auf und nahm die Zügel in eine zur Faust geballte Hand. »Bis dahin – schenken Sie ihr Ihre Liebe.«

»Ihr meine Liebe schenken? Nach dem, was sie mir angetan hat? Ich habe ihr keinen Anlass gegeben, den Verstand zu verlieren!«

»Sie haben ihr wieder ein Kind gemacht.«

»Das war der Wille des Herrn.«

Jetzt brach ihre Wut aus ihr heraus, und sie spürte, wie sie im Innern explodierte. »Es war ja wohl nicht Gott, der sie geschwängert hat!«, schrie sie ihn an. Ihr Blick traf ihn wie ein Peitschenschlag. »Vester«, fuhr sie dann ruhiger fort, »du bist ein verdammt mieses Exemplar der Gattung Mann.« Damit stieß sie Dorothy leicht mit dem Knie in die Flanke und ritt davon.

Vester Belknap formte mit seinen Händen einen Trichter und schrie ihr nach: »So, bin ich das? Na, wenigstens verkleide ich mich nicht als Frau!«

An diesem Tag wurde es wieder kalt, und es nieselte winzige kristallene Flocken, als hätte der Himmel vergessen, was richtiger Schnee ist.

Diesmal holten Charley Linens, John Cox und Martin Polhemus auch noch Henry Caudill ab, damit er sie zu Andys Farm begleitete. Henry galt als sehr guter Schütze. Als er sich ihnen anschloss, trug er ein in weißes Papier eingewickeltes und verschnürtes Päckchen in der Hand. Sie fragten ihn, was er darin hätte. Und er antwortete, dass es Schwefel sei. Aber wozu denn?, fragten sie neugierig weiter. Nur so, erwiderte Henry, für alle Fälle. Die vier ritten südwestlich auf den Kettle River zu, bis sie Andy Giffens Schornstein in den Blick bekamen, aus dem kleine Rauchwolken in den Himmel stiegen. Dann ritten sie in die Schlucht hinein, wobei sie immer darauf achteten, dass sie sich oberhalb des Schornsteins hielten. Schließlich banden sie die Pferde an einer Krüppelkiefer fest, schulterten die Gewehre und schlichen den Hang hinab bis zu einem dichten Stachelbeergestrüpp, das in ungefähr sechzig Yard Entfernung von Andys Erdwohnung lag. Als sie sich vergewissert hatten, dass das Gestrüpp ihnen ausreichend Deckung bot, entsicherten sie die Gewehre und überließen Charley Linens die Führung. Er rief hinüber:

»Moore!«

Tür und Fenster des Erdhauses blieben geschlossen.

»Briggs!«

Keine Antwort.

»He, du Landräuber!«

Damit klappte es. Sie sahen, wie sich erst die Tür, dann das Fenster einen Spaltbreit öffneten.

»Wir sind's, derselbe Haufen, der neulich schon mal

da war!«, brüllte Charley. »Andy Giffens Freunde! Andy kann jetzt jeden Tag zurückkommen, und wir wollen, dass du endlich von hier verschwindest. Wir haben vier Gewehre – du nur eins, also mach keine Dummheiten! Komm mit erhobenen Händen raus, und wir versprechen dir, dass wir dir nichts Böses tun werden und dich ziehen lassen. Also, komm jetzt raus!«

Sie warteten ein, zwei Minuten.

»Scheiße«, fluchte Martin Polhemus.

Er kniete sich hin, schob den Gewehrlauf durch das Buschwerk, stützte den Kolben an seiner Schulter ab und feuerte auf die Tür der Erdhütte. Die anderen folgten seinem Beispiel und schossen mehrere Male auf Tür und Fenster. Der hässliche Gaul im Stall reagierte verängstigt auf die Schüsse, er schnaubte und schrie wie eine Frau in den Wehen. Doch sie hatten die Rechnung ohne den Wirt gemacht. Briggs oder Wie-immer-er-auch-hieß war mit dem Gewehr genauso flink wie mit dem Revolver. Er sprang von der Tür zum Fenster und wieder zurück, dann schob er seinen Gewehrlauf ein, zwei Zoll weit hinaus, schoss und zog das Gewehr erneut zurück. Sie waren noch nie einem Mann begegnet, der so schnell zielen und feuern konnte. Die Kugeln zersplitterten die Äste dicht neben ihren Gesichtern. Sie zischten an ihnen vorbei wie heißer Atem. John Cox bekam einen Splitter ins Auge, schrie auf und hörte sofort auf zu schießen. Auch die anderen stellten das Feuer ein.

Sie setzten sich in den Schnee. Jetzt überkam sie Angst. Sie wussten zwar, was sie zu tun hatten, aber wie zum Teufel sollten sie das anstellen?

»Verfluchter Kerl«, machte sich Martin Polhemus Luft. Er atmete schwer und schwitzte.

»Hört zu, Jungs«, begann Henry Caudill, der ein bedächtiger Mann war. »Wir haben es hier mit einem ganz sturen Bock zu tun. Mit unseren Gewehren kriegen wir ihn da nicht raus. Er hat Soden und Holz als Schutz zwischen sich und uns. Warum räuchern wir ihn nicht einfach aus? Dazu habe ich schließlich das Pfund Schwefel mitgenommen.«

Sein Plan war einfach. Die anderen sollten das Feuer wieder aufnehmen, währenddessen würde er selbst den Hang hinaufrennen und den Schwefel holen. Dann wollte er auf Andys Dach klettern und das Zeug in den Schornstein werfen. Die Männer machten bedenkliche Mienen. Aber Henry meinte, man solle es wenigstens versuchen. Er erzählte, dass man in den Bergen von Missouri, wo er herkam, einen Bären auf diese Weise aus seiner Höhle trieb. Man räucherte ihn aus. Wenn er dann keuchend und halb blind heraustorkelte, war es ein Leichtes, ihn zu erschießen. Nicht schwerer, als einen Baum zu fällen.

»Warum eigentlich nicht?«, stimmte John Cox zu und rieb sein verletztes Auge. »Mir ist kalt, ich habe Hunger, und wir müssen noch eine ziemlich weite Strecke zurücklegen, bis wir zum Abendessen zu Hause sind.«

»Ich will nicht, dass einer von uns erschossen wird«, warf Charley Linens ein.

»Das würde ich nicht mal dem da drin vergönnen«, sagte Martin Polhemus grimmig, »den Hurensohn will ich an einem Ast baumeln sehen.«

Also beschlossen sie, es zu versuchen. Drei von ihnen nahmen die Erdwohnung wieder unter Beschuss, während Henry Caudill den Hang hinaufhastete. Dann kauerten sie sich hinter dem Stachelbeergestrüpp nieder, warteten ab und beobachteten die Erdbehausung. Aber sie konnten nicht das geringste Anzeichen dafür entdecken, dass sich da drin etwas rührte. Der Nachmittag neigte sich nun langsam seinem Ende zu. Hier unten in der Schlucht wurde es früher dunkel als im Flachland. Und dann sprangen plötzlich Tür und Fenster des Erdhauses auf, und dicker gelber Qualm quoll heraus. Sie erwarteten, dass Briggs nun halb blind und hustend herauskam – aber er kam nicht. Die Erdwohnung verschwand völlig hinter der gelben Wolke. Martin Polhemus sprang auf und feuerte in diese Wolke. Zu ihrem völligen Erstaunen schoss es aus dem Qualm zurück, und Kugeln streiften die Büsche in ihrer Nähe. Das versetzte Martin Polhemus so in Rage, dass er aufsprang und alles auf eine Karte setzte. »Hast du jetzt genug Rauch geschluckt, Briggs?«, schrie er. »Na, hast du endlich genug?«

Aber der Landdieb schrie sofort zurück. »Ihr dämlichen Bauerntölpel – geht doch nach Hause!«

Martin Polhemus kauerte sich wieder nieder und fluchte, was das Zeug hielt. Henry Caudill kam jetzt zu ihnen hinunter, und sie rückten dicht zusammen und sahen ihn fragend an.

»Wollt ihr ihn immer noch von hier verjagen?«, fragte er.

Ja, das wollten sie.

»Okay«, sagte Henry, »mit unseren Gewehren können wir nichts bei ihm erreichen, und ausräuchern lässt er sich auch nicht. Kommt nächste Woche zu mir auf die Farm und holt mich ab. Thor Svendsen wird dann bei mir sein. Er ist nicht nur stark wie ein Ochse, er hat vielleicht auch noch Schießpulver.«

»Schießpulver?«, fragten die Männer wie aus einem Munde.

»Warum nicht? Das funktioniert bestimmt. Wir jagen ihn mit Stumpf und Stiel in die Luft.«

»Ich bringe ein Seil mit«, ergänzte Martin Polhemus Henrys Vorschlag.

»Ein Seil?«

»Wenn er dabei nicht draufgeht, schleppen wir ihn zum Fluss hinunter, und zwar an einem Ende des Seils – da soll er dann versuchen, uns weiter auf der Nase herumzutanzen.«

In religiösem Zusammenhang sprach man von der Kettle-Kirche, ging es aber um Erziehungsfragen, so war von der Kettle-Schule die Rede. Das Gebäude diente beiden Zwecken gleichermaßen. Ein freiwilliger Bautrupp, dem sich jeder Mann und jeder Junge aus der ganzen Gegend angeschlossen hatten, hatte es an einem einzigen Tag auf einer Anhöhe in der Nähe des Flusses errichtet. Für die Wände hatte man Baumstämme vom Flussufer heraufgeholt. Sie wurden mit Holzpflöcken ineinander verkeilt und mit Lehm verputzt. Das Dach bestand aus Grassoden und Ästen. Mary Bee Cuddys hundert Dollar hatte man für die Feinheiten verwendet: für die Tür, zwei Fensterrahmen mit Fensterglas, einen Ofen, eine mit Teppich bespannte Kanzel für den Prediger, ein Dutzend Schiefertafeln mit Tafellappen und eine Kiste voller Bücher. Wenn der Winter es zuließ – dieser hatte es nicht erlaubt –, hielt Reverend Dowd jeden zweiten Sonntag einen Gottesdienst, den er augenzwinkernd »konfessionsunabhängig« und »unmethodistisch« nannte. Ansonsten erfüllte das Gebäude erzieherische Aufgaben. Der Unterricht wurde in drei Blöcke von je acht Wochen aufgeteilt: je einen im Herbst, im Winter und im Frühjahr.

Dieses Jahr war der Winterunterricht wegen des Wetters und der Liebe ausgefallen. Die Kälte und der Schnee hatten die Kinder daran gehindert, zur Schule zu kommen. Und die Lehrerin war nicht da, weil sie an Weihnachten geheiratet hatte. Sie hieß Miss Clara Marsh und war früher in Vermont zu Hause gewesen. Es war wohl nicht gerade eine Liebesheirat gewesen, eher das kleinere von zwei Übeln. Die Kettle-Schule war eine private Schule. Miss Marsh bekam freie Verpflegung und ein Gehalt von einem Dollar pro Kind und Unterrichtsblock. Bei siebzehn angemeldeten Schülern hätte sie also nach dem Herbstunterricht siebzehn Dollar besitzen müssen. Was aber nicht der Fall war. Ihr ganzer Besitz hatte aus zehn Dollar in bar bestanden. Die restlichen sieben Dollar standen aus. Aber weit schlimmer war noch, dass sie während der Unterrichtsblöcke gezwungen war, bei den Eltern ihrer Schüler zu wohnen. Sie zog dann von einem Sodenhaus in eine Erdwohnung und teilte sich mit zwei unruhigen Kindern ein Bett. Sie war auf eine unfreiwillige Diät gesetzt, die im Wesentlichen aus Maismehlbrei, Maisgrütze, Maisfladen und Maisbrot bestand und ihre körperliche Verfassung schwächte. Daher war Clara Marsh eine Heirat, selbst wenn der Bräutigam ein kahlköpfiger Witwer war, der ein Arbeitstier als Ehefrau wollte, als vernünftige Alternative zu Armut und ruinierter Gesundheit erschienen. Er hatte sie gefragt, und sie hatte ja gesagt. So war der Winterunterricht der Kettle-Schule dieses Jahr also ausgefallen.

Mary Bee traf als Erste ein.

Sie betete stumm und beschloss, vorerst kein Feuer im Ofen zu entfachen, obgleich noch reichlich Holz in der Kiste lag. Die Bänke für den Unterricht und den Gottesdienst waren behauene Baumstämme, in die man breite Pflöcke geschlagen hatte, die als Fußstützen gedacht waren. Dicht beim Ofen stand ein hölzerner Wasserbottich mit einer rostigen Schöpfkelle an der Seite. Sie setzte sich auf eine Bank, direkt gegenüber der verschiebbaren Kanzel.

Garn Sours kam herein.

Er starrte sie überrascht an, brachte ein Nicken als Gruß zustande und setzte sich dann mit dem Rücken zu ihr auf eine Bank nahe der Tür. Wie er so dasaß, nach vorn gebeugt, den Blick starr auf den schmutzigen Fußboden gerichtet, war er ein mitleiderregender Anblick. Er war einundzwanzig, höchstens zweiundzwanzig Jahre alt. Ihr wurde das Herz schwer. Es war einfach unvorstellbar, dass er vier geisteskranke Frauen, darunter seine eigene Ehefrau, mehrere hundert Meilen durch die unwegsame Prärie führen könnte. Unvorstellbar, dass er sie fütterte und versorgte und schließlich unversehrt in den sicheren Hafen brachte.

Sie sah sich noch einmal im Raum um. Im Stillen beneidete sie Clara Marsh. Beide waren sie voller Glauben, voller Lebensfreude und voller Erwartungen in den Westen gekommen, aber Marsh hatte mehr Glück gehabt. Ihre Schule verfügte, verglichen mit der Schule südlich von Wamego, die Cuddy ein Jahr lang geleitet hatte, über jede erdenkliche Annehmlichkeit. In Cuddys Schule hatte es keine Schulbänke und keine Schiefertafeln gegeben, auch nur sehr wenige Bücher, einen ständig verstopften Ofen und eine kleine, billige Tafel, die ihren Zweck nicht erfüllte. Am Ende eines jeden Unterrichtsblocks – so hatte man ihr versprochen – sollte sie einen Dollar für jeden Unterrichtstag gezahlt bekommen, was nie passiert war. Zur schlechten Ausstattung der Schule hatten die beiden dummen Raufbolde gepasst, die die kleineren Kinder tyrannisierten und beinahe jeglichen Erziehungsversuch zunichte gemacht hätten, wenn sie ihnen nicht ein für alle Mal Manieren beigebracht hätte. Pawnees hatten ihr Lager in der Nähe aufgeschlagen, weshalb sie vorsichtshalber jeden Tag mit dem Gewehr in die Schule kam. Der Herbst war immer noch warm gewesen, und so verirrte sich eines Tages eine Klapperschlange ins Klassenzimmer. Obgleich sie vor Angst wie gelähmt war, verhielt sie sich in dieser Situation ruhig und bedacht. Sie rief die Kinder zusammen und stellte sich schützend vor sie. Dann griff sie nach ihrer Waffe, warf ein Buch nach der Schlange, damit sie sich aufrichtete, zielte und blies ihr mit einem einzigen Schuss den Kopf weg. Auf der Stelle hatte sie sich damit bei den beiden Raufbolden Respekt verschafft und so den Unterricht gerettet. Aber die Heldin zu spielen versüßte ihr das Lehrerinnendasein auch nicht. Wie Marsh ernährte auch sie sich von Mais, der eigentlich für das Vieh bestimmt war. Und wie Marsh lag sie schlaflos auf klumpigen Heumatratzen, die sie mit schmutzigen, sich hin und her wälzenden Bettgenossen teilen musste. Aber anders als bei Marsh trat in ihr Leben kein glatzköpfiger tapferer Märchenprinz, der die arme Jungfer aus ihrer Not errettete. Stattdessen war in einem Frühjahr mit der Post Geld für sie gekommen, der stolze Betrag von zweitausend Dollar. Das schenkte ihr die Freiheit. Am letzten Tag in der Schule schrieb sie an die Tafel, dass sie ihr alle den Buckel runterrutschen könnten.

Otto Petzke und Thor Svendsen kamen zusammen herein.

Sie glotzten sie an und grüßten sie mit einem Nicken: »Miss Cuddy«, dann setzten sie sich auf eine Bank, die von ihr und von Sours nicht weit entfernt war. Dennoch ignorierten sie Sours. Und beide fragten sie sich, was zum Teufel eine Frau hier zu suchen hatte.

Um die Zeit totzuschlagen, stand Cuddy auf und sah sich die Bücher an, die auf dem Regal standen. Da waren Clarks Grammatik, Websters Wörterbuch, Rays *Grundlagen der Mathematik,* McNallys Geografiebuch und McGuffys und Hillards Lesebücher. Aber von keinem der Titel waren ausreichend Exemplare vorhanden. Sonst gab es nur noch ein paar Liederbücher.

Alfred Dowd kam herein.

Auch er starrte sie überrascht an, begrüßte erst die drei Männer und ging dann direkt auf sie zu. Er sprach mit leiser Stimme: »Was machen Sie denn hier?«

»Vester konnte nicht kommen.«

»Wollte nicht kommen, meinen Sie.«

»Ich werde für ihn ziehen.«

Er runzelte die Stirn. Er nahm seinen Hut ab und legte ihn auf die Kanzel. »Das gefällt mir nicht«, sagte er zu ihr, »es ist nicht richtig so.«

»Ich kann es nicht ändern.«

Er wandte sich an die anderen. »Otto, Thor, Garn, kommen Sie bitte zu mir herüber.« Die Männer erhoben sich schwerfällig mit ihren dicken Mänteln und Stiefeln, gingen Richtung Kanzel und setzten sich dann auf die Bank hinter Mary Bee. Der Prediger machte noch immer ein sorgenvolles Gesicht. »Miss Cuddy ist heute an Vester Belknaps Stelle hier. Er konnte nicht kommen, ich weiß nicht genau, warum, aber ich sehe auch nicht, was es für einen Unterschied machen sollte.«

Er öffnete den Mund, um noch etwas hinzuzufügen, hielt dann aber inne und schwieg. Das wiederholte sich noch einmal, dann lockerte er ganz langsam seinen Schal. Mary Bee begriff, dass ihr Freund einfach nicht wusste, was er sagen sollte. Die Bedeutung dieses Zusammentreffens lastete schwer auf ihm und lähmte ihn für einen Moment. Sie blickte die Männer der Reihe nach an, erst die zwei älteren, dann den jüngeren. Man sah ihnen an, dass sie am liebsten weit weg von hier gewesen wären. Jeder von ihnen schien sich sehnlichst zu wünschen, dass er von dieser Aufgabe verschont bliebe, die einer von ihnen schließlich übernehmen musste. Sie bemerkte in ihren Mienen eine seltsame Mischung aus Resignation und Furcht. Sie konnte die Angst der Männer, da ja der Zufall jeden von ihnen bestimmen konnte, förmlich riechen, zusammen mit den anderen Gerüchen, die sich in dem kleinen Raum miteinander vermengten. Es war ein Gestank, der sich aus dem Geruch von Kreide und Papier, Urin und Rauch, Tieren und Männlichkeit zusammensetzte. Plötzlich kam draußen eine leichte Brise auf. Es klang, als ob eine Frau weinte oder ein Mann vor sich hin wimmerte.

Inzwischen hatte Alfred Dowd seinen Schal abgelegt und über die Kanzel gehängt. Nun fand er auch die richtigen Worte. »Also«, begann er, »es ist ein schmerzlicher Anlass, der uns heute hier zusammenführt. Ich bin euer Pastor und leide mit euch. Es sind vier tapfere Frauen – gute Ehefrauen und Mütter, denen das Leben mehr abverlangt hat, als sie geben konnten. Ich hoffe, ihr wisst, dass der Wahnsinn hier draußen nichts Ungewöhnliches ist – und dass er sicher nichts ist, für das man sich schämen müsste. Ich versichere euch, der Herr ist bei euch in dieser schweren Zeit. Und er wird es auch dann sein, wenn ihr euren Kindern Vater und Mutter in einem sein müsst. Alle vier Familien hat es schwer getroffen. Ich schließe auch Vesters Familie dabei ein.« Er hielt inne. Er redete um den heißen Brei herum, was ihm durchaus bewusst war. Er räusperte sich. »Ich habe jedem von euch den Plan erklärt. Wir ziehen Lose. Einer von euch wird die Frauen nach Osten bis nach Iowa bringen. Die Übrigen müssen einen Wagen und ein Gespann beschaffen und haben für die Verpflegung und alles Weitere zu sorgen. Auf diese Weise hat es letztes Jahr sehr gut geklappt, und ich bin mir sicher, dass es auch dieses Jahr so sein wird. Also, fangen wir an.« Er griff in seine Hosentasche, nahm seinen Hut und ließ etwas hineinfallen. »Ich habe vier Maiskörner hier hineingetan. Drei sind gelb, eins ist schwarz. Derjenige, der das schwarze zieht, geht nach Osten. Ich werde sie jetzt mischen.« Er schüttelte den Hut und streckte ihn dann vor. »Miss Cuddy, wollen Sie als Erste ziehen?«

»Nein, danke«, antwortete sie, »Vester ist nicht hier, ich denke, dass er als Letzter ziehen sollte. Ich lasse Mr. Sours den Vortritt.«

»Oh«, sagte Dowd überrascht. »In Ordnung. Garn, wollen Sie bitte ziehen?«

Der junge Mann erhob sich, kletterte über die vordere Bank und stolperte fast. Er griff tief in den Hut hinein, setzte sich dann mit einem erleichterten Seufzen und hielt, für alle sichtbar, ein gelbes Maiskorn in die Höhe.

»Otto«, forderte Dowd den nächsten Mann auf und ging zu Petzke hinüber. Otto Petzke zögerte. Er hatte die Angewohnheit, seine rechte Hand im Bart zu vergraben. Nun strecke er sie vor, erstarrte und griff nach einem kurzen Zögern schließlich in den Hut. Dann öffnete er seine Hand. »*Gott sei Dank*«, murmelte er auf Deutsch, schmiss den anderen ein gelbes Korn vor die Füße und setzte sich erleichtert.

»Thor«, sagte der Prediger nun.

Thor sah Mary Bee an, stand umständlich auf, schob seine breite Hand in den Hut und zog sie fest geschlossen wieder heraus. Er legte die Hand auf sein Herz, dann öffnete er sie, knurrte erleichtert und streckte den Handteller wie ein Tablett vor, um allen das gelbe Maiskorn darauf zu zeigen.

Alle Blicke richteten sich nun auf Mary Bee.

»Er wird nicht gehen«, sagte sie.

»Er wird«, entgegnete Dowd.

»Er hat mir gesagt, dass er es nicht tun wird.«

»Wenn er an Gott glaubt, wird er gehen.«

»Er muss es tun!«, schrie Garn Sours aufgebracht.

Mary Bee stand reglos da. »Ich habe ihm gesagt, dass Sie ihn dazu zwingen würden. Aber er hat nur geantwortet, dass er ein gutes Gewehr hätte, falls Sie es versuchen sollten.«

»Er muss gehen«, wiederholte Dowd, »sonst bricht unsere ganze Ordnung hier draußen zusammen.«

Otto Petzke sprang auf und drohte mit der Faust. »Und ob er es tun wird! Und wenn ich ihn hinprügeln muss!«

»Wir haben auch Gewehre«, schimpfte Thor Svendsen. »Und wir sind zu dritt! Wir werden ihm schon beibringen, was er zu tun hat!«

»Aber nein, nein«, unterbrach Dowd verzweifelt, »Wir wollen kein Blut vergießen. Ich hätte niemals gedacht …«

»Ich werde gehen«, sagte Mary Bee.

Ohne den Wind, der draußen leise pfiff, wäre es in der Kirche totenstill gewesen.

»Das können Sie nicht«, sagte der Prediger.

»Doch, ich kann«, widersprach sie, »es ist das Vernünftigste. Vester kann sich währenddessen um meine Farm kümmern.«

»Eine Frau«, murmelte Thor Svendsen.

»Ich reite genauso gut wie jeder von Ihnen. Und ich kann genauso gut mit einem Gespann umgehen. Und genauso gut schießen«, sagte sie und fuhr fort, »und ich kann kochen und mich besser um die Frauen kümmern als Sie.«

Die Männer sahen einander an. Alfred Dowd trat hinter die Kanzel und stützte seine Ellenbogen darauf. Er schien erschrockener und erstaunter zu sein als die anderen. »Wir dürfen das einfach nicht zulassen«, sagte er.

»Würden Sie ihm denn die Frauen anvertrauen?«, fragte Mary Bee.

»Vester ist genauso verantwortlich für …«

»Würden Sie das tatsächlich tun?«

Es war keine Frage, dass sie recht hatte. Er sah beiseite.

»Sie hat recht!«, rief Garn Sours. »Miss Cuddy, das ist mächtig anständig von Ihnen.«

Ihre Beine gaben nach, und sie setzte sich wieder auf die Bank.

»Wann wollen Sie sich auf den Weg machen?«, fragte der Prediger.

»Sobald ich kann, wir haben jetzt sehr günstiges Wetter. Wenn wir in etwa einer Woche oder spätestens in zehn Tagen aufbrechen, kann ich rechtzeitig wieder zurück sein, um die Ernte einzubringen.«

»Miss Cuddy, Sie sind eine Klassefrau«, sagte Otto Petzke bewundernd und verbeugte sich fast vor ihr.

»Ja, das stimmt«, pflichtete Thor Svendsen ihm bei. »Sagen Sie uns, was Sie brauchen, und wir besorgen es Ihnen.« Er nickte immer noch voller Anerkennung, beugte sich dann aber plötzlich zu ihr hinunter und flüsterte in ihr Ohr: »Aber nehmen Sie sich vor meiner Gro in Acht! Kehren Sie ihr nicht den Rücken zu, sonst wird sie Sie umbringen!«

Sie versuchte, sich das zu merken, und hörte dann ihre eigene Stimme sprechen. Sie verlangte einen robust gebauten Wagen mit Dach und ein gutes Gespann, vielleicht ein Paar Wallache, die leicht zu lenken waren. Außerdem bat sie um ausreichend Proviant und um eine Vorratskiste mit Geschirr und Werkzeug. Die Männer beteuerten, für alles sorgen zu wollen. Dowd hielt ein Stück Papier in der Hand, von dem er laut einen Namen und eine Adresse ablas. Anschließend reichte er Mary Bee den Zettel. »Altha Carter, Gattin von Reverend Jonas Carter, Frauenhilfswerk der methodistischen Kirche in Hebron, Iowa.« Sie verstaute das Papier in einer Tasche. Dowd sagte, er würde Altha Carter sofort einen Brief schreiben, in dem er ihr ankündigen wolle, dass sie mit vier Reisenden zu ihr unterwegs sei. Cuddy hörte genau zu, wie Dowd die Männer anwies, ihren Frauen Papiere mit den Namen und Adressen der Verwandten mitzugeben, zu denen sie dann weiter überführt werden sollten. Mary Bee sollte diese Papiere für die Frauen auf ihrem Weg zu Altha Carter aufbewahren. Dowd trug den Männern auf, ihren Frauen warme, einfache und möglichst praktische Kleider anzuziehen. Und wieder hörte sie ihre eigene Stimme, die hinzufügte, sie sollten den Frauen auch Decken mitgeben und ein paar Toilettenartikel, wie Kamm und Bürste, Seife, ein oder zwei Handtücher und eine Garnitur Unterwäsche zum Wechseln in einem Beutel zusammenpacken. Dowd schnippte mit den Fingern. Was sollte man jetzt mit Vester Belknap machen? Mary Bee sagte, sie würde ihm mitteilen, was sie beschlossen hatten. Also, das wär's dann, sagte Dowd schließlich zu den Männern. Er hoffe, dass sie gut zugehört hätten, denn es wäre durchaus möglich, dass er sie nicht mehr sehen würde, bis Mary Cuddy käme, um die Frauen abzuholen. Er fragte sie noch einmal, wann sie aufbrechen wolle, und sie erwiderte, in ungefähr einer Woche. Eins noch, sagte der Prediger abschließend, je weniger über dieses Unternehmen und die ganze tragische Geschichte geredet würde, desto besser. Es wäre zu ihrem eigenen Besten und auch zum Besten der Frauen in der Nachbarschaft.

Otto Petzke, Thor Svendsen und Garn Sours dankten Miss Cuddy noch einmal und versicherten ihr, dass sie in einer Woche alles parat haben würden. Sie könne sich darauf verlassen, und sie und ihre Familien würden ihr bis in alle Ewigkeit zu Dank verpflichtet sein. Mit diesen Worten gingen die drei mit Dowd schwerfällig zur Tür hinaus. Sie hörte, wie die Tür ins Schloss fiel, und sah, als sie sich umdrehte, dass Alfred Dowd noch einmal zurückkam.

Er setzte sich neben sie auf die Bank. Das Tageslicht

nahm nun schnell ab, und im Raum wurde es finster. Er nahm ihre breiten Hände in die seinen.

»Meine liebe Freundin«, begann er, »das ist unglaublich, was Sie da vorhaben, und sehr großmütig. Warum, warum nehmen Sie das auf sich?«

»Ich hatte das Gefühl, ich hätte keine andere Wahl.«

»Warum?«

»Vester wäre nicht gegangen. Sours ist noch ein Junge. Und ich habe gesehen, wie sehr sich die anderen wünschten, hierbleiben zu können. Ich bin ungebunden.«

Er dachte nach. »Wissen Sie noch, was ich über diese vier Frauen gesagt habe? Dass ihnen mehr abverlangt wurde, als sie geben konnten? Verlangen Sie nicht vielleicht auch zu viel von sich? Haben Sie allen Ernstes vor, eine so schwierige Sache anzugehen? Etwas so Gefährliches?«

»Ja, das habe ich.«

»Ich glaube Ihnen. Aber wenn Sie doch irgendwelche Bedenken bekommen, sagen Sie es mir. Wir können noch einmal losen. Wenn es sein muss, gehe ich an Ihrer Stelle.«

Sie schwieg.

»Also gut«, er ließ ihre Hände los, »was wir tun konnten, haben wir vorerst getan. Das gilt auch für Sie.«

Er beugte sich vor und stützte nachdenklich die Ellenbogen auf die Knie. Seine Stiefel waren verdreckt vom ersten Matsch dieses Frühjahrs. Sie bemerkte, wie eingefallen seine stoppeligen Wangen waren und wie groß der kahle Fleck an seinem Hinterkopf wurde. Er wurde älter, aber er kam nicht aus dem Tritt. Auch manche Männer mussten wohl am Rande des Wahnsinns leben, dachte sie. Ihr war die Geschichte eines Junggesellen in den besten Jahren zu Ohren gekommen, der oberhalb von Loup gelebt und sich erhängt hatte.

Dowd begann wieder zu sprechen. »Wenn Sie wirklich schon in einer Woche aufbrechen, sehe ich Sie vorher vielleicht nicht mehr. Also sollte ich Ihnen lieber jetzt etwas über die Frauen sagen, und was jede von ihnen um den Verstand gebracht hat. Mrs. Belknaps Geschichte kennen Sie, also werde ich Ihnen von den drei anderen erzählen.«

»Muss das sein?«

»Ich denke schon. Wenn Sie für sie sorgen und ihnen helfen wollen, ist es dann nicht besser, Sie wissen so viel wie möglich über sie?«

»Sie haben recht.«

Er erzählte ihr, was mit Arabella Sours geschehen war.

Er berichtete, was er von Hedda Petzke wusste.

Und dann erzählte er ihr, was Gro Svendsen durchgemacht hatte.

»So ist das also. Sie haben sie bald unter Ihren Fittichen«, schloss er seinen Bericht. »Das Schlimmste wissen Sie nun.« Er wartete auf eine Reaktion von ihr. Aber er wartete vergebens.

Er ging hinüber zur Kanzel, setzte seinen Hut auf und wickelte seinen Schal wieder um den Hals. »Gehen Sie jetzt nicht heim?«, fragte er. »Wenn Sie sich jetzt gleich auf den Weg machen, könnte ich ein Stück mit Ihnen zusammen reiten.«

»Nein«, erwiderte sie, »ich bleibe noch. Ich muss nachdenken.«

»Ja, natürlich.« Er kam zu ihr und legte seine Hand auf ihre Schulter. »Auf Wiedersehen, meine Liebe. Und danke, im Namen von uns allen. Wenn irgendetwas schiefläuft, oder auch, wenn Sie es sich anders überlegen sollten, kommen Sie zu mir.«

»Auf Wiedersehen, Alfred.«

Er ging entschlossen auf die Tür zu, aber bevor er sie öffnete, kehrte er ein zweites Mal zu ihr zurück. »Lassen Sie uns beten«, schlug er vor. Sie senkte den Kopf. Er legte seine Hand beschützend auf ihr Haupt. »Heiliger Vater«, betete er, »sieh herab auf Deine Tochter. Segne sie und gewähre ihr Deinen Beistand bei dieser schwierigen Aufgabe. Gib ihr Deine Kraft und lenke sie mit Deiner Gnade. Lass diesem Unternehmen Erfolg beschieden sein. Ich bitte Dich im Namen Deines Sohnes, der Sein Leben für uns Menschen gab. Amen.«

Schließlich war sie allein.

Während das Tageslicht hinter den Fenstern immer schwächer wurde, saß sie auf der Bank, die Hände im Schoß gefaltet. Sie war eine breitschultrige Frau. Bekleidet war sie mit einer Kaninchenfellmütze, einem schwarzen Tuchmantel, einem Holzfällerhemd, Leinenhosen und robusten Vier-Dollar-Stiefeln. Die Mütze war ihr ganzer Stolz. Sie lag eng an und hatte Ohrenschützer, die sie bei mildem Wetter nach oben klappen konnte. Die Kaninchen hatte sie selbst geschossen, die Felle eigenhändig gegerbt und geglättet, sie dann nach ihrem eigenen Entwurf zugeschnitten und mit einem gewachsten Leinenfaden der Stärke Nr. 8 zusammengenäht. Der Wind draußen mahnte sie, nicht an das zu denken, was zu tun sie angeboten hatte. Stattdessen zwang sie sich, den kommenden Sommer und Herbst zu planen. Sie würde sechzig Morgen mit Weizen bestellen, der nach ihrer Berechnung vierzig bis fünfzig Cent pro Scheffel bringen würde. Sie schätzte, dass Schweine im kommenden Herbst drei Dollar pro Zentner einbringen würden. Also beschloss sie, noch im Frühjahr Ferkel zu kaufen und sie mit dem Mais zu mästen, den sie von der letzten Ernte übrig hatte. Außerdem hatte sie vor, Kürbisse zu setzen. Zwei oder drei Fuhren würden ihr in der Stadt ein nettes Sümmchen einbringen, und was sich nicht verkaufen ließ, konnte sie immer noch ans Vieh verfüttern. Kühe waren auf Kürbisse so wild wie Pferde auf Äpfel.

Ein Vers zu Beginn der Genesis lautet: »Und die Erde war wüst und leer, und Finsternis lag auf der Tiefe.« Sie interpretierte das Wort »Tiefe« nun als eine finstere Leere. Was ihr widerfahren war, löste in ihr eine Empfindung aus, als hätte die Leere von ihr Besitz ergriffen. Sie fühlte sich plötzlich wie ausgehöhlt und ausgelaugt. Bis sie zwei andere Dinge spürte. Es war, als würde ein Streichholz angezündet, als flackere ein Licht auf, und bald brannte eine Flamme in ihr lichterloh. Es war Wut, dieselbe brennende Wut, die sie vorher auf Vester gehabt hatte. Und zugleich bildete sich in ihrem Inneren ein Eiskristall, der größer und größer wurde, bis sie schließlich von eisiger Kälte durchdrungen war. Es war dieselbe lähmende Angst, die sie damals vor der Schlange erfasst hatte. Sie hatte schon häufiger festgestellt, dass es meist eher aus Furcht als aus Wut geschah, wenn die Leere Besitz von ihr ergriff. Es geschah vor allem, wenn sie in den langen Winternächten allein in ihrem Haus saß, so wie jetzt hier auf der Bank auch, und die Wölfe draußen heulten. Wenn sie dann so dasaß, spürte sie oft, wie der Eiskristall in ihr wuchs und die Kälte sich in ihr ausbreitete. Sie fröstelte. So stand sie auf und ging zur Tür. Draußen, wo es inzwischen fast dunkel war, beschloss sie, sich noch zu erleichtern, bevor sie aufbrach. Sie ging um die Kettle-Schule herum zur Außentoilette an der Rückseite des Hauses. Sie trat hinein und schloss die Tür. Dann öffnete sie ihren Mantel, zog die Hosen und sackleinenen Unterhosen herunter und setzte sich auf das Loch. Noch während sie sich setzte, fiel ihr Theoline Belknap ein. Sie schrie entsetzt auf. Dann sprang sie hoch, raffte ihre Kleider zusammen und rannte aus dem Toilettenhäuschen. Jetzt war sie innerlich völlig kalt und leer vor Furcht. Sie band Dorothy von der Haltestange los, saß auf und wendete die Stute. Sie stieß ihr die Hacken leicht in die Flanke, und bald darauf noch einmal, um sie vom Trab in einen leichten Galopp zu zwingen.

Sie dachte nicht nur an das, was Theoline getan hatte.

Sie dachte auch an das, was sie selbst, Mary Bee Cuddy, getan hatte.

Allein auf sich gestellt konnte sie unmöglich ein Gespann und einen Wagen führen, geschweige denn vier geisteskranke Menschen den ganzen Weg bis über den Missouri hinüber versorgen und pflegen, beschützen und trösten. Nein, das schaffte sie nicht allein. Welche Frau in der gesamten Christenheit könnte das alleine schaffen?

Sie brauchte Hilfe.

Andy Giffen hätte sich gerne mit ihr zusammen auf den Weg gemacht, aber Andy Giffen war ostwärts gezogen, um sich eine Frau zu suchen.

Was sollte sie nur tun? Ihren Stolz hinunterschlucken und Alfred Dowd bitten, noch einmal losen zu lassen? Sollte sie die anderen anflehen, selbst den jungen Sours?

Oder sollte sie vor Vester auf die Knie fallen und Tränen vergießen? Sollte man es den armen Alfred probieren und ihn scheitern lassen? Sollte sie vortäuschen, krank und somit außerstande zu sein, die Aufgabe zu übernehmen?

Nein, aber sie brauchte Hilfe.

Doch wer in Gottes Namen würde ihr helfen?

Sie hatte durch den Schnee den Weg zu Vester eingeschlagen, um es schnellstmöglich hinter sich zu bringen und ihm mitzuteilen, was beschlossen worden war. Aber nun, nachdem sie eine Meile weit geritten war, lenkte sie Dorothy heimwärts nach Nordosten und ließ sie in Trab fallen. Es war inzwischen Nacht, und sie zitterte vor Kälte. Sie klappte die Ohrenschützer ihrer Kaninchenfellmütze hinunter und ritt, zunehmend von Furcht erfüllt, weiter.

Als sie drei Meilen später zu Hause ankam, hatte sie panische Angst und schnappte atemlos nach Luft. Eilig gab sie ihrer Stute Wasser, brachte sie in den Stall, sattelte sie ab und füllte ihre Raufe bis oben hin mit Heu. Dann hastete sie ins Haus. Sie zündete zwei Kerzen an und stellte sie an den beiden Tischenden auf. Dann warf sie Hut und Mantel ab, schürte das Feuer im Herd und zog Stiefel, Hemd und Hose aus. Aus der Kommode nahm sie ihr schönstes Kleid, das Theoline für sie genäht hatte. Es war aus glänzendem kastanienbraunem Taft, der ihr dunkles Haar – wie sie fand – perfekt zur Geltung brachte. Sie trug ihr Haar meist mit Kämmen hochgesteckt, aber bei festlichen Anlässen ließ sie es für dieses Kleid herunter und hielt es nur mit einem kastanienbraunen Band zusammen. Das Kleid war bodenlang, mit geknöpftem Mieder und Rüschen an den Manschetten und um den hochgeschlossenen Ausschnitt herum. Sie zog es über den Kopf, ohne es aufzuknöpfen. Dann setzte sie sich an den Tisch und breitete die Fünf-Oktaven-Tastatur eines Harmoniums aus, die sie aus einem Stück Musselin genäht hatte. Es war eine hervorragende Nachbildung in Originalgröße. Die weißen Tasten waren umrahmt, und die dunklen mit einer Farbe bemalt, die sie aus zerstoßenen, gekochten Walnussschalen gewonnen hatte. Sie glättete die Stofftastatur, legte ihre Hände darauf und begann zu spielen. Als sie wieder zu Atem gekommen war, begann sie mit einer tiefen Altstimme zu singen. Sie liebte Musik. Während sie spielte und sang, spürte sie, wie das Eis in ihr schmolz. Langsam wich die Leere wieder ihrem eigenen, warmen und starken Selbstwertgefühl. Sie hatte es an den endlosen Abenden dieses Winters oft so gemacht. Mary Bee Cuddy glaubte manchmal, dass ihr dies ihre geistige Gesundheit bewahrt hatte. Sie sang Hymnen und Balladen, traurige und heilige Lieder, und dann beendete sie ihr Konzert mit ihrer Lieblingsballade: *Take Thee This Token.*

In dieser Nacht waren sie zu fünft: Charley Linens, John Cox, Martin Polhemus, der ein Seil mitgebracht hatte, Henry Caudill und der Mann, der neu dazugestoßen war: Thor Svendsen. Thors Frau war in einer schlimmen Verfassung, und er besaß ein Pfund Schießpulver.

Am Himmel über ihnen ballten sich Wolken zusammen, aber es waren vom Wind gejagte Wolken, die ab und zu das Mondlicht durchscheinen ließen. Sie sprachen nur wenig. Jeder von ihnen hatte das Gefühl, dass heute etwas zu Ende gebracht werden würde. Sie hatten reichlich Zunder und Schießpulver, und sie waren diesmal genug Männer, um den Landräuber ein für alle Mal loszuwerden. Martin Polhemus brachte es auf den Punkt: »Jungs, heute jagen wir seinen Arsch in die Luft – bis in Gottes seliges Reich.«

Sie näherten sich Andy Giffens Schornstein, und Henry Caudill stieg mit dem Päckchen Schießpulver in der Hand vom Pferd. Er war derjenige, der hier den Feuerteufel spielen würde. Er sagte, er gäbe ihnen etwa zehn Minuten Zeit, dann würde er das Zeug in den Schornstein schmeißen und so schnell wie möglich herunterkommen, um das Feuerwerk mitzuerleben.

Sie ließen ihn allein und ritten die Schlucht ein Stück tiefer hinab. Dort banden sie ihre Pferde an einer Krüppelkiefer fest, zogen ihre Gewehre aus den Satteltaschen und krochen dann wie die Indianer hinter dem Stall entlang. Aber sie konnten den Gaul des Landräubers nicht an der Nase herumführen. Als sie vorbeischlichen, wieherte er ein paarmal laut und schnaubend. Als sie sich dann im Schutz des Stachelbeergestrüpps schräg gegenüber dem Erdhaus befanden, legten sie sich flach auf den schneebedeckten Boden. Von hier aus beobachteten sie den Lichtschein, der aus einer Ritze des Holzfensters drang, und verfolgten Henry Caudill mit ihren Blicken.

Als das Schießpulver in das Feuer im Ofen fiel, gab es den ohrenbetäubendsten Krach, den sie je in ihrem Leben gehört hatten. Erdklumpen wurden durch die Luft geschleudert und fielen in der Schlucht verstreut zu Boden, bedeckten ringsum die Büsche und prasselten auch dicht neben den Männern nieder. Als die Explosion vorüber war, kamen sie wieder auf die Füße und versuchten zu erkennen, was geschehen war.

Caudill hatte ganze Arbeit geleistet. Die halbe Vorderwand des Erdhauses war wie weggeblasen, Tür und Fenster eingeschlossen. Vom Schornstein war nichts, aber auch gar nichts mehr übrig geblieben. Sie vermuteten, dass der Mann im Haus bei der Explosion von den Eisenteilen des Ofens erschlagen worden war. Jetzt hatten sie zwar Andy Giffens Besitz gerettet, aber bei seiner Rückkehr würde er ein trauriges Bild vorfinden und feststellen müssen, dass eine Menge Arbeit vor ihm lag.

Henry Caudill stieß atemlos und keuchend wieder zu ihnen und sagte, okay, lasst uns nachsehen, ob der Kerl auch wirklich tot ist. Sie hielten ihre Gewehre schussbereit und gingen als dicht geschlossene Gruppe zu dem halbrunden Loch hinüber, das einmal die Vorderseite der Erdwohnung gewesen war. Sie waren nur noch wenige Ruten entfernt, als sie plötzlich wie angewurzelt stehen blieben.

Denn gerade eben war der Mond zum Vorschein gekommen – und mit ihm Briggs. Er wankte aus dem Loch heraus und stolperte wie ein blinder, taubstummer Mann orientierungslos im Kreis herum. Er wusste weder, wo er sich befand, noch, welcher Wochentag es war. Er bot einen merkwürdigen Anblick. Sein Gesicht war von Ruß geschwärzt. Sein Haar stand nach allen Seiten ab. Alles, was er am Leibe trug, war seine Unterwäsche, die ebenso verkohlt war wie ein paar Fetzen, die gerade noch seine Hose gewesen waren. Auch seine nackten Füße waren rußgeschwärzt. Plötzlich schlurfte er auf Henry Caudill zu und streckte die Hände aus, als suche er nach einem Halt. Aber anstatt ihn aufzufangen, rammte Henry Caudill ihm den Gewehrkolben seiner Waffe in die Rippen.

»Bleib, wo du bist, Mister!«, warnte Henry. »Ich würde dich mit Vergnügen abknallen.«

Briggs drehte sich um, und Charley Linens sagte mit schneidender Stimme: »Los, umstellt ihn! Lasst ihn nicht entkommen.«

Sie kreisten ihn ein, und jedes Mal, wenn er ihren Kreis durchbrechen wollte, lief er in ein Gewehr. Da standen sie, die fünf gottesfürchtigen Farmer, und umringten ihn mit keuchendem Atem. Sie waren wachsam wie die Schießhunde. Tatsache war, dass sie Angst vor ihm hatten, und zwar seit jenem Nachmittag, als er wie der Blitz seine Waffe gezogen und auf sie geschossen hatte. Und obwohl er jetzt vollkommen wehrlos vor ihnen stand, hatten sie keine Ahnung, was sie mit ihm anfangen sollten. Aber einem von ihnen fiel doch etwas ein.

»Oh, ich bin verdammt froh darüber«, begann Martin Polhemus, »ich bin froh, dass der Hurensohn nicht draufgegangen ist. Jungs, ich hab euch schon gesagt, dass ich ihn gerne ein bisschen an der Leine hätte. Darum habe ich ja auch das Seil mitgebracht. Los, setzen wir ihn auf ein Pferd und bringen ihn runter zum Fluss, unter einen dieser großen, alten Bäume. Dort werden wir ihn aufknüpfen, und dann reiten wir nach Hause.«

»Also, ich weiß nicht recht«, sagte Charley Linens zögernd.

»Aber ich«, erwiderte John Cox, der im Grunde ein friedfertiger Mann war. »Ich bin für Martins Vorschlag. Zu Hause wartet ein warmes Bett auf mich.«

»Ich bin auch dafür«, meldete sich Henry Caudill, »was ist mit dir, Thor?«

Svendsen, der große, hagere Norweger, der das Schießpulver mitgebracht hatte, sagte entschlossen: »Hängen wir ihn auf. Wenn wir ihn laufen lassen, wird er anderen ihr Land klauen. Wenn wir ihn aufknüpfen, kann er nichts mehr anrichten.«

Das leuchtete allen ein. »In Ordnung«, gab Charley Linens nach, »mir ist nicht ganz wohl dabei, aber ich mach mit.«

Ihr Entschluss ließ Betriebsamkeit aufkommen. John Cox hielt den Gefangenen in Schach, während Linens, Polhemus und Svendsen in den Stall gingen und versuchten, das Pferd des Landräubers nach draußen zu bringen. Aber der Gaul wollte sich ums Verrecken nicht von der Stelle bewegen. Er war so störrisch wie ein Esel. Er schnaubte und bockte, schlug aus, schnappte nach ihnen und machte einen höllischen Krach. Schließlich holten sie Briggs und bugsierten ihn in den Stall. Das beruhigte das störrische Biest endlich. Sie packten den Gaul am Halfter, führten ihn nach draußen und halfen Briggs beim Aufsitzen. Sie banden dem Mann die Hände auf dem Rücken und die Füße unter dem Bauch des Pferdes zusammen. Caudill brachte nun die anderen Pferde. Sie saßen auf, zogen Briggs Rotschimmel hinter sich her und ritten die Schlucht eine Viertelmeile hinunter, dorthin, wo sie sich zum Nordufer des Kettle Rivers hin öffnete. Hier befand sich ein kleines Wäldchen, das zum größten Teil aus Pappeln und Platanen bestand. Sie entschieden sich für eine große Platane, die mit einem ihrer kräftigen Äste das T bildete, das sie für ihre Zwecke brauchten. Sie stiegen ab und führten das Pferd mitsamt seinem Reiter unter den Baum. Falls der Reiter wusste, wo er sich befand oder was man mit ihm vorhatte, so ließ er es sich nicht anmerken. Henry Caudill war geschickt im Umgang mit Seilen, und so war er es, der die Schlinge wand und knüpfte. Er streifte sie Briggs über den Kopf, warf den Rest der Seilrolle über den Ast und zog sie dann durch eine Astgabel. Dann wand er das lose Seilende um den Baumstamm und zog es vorsichtig fest, immer darauf bedacht, dass es nicht zu straff war, sodass es Briggs nicht schon jetzt die Luft abschnürte, aber dennoch straff genug, um seinen Kopf aufrecht zu halten, damit er kerzengerade dasaß und geradeaus blickte wie ein Soldat in Hab-acht-Stellung. Sie zurrten den Strick noch dreimal um den Baumstamm und sicherten ihn dann mit einem Laufknoten, den sie festzogen. Schließlich traten die Männer ein paar Schritte zurück und betrachteten zufrieden ihr Werk.

»Ich werde ihm selbst das Pferd unter seinem Arsch wegscheuchen«, kündigte Martin Polhemus an.

»Und was passiert dann?«, fragte John Cox.

»Er wird nicht sehr tief fallen«, erklärte Henry Caudill, der Mann aus Missouri, »es wird ihm nicht das Genick brechen. Es schnürt ihm nur die Luft ab. Ich schätze, dass es ein, zwei Minuten dauern wird, bis er tot ist. Vielleicht nicht ganz so lange.«

»Na, dann mach's gut, du Hurensohn«, sagte Martin Polhemus spöttisch zu Briggs. »Ich geb dem verdammten Gaul einen so kräftigen Schlag, dass er von hier bis nach Iowa galoppiert.«

»Warte noch«, meldete sich Charley Linens plötzlich zu Wort. Er ging hinüber zur Platane und lehnte seine Stirn einen kurzen Moment an ihren Stamm. Dann drehte er sich um und kehrte wieder zu den anderen zurück. »Jungs, hört mir mal zu«, begann er, »was wir hier machen, ist schlicht und einfach Lynchjustiz. Ich hab noch nie einen Menschen umgebracht, und ich lege auch jetzt keinen Wert darauf. Ich habe zu Gott gebetet und dabei gespürt, dass wir es nicht tun sollen. Wir dürfen ihn nicht lynchen. Lassen wir ihn sich selbst richten.«

»Wie das denn?«, fragte Thor Svendsen verblüfft.

»Lassen wir ihn einfach allein«, erwiderte Charley. »Lassen wir ihn einfach so hier zurück, wie er jetzt auf seinem Pferd sitzt. Der Strick ist um einiges fester als ein Halstuch. Früher oder später wird sich das Pferd von selbst unter seinem Hintern wegbewegen. Und dann wird er sich selbst erhängen, und wir haben unsere Hände nicht mit Blut befleckt.«

»Scheiße«, sagte Martin Polhemus nur.

»Martin, denk an das, was ich gesagt habe.« Charley Linens verschränkte seine Hände ineinander. »Wollen wir etwas auf uns laden, wofür wir später Gottes Vergebung bedürfen? Und was, wenn er es nicht tut, uns vergeben, mein ich?« Er appellierte an das Gewissen der anderen. »Denkt drüber nach, Jungs. Wir sind alle gläubig. Er ist ohnehin schon so gut wie tot. ›Die Rache ist mein‹, sagt der Herr. Also, lasst uns nach Hause reiten und die Rache dem Herrn überlassen.«

Nach diesen Worten sagte keiner mehr etwas. Sie traten ratlos in den Schnee oder starrten auf den vereisten Fluss hinaus. Unerwarteterweise war Martin Polhemus der Erste, der dem Vorschlag zustimmte. Er stapfte durch den Schnee zu seinem Pferd und schwang sich missbilligend in den Sattel.

»Scheiße«, sagte er noch einmal.

Die anderen gingen ebenfalls langsam zu ihren Pferden und saßen auf. Aber anstatt gleich loszureiten, verharrten sie einen Moment lang an dem Baum und warfen einen letzten Blick auf ihr Meisterstück. Da saß dieser Dieb auf dem ungesattelten Pferd, stumm und gefesselt, starr und aufrecht wie ein Stock, ein Reiter auf dem Weg nach nirgendwo, auf der Suche nach nichts und niemand. Wenn er den Kopf auch nur zur Seite wandte oder ihn sinken ließ, würde das Seil sich in seine Kehle schneiden. Charley Linens hatte recht. In einer oder spätestens in zwei oder drei Stunden würde das vierbeinige Biest, auf dem er saß, sich rühren oder wegtrotten, um zu grasen. Und dann würde mit dem verdammten Landräuber das geschehen, was das Gesetz der Schwerkraft bestimmte. Er würde hängen.

Martin Polhemus schüttelte seine Faust in Briggs' Richtung. »Auf Nimmerwiedersehen, du landklauender Mistkerl. Mir tut nur leid, dass wir dich nicht an den Eiern aufgehängt haben.«

»Hey, du dreckiger Landdieb«, rief Henry Caudill, »tut mir schrecklich leid, aber in der Hölle gibt's wohl kein Land mehr zu klauen. Da unten ist alles längst dicht besiedelt.«

John Cox keifte mit schriller Stimme. »Kannst du uns jetzt eigentlich sagen, wie in Gottes Namen du heißt?«

Natürlich bekam er keine Antwort. Sie trabten auf ihren Pferden aus dem Wäldchen hinaus. Im Schein des Mondlichts, das ab und zu durch die Wolken brach, ritten sie die Schlucht hinauf. Wahrscheinlich fragte sich jeder der Männer, ob sie nicht einen Fehler gemacht hatten. Hätten sie ihn nicht doch lieber hängen, vom Strick schneiden und gleich hier und jetzt begraben sollen? Oder hatten sie letzten Endes doch das Richtige getan, indem sie ihn einfach sich selbst überließen? Ebenso wahrscheinlich, wie jeder sich das fragte, wusste keiner von ihnen die Antwort.

Am frühen Morgen machte sich Mary Bee auf den Weg nach Loup. Ein Mann namens Hessler war tags zuvor am Nachmittag bei ihr vorbeigekommen, um ihr eine Nachricht von Alfred Dowd zu überbringen: Der Wagen und das Gespann sowie alles Übrige wären für sie bereit und stünden beim Schmied.

Obgleich sie sich davor gefürchtet hatte, war sie am gestrigen Morgen zu Vester Belknap hinübergeritten, um ihm alles zu erzählen. Sie ging nicht ins Haus, um nach Theoline oder den Mädchen zu sehen. Sie berichtete nur von der Auslosung, sagte, dass Petzke, Sours und Svendsen da gewesen seien und dass sie das schwarze Korn für ihn gezogen hatte. Und da er schließlich gesagt hatte, dass er nicht nach Osten gehen würde, hätte sie freiwillig angeboten, es an seiner Stelle zu tun. Es war nur gut, dass sie von vornherein keine Dankbarkeit von dem Mann aus Kentucky erwartet hatte. Um sein schlechtes Gewissen zu verbergen, überhäufte er sie mit Hohn und Spott. Sie sei genauso verrückt wie diese vier Frauen. Sie würde niemals heil dort ankommen. Sie würde irgendwo auf halber Strecke, mitten im Nichts, liegen bleiben, und dort würden sie dann alle verhungern oder von verdammten Indianern gefangen genommen und umgebracht werden. Nein, er mache sich zu viel aus seiner Frau, um sie irgendeinem dummen Weibsstück anzuvertrauen. Sie ließ ihn ausreden und sagte dann, dass die Situation nun einmal so sei. Sie würde gehen, da könne er nichts dagegen tun. Ihr Wagen könne nun jeden Tag bereitstehen, und wenn es so weit wäre, würde sie sofort damit beginnen, die Frauen abzuholen. Sie würde bei ihm zuletzt vorbeikommen, um zu sehen, ob er seine Meinung geändert hätte. Das wäre dann seine letzte Chance. Wenn er sich's noch anders überlegen sollte, dann sollte er ein Papier für Theoline vorbereiten, auf dem Name und Adresse ihrer Familie notiert waren. Und er solle Decken, Kamm und Bürste, Seife, Handtücher und eine Garnitur frischer Unterwäsche für sie zusammenpacken. Wenn nicht, wenn er Theoline dabehielte, dann könne er sich sicher sein, dass es von nun an ganz allein seine Angelegenheit wäre, für seine Frau zu sorgen und sie zu pflegen. Vester schickte ihr einen Schwall von Flüchen nach, die zu obszön waren, als dass man sie hätte überhören können. Sie drehte sich im Sattel um und rümpfte die Nase.

Mary Bee Cuddy war seit November nicht mehr in der Stadt gewesen. Sie hatte den Winter über eine lange Liste der Dinge zusammengestellt, die sie brauchte. Aber dieser Einkauf konnte warten, bis sie aus Iowa zurück war. Es war ein sonniger Tag, an dem sie die zehn Meilen nach Loup zurücklegte. Die Schneewehen fielen wie Kuchenteig in sich zusammen. Wasser gurgelte in den Furchen neben dem Weg. Zahllose magere Kaninchen hoppelten über die Prärie. Ihre Stute Dorothy roch, dass es Frühling wurde, und tänzelte leicht.

Aus der Sicht eines Vogels musste Loup wie ein Haufen verstreuter Büffelexkremente aussehen. Von ebener Erde aus sah man auf eine Ansammlung von Hütten und andere kleine Gebäude. Einige waren aus Grassoden gebaut, andere aus Baumstämmen, und manche aus beidem. Die Gebäude standen in verschiedene Senken verstreut, zwischen ihnen schlängelte sich eine breite Spur aus Schlamm und Dung. Es gab in Loup einen Gemischtwarenladen, in dem man auch Kurzwaren erstehen konnte und in dem die Post – sofern welche kam – sortiert wurde. Dann gab es noch eine Bank mit einem Tresen, einem Schreibpult und einem Safe und einen Saloon mit einem großen Whiskey-Fass und einer Theke, die aus Brettern bestand, welche man über Sägeböcke gelegt hatte. Außerdem gab es einen Viehhof, in dem man Pferde und Maultiere kaufen und verkaufen konnte. Wenn genug Nachfrage bestand, schlachtete man hier auch Rinder und Ferkel. Und schließlich war da noch Buster Shavers Niederlassung, die aus einer hölzernen Schmiede, einem Schuppen und einem Stall mit einem Dach aus Ästen und Gebüsch bestand. Bei gutem Wetter konnte man etwa hundert Menschen und ebenso viele Hunde in Loup zählen – außer am Sonntag; bei schlechtem Wetter waren es nur halb so viel, die Hunde bereits mitgerechnet.

Mary Bee war von ihrer Post enttäuscht. Sie hatte nichts bekommen außer einem Brief von ihrer verheirateten Schwester Dorothy aus Geneva, New York, die niemals versäumte, ihr den allmonatlichen Brief zu schicken, und einer Karte von einer Baumschule in Wayne, Indiana, die sie überreden wollte, einen Obstgarten mit Apfel-, Pflaumen- und Kirschbäumen anzulegen. Was für eine Unverschämtheit! Aufgrund derselben Karte hatte sie von ebendieser Baumschule im letzten Jahr mehrere Bäume dieser Arten bestellt. Als die Schößlinge geliefert wurden, waren sie in einem so armseligen Zustand, dass sie nicht mehr anwuchsen. Zwar hatte sie ihr Geld zurückverlangt, aber das war, als renne man gegen eine Mauer an. So eine Frechheit! Der Angestellte in dem Gemischtwarenladen erzählte ihr, er hätte erfahren, dass noch eine Tonne Post in Wamego lagern würde, aber ein weit größerer Haufen Briefe wäre in St. Joe hängen geblieben. Es würde wahrscheinlich noch einen Monat dauern, bis die Transportwege wieder frei wären. Sie kaufte sich für einen Dime Cracker und Käse zum Mittagessen.

Buster Shaver hatte sein Geschäft in Loup aufgebaut, noch bevor es Loup selbst überhaupt gab. Der Ort gehörte so zu ihm, wie ein Wurf Schweine zur Sau gehört. Zwei wichtige Dinge spielten sich dort ab: die Instandhaltung des Transportwesens und die Informationsvermittlung. Beides war von grundlegender Wichtigkeit: das Transportwesen für die materielle Versorgung, die Informationsvermittlung für die Befriedigung der Neugier. Er beschlug ein Pferd und erzählte einem gleichzeitig, wer krank war; er reparierte eine kaputte Achse und informierte einen darüber, welche Farm kurz vor der Zwangsversteigerung stand. Oder er fertigte einen Wagenschwengel und berichtete einem dabei, wer schwanger war; und während er dann das Rad einsetzte, erfuhr man auch noch, wer der Vater war.

»Hallo Mary Bee, hey, haben Sie schon von dem Landräuber gehört?« Er hielt den Hinterhuf eines lahmen Rotfuchses zwischen seine Beine geklemmt und war gerade dabei, ihn neu zu beschlagen.

»Hallo Buster, von welchem Landräuber sprechen Sie?«

Sie hatten sich zwar seit November nicht gesehen, aber es bestand trotzdem keine Notwendigkeit für sie, Süßholz zu raspeln. Mary Bee wie auch Buster waren Dreh- und Angelpunkte ihrer eigenen kleinen, sich gegenseitig bewundernden Fangemeinde.

»Na, von dem da drüben bei Andy. Briggs.«

»O nein, von dem habe ich noch nichts gehört.«

»Sie haben ihn letzte Nacht gelyncht.«

»Sie haben was?«

»Sie haben ihn mit Schießpulver aus der Erdwohnung gejagt, ihn aufgehängt und unter die Erde gebracht. Mehr weiß ich nicht.«

»Gütiger Gott, wer war es?«

Buster grinste. »Sie haben keine Visitenkarte hinterlassen.« Er ließ den Huf des Rotfuchses los. »Sagen Sie, wollen Sie sich jetzt nicht vielleicht Ihre Maultiere ansehen?«

»Maultiere?«

»Ja, ganz richtig.«

Wenn es irgendetwas gegeben hätte, auf das sie sich hätte setzen können, sie hätte es auf der Stelle getan. »Verfluchte Kerle! Maultiere! O nein, ich habe sie um ein gutes Gespann gebeten. Sie hatten mir versprochen ...«

»Petzke und Svendsen?«

»Ja.«

»Aber sie haben ein Gespann Maultiere für Sie gekauft. Es war sozusagen ein Sonderangebot. Also, nun kommen Sie schon, es wird Zeit, dass Sie sich mit den beiden vertraut machen.«

Buster schob sie aus der Schmiede und begleitete sie nach draußen. Er war ein Mann in den Fünfzigern mit kurzen Beinen, dafür aber langen Armen und breiten Schultern. Sein Aussehen erinnerte ein wenig an das eines Affen – sein Benehmen jedoch nie. Er führte sie in den Stall, wo die Maultiere standen. Mary Bee betrachtete die Tiere mit hoffnungslosem Blick.

»Ich habe keine Ahnung von Maultieren.«

»Wer hat die schon?«

»Sind sie gesund?«

»Gesund genug.«

»Sind sie störrisch?«

Er versuchte, eine ernsthafte Miene aufzusetzen. »Ich hab sie gefragt – und sie haben nein gesagt.«

»Warum knickt das eine sein Ohr so ab?«

Buster war in einer Zwickmühle. Um Zeit zu gewinnen, schnippte er einen Dreckklumpen von seiner Schürze. »Ich glaube«, stellte er die gewagte These auf, »es denkt nach. Denken muss für ein Maultier sehr schmerzhaft sein. Und da sein Hirn zwischen den Ohren liegt, knickt es sie wohl ab, um den Schmerz zu lindern.« Er seufzte. »Noch weitere Fragen?«

»Zum Teufel mit ihnen.«

»Mit den Maultieren?«

»Mit Otto Petzke und Thor Svendsen. Wie zäumt man Maultiere denn auf?«

»Genauso wie Pferde auch, wie sonst?«

»Zeigen Sie's mir.«

Buster begann damit, und sie half ihm mit Geschirr und Zaumzeug, bis ihr etwas auffiel und sie abrupt innehielt. »Warten Sie einen Moment. Sie zäumen die Maultiere ja so auf, als wollten Sie sie an einer Wagendeichsel anschirren. Ich habe einen guten, stabilen Wagen verlangt, nicht so ein Wägelchen zum Spazierenfahren! Was haben die …«

»Moment, Moment. Lassen Sie uns das hier erst fertig machen und die Tiere aufzäumen, dann können Sie immer noch anfangen zu toben.«

Sie beendeten die Arbeit, und Buster führte das Gespann aus dem Stall hinaus. Er benutzte die Zugriemen als Zügel und führte die Tiere hinter den Bretterschuppen. Mary Bee folgte ihm. »Mein Gott, was ist das denn?«

Der Anblick, der sich ihr nun bot, brachte sie mindestens ebenso aus der Fassung, wie die Maultiere es getan hatten. Das Gefährt, das da stand, sah aus wie eine riesige Kiste auf Rädern. Mitten in der Prärie, wo es nichts als flache Ebene gab, würde es auffallen wie ein mahnender Zeigefinger. Von Weitem betrachtet, hätte es auch ein Leichenwagen sein können. Wenn man es von Nahem sah, kam einem das Ding noch merkwürdiger vor. Es hatte fast etwas Verhängnisvolles an sich. Es war die Art Wagen, in der man Verbrecher transportierte oder in der man Soldaten langsam, unter ständigem Trommelwirbel, zum nächsten Feuergefecht karrte. Allein sein Anblick reichte schon aus, um einem das Herz in die Hose rutschen zu lassen.

»Man nennt das einen Kastenwagen«, erklärte Buster. »Ich hab ihn im letzten Jahr gegen eine Pflugschar eingetauscht und wusste dann nicht, was ich mit ihm anfangen sollte. So blieb er einfach hier im Schnee stehen. Dann kamen die beiden Bauerntölpel Petzke und Svendsen hier vorbei und fragten nach einem Wagen. Und da dachte ich, der hier sei gerade richtig für diese Frauen. Ich habe ihnen den Wagen billig verkauft. Hab auch noch 'n paar neue Speichen eingesetzt, neue Felgen drangemacht, hab 'n Rad ausgewechselt, die Fenster 'n bisschen vergrößert, sodass die Fahrgäste rausgucken können, und hab die Achsen noch mal tüchtig geschmiert. Und jetzt ist der Wagen fertig, bereit dazu, um die Welt zu fahren.«

Mary Bee tobte nicht. Sie ging langsam um den Wagen herum und suchte nach einem Grund, das Ding abzulehnen. Der Kasten war ungefähr zweiundzwanzig Fuß lang und fünf Fuß breit – und vom Boden aus gerechnet acht Fuß hoch. Sein Dach, der Boden und die Seiten waren rundum mit Dreiviertelzoll-Hartholz-Bohlen verkleidet, die von Wind und Wetter geglättet und dunkelgrau gefärbt worden waren. Vorne befanden sich ein Trittbrett und ein Sitz für den Fahrer mit weiterem Stauraum darunter. Das Dach war so beschaffen, dass man Bettzeugrollen, Proviant und Ähnliches darauf verstauen konnte. Zu diesem Zweck gab es auch eine zusammengefaltete Plane, eine Seilrolle und Befestigungsringe auf dem Dach. In jede Seite des Wagens waren zwei Fenster von je einem Fuß Breite eingelassen. Am hinteren Ende befand sich eine Doppeltür mit einer Stufe davor, an deren Seite ein Sechs-Gallonen-Wasserfass befestigt war. An der Rückseite des Kastenwagens waren ebenfalls Befestigungsringe angebracht, falls man weitere Pferde oder andere Tiere mitführen wollte. Der ganze Wagen stand auf sechsspeichigen, eisenbeschlagenen Rädern, die so hoch waren wie die eines leichten Einspänners. Als Mary Bee das Ding einmal umrundet und inspiziert hatte, öffnete sie die Tür der rückwärtigen Wand und kletterte in den Kasten hinein.

Buster bugsierte die Maultiere an ihren Platz, hakte die Deichsel fest und zog die Zugriemen des Halfters durch die Ösen des Geschirrs zurück zur Wagengabel. Er führte die Zügel am Mundstück des Zaumzeugs durch die Ringe und warf sie dann auf das Trittbrett. Dann ging er zur Rückseite des Wagens und kletterte ebenfalls hinein. Innen befand sich an jeder Seite des Wagens eine mit Scharnieren befestigte Bank, unter der ein kleiner Stauraum vorhanden war. Er setzte sich neben sie, während sie noch die Vorratskiste inspizierte, die für ihre Reise lebensnotwendig war. Sie entdeckte fast alles, was sie brauchen würde: Teller und Tassen aus Blech, Löffel und Gabeln, Streichhölzer, Salz und Pfeffer, Gewürze, Butter und Fett in verschlossenen Dosen. Was ihr fehlte, waren ein Untersetzer, Töpfe und Pfannen und ein Kaffeetopf. Buster erwiderte, sie säße bereits darauf, es befände sich alles unter der Bank. Und ein Ofen? Oben auf dem Dach, entgegnete er. Zwischen den Bänken zur Vorderfront hin seien außerdem ein Haufen Säcke und eine große verschlossene Dose verstaut. In den Säcken wäre Maismehl, Bohnen, Kartoffeln, Salz und Schweinefleisch. Und die Dose sei voll mit Sirup. Er deutete auf die Tür. »Ich habe einen Riegel angebracht.«

»Wozu?«

»Um die Damen einzusperren.«

»Warum sollte das nötig sein?«

»Denken Sie mal einen Augenblick nach.«

Sie überlegte. »Ach so«, sagte sie. Dann fiel ihr noch etwas ein. »Gibt es Befestigungspflöcke?«

»Vier Stück. Sie sind vorne unter dem Sitz.« Sie lehnte sich an die Bretterwand und sah sich im Inneren des Wagens um. Die grauen Holzwände ließen sie fast verzweifeln. »O mein Gott«, stöhnte sie.

»Mein Gott was?«

»Jetzt ist es so weit. So bald schon. Ich muss aufbrechen, und ich weiß nicht, ob ich wirklich schon dazu bereit bin.«

Buster lehnte sich vor und blickte aus dem Fenster in den sonnigen Morgen hinaus. »Haben Sie Angst?«

»Ein bisschen.«

»Mary Bee, hören Sie«, sagte er, »Sie haben einen stabilen Wagen, kräftige Maultiere, und Sie können sich auf sich selbst verlassen. Sie sind mindestens so gut wie irgendein Mann hier in der Gegend. Und es ist großartig, was Sie da tun. Also denken Sie nicht weiter darüber nach, tun Sie es einfach.«

»Das werde ich.« Sie sah aus dem gegenüberliegenden Fenster in den lieblichen, sonnigen Morgen hinaus. »Weiß man hier eigentlich davon?«

»Ja.«

»Und was sagen die Leute dazu?«

»Nichts. Sie reden über den Tod und über die Steuern, aber wenn einer verrückt geworden ist, dann halten sie alle den Mund.«

Beide schwiegen und dachten nach. Buster steckte einen Finger in den Mund und fuhr sich die Zähne entlang, als wolle er nachzählen, wie viele er noch hatte, um dann darüber nachzudenken, wie lange ihm die restlichen noch bleiben würden. Dann schlug er sich mit den Händen auf die mit Leder besetzten Knie, stand auf und kletterte die Stufe hinunter und aus dem Kasten. Mary Bee tat es ihm gleich. Buster schloss und verriegelte die Tür. Dann ging er nach vorn, griff in die Zügel des nächststehenden Maultiers und führte das Gespann hinter dem Schuppen hervor. Er band ihre Stute an einem der Befestigungsringe hinten am Wagen fest, kam wieder nach vorne und half Mary Bee auf den Kutschbock. Dann reichte er ihr die Zügel.

»Auf Wiedersehen, Mary Bee«, sagte Buster Shaver. »Die Leute fragen mich immer, warum ich nie geheiratet hab. Tja, ich hab nie geheiratet, weil ich nie eine wie Sie getroffen hab.«

Er drehte sich abrupt um und ging zur Schmiede hinüber, so als wage er nicht, noch mehr zu sagen oder auch nur einen Moment länger bei ihr stehen zu bleiben.

Mary Bee zog die Zügel an, schnalzte einmal mit der Zunge und wartete, dann schnalzte sie noch einmal, und nun setzten sich die Maultiere in ihrem Geschirr in Bewegung.

Als sie den Wagen aus Loup hinauslenkte, kamen ihr zwei Frauen aus dem Dorf entgegen. Sie rafften die Röcke, damit der Saum nicht im Schlamm schleifte. Vielleicht hätten sie ihr sonst zugenickt oder sie gegrüßt, aber als sie den Kastenwagen sahen, musterten sie ihn mit einem langen Blick, und es wurde ihnen bewusst, welches Ziel er ansteuerte und welche Fracht er transportieren würde, nämlich Frauen wie sie selbst. Und so wandten sie wortlos ihren Blick ab.

Sie hielt bei den Linens. Charley und Harriet wussten, was sie vorhatte – jeder wusste es inzwischen. Sie erzählte Charley, dass sie die Frauen am nächsten Morgen einsammeln würde und dass sie dann wohl vier oder fünf Wochen unterwegs sein würde. Könnte er sich in dieser Zeit vielleicht um ihre Farm kümmern? Er sagte, er würde es mit Freuden tun, er würde sich um ihren Besitz kümmern, als wäre es sein eigener. Und übrigens wolle er ihr bei der Gelegenheit auch noch sagen, wie sehr er ihren Mut bewundere. Er hatte noch nie zuvor einen Kastenwagen gesehen. Und so sah er sich das Innere des Wagens an und fragte sie, ob er die Proviantsäcke nicht oben auf dem Dach für sie verstauen solle. Ja, erwiderte sie, sie wäre ihm dankbar dafür. Während er mit dem Verstauen beschäftigt war, kam Harriet aus dem Haus, um sich von Mary Bee zu verabschieden. Als Charley fertig war und die Plane über die Ladung legte und festzurrte, zog Harriet Mary Bee plötzlich an sich, umarmte sie und ging dann tränenüberströmt ins Haus zurück.

Mary Bee machte sich wieder auf den Weg, und als sie etwa eine Meile zurückgelegt hatte, ging ihr plötzlich auf, dass dies heute für lange Zeit ihr letzter freier Tag sein würde. Sie änderte ihre Richtung. Sie dachte, sie sollte vielleicht einen Blick auf Andy Giffens Erdwohnung werfen und sich ansehen, wie es dort nach der Explosion aussah. Es war auch nur ein kleiner Umweg von drei Meilen, und der Tag war noch immer strahlend hell.

Eine plötzliche Zuneigung zu den Maultieren erfasste sie. Das rechte Maultier, der Denker, der seine Ohren immer abknickte, war das interessantere, aber das linke schien das Arbeitstier zu sein. Es war dem anderen mit seiner Schnauze immer ein Stück voraus. Es schien dasjenige zu sein, auf das sie sich verlassen konnte.

Einmal stand sie auf und sah sich nach Dorothy um, die sich wohl oder übel am Halfter hinter dem Wagen herziehen lassen musste. Das war eine neue und sicher sehr demütigende Erfahrung für sie. Dann fiel Mary Bee auf, dass sie ja in derselben Lage war: auch sie war an diesen Wagen gebunden und an die verrückten Frauen, und das durch einen Ehemann, der seine Pflicht nicht erfüllen wollte. Sie hatte sich selbst in dieses Joch gespannt. Das hatte sie ihrer eigenen, dummen Gutmütigkeit zu verdanken. Eine neue Erfahrung auch für sie – aber wohl kaum eine demütigende. Erschreckend war wohl das passendere Wort dafür.

Sie sah das Loch, das einst Andys Schornstein gewesen war, und lenkte die Maultiere mit straffen Zügeln in die Schlucht, den Hang hinunter bis hinter den Stall. Von dort aus führte sie das Gespann bis zu der Ruine des Erdhauses hinüber. Sie war entsetzt. Um Andys Besitz vor dem Landräuber zu retten, hatten sie sein Haus völlig zerstören müssen. Lynchen war eine noch viel zu geringe Strafe für diesen Kerl, den Buster, soweit sie sich erinnerte, Briggs genannt hatte. Aus einer Manteltasche zog sie die Cracker und den Käse und machte Mittag. Während sie da oben auf dem Kutschbock saß, musste sie aus irgendeinem Grund an eine Nacht im letzten September denken, als sie Andy zu sich zum Abendessen eingeladen hatte. Sie hatte extra ihr kastanienbraunes Taftkleid angezogen, hatte ein aufwendiges Mahl für ihn bereitet und hatte sogar gewagt, nach dem Essen ihre Stoffklaviatur hervorzuholen und für ihn zu spielen und zu singen. Mary Bees Gast schien sich rundum wohl zu fühlen: Er schaukelte in ihrem Schaukelstuhl hin und her und nahm ab und zu einen Schluck aus dem Whiskey-Krug, den er mitgebracht hatte. Sie hätte Andy Giffen lieben können. Er hatte wunderschöne schwarze Augen. Er war groß und kräftig. Angeblich war er neunundzwanzig – die Differenz zu ihren einunddreißig Jahren war praktisch null. Schließlich hatte sie zu singen aufgehört und ihm einen Vorschlag gemacht. Warum heiratete er sie eigentlich nicht? Warum sollten sie nicht ihr ganzes Hab und Gut zusammentun, ihr Land, ihre Tiere, die Geräte und Werkzeuge und ihr Leben, eben alles, was da so zusammenkam? Warum sollte man nicht ihr Vermögen und ihr Wissen nutzen, um seine Farm auf Vordermann zu bringen, so wie sie ihre eigene Farm hochgebracht hatte? Als Partner mussten sie es einfach zu etwas bringen. Und wenn Kinder kämen, na, umso besser. Es war vernünftig, egal, von welcher Seite man es auch besah. Also, warum heirateten sie nicht? Sie wartete und hielt den Atem an. Andy nahm einen kräftigen Schluck aus dem Krug. Er antwortete, dass er vorhabe, nach Osten zu gehen und sich dort eine Frau zu suchen. Aber das ließ sie als Antwort nicht gelten. Sie bedrängte ihn, versuchte ihn zu überzeugen, redete sich die Lippen wund. Andy war dann schwankend aufgestanden und hatte den Krug hart auf den Tisch geknallt. Er war ein wenig betrunken gewesen. »Miss Cuddy«, sagte er, »ich weiß Ihr Angebot zu schätzen. Und das Essen – und das Konzert auch. Und überhaupt alles. Aber ich kann Sie nicht heiraten. Ich will es nicht – und ich werde es nicht. Ich bin sicher nicht perfekt – aber Sie sind mir zu herrschsüchtig – und auch viel zu hässlich.«

Ein säuselndes Geräusch brachte sie in die Gegenwart zurück. Es kam vom Kettle River her. Es klang, als ob jemand einen Stoff, Seide oder Taft, langsam von einem Ende bis zum anderen durchriss. Oder war es das Geräusch von schmelzendem Eis, das Risse bekam? Einer Eingebung folgend nahm sie, den Mund noch voller Cracker und Käse, die Zügel, setzte die Maultiere in Gang und lenkte sie die Schlucht hinunter, bis zu der Stelle, wo sie sich zum Fluss hin öffnete. Denn sie wollte Andys Haus, seine Braut und die Scham jenes Abends gern hinter sich wissen. Sie hatte sich damals wochenlang verletzt gefühlt. Und außerdem wollte sie sehen, wie das Eis sprang, als sicheres Zeichen dafür, dass es nun endlich Frühling wurde. Und dann wollte sie auch Bäume sehen, viele, wunderbare Bäume.

Der Wagen hatte nun das Flussufer und das Gehölz aus Platanen und Pappeln erreicht. Plötzlich, als die Maultiere sich einer großen Platane näherten, scharrten sie mit den Hufen und blieben stehen. Sie wollten sich nicht mehr von der Stelle rühren. Es schien eine Ewigkeit zu dauern, bis sie endlich begriff: der Mann, der Strick, das Pferd.

Der Mann saß mit hängenden Schultern, aber mit einem durch die Schlinge merkwürdig aufrecht gehaltenen Kopf auf dem Pferd. Seine Hände waren auf dem Rücken zusammengebunden, und die Füße waren unter dem Bauch des Pferdes aneinander gefesselt. Sein Gesicht, seine Hände und seine Füße waren schwarz von Ruß.

Der Gaul war abscheulich hässlich, ein Rotschimmel mit einem Rattenschwanz. Mit hängendem Kopf stand das Tier da, und die Kraft schien allmählich aus seinen Vorder- und Hinterbeinen zu weichen, es schien kurz vor dem Zusammenbrechen zu sein, so als hielten nur noch die gefesselten Beine des Reiters, die eine stützende Schlinge bildeten, das Tier aufrecht.

Dann sah sie, dass das Seil um einen Ast gewickelt und durch eine Astgabel hindurchgezogen war. Es war dreimal um den Stamm geschlungen und endete in einem Laufknoten. Jetzt war ihr alles klar. Das hier musste der Landräuber sein. Die Männer, die ihn letzte Nacht ausgeräuchert hatten, hatten ihn letzten Endes doch nicht gelyncht. Sie hatten beschlossen, dass er sich selbst erhängen sollte. Sobald sich das Pferd unter ihm fortbewegte, würde er am Strick hängen. Oder aber das Pferd würde vor Schwäche umfallen und krepieren, und er würde dann ebenfalls stürzen und sterben. Letzte

Nacht! Es musste jetzt Mittag oder sogar noch später sein. So viele Stunden! Er hätte längst tot sein müssen.

»Sie«, sagte sie.

Er öffnete die Augen und begann dann zu sprechen.

»Helfen Sie mir.«

»Sie sind also nicht tot.«

»Helfen Sie mir«, röchelte er noch einmal.

»Warum sollte ich? Sie haben versucht, Andy Giffen seinen Besitz zu nehmen. Sie verdienen es, gehängt zu werden.«

Er schloss die Augen.

Sie trat einen Schritt näher, in den Schatten des Baumes, und überlegte, was sie machen sollte. Und dann kam ihr plötzlich eine Idee, die sie zugleich mit Unbehagen erfüllte und doch auch die Antwort auf ihre Unentschlossenheit zu sein schien.

»Angenommen, ich mach's«, murmelte sie. »Angenommen, ich rette Ihnen das Leben. Was bieten Sie mir als Gegenleistung dafür?«

Er öffnete die Augen wieder. »Alles. Alles, was Sie wollen.«

Je mehr sie darüber nachdachte, umso möglicher schien es ihr und umso mehr schien es ihr auch, als hätte sie gar keine andere Wahl.

»Wenn ich Sie freilasse, werden Sie alles tun, was ich von Ihnen verlange – stimmt das?«

»Ja.«

»Das sagen Sie jetzt. Schwören Sie es!«

»Ich schwöre.«

»Schwören Sie bei Gott dem Allmächtigen!«

»Ich schwöre bei Gott.«

Sie blieb noch einen Moment lang reglos stehen. Bei

dem Gedanken an das Risiko, das sie einging, zitterte sie, und sie war wütend, dass sie keine Alternative hatte. »In Ordnung«, sagte sie, »ich werde Ihnen helfen. Ich habe eine Aufgabe für Sie. Aber wenn Sie auch nur den Versuch machen, mir zu nahe zu kommen, werde ich Sie erschießen.«

Nun war es also beschlossene Sache. Sie ging um den Stamm der Platane herum, lehnte ihr Gewehr dagegen, knüpfte den Knoten auf und rollte das Seil zusammen. Als der Strick nachgab, sank dem Landräuber das Kinn auf die Brust. Sie kam unter dem Baum hervor und zog das Seil aus der Astgabel, bis es sich gänzlich gelöst hatte und auf dem Boden lag. Nun näherte sie sich dem Pferd und seinem Reiter. Mary Bee stemmte das Gewehr gegen ihre Schulter und hielt ihn damit in Schach. Dann beugte sie sich hinunter und band seine Knöchel los. Nun richtete sie sich auf und befreite seine Hände von den Fesseln, dann trat sie hastig zurück und zielte mit dem Gewehr auf ihn.

»Nehmen Sie die Schlinge von Ihrem Hals«, forderte sie ihn auf. Mit schmerzverzerrtem Gesicht hob er langsam erst den einen, dann den anderen Arm. Die Gelenke mussten ihm sehr wehtun. Er lockerte die Schlinge, bis er sie über den Kopf ziehen konnte, dann ließ er sie zu Boden fallen. Sein Gaul hatte sich noch immer nicht von der Stelle bewegt. Als er das rechte Bein hob, verlor er das Gleichgewicht und stürzte vom Pferd. Er blieb wie bewusstlos im Schnee liegen. Sie wartete. Nach einer Weile bewegte der Landräuber, immer noch auf dem Rücken liegend, seine Arme und Beine, um den Blutkreislauf wieder in Gang zu bringen. Als das Leben wieder in seine Glieder zurückgekehrt war, zwang er sich auf die Knie und zog sich dann mit einer Hand an der Flanke des Pferdes hoch. Als er endlich auf den Füßen stand, drehte er seinen Kopf hin und her, um die Verspannungen in seinem Nacken zu lösen.

Mary Bee beobachtete ihn mit dem Blick eines Falken.

Plötzlich tat er etwas Merkwürdiges: Er rollte das Seil auf. Entweder war er jemand, der ungern ein gutes Seil verschwendete, oder aber er wollte es als Andenken behalten.

»Muss noch mal ins Haus«, sagte er mit heiserer Stimme und hängte sich die Seilrolle über den Unterarm. »Muss noch 'n paar Sachen zusammensuchen.«

»Gehen Sie«, sagte sie.

»Holen Sie Ihren Wagen«, entgegnete er.

Sie runzelte die Stirn, ging aber dennoch um den Baum herum. Nachdem sie ein paar Schritte gegangen war, hörte sie, wie er an den Stamm der Platane pinkelte. Vielleicht musste er wirklich, vielleicht wollte er auf diese Weise aber auch nur seine Verachtung ausdrücken.

Inzwischen war sie wieder auf den Kutschbock geklettert, hatte das Gewehr neben sich gelegt und setzte nun die Maultiere in Bewegung. Er führte sein Pferd am Halfter durch die enger werdende Schlucht und stapfte selbst barfuß durch den Schnee. Zweimal blieb er wegen eines Hustenanfalls stehen. Er schnäuzte sich mit den Fingern. Das war eine typische Männerangewohnheit, die sie ebenso hasste wie das Ausspucken. Als sie bei Andys Haus angekommen waren, führte er sein Pferd in den Stall, wohl um es zu füttern. Anschließend kam er wieder zu der Ruine des Erdhauses herüber. Mary Bee saß oben auf dem Wagen und wartete. Das Gewehr hatte sie quer über ihren Schoß gelegt.

Sie beobachtete ihn, wie er hin und her lief und hinter dem Rest der Sodenwand nach irgendetwas Nützlichem suchte. Sie begriff noch immer nicht, was sie getan hatte. Was war nur in sie gefahren, wie hatte sie das nur tun können? Welchen Wert hatte für einen Landräuber schon ein Schwur, und wenn er ihn auf einen ganzen Stoß von Bibeln geleistet hätte? Weiß Gott, was für Verbrechen er sonst noch auf dem Kerbholz hatte. Ob er sie vergewaltigen oder töten würde – oder am Ende sogar beides? Und was würde er wohl machen, wenn sie ihm schließlich erzählte, wohin sie gehen würden und was der Sinn dieses Trecks war?

Sollte sie den Maultieren die Peitsche geben und davonfahren oder unterwegs auf der Fahrt den Preis für ihre Dummheit zahlen? Die Sonne verschwand im Westen hinter dem Rand der Schlucht, und sie saß im Schatten und begann zu frösteln.

Er kam angezogen aus der Erdhütte. Doch sein Gesicht war immer noch genauso dreckig wie vorher. Er trug einen Schlapphut und Stiefel und hatte sich einen zerlumpten roten Schal um den Hals geschlungen. Sein Mantel aus Rindsleder war an manchen Stellen durchgewetzt. Briggs trug in beiden Händen etwas. Er kam auf den Wagen zu und ließ etwas in seine Tasche gleiten, das wie eine Dose Sardinen aussah, dann öffnete er seinen Mantel und schob einen großen Revolver in seinen Gürtel.

»Sie können das Gewehr weglegen«, sagte er zu ihr. »Wenn ich wollte, könnte ich Sie jederzeit von diesem Kutschbock runterpusten. Was ist das denn für ein komisches Gefährt?«

»Ein Kastenwagen. Für Passagiere.«

Er drehte sich um und ging Richtung Stall davon, dann kam er mit seinem Pferd am Zügel zurück, sattelte es und warf das Seil oben auf den Wagen. Schließlich saß er auf und schaute Mary Bee an. Seine Augen waren so braun und tief wie ein Moorteich.

»Und nun?«, fragte er.

»Wir fahren zu meinem Haus. Heißen Sie Briggs?«

»Kann sein.«

»Wir bleiben über Nacht dort und fahren morgen im Morgengrauen los.«

»Sie haben etwas von einer Arbeit gesagt.«

»Das erzähle ich Ihnen dann, wenn ich Lust dazu habe.«

Sie schaute wohl zwanzigmal über ihre Schulter zurück, um sich zu vergewissern, dass er noch da war. Er saß auf diesem rattenschwänzigen Rotschimmel und folgte ihr.

Als sie die Steigung vor ihrem Haus hinter sich gebracht hatte, beauftragte sie Briggs, die Maultiere auszuspannen, in den Stall zu führen, sie zu füttern und sich auch um die Pferde und das andere Vieh zu kümmern.

Er blieb auf seinem Pferd sitzen und starrte sie an. Sie hätte ebenso gut Kauderwelsch mit ihm reden können. Sie erkannte einen Einzelgänger auf den ersten Blick. Einzelgänger verstanden keine Befehle oder Vorschläge, aber schlimmer noch als das, sie hatten auch noch nie etwas von Zusammenarbeit gehört. Solche Leute lebten ganz für sich allein auf der Welt und glaubten, dass sie sich ausschließlich zu ihrem persönlichen Vergnügen und für ihr ureigenstes Wohlergehen drehte. Sie sprang vom Kutschbock.

»Wenn Sie nicht wollen, mach ich es halt selber«, sagte sie. »Aber dann kriegen Sie erst eine Stunde später etwas zu essen.«

Sie nahm ihr Gewehr und ging ins Haus. Aus einem Fenster heraus beobachtete sie, wie er die Maultiere ausspannte. Als er die Tiere in den Stall brachte, ging sie zum Toilettenhäuschen. Als er dann zurückkam, um sich um die anderen Tiere zu kümmern, hatte sie sich schon am Herd zu schaffen gemacht. Nachdem er dann nach getaner Arbeit auf das Haus zukam, stellte sie sich ihm mit Seife, einer Schüssel und einem Handtuch in den Weg. Er wusch sich zwar, trug aber einen letzten kleinen Sieg davon – er ging erst zur Toilette, nachdem er sich gewaschen hatte, nicht vorher. Als er dann in die Küche kam, überreichte er ihr feierlich Schüssel und Handtuch. Er nahm Schal und Mantel ab, und zum Vorschein kam eine schäbige schwarze Anzugjacke, die an einem Ärmel eingerissen und ihm zwei Nummern zu groß war. Diese Jacke behielt er an, als sei er zu einem offiziellen Dinner geladen. Er nahm den Revolver aus dem Gürtel, legte ihn auf den Tisch und setzte sich, um sich bedienen zu lassen.

Sie hatte anständig aufgetischt: gebratenes und gepökeltes Schweinefleisch, grüne Bohnen aus ihrem eigenen Garten, Maisbrot, Sorghum und Kaffee, den er zuerst schlückchenweise trank, als wolle er sich immer wieder überzeugen, dass es wirklich Bohnenkaffee war. Dann stürzte er die ganze Tasse auf einmal hinunter und schob sie ihr zum Nachfüllen über den Tisch. Er schlang sein Essen richtiggehend hinunter. Und er hatte widerwärtige Manieren: Er nahm nur sein Messer und seine Finger zu Hilfe, ließ Bohnen auf den Boden fallen und aß sie trotzdem noch; und als er seinen leeren Teller mit Brot ausgewischt hatte, lehnte er sich zurück, kippte ihren guten Stuhl auf die hinteren Beine und rülpste.

Es wurde dunkel. Sie zündete eine Kerze an und aß ihren eigenen Teller leer, während der Landräuber ihre Möbel bewunderte.

»Diese Arbeit«, sagte er, als sie ihr Besteck beiseitelegte. »Langsam sollte ich wissen, was auf mich zukommt.«

»Ich wäre Ihnen dankbar«, gab sie zur Antwort, »wenn Sie meinen guten Stuhl nicht so behandeln würden.«

Er ließ die vorderen Stuhlbeine mit einem dumpfen Schlag auf den Boden knallen und pflanzte seine Ellenbogen auf den Tisch. »Nun?«

»Ich heiße Cuddy. Mary Bee Cuddy.«

»Wo ist Mr. Cuddy?«

»Ich bin ledig.«

Er entdeckte etwas zwischen seinen Zähnen und entfernte es mit einem Fingernagel. »Die Arbeit?«

»Nun gut. In diesem Winter sind vier Frauen, verheiratete Frauen hier aus der Gegend, verrückt geworden. Ihre Männer können sich nicht ordentlich um sie kümmern. Die Frauen müssen nach Iowa gefahren werden. Ein paar Kirchenleute dort werden sie zu ihren Verwandten bringen. Es ist – es ist eine traurige Geschichte. Es waren gute Frauen, sie sind es immer noch. Aber es ist eben so.« Sie runzelte die Stirn über sich selbst. »Jedenfalls habe ich mich angeboten, sie über den Fluss zu bringen. Die Männer haben zusammengelegt und mir die Maultiere, den Wagen und die Vorräte gestellt. Ich will morgen früh aufbrechen.«

»Über den Missouri, meinen Sie?«

»Genau.«

»Verdammt, man braucht fünf Wochen bis dahin!«

»Mr. Briggs, meine Ohren sind mir ebenso kostbar wie meine Stühle. Das ist mein Zuhause, und ich habe nicht die Absicht, mir Ihre Flüche anzuhören.«

»Scheiße.«

»Wenn ich an Ihrem Tisch sitze, können Sie die Luft verpesten, so viel Sie wollen. Aber nicht, wenn Sie an meinem Tisch sitzen.«

»Jetzt verstehe ich, warum Sie ledig sind.«

Wenn sie ein Mann gewesen wäre, hätte Mary Bee ihn am Kragen gepackt und eigenhändig hinausgeworfen. Und seine Kleider hinterher. Und zum Schluss seine Waffe.

»Um bei der Sache zu bleiben«, sagte sie, »ich weiß, dass ich das nicht alleine schaffe. Ich kann nicht fahren und mich zugleich noch um die Frauen kümmern. Ich brauche jemanden, der den Weg kennt, der jagen und mich beim Fahren ablösen und mir mit den Tieren helfen kann. Deswegen habe ich Sie vom Baum geholt. Das ist Ihre Aufgabe. Und Sie haben geschworen, dass Sie es tun werden.«

Sie wartete. Sie heftete ihren Blick auf seine große Waffe mit dem Lauf aus Walnussholz, der bei der Explosion so verkohlt worden war, dass er ihm bei jeder Berührung die Hand schwärzen musste.

»Fünf Wochen«, sagte er. »Mit vier verrückten Weibern. Da hab ich einen schlechten Tausch gemacht.«

»Ist Ihnen Ihr Leben denn das nicht wert?«

»Kommt drauf an.«

»Worauf?«

»Was unterwegs alles passiert.«

»Ich verstehe. Das ist auch meine Sorge. Deshalb frage ich lieber gleich. Wir müssen uns auf Sie verlassen können, ich und die Frauen. Wenn Sie die Absicht haben sollten, uns irgendwo unterwegs zu verlassen, dann will ich es lieber gleich wissen. Sie sind ein Mensch mit schlechtem Charakter, Mr. Briggs. Wenn Sie mich angelogen haben, sagen Sie es mir jetzt, bevor es zu spät ist.«

Briggs musterte sie. Einen Augenblick lang fürchtete sie, dass sie zu weit gegangen war. Aber falls sie ihn beleidigt hatte, ließ er es sie nicht merken. Sie erinnerte sich daran, wie er zum Zeichen seiner Verachtung an der Platane Wasser gelassen hatte. Jetzt sah er sie mit einem Ausdruck an, in dem sich Verachtung und Gleichgültigkeit die Waage hielten. Er hatte sich völlig unter Kontrolle. Er fürchtete sich vor nichts, auch nicht vor Worten. Und die Quellen seiner Stärke waren seine Dummheit und Überheblichkeit. Schließlich stand er langsam auf, nahm seine Waffe vom Tisch und schob sie in den Gürtel. »Vielen Dank für Ihre freundlichen Worte, Schwester«, sagte er. »Sie sind auch nicht gerade der große Treffer. Sie sind eine hässliche alte Schachtel und eine Giftschlange dazu.« Er hängte sich den Schal und den Mantel über die Schulter. »Das ist das albernste Unternehmen, von dem ich je gehört hab – und bestimmt eine Nummer zu groß für Sie allein.« Er setzte sich den Schlapphut schräg auf den Kopf. Das sah fast komisch aus. »Aber Sie können ruhig schlafen. Ich werde mitkommen, weil ich es versprochen habe. Ist sowieso am besten, wenn ich hier verdufte. Und ich werde so gut ich kann auf Ihre Verrückten aufpassen. Aber ich werde auf und davon gehen, wann und wo es mir passt, wenn mir danach ist. Darf ich jetzt fragen, wo mein Bett ist?«

Mary Bee sprang mit hochrotem Kopf auf, marschierte in ihr Schlafzimmer, riss eine Decke von ihrem Bett, marschierte zurück und knallte sie ihm vor die Füße.

»Ihr Bett ist im Stall«, blaffte sie ihn an. »Gute Nacht, Mister! Machen Sie, dass Sie hier rauskommen!«

Er nahm die Decke, drehte sich um, ging langsam zur Tür hinaus und knallte sie hinter sich zu.

Mary Bee machte Wasser heiß und spülte das Geschirr. Dann schlich sie sich vorsichtig zum Toilettenhäuschen. Sie hoffte, dass er bereits schlief.

Als sie wieder im Haus war, hatte sie endlich Gelegenheit, den Brief ihrer Schwester zu lesen, den sie heute in Loup bekommen hatte. Es ging ihr gut, ihrem Mann Harold, einem Arzt, und ihrem sechsjährigen Sohn Adam ebenso. Und stell dir vor, schrieb Dorothy, ich bin wieder guter Hoffnung!

Da klopfte es laut ans Fenster, und Mary Bee fiel vor Schreck fast aus dem Sessel. Sie ging mit der Kerze hinüber. Es war natürlich Briggs, der hineinwollte. Die Nacht wäre eiskalt, rief er, und er hätte eine böse Erkältung. Sie sagte nein, das käme nicht infrage.

Er erwiderte, dass er auf alle Fälle hereinkäme. Und sie müsse doch ein Bett auf dem Dachboden haben.

Sie nahm ihr Gewehr in die Hand und drohte, ihn zu erschießen, wenn er hereinkäme.

Darauf kam er mit der Decke um die Schultern herein und kletterte die Leiter zum Dachboden hinauf. Sie stand mit dem Finger am Abzug da wie ein Volltrottel.

Ihre Lage war, wenn sie sie näher bedachte, verzweifelt. Briggs war nicht nur furchtlos, sondern auch unverschämt. Er hatte sie herausgefordert, und er würde es wieder tun. Wenn sie schoss und ihn tötete, konnte er ihr nicht mehr helfen; wenn sie nicht schoss, konnte er sich alle Unverschämtheiten herausnehmen. Sie war zwar groß und kräftig – fast so groß wie er –, aber letztendlich konnte sie es nicht mit ihm aufnehmen. Sie flüchtete sich in ihr Bett, in Kleidern, die Kerze in der Nähe. Sie legte das Gewehr neben sich und richtete den Lauf auf die Tür. Sie wagte nicht, die Augen zu schließen. Und tatsächlich hörte sie mitten in der Nacht die Leiter knarren. Sie hatte den Wolf zum Hirten gemacht. Kerzengerade setzte sie sich auf und zielte mit dem Gewehr auf die Tür.

»Was machen Sie da?«, rief sie.

Er tauchte im Türrahmen auf.

»Ich geh pissen!«, zischte er.

Nachdem er das erledigt hatte – zweifellos genau vor ihrer Haustür – und wieder auf den Dachboden hinaufgeklettert war, fühlte sie sich so gedemütigt, dass sie augenblicklich einschlief. Als sie wieder aufwachte, war es schon taghell. Er war eben die Leiter herabgeklettert und hatte die Tür hinter sich geschlossen.

Sie machte Pfannkuchen zum Frühstück. Ab und zu beobachtete sie den Landräuber durch das Fenster. Nachdem er das Vieh versorgt hatte, füllte er das Wasserfass am Wagen aus ihrem Brunnen auf, dann holte er verschiedene Sachen aus dem Stall und verstaute sie in der Kiste unter dem Kutschbock. Sie rief ihn herein, und als er sich an den Tisch gesetzt hatte, stellte sie ihm einen Teller mit Pfannkuchen hin. Er kippte Melasse über die Pfannkuchen. Sie holte ihren eigenen Teller und setzte sich ebenfalls.

»Der Ärmel von Ihrer Jacke hat einen Riss«, sagte sie,

um damit einen Waffenstillstand anzubieten. »Soll ich ihn nähen?«

Er schüttelte den Kopf.

»Was haben Sie in den Wagen getan?«

»'nen Hammer. Nägel, 'ne Schaufel, 'ne Axt. Pfähle. Und so weiter.« Er sprach mit vollem Mund. Sie langte über den Tisch nach der Melasse. »Heute Morgen?«, fragte er.

»Ja. Wir fahren erst nach Loup.«

Er ließ die Gabel sinken.

»Warum?«

»Ich habe eine Idee. Sie haben gestern Nacht gesagt, dass Sie uns im Stich lassen werden, wann immer es Ihnen in den Kram passt. Das kann ich nicht gebrauchen. Also habe ich mir etwas überlegt, damit Sie den ganzen Weg über nicht von unserer Seite weichen. Um Ihnen die Arbeit schmackhaft zu machen.«

»Was?«

»Das erzähle ich Ihnen in Loup.«

»Und wohin geht's danach?«

Sie ging zum Herd und schüttete den letzten Teig in die Pfanne. »Ich hab die Route im Kopf. Sie sollten ihre Namen wissen. Mrs. Petzke, Mrs. Sours, Mrs. Svendsen und Mrs. Belknap. Wir werden sie in dieser Reihenfolge abholen, heute zwei und morgen zwei – sie wohnen ziemlich weit auseinander. Schaffen Sie noch einen Pfannkuchen?«

Er nickte.

Sie füllte seinen Teller und stellte ihn vor ihn hin, füllte ihre beiden Becher auf und setzte sich wieder.

»Ich bin der Meinung, dass Sie etwas über unsere vier Passagiere wissen sollten«, sagte sie. »Ich werde mit Theoline Belknap anfangen. Sie ist meine nächste Nachbarin in Richtung Westen und eine gute Freundin von mir. Lassen Sie mich erzählen, was passiert ist.« Sie trank einen Schluck Kaffee. »Vor ein paar Wochen, während eines Schneesturms, hat Theoline ein Baby bekommen, ein Mädchen. Sie ist bereits dreiundvierzig. Es war ihr sechstes Kind. Ihr Mann war gerade in der Stadt, und sie hatte keine Hilfe bei der Geburt. Sie hat das Baby dann zum Toilettenhäuschen getragen und hineingeworfen. Ihr Mann hat es später dort gefunden. Es war tot. Und jetzt ist sie völlig von Sinnen. Sie kann nicht einmal mehr sprechen oder alleine essen.«

Mary Bee wartete auf eine Reaktion. Der Mann neben ihr aß seinen Pfannkuchen auf.

»Die Nächste ist Mrs. Petzke«, fing sie an.

»Nehmen Sie Ihr Pferd mit?«

»Natürlich. Mrs. Petzke interessiert Sie nicht?«

»Nein.« Er trank seinen Becher leer, stand auf und sammelte seine Habseligkeiten zusammen. »Wer kümmert sich in der Zeit um Ihre Farm?«

»Charley Linens. Ein Nachbar, er wohnt östlich von hier.«

»Also, ich werde jetzt anspannen. Sie können inzwischen hier sauber machen und Ihre Sachen packen und uns ein paar Decken zusammenrollen. Wenn wir fahren wollen, sollten wir uns ranhalten.«

Er war zur Tür hinaus, bevor sie protestieren konnte. Sie spülte flink das Geschirr und überlegte, was sie mitnehmen sollte. Sie hätte gerne ihren Handkoffer gepackt und eine vornehme Ausstattung mitgenommen, um darin zum Schluss triumphierend Altha Carter in Iowa gegenüberzutreten. Aber für so etwas war einfach kein Platz. Vielleicht würde er ihre Sachen sogar einfach unterwegs wegschmeißen. Schließlich entschied sie sich für einen samtenen Nähkorb und ein paar Kleinigkeiten, die sie für die Frauen brauchen würde. Dazu packte sie den letzten Brief ihrer Schwester und zehn Dollarnoten ein und legte zum Schluss noch aus einer Laune heraus ihre kostbare Stoffklaviatur dazu. Sie würde allerdings kaum Gelegenheit haben zu spielen! Ein- oder zweimal schaute sie aus dem Fenster zu einem bewölkten, unheilvollen Himmel hinauf. Briggs hatte ihre Stute und seinen Rotschimmel schon am Wagen festgebunden und ihre Sättel obendrauf verstaut; jetzt führte er die Maultiere in ihrem Geschirr rückwärts zwischen die Deichseln. Er blieb stehen, hustete und krümmte sich, noch immer hustend, zusammen, dann räusperte er sich und spuckte aus. Er hatte wirklich eine böse Erkältung. Sie rollte einige Decken zusammen, zwei von ihrem Bett und zwei von seinem Lager auf dem Dachboden. Ihre Decken rollte sie um den Nähkorb und band sie mit Schnur zusammen. Sie öffnete den Herd und erstickte die Glut mit Asche. Das Wasser aus dem Eimer goss sie vor die Tür. Sie steckte mehrere Schachteln Munition für ihr Gewehr ein. Und dann, ganz plötzlich, war sie fertig. Sie schaute sich um, betrachtete ihr schönes Haus, und zu ihrem Schreck füllten sich ihre Augen mit Tränen. Wenn sie sich nicht zusammennahm, würde sie gleich am Tisch sitzen und ordentlich heulen und müsste ihm nachher mit fürchterlich geschwollenem Gesicht gegenübertreten. Als ob das eine Rolle spielte, wo sie doch eine hässliche alte Schachtel war. Sie holte tief Luft. Tränen kamen überhaupt nicht infrage. Aber ein bisschen Selbstmitleid konnte nicht schaden. Immerhin zog Mary Bee heute aus, um die großmütigste Tat ihres Lebens zu vollbringen. Und wurde sie vielleicht mit Pauken und Trompeten verabschiedet? Nein. Oder mit einem Tusch? Nein. Nur ein trüber Tag würdigte ihren Heldenmut und vier dumme Tiere, die draußen warteten – und ein fünftes, das hustete und spuckte. Sie zog ihren Mantel über, setzte ihre Mütze auf, nahm die Deckenrollen und das Gewehr, schloss die Tür hinter sich, ging gemächlich zum Wagen, warf die Deckenrollen hinein und legte ihr Gewehr in die Kiste unter dem Sitz. Briggs war gerade dabei, die Zähne der Maultiere zu untersuchen.

»Verstehen Sie was von Maultieren?«, fragte sie ihn.

»Ein bisschen.«

Sie kletterte auf den Kutschbock. Er betrachtete immer noch die Maultierzähne. »Werden wir es mit ihnen schaffen?«

»Sie sind alt. Bei alten Maultieren sind die Zähne vom Kauen abgenutzt.«

Sie deutete mit dem Kopf auf das rechte Tier. »Der wackelt dauernd mit den Ohren. Das ist der Denker.« Sie deutete auf das linke Tier. »Der schuftet über seinen Anteil hinaus. Das ist der Arbeiter.«

»Sie«, korrigierte Briggs. »Das ist eine Stute, eine Mauleselin. Das andere ist ein männliches Tier.«

»Ach so«, war alles, was Mary Bee dazu sagen konnte.

Er wollte aufsteigen, aber es fiel ihm noch etwas ein. »Moment noch«, sagte er und ging in den Stall. Sie hörte dumpfe Schläge, dann kam er mit vier je dreißig Inch langen Lederriemen wieder, die er von einem Zaumzeug abgeschnitten hatte. Er hatte einen Nagel durch jedes Ende getrieben. Sie musste aufstehen, damit er die Riemen unter dem Sitz verstauen konnte.

»Wozu brauchen Sie die?«

»Um sie festzubinden.«

Er klappte den Sitz wieder hinunter.

»Um sie festzubinden? Warum?«

»Weil sie verrückt sind, darum. Vielleicht muss man sie festbinden.«

»Ich bin mir sicher, dass das nicht nötig sein wird.«

»Vielleicht versuchen sie zu kratzen und zu beißen. Oder sie rennen alle miteinander weg.«

»Das werden sie nicht tun.«

Briggs schwang sich neben sie auf den Kutschbock. »Was zum Teufel lässt Sie da so sicher sein?«

Natürlich hatte er recht. Wie würden sich die Frauen verhalten? Würden sie streiten? Würden sie versuchen wegzulaufen? Sie dachte daran, wie Mr. Svendsen sie davor gewarnt hatte, seiner Gro den Rücken zuzukehren. »Sie wird Sie umbringen!«, hatte er gesagt. Oder würden sie so lieb und folgsam sein wie zurückgebliebene Kinder? Sie hatte keine Ahnung. Sie hatte mit verrückten Frauen ebenso viel Erfahrung wie mit Maultieren. Doch sie bestrafte ihn trotzdem dafür, dass er recht hatte. Sie sprach fast die ganzen zehn Meilen bis zur Stadt kein einziges Wort mit ihm. Eine Meile vor der Stadt nahm er ihr die Zügel aus der Hand, brachte das Gespann zum Stehen und sprang vom Kutschbock.

»Fahren Sie allein nach Loup.«

»Ich schaffe es nicht allein, mich um die Frauen zu kümmern.«

»Dann steigen Sie ab und schließen Sie mich im Wagen ein.«

»Warum?«

»Ich hab dem Tod einmal ein Schnippchen geschlagen. Ich hab keine Lust, mein Glück noch mal zu versuchen.«

»Ich verstehe nicht, was Sie meinen.«

»Überlegen Sie mal.«

Sie kam sich wieder vor wie ein Trottel.

»Ach so. Es könnte Sie jemand erkennen.«

Er ging zur Rückseite des Wagens. Sie kletterte herunter, wartete, bis er drinnen war, und verschloss dann die Tür mit dem Riegel. Als sie wieder nach vorne ging, sprach er sie durch eines der Fenster auf der Seite an. »Sie haben Geld dabei?«

»Ein bisschen.«

»Ich hab keins. Kaufen Sie ein paar Sachen für mich: drei Schachteln Patronen für einen .36er Navy Colt. Zündkapseln. Star-Tabak. Und einen Krug Whiskey.«

»Whiskey?«

»Fusel.«

Mary Bee stemmte die Fäuste in die Hüften. »O nein. Munition und Tabak von mir aus, aber keinen Whiskey, keinen einzigen Tropfen.«

»Warum nicht?«

»Überlegen Sie mal.«

Er war ernstlich verärgert. Er steckte seinen Kopf durchs Fenster und verlor dabei seinen Hut. »Warum nicht?«

»Es geht nicht an, dass Sie sich betrinken, wenn vier wehrlose Frauen in der Nähe sind.«

»Wenn ich mich in dieser Gesellschaft nicht betrinke, werde ich selber verrückt.«

Sie hob seinen Hut auf. Er zog seinen Kopf zurück,

und sie reichte ihm den Hut durchs Fenster. »Nein«, sagte sie. »Auf keinen Fall.«

Er seufzte im Wagen. »Dann bleiben Sie verdammt noch mal allein nüchtern. Unter den Umständen komme ich nicht mit Ihnen nach Osten«, sagte er. »Leben Sie wohl, Cuddy.«

Jetzt war sie ernstlich verärgert. »Sie müssen, Briggs. Schließlich habe ich Ihnen das Leben gerettet.«

»Vielen Dank auch.«

Sie stampfte mit einem gestiefelten Fuß auf. »Sie haben bei Gott geschworen!«

»Ich bin nun mal ein Mensch mit schlechtem Charakter.«

Während der letzten Meile bis Loup plante sie die perfekte Rache. Er war im Wagen eingeschlossen; er hatte nicht bedacht, dass er ihr Gefangener war. Sie würde mitten ins Städtchen fahren, sich dort auf den Kutschbock stellen und so laut sie konnte verkünden, dass sie den Schuft im Wagen hatte, der Andy Giffens Land hatte stehlen wollen – das war ein Vergehen, das mindestens so schlimm war wie Viehdiebstahl. Die Leute würden zusammenströmen. Dieser Landräuber, Briggs mit Namen – würde sie vor der Menge fortfahren –, sei der Schlinge schon einmal entwischt, aber jetzt hätte sie ihn in der Gewalt, und sie sei sicher, dass es in Loup genug Männer und Bäume und Seile gäbe, um ihn diesmal nicht davonkommen zu lassen. Dann würde sie vom Kutschbock steigen, den Riegel zurückschieben, fortgehen und ihn von der örtlichen Miliz aufknüpfen lassen. Sie würde eine Stunde im Laden herumtrödeln, sich seinen Tod durch den Strang ausmalen und dabei Putzwaren bewundern.

Sie machte die Maultiere gegenüber vom Laden an einem Baum fest, watete durch den Matsch, ging in den Laden hinein und kam nach wenigen Minuten wieder heraus, watete durch den Matsch zum Kastenwagen zurück und reichte ihrem Gefangenen drei Schachteln mit Patronen und drei Packungen Star-Kautabak durch das Fenster.

»Und jetzt noch den Whiskey«, kündigte sie an. »Den besten, den Sie hier in der Kneipe haben – Old Tabby.«

Sie lächelte, als er den Krug durch das Fenster in Empfang nahm. Eine halbe Rache war schließlich besser als gar keine Rache. In Loup, wie auch anderswo, war man der festen Überzeugung, dass der Whiskey, der im Laden verkauft wurde, wesentlich besser wäre als der aus der Kneipe. Die hiesige Sorte trug den Namen *Old Tabby* (Alte Katze). Ihr Besitzer bezog den Whiskey fassweise aus Wamego, und man erzählte sich, dass er den Inhalt mit Wasser verdoppelte und den berauschenden Gehalt durch tote Ratten, die seine Katze gefangen hatte, aufzuwerten suchte. Dann war eines Tages die Katze verschwunden, vielleicht, weil keine Ratten mehr da waren. Und nun wurde der Kneipenbesitzer verdächtigt, dass er sich seiner unglücklichen Katze bedient habe, um die Qualität des Getränks aufrechtzuerhalten …

Mary Bee fragte ihn durch das Fenster hindurch: »Wie ist Ihr Vorname?«

Er bliebt verdeckt und sagte nur: »Das ist meine Sache.«

»Ich muss es aber wissen.«

»Warum?«

»Ich sagte es Ihnen schon – ich habe mir überlegt, wie

ich Sie an uns binden kann. Ich gehe jetzt zur Bank, und dazu muss ich Ihren Namen wissen.«

Das mit der Bank wirkte. »Sagen wir: George.«

»George. George Briggs. In Ordnung, ich werde bald zurück sein.«

Die Bank von Loup bestand aus einem Schalter, einem Schreibtisch, einem Geldschrank und Mr. Clemmons, dem Präsidenten und Kassenverwalter. Was über die Bank und Mr. Clemmons erzählt wurde, wurde ebenso von Zeit zu Zeit über jede andere unsichere Bank und jeden anderen Bankier im Territorium gesagt und stammte vielleicht aus genauso zweifelhaften Kreisen wie die Geschichte über den Kneipenbesitzer und seine Katze. Clemmons, der ungebunden gewesen war und nach einem Beruf gesucht hatte, der ihm den Lebensunterhalt sicherte, hatte es nach Loup verschlagen. Er hatte den vorderen Teil eines mit Schindeln verkleideten Hauses gemietet, einen Geldschrank hineingestellt, das Wort »Bank« auf das Fenster gemalt und sein Unternehmen eröffnet. Am ersten Tag kam ein Mann herein, der hundert Dollar einzahlte. Am zweiten Tag hinterlegte ein anderer zweihundert Dollar. Am dritten Tag hatte Clemmons so viel Vertrauen zu seiner Bank gefasst, dass er selbst hundert Dollar einzahlte ... Clemmons entpuppte sich als ein Mordskerl und als ein wirklich redlicher Bankier. Zwei Jahre lang schon führte er die Bank. Er gab für Hypotheken auf das beste Farmland in diesem Gebiet Darlehen zu Zinssätzen von durchschnittlich fünf Prozent. Wie alle Spekulanten gab er sein eigenes Papiergeld heraus: Noten der Bank von Loup, die sorgsam bedruckt waren und versprachen, dass man sie in Dollarscheine oder in Gold- oder Silbermünzen eintauschen könne. Clemmons' Zahlungsmittel wurden überall angenommen. Und auch sein Kundendienst war vorzüglich. Miss Cuddy verlangte dreihundert Dollar von ihrem Konto, die sie sofort in sechs Fünfzig-Dollar-Noten ausgezahlt bekam. Gleichzeitig teilte Mr. Clemmons ihr mit, dass sich ihr Guthaben dadurch auf zweihundertundvier Dollar verringere. Nachdem Mary Bee geäußert hatte, dass sie das Geld mit der Post verschicken wolle, wurden ihr der Schreibtisch, ein Federhalter, Tinte und ein Umschlag angeboten. Sie adressierte das Kuvert an »Mr. George Briggs, c/o Mrs. Altha Carter, Frauenhilfswerk, Methodistische Kirche, Hebron, Iowa«. Dann stand Miss Cuddy auf, wurde vom Präsidenten der Bank von Loup zur Tür geleitet und mit den besten Wünschen für den Tag verabschiedet.

Zum Kastenwagen zurück ging sie langsam. Der Umschlag wog schwer in ihrer Hand. Mit zweihundert dieser dreihundert Dollar hatte sie ein wunderschönes Kirschholz-Harmonium und eine dazu passende Bank kaufen wollen. Sie hielt das Kuvert zum Fenster des Wagens hoch.

»Lesen Sie das.«

Sein Gesicht erschien in der Öffnung. Mit gerunzelter Stirn starrte er fast grimmig auf das Rechteck. Es war ein Ausdruck, den Mary Bee schon oft gesehen hatte. Er konnte nicht lesen, sicherlich auch nicht schreiben. Geschriebene oder gedruckte Namen oder Worte konnte er also nur erkennen, wenn er sie schon häufiger gesehen hatte oder in gedanklichen Bezug zu etwas setzte.

So drehte sie die Vorderseite des Umschlags zu sich und las laut vor: »›Mr. George Briggs, bei Mrs. Altha Carter, Frauenhilfswerk, Methodistische Kirche,

Hebron, Iowa‹.« Sie blickte ihn an. »Ich habe dreihundert Dollar in dieses Kuvert getan. Ich werde es jetzt im Laden aufgeben. Wenn wir Hebron sicher und gesund erreichen, wird Mrs. Carter Ihnen das Geld übergeben. Meinen Sie nicht, dass das eine anständige Bezahlung ist?«

»Ich schätze ja.«

»Ich denke auch. Haben Sie schon jemals in Ihrem Leben dreihundert Dollar für ein paar Wochen Arbeit bekommen?«

Er beantwortete ihre Frage mit einer Gegenfrage: »Warum geben Sie mir das Geld nicht jetzt?«

»Oh, nein.«

»Warum nehmen Sie es nicht mit?«

»Oh, nein.«

Sie überquerte die Straße noch einmal, dann blieb sie stehen, tief in Gedanken ebenso wie im Matsch versunken. Es wäre wirklich sicherer, wenn sie das Geld bei sich behielte. Der Post konnte man nicht trauen. Außerdem wäre es möglich, dass Briggs sie während der Fahrt verlassen und ohne sie nach Hebron reiten würde. Dort müsste er sich nur zu erkennen geben und das Kuvert bei Altha Carter abholen. Mrs. Carter konnte ja nicht ahnen, was es enthielt und aus welchem Grund. Mary Bee öffnete ihren Mantel und verbarg den Umschlag unter ihrem Hemd. Wenn sie Iowa erreichten, würde sie ihm den rechteckigen Umschlag feierlich überreichen. Sie ging entschlossen über die Straße zurück, kletterte über den Kutschbock und fuhr aus Loup hinaus.

Nach etwa einer Meile hielt sie an, riegelte die Tür hinten auf und ließ Briggs aussteigen. Er dehnte und streckte sich und nahm die Zügel, um sie abzulösen.

»Sie haben das Geld an George Briggs abgeschickt?«

»Das habe ich getan.«

»Dann ist es also besser, wenn ich George Briggs bin.«

»Sie meinen, dass Sie das gar nicht sind?«

»Hier draußen ist ein Name ebenso gut wie ein anderer.«

Er fuhr zwei Stunden lang nach Nordwesten, während sie im Stillen eine Liste aufstellte. Zweimal erkundigten sie sich in Sodenhäusern nach dem Weg. Dann erreichten sie eine lang gestreckte Anhöhe, und Mary Bee ließ ihn anhalten und deutete auf etwas in der Ferne.

»Das muss das Anwesen der Familie Petzke sein.« Sie wandte sich zu ihm: »Von jetzt an werden wir Frauen bei uns haben. Da gibt es einiges, was ich Ihnen sagen muss. Zuerst einmal: Sie äußerten zwar, dass Sie daran nicht interessiert seien, aber das ist mir egal. Ich muss Ihnen erzählen, was Mrs. Petzke passiert ist – ich glaube, sie heißt Hedda.«

Sie gab ihm einen Bericht. Der Mann neben ihr hörte zu oder tat zumindest so; er holte aus der Tasche seines Rindsledermantels eine Packung Star-Kautabak und biss einen ordentlichen Priem davon ab.

»So, nun wissen Sie Bescheid«, schloss Mary Bee. »Von Mrs. Svendsen und Mrs. Sours werde ich Ihnen erzählen, wenn wir sie abholen.« Sie runzelte die Stirn. »Und noch etwas. Ich weiß, dass Sie nicht lesen können. Ich habe es bemerkt, als Sie den Umschlag ansahen. Wenn Sie Lust haben, werde ich Sie unterrichten. Irgendwo unterwegs, bei einer Familie oder in einer Schule, kann ich ein oder zwei Bücher besorgen. Ich kann so etwas ganz gut, ich bin als Lehrerin ausgebildet. Wenn Sie sich darauf einlassen wollen, werde ich es auch tun.«

Sie wartete. Hoch über ihnen erklang ein Laut. Sie blickten hinauf. Über der weiten Erde wölbte sich der Himmel wie eine mächtige graue Plane, und darunter flogen Wildgänse wie eine dunkle Pfeilspitze nach Norden. »Der dritte Punkt«, zählte Mary Bee mit den Fingern mit. »Morgen um diese Zeit werden wir komplett beladen sein. Von da an werde ich den Treck leiten. Ich werde entscheiden. Ich trage die Verantwortung. Und Sie sind da, um mir zu helfen, so gut Sie können. Ist das klar?«

Es war, als ob sie versuchte, ein Maultier zu belehren, mit dem einzigen Unterschied, dass die Antwort dieses Mannes daraus bestand, dass er seinen Priem kaute, während ein Maultier mit den Ohren zuckte.

»Viertens«, fuhr sie streng fort. »Mag sein, dass Sie einsehen werden – nicht jetzt, aber vielleicht später, wenn wir die Frauen wohlbehalten abgeliefert haben –, bei welch großartiger und rühmlicher Aufgabe Sie mitgewirkt haben. Wenn wir von dem Geld absehen, wird es vielleicht die einzige selbstlose Tat sein, der Sie sich jemals rühmen können.« Ihre Stimme wurde erregter. »Und eines Tages, Mr. Briggs, werden Sie dem Herrn danken, dass Er Ihnen das ermöglicht hat.«

Er spie geräuschvoll zur Seite. »Der Unterricht ist beendet«, erklärte er und fuhr los.

Nordwest 6, Parzelle 25, Bezirk 10, Abschnitt 22 West

Sie klammerte sich fest an ihn und wollte ihn nicht mehr loslassen. Er fragte sie, was denn los sei.

»Die Wölfe«, wimmerte Hedda Petzke.

Otto Petzke versuchte, seiner Frau mit einem Scherz ihre Verzagtheit zu nehmen. »Du musst einfach die Tür öffnen und sie anbrüllen: *Verschwindet!* Dann werden sie schon weglaufen!«

»Nein, nein«, wimmerte sie weiter.

Er begriff nun, dass Hedda sich wirklich fürchtete. »Schätzlein, Schätzlein«, flüsterte er ihr zärtlich ins Ohr. Otto Petzke war vierzig Jahre alt, Hedda, seine Frau, sechsunddreißig. Sie waren seit sechzehn Jahren verheiratet, und er nannte sie noch immer seine Liebste. Er hatte eine Idee.

Er ging ins Haus hinein und kam mit seiner Schrotflinte und Munition wieder heraus. Sein Gewehr hatte er schon in den Wagen gelegt. Hedda hatte noch nie geschossen, sie fürchtete sich davor. Aber er zeigte ihr, wie man die Schrotflinte öffnete und lud. Und, nachdem er sie dazu überredet hatte, auch, wie man sie gegen die Schulter stemmte und zielte. Otto stand direkt hinter ihr und führte ihren Finger zum Abzug. Er drückte ab, damit sie den Knall und den Rückstoß kennenlernte. Sie schrie laut auf, als die Waffe sich entlud und der Rückstoß sie traf, dann brach sie vor seinen Füßen zusammen. Er dachte, sie sei ohnmächtig geworden, was aber nicht der Fall war. Denn als er sie hochhob, schlang sie ihre Arme um ihn. So verharrten sie einige Minuten lang regungslos, während ihre Söhne, Rolf und Jergen, die fünfzehn und vierzehn Jahre alt waren, ihnen ungeduldig vom Wagen aus zusahen und der warme Atem des Ochsengespanns dampfend in die kalte Luft aufstieg. Der Morgen dämmerte. Der Vater und die Söhne wollten zum Couteau acht Meilen südlich von hier, um dort am Flussufer Holz zu schlagen, denn sie hatten kein Brennholz und fast kein Heu mehr für das Ofenfeuer. Und jetzt war erst Februar, und es taute auch erst zum zweiten Mal. Otto Petzke sah zum Sodenhaus hinüber. An der Nordseite türmte sich der Schnee bis zum Dach hoch. Was war aus der kleinen, standhaften Frau mit den strahlenden Augen geworden? Dieser lange *verdammte* Winter war der Grund oder vielleicht auch Gerdas Tod. Hedda war schmal geworden, und sie sprach nur noch, wenn man sie anredete. Es ermüdete sie schon, nur einen Finger hochzuheben. Sie lebte unter ihnen wie eine Fremde. Und er erinnerte sich: Wenn die Wölfe, die im Rudel jagten, nachts draußen heulten, drängte sie sich im Bett dicht an ihn und umklammerte ihn so verzweifelt wie jetzt.

Mit Gewalt löste er sich aus ihrem Griff und hielt sie an den Armen fest.

»Wir brechen jetzt auf«, begann er. »Und so kannst du dir helfen. Drinnen im Haus habe ich dir zwei Schachteln mit Munition hingelegt. Wenn die Wölfe kommen, öffne die Tür und schieße, egal, wohin. Sie werden *schnell* weglaufen, da kannst du ganz sicher sein. Wir sind morgen wieder zurück, das verspreche ich dir.« Er drückte ihr die Schrotflinte in die Hand.

»*Nein*«, protestierte sie und ließ die Waffe fallen.

Er drehte sich um und ging zum Wagen.

Sie wartete nicht, bis sie losfuhren. Sie rannte gleich ins Haus, die Schrotflinte blieb im Schnee liegen.

Um sich zu beschäftigen, nähte sie an diesem Tag. Sie setzte Flicken aus Sackleinen auf die Arbeitshosen von Otto und ihren Söhnen, jeweils auf die Hosenböden und auf die Knie. Sie arbeitete auch, um nicht an die kommende Nacht denken zu müssen.

Sie fühlte sich sehr einsam. Sie vermisste die kräftigen Stimmen ihres Mannes und ihrer Jungen. Sie wünschte sich, dass sie wenigstens eine Uhr hätten, die tickte.

Sie waren aus Illinois in den Westen gekommen, von einer Farm südlich von Springfield. Otto hatte sich nach freiem Land und einem neuen Anfang gesehnt. Seine Farm dort war mit einer Hypothek belastet gewesen. Außerdem hungerte ihn auch nach Abenteuern, aber er konnte diese Sehnsucht nicht in Worte fassen – außer dass er ab und zu von Büffeln sprach. So hatte er eines Tages die Farm verkauft und für den Erlös einen Wagen und Ochsen erstanden. Hedda hatte noch verlangt, dass er wenigstens wartete, bis ihr Baby geboren war, ein Mädchen, das Eva hieß. Doch dann brachen sie auf. Sie waren quer durch Iowa gezogen: Otto Petzke, seine Frau Hedda, die beiden Söhne, die Tochter Gerda und das Baby Eva, das noch gestillt wurde. Als sie den Missouri mit der Fähre bei Kanesville überquerten, schlossen sie sich mehreren anderen Wagen an, die alle dem Platte-Fluss folgten. Das war die am stärksten befahrene Treckroute. Hier verloren sie Eva. Das Baby starb an Fieber und Krämpfen. Sie begruben es unter einem Baum am Fluss. Dann scherten sie aus der Wagenkolonne aus und wandten sich nach Nordwesten. Und einen Monat später hatte Otto sein Land gefunden. Er ließ zwei Grundstücke amtlich auf seinen Namen eintragen, jedes 160 Morgen groß; zusammen also eine halbe Landparzelle. Auf einem Grundstück errichteten sie ihre Heimstätte, das andere wurde als Areal für Nutzholz vergeben. Otto Petzke bezahlte pro Morgen fünfzig Cents. Der Boden war sandig, und er beschloss, versuchsweise Kartoffeln, Mais und Weizen anzubauen. Am Ende des zweiten Sommers entschied er, vierzig Morgen mehr Kartoffeln und dafür weniger Mais und Weizen anzupflanzen. Die Petzkes kamen voran. Und Otto erlebte obendrein sein Abenteuer. Er schoss und tötete den einzigen Büffel, den man seit Jahren in diesem Gebiet zu sehen bekommen hatte, einen streunenden Bullen. Er häutete das Tier, zerlegte es, behielt den Buckel und ein Hinterviertel und brachte die drei anderen Viertel zu den nächsten drei Nachbarn. Abends kam er zum ersten und einzigen Male, seit er verheiratet war, betrunken nach Hause.

Am Nachmittag begann es zu schneien.

Hedda fühlte sich sehr einsam. Im Winter, wenn sie ihre Familie um sich hatte, war es nicht ganz so schlimm. Aber in all den anderen Jahreszeiten führte sie, wenn sie allein war, Selbstgespräche. Seit vier Monaten hatte sie keine andere Frau mehr gesehen, nicht einmal ihre allernächste Nachbarin, Mrs. Iverson, die vier Meilen entfernt wohnte. Seit August letzten Jahres war sie mit Otto nicht mehr in Loup gewesen. Mrs. Iverson hatte ihr von einer Farmersfrau im Norden des Territoriums erzählt, die im Sommer aufs Feld ging und sich dort, um Gesellschaft zu haben, zwischen die Schafe legte.

Hedda vergaß, in den Stall zu gehen und das Vieh zu füttern, bis es fast dunkel war. Dann eilte sie hin und ging dann noch zum Toilettenhäuschen. Als sie von dort zurückkam, stolperte sie über die Schrotflinte. Sie griff danach, hastete damit ins Haus, trocknete die Waffe ab und stellte sie gegen einen Stuhl zu den Munitionsschachteln, die ihr Mann ihr zurechtgelegt hatte.

Es schneite heftig, und es wurde kalt. Das Tauwetter war vorüber. Sie würden morgen wohl noch nicht wieder zu Hause sein.

In der Dunkelheit zündete sie die Öllampe an, eine mit Sand gefüllte Schale, in deren Mitte ein Stab steckte, der mit einem in Stinktieröl getauchten Docht umwunden war. Otto hatte ein fettes Exemplar dieser Gattung geschossen, aus dem man zwei Quarts Öl gewonnen hatte. Bei diesem Licht kochte sie sich *Schnitz und Knep*, ihr Abendbrot, das aus getrockneten Äpfeln und Klößen bestand, dazu trank sie eine Tasse Roggenkaffee, dem sie Kleieextrakt zugesetzt hatte, damit er wie Bohnenkaffee schmeckte.

Sie hatte nur noch wenige der kostbaren, zusammengedrehten kleinen Heuballen, mit denen sie einheizen konnte. Einige stopfte sie in den Ofen, die übrigen bewahrte sie für den kommenden Morgen auf. Dann ging sie bekleidet zu Bett und zog nur die Schuhe aus.

Es waren graue Wölfe. Einige von ihnen wogen mehr als fünfzig Pfund. Als der Winter andauerte, begannen sie, in hungernden Rudeln zu fünft oder sechst zu jagen. Sie griffen alles an, was lebte. Mrs. Iverson hatte Otto erzählt, was sie während der Schneestürme mit dem Vieh machten. Die Wölfe sprangen auf die schnee- und eisverkrusteten Weidetiere, warfen sie um, sodass sie nicht mehr aufstehen konnten, und rissen ihnen den Bauch auf. Sie fraßen so viel, dass eine Höhle entstand, in die ein oder zwei von ihnen hineinkriechen konnten, um sich vor dem Sturm zu schützen. Tief in ihrem Innern wusste Hedda Petzke, dass die Wölfe nicht nur Wölfe waren. Sie waren auch die Boten Gottes.

Hedda döste, dann wurde sie starr vor Schreck. Draußen heulten sie, nicht ganz nah, aber auch nicht besonders weit entfernt.

Die Frau glitt aus dem Bett, und beim Schein der Öllampe nahm sie die Schrotflinte und lud sie. Sie schlich zur Tür, öffnete sie einen Spaltbreit, stemmte die Waffe gegen ihre Schulter, schob den Lauf durch den Türspalt und feuerte. Der Knall machte sie taub, und der Rückstoß ließ sie nach hinten taumeln. Sie schloss die Tür. Als sie wieder hören konnte, war es ruhig.

Danach konnte sie nicht schlafen. Sie lag auf dem Bett, die geladene Schrotflinte neben sich.

Später hörte sie ein Kratzen an der Tür. Wie sollte sie die Tür öffnen, ohne dass die Wölfe sich durch den Spalt drängen und auf sie stürzen würden? Die Tür hing nur in ledernen Scharnieren. Wenn gleichzeitig zwei oder drei der Tiere dagegensprangen, würden sie das Holz nicht aus den Scharnieren reißen?

Hedda hatte darauf bestanden, dass sie ihr Ehebett mit Kopf- und Fußende aus kompaktem Eichenholz aus Illinois mitnahmen. Es war ihr Hochzeitsbett gewesen. Das Kratzen draußen hörte nicht auf. Die Jungen schliefen hinter dem Bett ihrer Eltern auf einem Lager, das aus mit Seilen verknüpften und in den Sodenwänden verankerten Pfosten gebaut war. Ihre Betten waren voneinander durch eine aufgehängte Decke abgetrennt.

Sie nahm die Waffe in die Hand, sprang aus dem Bett, schob es so weit nach vorne, dass das Kopfende einen Schutzwall zwischen ihr und der Tür bildete, und legte den Flintenlauf darüber. Dann kniete sie sich hin und zielte auf die Tür.

Wölfe sind geborene Jäger. Sie spürten, jemand oder etwas Lebendiges war im Haus.

Plötzlich hörte sie Glas splittern. Das Fenster neben der Tür zerbarst. Sie richtete den Gewehrlauf auf die Scherben und drückte ab.

Im Hause war die Detonation noch lauter. Als sie wieder hören konnte, lauschte Hedda. Sie konnte das Tier nicht sehen. Hatte sie es getötet? Verwundet? Hatte sie es verfehlt? Die Stille ängstigte sie noch mehr als der Lärm. Und nach einer Minute sank sie hinter dem Bett auf den Boden, zog die aufgehängte Decke herunter und auf sich und schluchzte. Später, als schon das erste Tageslicht durch das kaputte Fenster fiel, saß sie immer noch in die Decke gehüllt dort. Sie schauderte vor Kälte.

Als es ganz hell geworden war, sprach sie sich Mut zu. Der Wolf, der durch das Fenster gesprungen war, lag tot am Fußende des Bettes. Er war ausgezehrt, man konnte seine Rippen zählen, und sein Kopf war blutig. Hedda Petzke öffnete die Tür und zog ihn am Schwanz hinaus. Dann ging sie zum Stall, um das Vieh zu füttern, und zum Toilettenhäuschen. Schnee fiel dicht von einem Himmel, der die Farbe von Spülwasser hatte. Otto und die Söhne konnten bei diesem Wetter heute nicht zurück sein, nicht einmal, wenn sie keinen Wagen voller Holz zu befördern hätten. Sie würde noch eine Nacht allein verbringen müssen.

Irgendwie brachte sie den Tag herum. Es hatte keinen Zweck einzuheizen, da das Fenster entzwei war. Hedda aß auch nichts. Und ihre rechte Schulter schmerzte, sie war wund vom Rückstoß der Waffe. Sie holte sich einen Packen Briefe von ihren Schwägerinnen aus Illinois aus der Truhe: die gesamte Post, die sie in den vergangenen zwei Jahren erhalten und die sie wie einen Schatz gehütet hatte. Sie las sich einen Brief nach dem anderen laut vor, um eine menschliche Stimme zu hören. Seit November hatten die Petzkes keine Post mehr erhalten. Ein altes deutsches Sprichwort lautete: »*Reden ist Silber, Schweigen ist Gold.*« Das klang jetzt wie blanker Hohn.

Am Nachmittag bereitete sich die Farmersfrau auf die Nacht vor. Mit einigen Stöcken, die sie hinter dem Ofen gefunden hatte, befestigte sie die Decke innen vor dem Fenster. Davor stapelte sie zwei Stühle. Sie fütterte wieder das Vieh. Inzwischen hatte es aufgehört zu schneien. Als die Dämmerung hereinbrach, stellte sie einen dritten Stuhl hinter das Kopfende des Bettes, zündete die Öllampe an, legte die Munitionsschachteln direkt hinter sich auf das Bett der Jungen, sodass sie mühelos danach greifen konnte. Dann wickelte sie sich fest in eine Decke und setzte sich auf den bereitgestellten Stuhl. Die geladene Waffe hatte sie sich quer über den Schoß gelegt.

Hedda Petzke wartete.

Sie hatte nicht genug getan, um Eva, ihr Baby, zu retten, das nun in seinem einsamen Grab am Platte-Fluss schlief. Sie hatte auch nicht genug getan, um ihre vier Jahre alte Tochter Gerda zu behüten, die von einer Klapperschlange gebissen worden war. Als Gerda im Stall geschrien hatte, war sie sofort dorthin gerannt, hatte die einen Yard lange Schlange mit einer Hacke getötet, das Kind ins Haus getragen und war schreiend aufs Feld gelaufen, um Otto zu holen. Sie hatten Gerda Whiskey zu trinken gegeben. Otto hatte dann das Pferd gesattelt, war zu den Iversons galoppiert, hatte ein Huhn gefangen und war zurückgeritten. Zusammen hatten sie dann das Huhn geschlachtet und sein Herz über der Bissstelle am Fußgelenk festgebunden, damit das Gift herausgezogen würde. Der nächste Arzt wohnte achtzehn Meilen entfernt. Die ganze Nacht über hatten sie dem Kind Whiskey eingeflößt und das Hühnerherz auf der Bissstelle gelassen, aber am nächsten Morgen war Gerda tot. Sie begruben das Mädchen in der Nähe des Hauses. So hatte Hedda ihre beiden Töchter verloren. Sie hatte ihre Kinder im Stich gelassen. Gott wusste das. Deshalb hatte Er die Wölfe als Boten gesandt: »Die Rache ist mein; ich will vergelten, spricht der Herr.« So war es im Römerbrief 12,1 zu lesen.

Das Heulen der Wölfe begann. In dieser Nacht klang es sehr nah.

Sie wickelte sich aus der Decke, schlich zur Tür, öffnete sie einen Spaltbreit und feuerte. Das Heulen hörte auf. Hedda setzte sich wieder hinter das Kopfende des Bettes.

Aber die Wölfe blieben in der Nähe, wahrscheinlich umkreisten sie das Haus. Konnten die Tiere sie durch die Decke hindurch wittern?

Plötzlich bauschte sich die Decke vor dem Fenster. Hedda sprang auf und zielte.

Die Decke fiel herunter, die aufgestapelten Stühle krachten auf den Boden, und eine graue Gestalt verhedderte sich im Sprung in den Stuhlbeinen. Hedda drückte ab. Die Gestalt krümmte sich und lag dann reglos über die Stühle gestreckt, nahe bei einem Bettpfosten.

Als Hedda die Waffe erneut lud, begann sie leise vor sich hin zu weinen. Nach einer Weile konnte sie die Wölfe ganz deutlich hören, sie winselten vor dem Haus. Starr blieb sie stehen, die Tränen liefen ihr immer noch übers Gesicht. Was hatten sie vor? Sie waren wohl zu argwöhnisch, um erneut einen Angriff durch das Fenster zu wagen. Steif vor Kälte blieb sie, die Schrotflinte auf das Fenster gerichtet, stehen, bis ihre Augen tränenblind waren. Hedda konnte die Ungewissheit nicht länger ertragen. Sie zwang sich, mit dem Weinen aufzuhören. Um ihre Furcht zu verscheuchen, fing sie dann aber zu winseln an wie die Wölfe.

Auf einmal hörte sie über sich ein Geräusch. Die Wölfe liefen auf dem Dach hin und her. Um der Waffe auszuweichen und doch an die Frau zu kommen, waren sie auf die Schneeverwehungen an der Nordseite des Hauses geklettert. Sie wollten wohl ein Loch ins Dach scharren und auf sie hinunterspringen.

Das Kratzen und Scharren begann. Die ersten Holz- und Schmutzbrocken fielen aufs Bett. Winselnd hob sie die Flinte und zielte aufs Dach.

Ihre Arme schmerzten. Ein Klumpen aus Holz, Erde und Pfoten fiel plötzlich durch das Dach.

»*Grüß Gott!*«, schrie sie auf Deutsch und drückte ab.

Die Schrotladung schleuderte das Tier seitlich auf den Tisch, der durch den Aufprall umstürzte. Dabei verlosch die Öllampe.

Hedda winselte in der Dunkelheit vor Entsetzen und tastete erneut nach Munition, knickte wieder die Schrotflinte ab und lud sie; aber sie konnte nicht sehen, wohin sie zielen sollte. Sie spürte jedoch, dass ein weiterer »Bote Gottes« herunterfiel, und feuerte in die ungefähre Richtung, in der sie ihn vermutete. Der verwundete Wolf jaulte auf und wälzte sich auf dem Bett. Im Todeskampf knurrte er wütend und wollte zuschnappen. Er versuchte, zu ihr zu kriechen, um sie in Stücke zu zerreißen und damit sich und den getöteten Gefährten zu rächen. Hedda konnte die furchterregenden Augen des Wolfs glühen sehen, der näher und immer näher rückte. Sie konnte schon seinen stinkenden Atem riechen.

Ihre Männer kamen am nächsten Morgen nach Hause. Sie sahen das zerbrochene Fenster, den toten Wolf vor der Tür, und drinnen fanden sie noch drei Kadaver vor: einen, der sich in den Stühlen verfangen hatte, einen auf dem Tisch und einen auf dem Bett. Sie fanden die Schrotflinte und Munition am Kopfende des Bettes. Aber nirgends fanden sie eine Spur der Frau und Mutter, die sie zurückgelassen hatten. Völlig außer sich rannte Otto schreiend zum Stall, Rolf und Jergen suchten beim Toilettenhäuschen. Dann kamen sie, nachdem sie dort alles abgesucht hatten, zurück. Aus irgendeinem Grunde warf sich Otto auf den Boden und spähte unter das Bett. *»Lieber Gott!«*, stöhnte er fassungslos. Um Hedda Petzke unter dem Bett vorzuziehen, waren zwei Männer nötig. Ihre Arme, ihre Beine, ihr ganzer Körper, alles war völlig unbeweglich, wie gelähmt. Sie mussten ihr beim Aufstehen helfen, und auch dabei, sich auf einen Stuhl zu setzen. Hedda konnte nicht mehr sprechen, sie gab nur noch seltsame, winselnde Laute von sich. Die Pupillen ihrer Augen waren wie vor Schreck geweitet. Sie erkannte weder ihren Mann noch ihre Söhne. *»Schätz-*

lein, Liebste!«, rief ihr Otto Petzke wieder und wieder auf Deutsch zu. Er hielt ihre Hände in den seinen, Tränen schimmerten in seinen Augen.

Wahrscheinlich hatten sie schon lange nach ihr Ausschau gehalten, denn sie kamen einer nach dem andern aus dem Sodenhaus, lange bevor der Kastenwagen dort angekommen war. Der Vater und die beiden kräftigen Söhne im Jünglingsalter standen wie Soldaten aufgereiht nebeneinander. Sie waren bereit. Otto Petzke hielt einige Umschläge in der Hand, ein Junge trug ein Bündel, der andere das Bettzeug. Vermutlich hatte keiner der Söhne jemals zuvor einen Kastenwagen gesehen, aber sie staunten ihn nicht an, sondern warteten hochaufgereckt und sahen dabei genauso deutsch aus wie ihr Vater. Mary Bee fühlte mit ihnen. Sie wusste, dass sie den Wagen zwar fürchteten, doch dass er ihnen auch willkommen war. Seine Abfahrt war ein so endgültiger Abschied wie der Tod.

Sie kletterte von ihrem Sitz und begrüßte Otto. Dann stellte sie Briggs vor, der ihr auf der Fahrt helfen würde. Petzke machte sie mit seinen Söhnen Rolf und Jergen bekannt und sagte, sie hätten seit gestern auf sie gewartet, nachdem Reverend Dowd angekündigt hatte, dass Miss Cuddy bald käme. Er drückte ihr mehrere Umschläge in die Hand, die mit einer Schnur zusammengehalten wurden. Auf dem ersten stand der Name »Karl Koenig«, das war Heddas älterer Bruder, der in der Nähe von Springfield im Bundesstaat Illinois lebte. Otto erläuterte, darinnen sei ein Brief an Karl, der alles erklärte. Die anderen Briefe stammten von Heddas Schwägerinnen und waren an Hedda adressiert. Otto war sich sicher, dass Karl sich seiner Schwester annehmen und alles für sie tun würde, was in seiner Macht stand. Er oder Heddas jüngerer Bruder Albert würden für sie sorgen. Albert sei ebenfalls Farmer und lebe in der Nähe von Karl. Hedda hätte ihren Schwägerinnen sehr nahegestanden, sie hätten sich gegenseitig oft geschrieben. Wenn wider Erwarten keine der beiden Familien in der Lage wäre, Hedda aufzunehmen, dann gäbe es in der Nähe der Bundeshauptstadt Springfield eine Anstalt. Petzke gab Mary Bee auch noch ein Kuvert mit acht Dollarscheinen. Mehr Bargeld besäße er nicht. Das wäre für Karl oder für Albert bestimmt, je nachdem, welcher der beiden seine Hedda aufnähme.

Sie standen zwischen dem Haus und dem Gefährt, nahe genug am Kastenwagen, dachte Mary Bee, dass Briggs alles hören konnte, was gesagt wurde. Sie wollte das so. Sie fragte Otto Petzke nach dem Zustand seiner Frau. Könne sie denn überhaupt reisen? Der Siedler meinte, Hedda sei unverändert. Noch fast so, wie er sie nach der Nacht, als die Wölfe eingedrungen waren, unter dem Bett vorgefunden hatte. Er bete an jedem Tag zu Gott, dass sie wieder sie selbst werden möge. Aber das wäre wohl ausgeschlossen. Die Angst hätte sie verwandelt, wahrscheinlich für den Rest ihres Lebens. Sie könnte nicht mehr sprechen. Sie gebe nur Laute von sich. Wenn er sie hochhebe, könne sie ihre Beine bewegen und mitlaufen, zum Beispiel zum Toilettenhäuschen. Aber ihre Arme seien unbeweglich. Stundenlang würde sie auf einem Stuhl sitzen. Sie müsse wie ein Kind gefüttert werden. Und die Nächte seien schlimm. Er pflege sie auf das Bett zu legen, doch sie schliefe nicht. Sie läge dann nur mit großen, angstvollen Augen da. Er glaube nicht, dass Hedda eine so weite Reise überstehen könne. Und alles sei seine Schuld. Das breche ihm das Herz. Er habe gewusst, wie sehr sie Gewehre hasste. Er hätte sie nie allein lassen dürfen, um Bäume zu fällen, wenn noch die Gefahr bestand, dass es schneien und die *verdammten* Wölfe kommen könnten. Als er sich so anklagte, spürte Mary Bee, dass sein rundes, gleichmütiges Gesicht jetzt nur noch Fassade war und dass er zusammenbrechen würde, wenn sie ihn weitersprechen ließ.

»Wir müssen aufbrechen, Mr. Petzke«, mahnte sie. »Bringen Sie Ihre Frau heraus.«

»Ich hole sie, ich hole sie«, sagte er fast erleichtert und ging auf das Haus zu.

Mary Bee wandte sich an die Jungen: »Würdet ihr bitte ihre Sachen in den Wagen legen? Hinten ist ein Riegel an der Tür, schiebt ihn zurück und lasst ihn geöffnet.«

Während sie durch den Matsch stapften, öffnete sie ihren Mantel und verstaute neben dem Umschlag von der Bank auch Heddas Briefpäckchen und das Geldkuvert unter ihrem Hemd. Nachts, wenn sie ihr Lager aufschlugen, wollte sie im Dunkeln alles in ihrem Bündel verbergen.

Plötzlich raste Petzke aus der Tür, ein wild gewordener Mann mit hochgerissenen Armen. Tränen rannen über seine Wangen, er sank, sich zur Seite wendend, auf die Knie und begann, mit bloßen Fäusten auf die Sodenwand einzuhämmern.

»Nein! Nein!«, brüllte Otto Petzke. *»Nein, nein, nein, nein!«*

Rolf und Jergen, die vom Wagen kamen, hielten inne, starrten ihren Vater an und fragten sich, ob er nun auch den Verstand verloren hatte.

»Geht hinein, geht hinein, ihr beiden!«, befahl Mary Bee. »Bringt eure Mutter heraus. Schnell!«

Otto Petzke blieb auf den Knien. Er hatte sich völlig verausgabt, presste die Handflächen gegen die Hauswand, die er selbst gebaut hatte, dann lehnte er seine Stirn daran, als wäre es der Busen seiner Frau, und schluchzte bitterlich.

Die Jungen führten ihre Mutter heraus. Sie hatten ihr die Arme um die Taille gelegt und hoben sie ein wenig an, um ihre Beine zu entlasten, ihre Beine, die baumelten und hochhüpften, wenn ihre Schuhe vom Boden abprallten. Hedda gab keinen Laut von sich. Ihr Mantel war überall mit Sackleinen geflickt. Über ihren Kopf war eine Art spitz zulaufende Wollmütze mit Ohrenschützern gestülpt. Mary Bee sah nur kurz ein ausgemergeltes, bleiches Gesicht und leere Augenhöhlen – das war alles. Rolf und Jergen führten ihre Mutter zwischen den angebundenen Pferden hindurch und hinauf durch die offene Tür des Gefährts. Zuerst schafften sie es nicht, ihre Last über die Stufe zu heben. Mary Bee eilte ihnen zu Hilfe, gewiss, aber Briggs blieb völlig gleichgültig sitzen, als verlüden sie Klafterholz. Jergen sprang in den Wagen, Rolf und Mary Bee hoben die Frau hinein, Jergen setzte sie innen auf eine Bank und kam dann wieder herunter. Mary Bee schloss die Türen, verriegelte sie, duckte sich unter Dorothys Seil hindurch, ging nach vorne und kletterte auf den Kutschbock. Hedda Petzkes Söhne folgten ihr mit erhobenen Gesichtern, stumm wie Schuljungen. Sie verstanden erst jetzt, was das alles bedeutete.

»Kümmert euch um euren Vater«, ermahnte sie die Jungen.

Mary Bee biss sich auf die Unterlippe. Das war eine eng miteinander verbundene, sich zugetane Familie gewesen, die gemeinsam an dieser entlegensten Grenze des neuen Besiedelungsgebiets gelitten und bis heute überlebt hatte. Rettete oder zerstörte sie diese Gemeinschaft, wenn sie ihnen ihren Mittelpunkt, ihre Seele nahm? Die Antwort darauf konnte sie nicht wissen. Als ob sie sich diese Szene für immer einprägen wollte, warf sie einen letzten Blick auf die traurigen Gesichter der Jungen und auf den Ehemann, dem man sein Liebstes raubte und der noch immer an der Wand des nun verlassenen Hauses kniete. Dann schloss sie die Augen, um die aufsteigenden Tränen zurückzudrängen. Unfähig, etwas zu sagen, stieß sie Briggs mit dem Ellenbogen in die Seite. Der Wagen fuhr an. Als sie sich etwa hundert Fuß weit entfernt hatte, hörte sie klägliche Schreie.

»Mama! Mama! Oh, Mama!«

West 10, Parzelle 22, Bezirk 6, Abschnitt 18 West

Der Kastenwagen rollte durch den grauen Nachmittag, durch harschigen Schnee und graubraunes Wasser. Briggs trieb die Maultiere vorwärts. Mrs. Petzke verhielt sich ruhig. Es waren noch ungefähr vier Meilen bis zum Anwesen von Familie Sours, einer Erdwohnung. Auf dem Weg dorthin berichtete ihm Mary Bee von dem Schicksal, das Arabella Sours ereilt hatte. Briggs schien zuzuhören, doch er sprach kein einziges Wort. Mary Bee sagte, sie hätte nie zuvor gehört, dass einem noch so jungen Paar etwas so Furchtbares zugestoßen wäre. Sie sei Garn Sours begegnet, und er könne kaum älter als zwanzig sein. Seine Frau sei auf keinen Fall älter. Mary Bee bereitete Briggs darauf vor, dass sie auf Garn ein wachsames Auge haben müssten. Sie wüsste nicht, wie er reagieren würde, wenn sie ihm Arabella jetzt fortnähmen. Wie zur Antwort spuckte Briggs in weitem Bogen aus.

Zuerst konnten sie keinen Schornstein entdecken, und so fuhren sie im Kreis herum, bis sie eine hauchdünne Rauchsäule sahen. Sie schien aus dem Schnee aufzusteigen. Als sie dann den Rand der Schlucht erreichten und die Erdwohnung der Familie Sours auf der anderen Seite tief unten erblickten, weigerte sich Briggs, mit dem Kastenwagen hinunterzufahren. Denn er könne nicht garantieren, dass er ihn wieder hinaufbekommen würde, jedenfalls nicht mit nur zwei Maultieren davor und mit dieser Fracht. Und was hätte er dann für einen Vorschlag, um die Frau nach oben zu befördern, wollte Mary Bee wissen. Briggs machte die Zügel am Trittbrett fest und lehnte sich gegen die Wagenwand. Wenn sie noch so jung sei, könne sie ja laufen. Und wenn sie das nicht schaffte, dann könne – verdammt noch mal – ihr Mann sie schließlich tragen.

Der Abhang war zwar steil, aber Mary Bee kam heil hinunter, obwohl sie einmal auf ihrer Kehrseite landete und sich gut vorstellen konnte, wie Briggs sich darüber amüsierte. Niemand kam ihr aus der Erdwohnung erwartungsvoll entgegen. Stattdessen wurde sie von zwei mageren Schweinen begrüßt, einem Eber und einer Sau, die nicht in einen Verschlag, sondern in ein Erdloch mit steilen Wänden gesperrt waren. Sie grunzten zu ihr hinüber und spritzten in einem flachen Tümpel herum, auf dessen Oberfläche Unrat schwamm. Mary Bee klopfte an die Tür. Garn Sours öffnete, und als er sie erkannte, schüttelte er ihr linkisch die Hand und bat sie herein. Das Innere der Erdwohnung war eng und düster, der schmutzige Boden uneben vom häufigen Fegen. In einem Trog stapelten sich Blechteller und Tassen, auf den Tellern waren noch Essensreste. Im Raum hing ein ekelerregender Geruch. Sie öffnete ganz weit die Tür.

»Da ist sie, Madam. Meine Frau Belle.«

Arabella Sours saß auf einem Stuhl mit hoher Lehne, dem einzigen Stuhl im Raum. Auf ihrem Schoß hielt sie eine zerschlissene Lumpenpuppe mit einem baumelnden Arm. Arabella Sours war klein und dünn wie eine

Bohnenstange, ihr herzförmiges Gesicht war das eines jungen Mädchens, das höchstens halb so alt wirkte, wie sie tatsächlich sein musste. Ihr hellblondes Haar war verfilzt.

»Guten Tag.« Mary Bee lächelte sie an. »Ich freue mich, Sie kennenzulernen, Mrs. Sours.«

Mrs. Sours starrte zum Fenster hinaus.

»Sie sagt überhaupt nichts, Miss Cuddy. Sie sitzt nur hier und sieht aus dem Fenster. Und ihr Körper ist völlig steif geworden. Ich muss sie zum Toilettenhäuschen schleppen, sie abends ausziehen, sie morgens ankleiden.«

»Ich verstehe. Wie lange ist sie schon in diesem Zustand?«

»Seit damals. Doc Jessup sagte, sie sei auf einen Schlag alt geworden, und ich schätze, genau das ist geschehen.« Garn setzte sich auf die Bettkante. Sein Kinn hing herunter wie das eines armen Sünders. Er erinnerte Mary Bee an einen Schuljungen, der für etwas bestraft zu werden glaubt, was er nicht getan hat. »Ich erkenne sie überhaupt nicht wieder«, bekannte er.

»Wie alt ist Ihre Frau?«

»Neunzehn.«

»Und Sie?«

»Einundzwanzig.«

»Ich verstehe.«

»Liebe Güte, noch vor Kurzem war sie wunderschön, Miss Cuddy.«

»Vielleicht wird sie es wieder werden, Garn, wenn sie zu Hause ist.« Mary Bee wandte sich jetzt ausschließlich ihm zu, entschlossen, keinen Blick mehr auf das Mädchen zu werfen. Schon bei Hedda Petzke war sie den Tränen zu nahe gewesen. »Was werden Sie tun, wenn sie fort ist? Ich meine, von jetzt an?«

Er schüttelte wortlos den Kopf. »Weiß nicht. Ich kann's sicher nicht allein schaffen.«

»Warum nicht? Haben auch schon andere Männer hier draußen gekonnt. Ich muss auch allein zurechtkommen. Es ist nicht einfach, aber es geht.«

Er war nicht in der Verfassung, ihr das zu glauben.

»Na gut. Ich bin jedenfalls gekommen, um sie abzuholen«, erinnerte Mary Bee. »Wie steht es mit ihren Papieren?«

Er zog aus einer Tasche ein liniertes Blatt, faltete es auf und gab es ihr. »Darauf stehen ihr Name und ihre frühere Anschrift in Ohio, da kommen wir her, und etliche andere Namen. Da sind alle ihre Verwandten, ist eine große Familie: drei Brüder, drei Schwestern, einige verheiratet. Sie werden sich um sie kümmern.«

Mary Bee öffnete ihren Mantel und schob auch dieses Blatt unter ihr Hemd. Sonst hatte er nichts vorbereitet. Sie musste ihm dabei helfen, die beiden Decken, die er entbehren konnte, zusammenzurollen und Kamm und Seife einzupacken. Sie vergewisserte sich, dass ein Kamm dabei war. Dazu legten sie ein Handtuch und Unterwäsche zum Wechseln.

»Und das hier auch«, meinte Garn, »das Hochzeitsgeschenk ihrer Großmutter. Sie muss viel wert sein. Ich denke, Arabella soll sie mitnehmen.«

Mary Bee betrachtete den Gegenstand, den er ihr in die Hand gedrückt hatte, genau. Es war eine rosafarbene Kameenbrosche mit dem Bild eines Mädchenkopfes. Die Gesichtszüge wirkten außerordentlich fein, und auf ihrem Kopf saß eine Krone, sodass sie einer jungen Königin glich. Diese Brosche war in Ehren gehalten worden, davon war Mary Bee überzeugt, und das Mädchen war dafür beneidet worden. Denn die Schöne auf dem Edelstein lebte in einem Schloss, und wenn sie auch ein oder zwei Kinder haben mochte, so würde sie doch nie abgearbeitet sein und niemals vor ihrer Zeit alt werden. Sie würde ewig herrschen und ewig schön sein.

»Sie ist wundervoll«, sagte Mary Bee. »Ich werde diese Kamee für Arabella aufbewahren und darauf achten, dass sie den Schmuck nach Hause bringt.«

Der Mantel von Mrs. Sours war warm genug, doch ihr Hut war es nicht, und so hüllte Mary Bee den Kopf des Mädchens in zwei gestrickte Schals, die sie unter dem Kinn verknotete.

»So«, sagte Mary Bee. »Ich denke, wir sind fertig.« Sie blickte den jungen Farmer an. »Lassen Sie mich Ihnen eins sagen, Garn. Es gibt eine unangenehme Aufgabe, die Sie Ihrer Frau zuliebe erledigen könnten, wenn wir fort sind. Machen Sie das Haus sauber, wenn Sie Ihre Frau lieben. Lüften Sie das Haus, und lüften Sie auch das Bettzeug. Fegen Sie. Waschen Sie das Geschirr ab. Bis Sie sich entschieden haben, was Sie weiter tun werden, halten Sie das Haus so sauber und ordentlich, wie sie es getan hätte. Das ist das Mindeste, was Sie für sie tun können. Meinen Sie nicht auch?«

Widerwillig nickte er. »Ja, Madam.«

»Gut, der Wagen steht oben. Können Sie Ihre Frau tragen?«

»Ja, Madam.«

Sie brachen auf. Er trug seine Frau in den Armen, sie hielt die Lumpenpuppe in den ihren. Aber als er den Hang halb hochgeklettert war, fiel er auf die Knie, stand auf und fiel ein zweites Mal in den nassen Schnee. Er konnte nicht mehr. Mary Bee kämpfte sich nach oben zum Rand und brüllte den Mann auf dem Kutschbock, der teilnahmslos zusah, wie eine wild gewordene Hornisse an.

»Mr. Briggs! Würden Sie Ihr Mußestündchen vielleicht unterbrechen, um hier mit anzupacken? Na, wird's bald?«

Briggs spie im weiten Bogen aus, kletterte gemächlich vom Kutschbock und dann vorsichtig den Abhang zu Garn Sours hinunter. Die Männer formten mit den Armen einen Sitz und trugen das Mädchen zum Kastenwagen hinauf. Mary Bee hatte die Tür hinten geöffnet, und so war es ein Leichtes, Arabella neben Mrs. Petzke auf die Bank zu setzen. Mary Bee schloss die Tür, verriegelte sie und machte sich gar nicht erst die Mühe, Briggs vorzustellen, der wieder auf dem Kutschbock Platz nahm und die Zügel ergriff.

»Garn, ich wünsche Ihnen, dass Gott Ihnen Trost schenkt«, sagte Mary Bee. »Es ist das Beste, was wir für Ihre Frau tun können. Ich weiß es, und Sie wissen es auch.« Sie griff nach seiner Hand und schüttelte sie. »Wir werden in einigen Wochen zurück sein, und Sie werden von mir über Reverend Dowd erfahren, dass sie wohlbehalten angekommen ist.«

»In Ordnung, Madam«, erwiderte er, immer noch gekränkt über die ihm widerfahrene Ungerechtigkeit.

Mary Bee hatte bereits ihren Platz eingenommen, und der Kastenwagen war schon angefahren, als sich etwas Seltsames ereignete. Jemand rief einen Abschiedsgruß. Briggs und Mary Bee wandten sich um. Durch eines der Fenster auf der ihrem Mann abgewandten Seite hatte

Arabella Sours einen Arm gestreckt, ihn erhoben und winkte nun zum Abschied.

»Auf Wiedersehen!«, rief sie hinaus, dorthin, wo niemand stand. »Auf Wiedersehen.«

Garn Sours eilte um den sich bereits vorwärtsbewegenden Wagen herum zu ihr und verlangsamte dann seinen Schritt.

»Auf Wiedersehen!«, rief Arabella.

»Ich weiß, wem du zuwinkst!«, schrie Garn seine Frau zornig an. »Jedenfalls nicht mir.«

»Auf Wiedersehen!«

»Wäre es anders, dann würdest du mich nicht so zurücklassen!«, brüllte der junge Ehemann, der mit geballten Fäusten neben dem Kastenwagen herlief. Tränen liefen ihm über die Wangen. »Du hattest keinen Grund, den Verstand zu verlieren. Wir hätten noch mehr Kinder haben können. Du liebst mich nicht. Du kümmerst dich einen Dreck um mich.«

»Auf Wiedersehen!«

Briggs trieb die Maultiere an, und der Wagen polterte davon. Mary Bee wünschte, sie müsste nicht mehr zuhören.

»Fahr nach Hause und spiele mit dieser verdammten Puppe!«, schluchzte Garn. »Du lässt mich im Stich. Belle, meinetwegen kannst du zur Hölle fahren!«

Und wieder winkte der Arm aus dem Fenster hinaus, als Garn zurückblieb, ein wehmütiger Abschiedsgruß an jemanden, den nur Arabella Sours sehen konnte.

West 4, Parzelle 14, Bezirk 3, Abschnitt 5 West

Mit dem Morgen zog ein ebenso trüber Tag herauf, wie es der gestrige und der vorgestrige auch gewesen waren. Ein endloser Himmel schien mit bleiernen Wolken auf dem Gefährt zu lasten, während es durch das endlos weite Land fuhr.

Sie waren noch mehr als eine Meile entfernt, als sie bereits den Mann vor seinem Haus stehen sahen. Er hatte sie auch erspäht und ging, statt weiter zu warten, ins Haus.

Während sie den Weg bis dorthin zurücklegten, war ausreichend Zeit, dass Mary Bee Briggs berichten konnte, was Gro Svendsen widerfahren war. Es könne schwierig mit ihr werden, fügte sie hinzu. Sie habe Thor, Gros Ehemann, getroffen, und er habe sie davor gewarnt, seiner Frau den Rücken zuzukehren, denn in ihrem Zustand sei sie gefährlich. Deshalb hoffe und erwarte sie, dass Briggs ihr ungefragt zu Hilfe eilen würde, wenn es Probleme geben sollte.

Sie fuhren bis vor das Sodenhaus, das größer und stabiler gebaut war als die meisten anderen, und warteten, wie es sich gehörte. Doch Svendsen kam nicht heraus. Mary Bee meinte, er mache wahrscheinlich seine Frau für die Reise fertig. Nachdem sie noch ein paar Minuten gewartet hatten, stieg sie vom Wagen und klopfte an die Tür, die Thor Svendsen kurz darauf öffnete.

»Guten Morgen, Mr. Svendsen.«

»Guten Morgen, Miss Cuddy. Schön, Sie zu sehen. Kommen Sie herein, kommen Sie herein. Sie ist fertig.«

Gro Svendsen war mit einem Seil an einen Stuhl gebunden, das doppelt um ihre Arme und ihren Oberkörper geschlungen und im Rücken verknotet war.

Ihr Anblick erschütterte Mary Bee so sehr, dass sie sich sofort wieder an Thor Svendsen wandte: »Ich danke Ihnen sehr ... für den Kastenwagen und die Maultiere. Sie sind wirklich ... brauchbar.«

»Gut, gut. Otto Petzke und ich haben das Geld dafür gegeben. Die andern allerdings gar nichts.«

Mary Bee war noch immer sehr verlegen: »Darf ich fragen, warum Ihre Frau angebunden ist?«

»Oh, sie würde mich sonst töten. Wir sind jetzt seit sechzehn Jahren verheiratet, und sie wollte mich töten.«

»Das ist doch nicht Ihr Ernst!«

Der hochgewachsene Norweger, ein hagerer Mann, breitete hilflos seine langen Arme aus: »Sie sagte zu mir, ihrem Ehemann: ›Gott wird dich niederschmettern.‹ Und sie denkt, sie wäre Gott.« Er sprach im Singsang, wobei er seine langen Arme und mächtigen Hände hin und her schwang. »Oh, sie wollte mich töten. Ich fessele sie deshalb den ganzen Tag über und füttere sie auch. Und nachts im Bett auch, auch an den Beinen. Ich habe Sie ja schon gewarnt, Mary Bee: Drehen Sie ihr nie den Rücken zu.«

»Sie spricht also.« Mary Bee zwang sich, die Frau anzusehen, die mit einem schweren Mantel, Schuhen und einer mit Borten verzierten Filzhaube reisefertig angezogen war. »Ich freue mich, Sie kennenzulernen, Mrs. Svendsen. Ich bin Mary Bee Cuddy.«

Doch Gro Svendsen hatte nur Augen und Ohren für ihren Ehemann. Ihre Augen funkelten voller Hass.

Ganz unerwartet sagte der Mann: »Wir haben keine Kinder.«

»Das tut mir leid. Das habe ich nicht gewusst«, antwortete Mary Bee.

»Ich habe schlimme Träume.«

»Oh?«

»Von Trollen.«

Sie überlief eine Gänsehaut. Bis jetzt war er ihr völlig normal erschienen. Einen Augenblick lang dachte sie daran, Briggs hereinzurufen. »Nun denn«, beendete sie energisch das Gespräch. »Wenn sie fertig ist, sollten wir aufbrechen. Ich habe schon Mrs. Petzke und Mrs. Sours im Wagen. Und heute Nachmittag werden wir noch Mrs. Belknap abholen. Haben Sie ihre Papiere fertig?«

Er beugte sich über das gemachte Bett. Darauf lagen ordentlich nebeneinander das zusammengerollte Bettzeug, ein Bündel und ein Umschlag, den er Mary Bee gab.

»Darin sind die Namen und die Orte, wo sie leben. Ihre beiden Cousins in Minnesota, meine ich. Kann sein, dass sie sich ihrer annehmen. Vielleicht auch nicht. Auf jeden Fall gibt es in Minnesota eine Anstalt.«

Mary Bee meinte, das sei in Ordnung. Sie würde den Leuten in Hebron die Namen und Adressen übergeben. »Wie können wir Ihre Frau in den Wagen bringen?«

»Das werde ich tun, Miss Cuddy«, bot Thor an. »Nehmen Sie doch bitte die Sachen und öffnen Sie die Tür.«

Mary Bee nahm Bettzeug und Bündel und öffnete die Tür. Svendsen bewegte sich vorsichtig auf seine Frau zu, beugte sich über sie und band das Seil von der Stuhllehne los. Sie sprang auf ihre Füße, als ob sie ihn angreifen wollte, aber ihre Arme waren noch an den Oberkörper gebunden, und so konnte er sie herumdrehen und mit seinen langen Armen auch hochheben. Trotz ihrer doppelten Fesseln kämpfte sie, wobei sie grimmige Geräusche wie ein gefangenes Tier von sich gab. Er schob sie jedoch mit langen Schritten durch die Tür. Mary Bee folgte ihnen und musste sich dann beeilen, um die hintere Tür des Kastenwagens zu öffnen. Gro Svendsen war genauso hochgewachsen und hager wie ihr Ehemann und ebenso kräftig. Einmal warf sie ihn und sich fast zu Boden. Aber er schwankte mit ihr zum Wagen, kletterte mit ihr die Stufe hinauf, schob sie hinein und gab ihr einen Stoß, sodass sie sich setzte. Dann nahm er Mary Bee Bettzeug und Bündel aus der Hand, warf es in den Wagen und verriegelte die Tür. Dann ging er ein paar Schritte zur Seite und blieb dort schwer atmend stehen.

»So«, seufzte er. »Das wäre erledigt.«

»Können wir ihr nicht die Fesseln abnehmen?«, fragte Mary Bee.

»Nein, nein. Was würde sie wohl den anderen antun? Nein, das geht nicht.« In diesem Augenblick bemerkte Thor Svendsen den Mann auf dem Kutschbock: »Wer ist denn das?«

»Ein Mann, der uns begleitet. Sie verstehen sicher, Mr. Svendsen, ich kann nicht allein …«

»Warten Sie.« Der Farmer ging nach vorne zum Wagen. Briggs hielt sein Gesicht abgewandt. »Du!«, rief Svendsen. »Du!«

Briggs wandte sich ihm zu.

Svendsen blickte ihn nur kurz an, dann ging er geradewegs ins Haus. Er kehrte binnen Sekunden mit einem Gewehr in der Hand zurück.

»Dieser Mann. Ich kenne ihn. Es ist dieser dreckige Landräuber von Andy Giffens Eigentum.« Svendsen ging auf den Wagen zu. »Er wird nicht mitfahren. Nicht mit meiner und nicht mit irgendeiner anderen Frau!« Er legte mit dem Gewehr an und zielte auf Briggs. »Du, komm runter, oder ich knall dich ab!«, brüllte er.

Mary Bee wusste, dass er dazu imstande war und auch, dass Briggs seine Waffe unter dem Rindsledermantel im Gürtel trug. Und sie wusste auch, dass er getötet werden würde, wenn er versuchte, sie zu ziehen. Ihre Gedanken wirbelten im Kreis herum wie Windmühlenflügel.

»Warten Sie, warten Sie, Mr. Svendsen!«

Sie rannte nach vorn und sprang auf den Kutschbock, sodass sie zwischen Briggs und dem Gewehrlauf stand. »Stehen Sie auf! Aber bleiben Sie direkt hinter mir!«, befahl sie ihm flüsternd. Er gehorchte. Schnell hob sie die Sitzklappe, holte ihr eigenes Gewehr aus dem darunterliegenden Fach, stemmte die Waffe gegen die Schulter und zielte auf den Mann, der unter ihr stand.

»Wenn Sie ihn erschießen, dann werde ich Sie erschießen, Mr. Svendsen«, drohte sie mit schriller Stimme. »Ich möchte es zwar nicht, aber ich werde es tun!«

»Gehen Sie aus der Schusslinie!«, brüllte der Farmer.

Ihre Arme erlahmten, und es fiel ihr nicht leicht, das Gewehr ruhig zu halten. Svendsen zielte nun auf sie, und die kleine schwarze Öffnung an der Spitze seines Gewehrlaufs schien immer größer zu werden. »Ich meine es ernst!«, schrie sie. »Ich kann das nicht alleine schaffen! Ich brauche ihn!« Flüsternd forderte sie Briggs auf: »Fahren Sie los! Schnell!«

Briggs setzte sich. Der Wagen fuhr an. Sie schrie Svendsen zu: »Ich werde auf Ihre Frau aufpassen, Mr. Svendsen. Das verspreche ich!«

Er schoss nicht. Mary Bee blieb stehen und setzte einen Fuß auf den Sitz, um nicht das Gleichgewicht zu verlieren, wenn die Maultiere zu traben begannen. Endlich, als sie schon mehr als zweihundert Yards entfernt waren, setzte der Mann am Haus das Gewehr ab. Sie ließ sich auf den Sitz neben Briggs fallen und konnte es kaum fassen, dass sie, Mary Bee Cuddy, ein anderes menschliches Wesen mit einer Waffe bedroht hatte und selbst bedroht worden war. Sie schaute zurück. Thor Sevendsen stand vor seinem Haus, so verblüfft, so hilflos und so einsam, wie er es niemals zuvor gewesen war.

Wie ein dunkles Pünktchen erschien auf dem Bergkamm ein Reiter, der sich parallel zu ihnen bewegte. Und als er seine Richtung änderte und auf sie zuritt, erschienen Mary Bee sein Pferd und dessen Gangart vertraut. Sie winkte, und er winkte zurück, und so nahm Mary Bee an, dass es Alfred Dowd war. Und sie hatte recht. Er kam auf sie zu, und Mary Bee machte ihn mit Briggs bekannt. Dowd zuckte mit den Mundwinkeln, seine Augen wurden schmäler. Der Wanderprediger hatte erkannt, wer Briggs war. Dowd musterte den Kastenwagen und das Maultiergespann und meinte, beides sähe hier draußen genauso brauchbar aus, wie es ihm in der Stadt, im Geschäft von Buster Shavers, erschienen waren. Ob dem so sei? Mary Bee bejahte das. Sie sei zufrieden, und sie hätten schon Mrs. Petzke, Mrs. Sours und Mrs. Svendsen eingesammelt und seien jetzt auf dem Wege zu den Belknaps. Sie wisse natürlich nicht, ob Vester Theoline mitfahren ließe. Er habe einen Eid darauf geschworen, dass er es nicht zulassen würde. Dowd meinte jedoch, jetzt würde er sich nicht mehr zur Wehr setzen. Er wäre nur allzu froh, wenn seine Frau endlich weg wäre. Das habe er, Dowd, vor zwei Tagen gehört. Deshalb hätte er gestern bei den Belknaps haltgemacht und es sich bestätigen lassen. Ob Mary Bee wohl den Grund erriete? Sie war ahnungslos. Ob sie von einer Familie Tull, die vielleicht dreißig Meilen von hier entfernt lebte, schon gehört habe? Sie hatte von ihnen gehört. Nun gut. Otis Tull hatte eine unscheinbare Tochter mit einer Hasenscharte, Jenny, siebzehn Jahre alt. Vester hatte Otis fünfzig Dollar von dem neu aufgenommenen Darlehen gegeben und Jenny zu sich genommen.

»Nein«, staunte Mary Bee.

»Doch«, bestätigte Alfred Dowd.

»Das arme Ding«, meinte Mary Bee voller Mitleid.

»Ja, wirklich«, pflichtete er bei. »Mit siebzehn schon in Sünde leben. Vester ist alt genug, um ihr Vater zu sein. Ekelhaft.«

Briggs ließ den Tratsch zum einen Ohr hinein- und zum anderen wieder herausgehen. Um sich die Zeit zu vertreiben, betrachtete er nachdenklich Erde, Himmel und die Rückansichten der Maultiere.

»Ich würde gern vertraulich etwas mit Ihnen besprechen, Miss Cuddy«, sagte der Prediger. »Würden Sie bitte herunterkommen?«

Sie stieg ab und ging nach hinten zu den angebundenen Pferden. Dowd ritt zurück und stieg ebenfalls ab, die Zügel in der Hand. Er mache sich Sorgen, bemerkte er. Briggs sei der Name des Landräubers, der angeblich gehängt worden sei.

»Das ist dieser Mann. Ich habe ihm das Leben gerettet. Als Gegenleistung hat er einen Eid darauf geschworen, dass er mir helfen wird.«

»Blödsinn. Sein Eid ist überhaupt nichts wert. Er würde Sie, ohne mit der Wimper zu zucken, umbringen.«

»Das glaube ich nicht, Alfred. Er ist ein Halunke, aber kein Mörder. Geringfügige Vergehen, ja, aber keine schweren Verbrechen.«

»Sie sind da sicher?«

Sie zögerte. »Hinreichend.«

»Warum?«

»Mir bleibt nichts anderes übrig.«

»Das reicht?«

»Um sicherzugehen, habe ich für ihn Geld zu Händen von Mrs. Carter vorausgesandt. Briggs weiß, dass er es in Hebron erhalten wird, wenn wir dort ankommen.«

»Geld?«

»Wer gut schmiert, der gut fährt.«

»Ich kann es immer noch nicht fassen: Sie als unser Treckführer.« Er seufzte. »Niemand von uns wird auch nur eine ruhige Minute haben, bis Sie wieder zurück sind. Und übrigens habe ich auch an Altha Carter geschrieben und Ihr Kommen angekündigt.« Er blickte sie ernst an. »Na gut«, sagte er. Er öffnete seinen Mund, schloss ihn jedoch wieder. Mary Bee erinnerte sich an den Nachmittag in der Schule, als sie und die Männer sich zum Auslosen versammelt hatten. Der Ernst des Anlasses und der Wirrwarr seiner Gefühle hatten den Prediger vorübergehend überwältigt. »Na schön«, sagte er zum Abschied, »trennen wir uns.« Heute hatte er keinen dicken Schal um, an dem er herumnesteln konnte. »Gott segne und beschütze Sie.« Er wandte sich schroff ab und führte sein Pferd nach vorn, wobei er anhielt, um in den Wagen hineinzuspähen. Beim Fahrer hielt er noch einmal. »Mr. Briggs«, setzte er an und begann erneut: »Mr. Briggs, Sie tragen eine ungeheure Verantwortung gegenüber diesen unglücklichen Frauen im Kastenwagen und gegenüber der Dame an Ihrer Seite. Hm. Ich hoffe und erwarte, Sie werden Ihre Pflichten getreulich erfüllen.«

Briggs starrte auf ihn hinunter wie auf einen Hausierer, der ihm Tand andrehen wollte.

Dowd ging noch einmal schnell um die Maultiere herum und spähte dann von der anderen Seite in den Wagen hinein. Mary Bee war ihm nach vorne gefolgt und setzte sich neben Briggs. Der Prediger bestieg sein Pferd und legte eine Hand auf den Wagen. »Lassen Sie uns beten!«, forderte er die beiden auf dem Kutschbock auf. Mary Bee beugte ihren Kopf, Briggs tat es nicht. »Herr, ich befehle diese drei Frauen in Deine Obhut und Deine Liebe. Noch sind es drei, bald werden es vier sein. Heute beginnen sie ihre Reise durch die Wildnis. Sie werden Mangel leiden. Gib ihnen zu essen. Sie werden müde werden. Richte sie auf. Sie werden sich fürchten. Gib ihnen Deinen Schutz. Lasse sie, o Gott, am Ende der Reise im Seelenfrieden und in der Heiterkeit des Geistes nach Hebron gelangen. Lass sie, o Gott, Deine lieben und geplagten Kinder, zu Dir kommen. Amen.«

Mary Bee hob ihren Kopf und drehte sich um. Alfred Dowd war schon losgeritten und bog an einem schönen Walnussbaum ab. Sie sah ihm nach. Aber diesmal winkte er nicht.

Briggs döste vor sich hin. Das war gewiss nicht der langweiligste Tag in seinem Leben gewesen; er hatte mehrere Verrückte eingeladen und durch die Gegend kutschiert und dazu noch einen Gewehrlauf auf sich gerichtet gesehen.

»Dort drüben ist das Haus der Belknaps«, erklärte Mary Bee, indem sie die Zügel in eine Hand nahm und hinüberzeigte. »Meins ist da drüben hinter diesem Hügel, auf der nächsten Anhöhe. Sie erinnern sich? So sind wir fast wieder am Ausgangspunkt. Nur noch ein Halt, dem Himmel sei Dank! Ich bin froh, wenn wir die vier endlich beisammenhaben und auf dem Weg sind. Ich habe Ihnen von Theoline erzählt, nicht wahr? Und von ihrem Baby?«

Briggs nickte.

»Und Sie haben auch gehört, was Reverend Dowd gesagt hat. Vester ist schon immer haltlos gewesen. Aber ich hätte nicht im Traum gedacht, dass er so voller Fleischeslust sein könnte. Ein Mädchen mit einer Hasenscharte, und die arme Theoline ist noch im Hause. Können Sie sich das vorstellen?«

Briggs nickte.

»So hat er also seine Meinung, sie auf keinen Fall mit einer Frau als Treckführer ziehen zu lassen, geändert. Er wird sogar froh sein, dass sie wegkommt, und er wird uns gegenüber sehr liebenswürdig sein, Sie werden sehen. Oder haben Sie eine andere Meinung?«

Briggs blickte starr geradeaus.

»Meinen Sie nicht auch?«, bohrte sie.

Briggs nickte.

Sie runzelte die Stirn. »Hören Sie mir überhaupt zu?«

Briggs nickte.

»Wachen Sie auf!«, fuhr sie ihn an. »Schauen Sie dort hinüber!«

Jemand mit einem Schal um den Kopf rannte aus der Tür des Sodenhauses hinüber zum Toilettenhäuschen.

»Hmmm«, machte Mary Bee. »Das ist keine von seinen Töchtern. Das muss Jenny Tull sein. Das arme Mädchen schämt sich, mir zu begegnen. Und Vester ahnt nicht, dass ich von ihr weiß. Und er möchte auch nicht, dass ich merke, was los ist. Ha, ha. Ich werde ihm eine kleine Lektion erteilen.«

Vester Belknap trat sofort aus dem Haus, als der Kastenwagen hielt. Und er war früh genug zur Stelle, um Mary Bee höflich beim Hinuntersteigen zu helfen. Wenn er einen Hut aufgehabt hätte, so hätte er ihn sicher gezogen.

»Miz Cuddy, schön, Sie zu sehn. Hab schon gewartet, seit der Pastor vorbeikam und sagte, Sie kämen.«

Er verbeugte sich fast.

Sie verkniff sich ein Lächeln.

»Also schön, Line ist bereit«, fuhr er fort und warf einen flüchtigen Blick auf den Mann auf dem Kutschbock.

»Wie geht es ihr, Vester?«

Er zog eine sorgenvolle Miene. »Unverändert. Sie kann zwar alleine essen, aber sie redet nur wirres Zeug.« Ihm fiel etwas ein. »Doch sie hat kürzlich was getan, Sie werden's nicht glauben.«

Einige Tage zuvor, so erzählte er, sei er am Morgen aufgewacht und hätte Line blutverschmiert vorgefunden – und ihr Lager auch. Er hatte ihr zum Schlafen einen Strohsack auf den Boden gelegt. Sie hatte sich ihr Handgelenk durchgebissen, durch die Pulsader durch – bis zu dem äußeren Unterarmknochen.

Mary Bee starrte ihn sprachlos an.

Tja, Line hatte versucht, sich umzubringen. Fühlte sich wohl schuldig, weil sie ihr Baby umgebracht hatte.

»Lieber Gott!«

Ja, ja. Er und die Töchter hätten ihr beide Handgelenke mit Streifen von Bettzeugstoff verbunden. Das eine Handgelenk, um die Blutung zu stoppen, das andere, damit sie sich das nicht auch noch durchbiss. Und wenn Mary Bee diese Verbände an Lines Handgelenken unter ihrem Hemd fände, dann wisse sie warum. Und es wäre wohl besser, wenn sie dranblieben, weil sie ja jederzeit wieder versuchen könne, sich umzubringen.

Mary Bee schüttelte fassungslos den Kopf. »Gut, dass Sie mir das gesagt haben. Wo sind die Mädchen?«

»Oh ... drinnen.« Er deutete fahrig zum Haus hin. »Wozu sollten sie hier draußen im Weg stehen und flennen, weil ihre Mutter geht ...!«

Vester hatte seine massige Gestalt zwischen Mary Bee und die Tür geschoben. Sie sah an ihm vorbei und konnte hinter dem schlierigen Fenster die plattgedrückten Nasen von Junia, Aggie und Vernelle erkennen. Sie nickte ihnen zu. Es ärgerte ihren Vater, dass die Kinder zum Gruß gegen die Scheibe pochten. Jetzt verstand sie, was Vester bezweckte. Mit der Begrüßung am Kastenwagen und dem Wegschaffen seiner Frau führte der Mann ein Versteckspiel auf, mit dem er zu verhindern suchte, dass Mary Bee seine neu erstandene Frau entdeckte. Eine Frau, die seine rechtmäßige und noch im Hause anwesende – wenn auch inzwischen unzurechnungsfähige – Gattin ersetzen sollte. Er hatte den Töchtern befohlen, drinnen zu bleiben, damit sie nicht schwatzten und ihn verrieten, während er Jenny Tull angewiesen hatte, sich im Toilettenhäuschen zu verbergen, bis Mary Bee, der Spürhund, wieder fort war. Um das zu deichseln, musste er sie so schnell wie möglich zur Abfahrt bewegen.

»Da sind Theolines Sachen, Miz Cuddy«, drängte er und wandte sich schwerfällig dem Haus zu. Er hob das Bettzeug und ein Bündel auf und brachte beides zu Mary Bee. »Und da ist noch 'n Papier für Slade's Dell, Kentucky, wo sie hinsoll. Sie hat 'ne Schwester und 'nen Bruder dort. Nehmen Sie die Sachen? Dann bring ich sie raus. In Ordnung?«

Bevor sie noch ja oder nein sagen konnte, war er schon ins Haus gegangen. Sie steckte das Papier weg, trug Bettzeug und Bündel zum Wagen, öffnete die Tür, lächelte den drei Frauen zu und wandte sich dann Vester zu, der Theoline einen Arm um die Taille gelegt hatte und mit ihr durch den Schlamm zum Wagen hastete. Der Blick der Frau wanderte hin und her, aber ihr Schritt war fest und zielgerichtet. Mary Bee war entschlossen, sie anzusprechen, um herauszufinden, wie sie reagierte.

»Hallo, Theoline. Ich bin froh, dass Sie so gut aussehen. Erinnern Sie sich an mich, an Mary Bee?«

»Ti«, machte die Frau. »Ti, ti, ti, ti.«

»Oh, wenn Sie mit ihr sprechen wollen, wünsche ich viel Spaß«, meinte Vester, als er Theoline in den Wagen half und sie neben Mrs. Sours setzte. Er kletterte mit Leidensmiene wieder heraus und stieß einen langen Seufzer aus, der tragisch wirken sollte, als Mary Bee die

Tür schloss und verriegelte. »Ich weiß überhaupt nicht, wie ich und die Kinder ohne unsere Line zurechtkommen sollen«, sagte er kläglich. »Aber ich weiß, es ist für sie so am besten. Und ich hab Ihnen zu danken, Miz Cuddy, dass Sie Line heimbringen – was für 'ne große und christliche Tat. Und übrigens, soll ich nicht nach Ihrem Vieh sehn, wenn Sie weg sind?«

»Vielen Dank, aber das brauchen Sie nicht«, lehnte Mary Bee ab. »Charley Linens wird das erledigen.«

Plötzlich glitt sie an Vester vorbei. Es wurde Zeit zum Suchen. Sie schritt geradewegs auf das Toilettenhäuschen zu und blieb zehn Fuß davor stehen. »Jenny!«, rief sie.

Sie bekam keine Antwort.

»Jenny Tull!«

Sie meinte, durch die hölzerne Tür das verschreckte, missgestaltete Mädchen zu sehen, das sich innen verbarg. Ob sie wohl wusste, was Theoline dort getan hatte?

»Jenny, ich bin es, Mary Bee Cuddy«, verkündete sie unüberhörbar, sodass es auch auf dem Wagen und sogar im Haus verstanden werden konnte, wenn jemand neugierig genug war, die Tür zu öffnen und zu lauschen. »Willkommen in unserer Nachbarschaft. Ich wohne genau zwei Meilen östlich von hier. Ich fahre jetzt für einige Wochen fort. Aber wenn ich zurückkomme, sollen Sie wissen, dass Sie eine Freundin haben. Auf Wiedersehen.«

Als sie triumphierend zum Wagen zurückrauschte, sah sie, dass der ertappte Vester mit hochrotem Kopf vor zum Kutschbock gegangen war. Mary Bee kletterte neben den Fahrer.

»Das war sehr geschickt, Miz Cuddy«, grinste er höhnisch. »Aber man soll niemand für was tadeln, was man selbst auch macht. Ich sehe, dass Sie sich auch Gesellschaft mitgenommen haben für die kalten Nächte. Wer ist denn dieser Raufbold?«

Völlig unerwartet hielt Briggs plötzlich seinen Navy Colt in der Rechten. Er hatte auch Versteck gespielt. Mary Bee wusste nicht, wo er die Waffe verborgen gehalten hatte, hinter oder unter sich oder in einer Falte seines Mantels, aber er hatte sie gezogen. Vester stand reglos mit vor Schreck geweiteten Augen da. Ein Gewehr hätte ihn sicher nicht eingeschüchtert, aber er hatte keine Ahnung von Handfeuerwaffen und von der Sorte Männer, die sie bei sich trugen. Briggs beugte sich vor und hinunter und hieb dem Siedler mit seinem Mehrlader auf die Stirn, genau über dem Haaransatz. Nicht fest genug, um Vester in die Knie zu zwingen, aber kräftig genug für eine Kopfwunde. Dann legte Briggs seinen Colt auf den Sitz und wischte sich den Ruß von seiner Hand am Mantel ab. Dunkles Blut rann Vester die Stirn hinab, lief über sein Nasenbein und tropfte von seiner Nasenspitze. Briggs gab Mary Bee die Zügel, sie schnalzte den Maultieren zu, und der Kastenwagen fuhr davon. Vester Belknap stand blutend da wie ein stummes Tier. Briggs spie zur Seite.

So begann der hölzerne Kasten auf Rädern seine Reise durch die Prärie. Die Räder machten unterschiedliche Geräusche. Dort, wo noch Schnee lag, knirschten sie. Wo keiner mehr lag und meilenweit nur feuchtes, braunes Gras zu sehen war und sich die eisernen Reifen in den Boden eingruben, rumpelten sie. Die Kontrapunkte zu diesen Lauten bildeten das Stampfen der Maultiere vor ihnen und der dumpfe Klang der Hufe der angebundenen Tiere hinter ihnen, der Stute und des Rotschimmels mit seinem grauen Schweif. Mary Bee Cuddy hielt die Zügel, Briggs saß neben ihr. Vier Frauen saßen im Kasten, Passagiere und Gefangene zugleich, eingeschlossen mit ihren Habseligkeiten. Obendrauf, unter einer Plane festgebunden, lagen Bettzeug und Säcke mit Vorräten und die Sättel für die angebundenen Pferde. Unter dem Gefährt hing ein Eimer mit Wagenschmiere an einer Kreuzverstrebung. Als ob er aus den Fenstern, seinen rechteckigen, blinden Augen, hinausstarre, bewegte sich der Wagen ostwärts auf einen Punkt zu, wo der graue Himmel und die gefleckte Erde aufeinandertrafen und eine unendlich lange Linie bildeten. Nach ein oder auch zwei Reisestunden übertönte ein neu dazugekommener Laut die anderen Geräusche. Eine der Frauen fing schmerzerfüllt zu wimmern an und wimmerte immer weiter, bis Mary Bee sagte, sie könne das nicht länger ertragen, und Briggs aufforderte zu halten. Sie kletterte hinunter und ging zu einem der Fenster. Es war Mrs. Svendsen, von der sie das am wenigsten erwartet hätte und deren Arme sie losgebunden hatte. »Bitte hören Sie auf, Mrs. Svendsen«, verlangte sie. Die Frau jammerte weiter. »Mrs. Svendsen, hören Sie auf! Sofort!« Die Frau reagierte nicht. »Aufhören!«, schrie Mary Bee ihr durch das Fenster zu. »Hören Sie augenblicklich auf!« Mrs. Svendsen war still.

Mary Bee kletterte keuchend, als leide sie unter Atemnot, auf den Sitz. Als sie wieder Luft bekam, wandte sie sich an Briggs: »Das war schrecklich. Ich konnte es nicht ertragen.«

Er sah sie belustigt an: »Was hatten Sie sich denn versprochen, Cuddy? Ein Picknick mit dem Kirchenchor?« Bald begann Mrs. Svendsen erneut zu wimmern, eine andere Frau gesellte sich ihr zu, dann noch eine, und binnen kurzer Zeit hatten sich die Stimmen von allen vieren, von Gro Svendsen, Hedda Petzke, Arabella Sours und Theoline Belknap, in Dissonanzen vereint. Es war ein solches Gejammere, wie es in dieser schweigenden Landschaft noch nie zuvor vernommen worden war. Es war eine Wehklage so voller Verzweiflung, dass es sich tief in die Seele grub und einem das Herz zerriss. Mary Bee hielt sich die Ohren zu, Tränen liefen über ihre Wangen, all die Tränen, die sie gestern und heute zurückgehalten hatte. Es war, als ob die unglücklichen Kreaturen im Wagen nun endlich erkannt hatten, was mit ihnen geschehen war: dass sie von allen ihren Lieben weggerissen wurden, von ihren Männern, von ihren geborenen und den noch ungeborenen Kindern; und von allen Dingen, an denen ihr Herz hing, von ihren Blumen, ihren Sonntagshauben und ihren Eheringen – niemals würden sie das je wiedersehen. Der Wagen rumpelte vorwärts. Mary Bee weinte. Briggs trieb die Maultiere an. Und die Frauen wimmerten und wimmerten …

DER TRECK

In der Nachbarschaft wurden sie die »Norweger« genannt. Unter ihren Landsleuten waren sie als die »Vossings« bekannt, weil sie aus Voss in Norwegen in die Neue Welt gekommen waren. Sie waren nüchterne Menschen, die sich abrackerten. Sie fürchteten nur Gott und den Steppenbrand.

Thor und Gro Svendsen waren aus Minnesota ins Territorium gekommen, nachdem sie ihre dortige Farm an Gros Eltern, Syvert und Netti Nordstog, verkauft hatten. Im Territorium steckten sie sich ein Stück Land ab und kauften das benachbarte einem Siedler ab, dem die Füße erfroren waren, als er einen Fluss mit Hochwasser durchquert hatte. Ein Arzt hatte ihm seine Beine mit einem Jagdmesser und einer Bügelsäge amputiert.

Die Svendsens bauten sich ein Sodenhaus und einen Stall, beackerten achtzig Morgen Land mit einem Hakenpflug und pflanzten Sorghum an, gruben einen Brunnen und fanden in zwanzig Fuß Tiefe Wasser. Von Anfang an waren sie erfolgreich. Sie mühten sich vom Morgengrauen bis zum Schlafengehen, hatten ausreichend Geld in der Bank von Loup, liebten einander und hatten doch ein tragisches Los.

Gro war unfruchtbar.

Das war das Grundproblem, um das sich ihr Leben drehte.

Sie war jetzt siebenunddreißig und Thor achtunddreißig Jahre alt. Die Zeit verging. Im Bett lief nichts mehr.

Der Beischlaf, vormals ein Akt der Liebe, später eine Pflichtübung, so wie man eine Kuh zum Bullen brachte, war nach sechzehn Ehejahren zu etwas geworden, was in stummer Verzweiflung geschah. Ihre Kinderlosigkeit kam nicht daher, dass sie aufgegeben hatten. In jeder Nacht, außer denen, in denen sie ihre Monatsblutungen hatte, warf der Ehemann sich auf seine Frau, schob ihr Nachthemd hoch, bestieg sie und benahm sich, als hämmere er auf ein Stemmeisen ein oder als schwinge er eine Axt, vergoss seinen Samen, rollte sich von ihr weg und schlief ein. Keiner von ihnen nannte den anderen bei einem Kosenamen. Keiner küsste den anderen mehr. Thor konnte einfach nicht begreifen, warum Gro nicht empfangen konnte. Wie war es möglich, dass ein jungfräuliches Feld, das nun ungezählte Male gepflügt und bepflanzt worden war, keine Ernte hervorbrachte? Welches Gift lag in diesem Boden? Sie musste daran schuld sein. Hatte er nicht seine Pflicht getan? Warum tat sie nicht die ihre?

Wenn sie sich bei Kerzenlicht nach den Abendmahlzeiten über ihre Arbeit beugte, wenn sie Laken flickte oder einen Flickenteppich webte, starrte er zuweilen lange zu ihr hinüber, durch seine Brille, die er von einem Händler gekauft hatte, der in jedem Jahr in dieser Gegend hausieren ging. Man probierte viele Brillen aus, dann entschied man sich für eine und feilschte darum. Zwei Dollar waren kein zu hoher Preis, wenn man dadurch sein Augenlicht retten konnte. »Ich habe dir meinen Samen gegeben«, pflegte Thor dann zu sagen. »Du hast ihn nicht aufgenommen.«

»Es tut mir leid.«

»Ich sollte große, kräftige Söhne haben, die mir helfen. Du solltest Töchter haben. Bald wird es zu spät sein. Bald werden wir alt sein. Und was dann?«

Sie biss sich dann immer auf die Zunge.

»Alle haben Kinder, alle außer dir.«

Nach einer Weile antwortete sie dann jedes Mal: »Ich bin so, wie Gott mich geschaffen hat«, und fügte regelmäßig hinzu, »und wie du mich geheiratet hast.«

Dann schaute er weg. Aber sie nahmen seine Verbitterung und ihren Kummer mit ins Bett.

Und wie um ihr Versagen zu büßen, wie um zu beweisen, dass sie kein Taugenichts war, arbeitete Gro Svendsen für drei: für die Mutter und die zwei Töchter, die ihr versagt waren. Sie arbeitete mit Thor auf den Feldern, wenn er Hilfe brauchte. Häufig fütterte sie das Vieh und mistete den Stall aus. Sie bepflanzte und hegte einen Gemüsegarten. Sie besserte das Bettzeug aus, goss Kerzen, buk, nähte aus fertig zugeschnittenem Stoff ihre eigenen Kleider, wusch draußen und bügelte drinnen, briet, kochte Seife aus Holzasche und Fett, trocknete Mais und Fleisch, salzte Schweinefleisch und Gurken ein, besserte Arbeitskleidung aus, kochte, butterte, stopfte das Bettzeug neu aus, hielt das Haus sauber, schlug Fliegen tot, sammelte Kräuter für Arzneien, jagte nach Wanzen und hielt Heim und ihre Speisekammer offen für die hoffnungsvollen Reisenden, die nach Westen zogen, ebenso wie für die niedergeschlagenen Menschen, die wieder ostwärts, in ihre alte Heimat, zurückgingen, nachdem sich ihre Pläne zerschlagen hatten. Zwischendurch setzte sie alles daran, um sich ansprechend zu kleiden. Sie war vernarrt in einen kleinen Spiegel und starrte in ihn hinein, wenn Thor gegangen war, und dann versuchte sie, sich an die Braut zu erinnern, der er geschenkt worden war, und wollte immerzu weinen.

Sie weinte auch oft, wenn sie allein war, aber die Tränen erleichterten sie nicht. Thor sprach die Wahrheit. Sie musste schuld sein. Er gab ihr das Geschenk seiner Männlichkeit, und ihr Körper nahm es nicht an. Im Laufe der Jahre war ihr Schuldgefühl wie ein ungeheuerliches, unerwünschtes Kind gewachsen. Dieses Schuldgefühl machte sie plump. Es machte ihren Gang schwerfällig. Ihr Magen wurde sauer. Morgens musste sie sich häufig erbrechen. Sie hatte ständige Kopfschmerzen. Sie war ohne jede Hoffnung. Die Zeit würde sie nicht von der Widerwärtigkeit in ihrem Schoß erlösen, dessen war sie sich sicher, wie unansehnlich sie auch werden und wie lange sie auch leben würde. Und da das Schuldgefühl ihr einziges Kind war, musste es ihr Geheimnis bleiben. Sie würde sich eher die Zunge abbeißen, bevor sie das ihrem Mann gestand. Sie dachte daran, sich umzubringen.

Dann starb im Frühherbst ihr Vater in Minnesota, Syvert Nordstog, und Netti, ihre Mutter, schrieb, dass sie die Farm nicht mehr bewirtschaften könne, da sie zu alt sei und allein. Sie schlug vor, das Anwesen zu verkaufen und in das Territorium zu kommen, um dort bei ihrer Tochter und ihrem Schwiegersohn ihren Lebensabend zu verbringen. Ihre Ersparnisse würde sie Gro übergeben und ihr auch helfen, so gut sie konnte. Entscheiden müssten das aber die Svendsens.

Gro war dafür. »Die arme Seele hat sonst niemanden. Und sie wird immerhin drei- bis viertausend Dollar mitbringen.«

Thor schob seine Brille hoch und rieb sich den Nasenrücken. »Wo wird sie schlafen?«

Gro wusste sofort, was er meinte. »Auf dem Boden. Und sie schläft fest.«

Über die halbe Länge des Sodenhauses erstreckte sich an der Rückseite ein Dachboden, der auf Pfählen stand. Eine Leiter führte hinauf. Gro begann, Bettzeug für ihre Mutter auszustopfen.

Netti Nordstog kam mit dem ersten Schnee zu ihnen. Wie anders erschien sie Gro doch als die Mutter, die sie gekannt hatte. Wie zerbrechlich, wie alt sie doch geworden war. Sie konnte nicht auf der Leiter zu dem Bett hinaufklettern, das für sie auf dem Boden vorbereitet worden war. Sie musste bei Gro schlafen, während Thor oben nächtigte. Für Gro war die Mutter Trost und Hilfe. Sie konnte kochen, sauber machen und nähen und bereicherte die Abende durch ihre Stimme und ihre Gegenwart, wenn die Platanenscheite im Ofen prasselten und der Wind wütend um die Ecken des Hauses pfiff. Es schien Gro, als sei es durch Netti heller geworden. Mutter und Tochter hatten einander nie so nahegestanden wie jetzt.

Es war der allergrimmigste Winter, den sie je zu überstehen hatten, nicht einmal in Minnesota hatten sie so etwas erlebt. Während sich die Tage dahinschleppten, ein Schneesturm auf den anderen folgte und die Schneewehen sich mannshoch türmten, staute sich in Thor der Groll. Gro verstand. Durch einen Handel hatte eine alte Frau sein Kostbarstes erworben. Sie hatte ihm den Anspruch auf sein Bett abgejagt und seiner Männlichkeit ein Schnippchen geschlagen. Sicher, sie hatte ihnen gutes Geld gegeben, aber noch so viele Dollar auf der Bank wogen nicht ein einziges Haar auf einem Kinderköpfchen auf. Manchmal konnte Gro nachts, wenn ihre

Mutter neben ihr schlief, hören, wie Thor sich auf dem Boden hin- und herwarf und vor sich hin brummte. Das waren keine Träume von Trollen mehr. Hatte Thor zuerst Netti Nordstog gegenüber nur Groll empfunden, so hasste er sie jetzt. Gro fürchtete einen Wutausbruch.

Und dann, im Februar, erkrankte Netti ernstlich, als wären Thors Wünsche erhört worden. Es war kein Wechselfieber, sie wurde nicht gelb, sie hatte auch weder Fieberausbrüche noch Schüttelfröste. Es war irgendetwas in ihrem Körper, das Versagen eines Organs vielleicht, der Leber oder einer Niere. Sie wurde tief in ihrem Innern gequält von wilder Pein. Der Arzt wohnte dreißig Meilen entfernt, und von Thor konnte man nicht erwarten, dass er den Ritt dahin riskierte. Gro pflegte ihre Mutter Tag und Nacht und verabreichte ihr die einzige Arznei, die sie besaß, eine rezeptfreie Markenmedizin, *J. L. Curtis' Sassafras-Sirup-Mischung*. Dem Etikett zufolge wirkte sie zuverlässig bei Schwindsucht, Nesselausschlag, Bronchitis, Blutauswurf, Keuchhusten, Hexenschuss, Cholera und so vielen anderen Krankheiten, dass man sie nicht alle aufzählen konnte. Gro behandelte ihre Patientin auch mit Tee, den sie aus der Borke von Spindelbaum und Hauhechel zubereitete. Sie versuchte es außerdem mit Senfbrei-Packungen um den Hals, um Hand- und Fußgelenke. Aber am dritten Tag in der Morgendämmerung, als wieder ein Schneesturm um das Haus tobte und Thor auf dem Boden schnarchte, starb Netti. Bis zuletzt hatte sie die Hand ihrer Tochter umklammert.

»Thor! Thor!«, rief Gro ihn schluchzend zu sich, und dann berieten sie. Eine Beerdigung konnte jetzt nicht stattfinden, denn die Nachbarn konnten bei diesem

Wetter nicht verständigt werden, auch nicht die allernächsten, die Caudills. Sie konnten auch nicht Reverend Dowd, den Wanderprediger, herbeirufen. Das alles musste man aufschieben, aber beerdigt werden musste sie jetzt.

Thor schüttelte den Kopf. »Der Boden ist zu hart. Völlig gefroren, bis zu drei Fuß Tiefe.«

»Ja, was dann?«

»Ich kümmere mich darum. Bahre sie auf.«

»Was hast du vor?«

»Wir werden sie einfrieren.«

»Sie einfrieren?«

Thor stocherte in der Glut im Ofen herum und legte dann Späne und ein Scheit nach. »Sie kann nicht hier drinnen bleiben. Sie wird bald zu riechen anfangen.«

Gro rang nach Atem. »Du hast ihr den Tod gewünscht!«

»Das habe ich nicht.«

»Du hast sie gehasst!«

»Bahre sie auf, Frau!«, brüllte Thor.

Gro wusch ihre Mutter, kämmte ihr das Haar, zog ihr ihr bestes Kleid aus Ripsseide an, legte ihr ein mit Essig angefeuchtetes Tuch über das Gesicht, um das Verwesen hinauszuzögern, und kreuzte ihr die Arme über der Brust. Thor zog sich an und trug den Leichnam in den Schneesturm hinaus. Dann kam er zurück, stampfte auf und schüttelte sich.

»Wo?«, wollte Gro wissen.

»Ist doch egal.«

»Wo?«

»In einer Schneewehe, nahe am Haus.«

»O Gott!« Gro setzte sich, bedeckte das Gesicht mit

den Händen und wiegte sich hin und her. »Meine Mutter! Im Schnee! Wie ein Tier!«

In dieser Nacht begab sich Thor in das ihm zustehende Bett zu dem so lange erwarteten Zusammensein. Gro sprang aus dem Bett und hinter den Ofen. »Wage es nicht!«, schrie sie. »Wenn sie in Ehren beerdigt ist, ja! Vorher nicht!«

Thor saß aufrecht im Bett. »Es ist mein gutes Recht. Willst du etwa keinen Sohn?«

Als Antwort rannte sie an ihm vorbei, kletterte die Leiter hoch und legte sich auf dem Dachboden nieder.

Und dort schlief sie von da an immer. Ehemann und Ehefrau sprachen kein Wort mehr miteinander.

Dann begann es zu tauen, und Thor versuchte gleich, ein ordentliches Grab auszuheben, aber vergeblich. Sosehr er sich auch abmühte, kaum hatte er den Schnee hinweggeschaufelt, prallte sein Spaten an der gefrorenen, steinharten Erde ab. Nachdem Thor das etliche Zeit vergeblich versucht hatte, sattelte er sein Pferd und ritt zu den Caudills hinüber, um das Problem mit Henry zu erörtern. Als er fort war, verließ Gro weinend das Haus und stocherte mit einem Besen in der Schneewehe herum, um ihre Mutter zu suchen. Aber den Leichnam konnte sie nicht finden.

Nach den morgendlichen Arbeiten sattelte Thor am nächsten Tag wieder sein Pferd und ritt die 14 Meilen bis nach Loup. Henry Caudill hatte ihm Schießpulver empfohlen. Er meinte, zehn Pfund würden wohl ausreichen, um ein Loch zu sprengen, das breit und tief genug wäre. Um ganz sicherzugehen, kaufte Thor im Laden elf Pfund und außerdem Zündschnur. Er erreichte sein Haus erst zwei Stunden nach Einbruch der Dunkelheit. Gro schlief immer noch auf dem Dachboden.

Am nächsten Morgen trieb Thor mit einer Brechstange zwei Löcher in die Erde, die drei Fuß tief waren und vier Fuß von der Stelle entfernt lagen, wo er den Schnee weggeschaufelt hatte, dann füllte er sie fast bis oben mit Schießpulver auf. Da er ein sparsamer Mann war, behielt er ein Pfund zurück und brachte es in den Stall. Dann zerschnitt er die Zündschnur in zwei Teile, steckte die beiden Enden in die Löcher, klemmte sie mit Erdklumpen fest, entzündete ein Streichholz, hielt es an die Zündschnüre und rannte ins Haus, das er noch rechtzeitig erreichte.

Man hörte einen dumpfen Knall.

Gro schreckte auf.

»Schießpulver«, erklärte ihr Mann. »Ich habe ihr mit Schießpulver ein Grab gesprengt. Das war das Beste, was ich tun konnte. Jetzt beerdige ich sie. Möchtest du mitkommen?«

Thor ging nach draußen und begutachtete die Grube. Für einen schmächtigen Leichnam reichte sie aus. Er holte eine Pferdedecke aus dem Stall. Mit Hilfe einer Schaufel fand er die richtige Schneewehe und grub den steif gefrorenen Leichnam aus. Er wickelte ihn in die Decke, legte ihn in das Grab und schaufelte es zu.

Als sie in dieser Nacht zu Bett gingen, wollte Gro wieder die Leiter zum Boden hinaufklettern, aber Thor ergriff sie am Arm und hielt sie fest.

»Nein«, sagte er. »Jetzt ist sie unter der Erde. Jetzt wirst du mit mir schlafen.«

Sie kam von der Leiter wieder hinunter und legte sich

ins Bett. Er folgte ihr, schob ihr Nachtgewand hoch, warf sich auf sie, bestieg sie, arbeitete sich auf ihr ab, vergoss seinen Samen und rollte sich zur Seite. Zu seiner Überraschung verließ sie das Bett; sie kletterte über seine Beine und stellte sich neben ihn.

»Gott wird dich niederschmettern«, sagte sie. Dann kletterte sie die Leiter zum Boden hinauf.

Es war Thor Svendsens Traum, der ihm in dieser Nacht das Leben rettete. Zu früher Stunde kam ein Bär, auf dem ein Troll ritt, durch den Wald auf ihn zu, dadurch schreckte er hoch. Er hörte ein Knarren. Seine Augen gewöhnten sich an die Dunkelheit. Seine Frau war dabei, die Leiter hinabzusteigen. Er lag still da und beobachtete sie. Sie ging hinter den Ofen, als sie wieder hervorkam, hielt sie etwas in der Hand. Selbst ohne Brille konnte er die lange Klinge seines Jagdmessers erkennen. Sie hob das Messer. Er spannte alle seine Muskeln bis zum äußersten an.

Als sie das Messer auf ihn niedersausen ließ, stürzte er sich ihr entgegen, drängte sie rückwärts, zwang sie auf einen Stuhl, kippte ihn mit Gro darin um und schlug ihr das Messer aus der Hand. Er raffte es an sich und setzte sich damit aufs Bett. Ohne ein Wort stand seine Frau auf und kletterte wieder auf den Boden. Den Rest der Nacht fand er keinen Schlaf mehr.

Am nächsten Morgen zogen sie sich an, und während sie das Frühstück zubereitete, ging Thor draußen seinen Pflichten nach. Als er zurückkam und die Tür öffnen wollte, sagte ihm sein Instinkt, das ganz langsam zu tun und sich sofort zu ducken, als er eintrat. Das war seine Rettung. Sie hatte sich hinter der Tür versteckt, und als er über die Schwelle trat, schwang sie das Beil nach ihm, das immer am Ofen stand, um Späne zu machen. Die Beilklinge grub sich tief in die Tür. Thor Svendsen sah rot. Er zwang sie mühsam auf einen Stuhl; mit einem Arm hielt er sie darauf fest, während er mit der anderen Hand ihre Truhe öffnete, einen Kopfkissenbezug herauszog, ihr diesen um den Hals legte und sie damit am Stuhl festband.

Schwer atmend stand er da und starrte sie an. Sie starrte zurück. Ihre Augen funkelten voller Hass. In diesem Augenblick begriff er, dass seine Frau wahnsinnig geworden war.

Sie mussten fast das ganze Territorium durchqueren, und Briggs fuhr schnurgerade nach Osten. Mary Bee wäre lieber südöstlich durch die Flusstäler gezogen, um anderen Menschen zu begegnen, die ihnen helfen konnten. Je mehr Menschen, umso besser, sagte sie. Er widersprach ihr. Je weniger, desto besser.

»Warum?«

»Weil wir eine seltsame Fracht befördern.«

»Fracht?«

»Nennen Sie es, wie Sie wollen, für mich ist es Frachtgut«, sagte er. »Denken Sie nicht weiter darüber nach. Also, wir können hier draußen drei Arten von Leuten begegnen. Welchen?«

»Vermutlich Wagenkolonnen.«

»Und nehmen Sie wirklich an, die Männer dort möchten, dass ihre Frauen sehen, was in dieser Gegend aus den Frauen wird?«

Mary Bee schwieg.

»Wem noch?«

»Ich weiß es nicht.«

»Frachtkutschen. Männern, die lange keine Frau gehabt haben. Wem sonst noch?«

Mary Bee blickte finster.

»Ich werde es Ihnen sagen: Indianern. Die werden mich umlegen und sich dann mit euch fünf Frauen eine herrliche Zeit machen.«

Er ließ ihr Zeit zum Nachdenken, und nachdem sie zugeben musste, dass er recht hatte, bekam er seinen Willen: »Deshalb jage ich geradewegs auf den Fluss zu. Je weniger Menschen wir treffen, desto besser.«

Doch Mary Bee war eine Frau: »Sie sind keine Fracht. Sie sind Menschen.«

»Sie sind verrückt.«

»Für Gott sind sie von Wert.«

»Für mich auch, Cuddy, genau dreihundert Dollar.«

Ab und zu sahen sie ein Sodenhaus, eine Schule oder den rauchenden Schornstein einer Erdwohnung auf ihrem Weg. Und Briggs wich ihnen ebenso umsichtig aus wie den aufgedunsenen Kadavern des im Winter erfrorenen Viehs.

Nach drei Tagen hatte sich eine feste Routine entwickelt. Wie die Pferde wurden auch die Maultiere nachts angepflockt. Die Maultiere weckten die Reisegruppe morgens mit ihren Schreien, die wie das Schmettern von Signalhörnern klangen. Briggs machte sie dann zusammen mit der Stute und dem Rotschimmel von den Pflöcken los und ließ sie sich wälzen, laufen und wild herumspielen, wobei sie versuchten, einander zu beißen und zu treten. Er hatte zwar kein Futter für sie, aber wenn auch das Gras feucht und abgestorben war, so hatte es doch noch etwas Nahrhaftes. Drei der Frauen führte Mary Bee dann nacheinander vom Lagerplatz in die Büsche, wenn welche da waren, damit sie sich erleichtern konnten. Währenddessen fachte Briggs das Feuer vom Vortage wieder an. Da Arabella Sours ihre Beine nicht mehr bewegen konnte, musste sie getragen werden, und das tat er auch. Nach dem Toilettengang erhitzte Mary Bee Wasser, wusch den Frauen Hände und Gesichter und kämmte ihnen das Haar, dann kochte sie das Frühstück. Mrs. Sours und Mrs. Petzke mussten gefüttert werden. Nach dem Essen spülte Mary Bee das Geschirr, packte die Proviantkiste, rollte die Decken zusammen und verlud das Bettzeug, während Briggs die Maultiere ins Geschirr legte und anspannte und die Pferde hinten am Wagen festband. Gemeinsam setzten sie dann ihre Passagiere in den Kastenwagen und fuhren weiter. Mrs. Svendsens Arme blieben weiterhin ungefesselt. Die beschwerliche Reise schien ihr alle Wut und Kraft genommen zu haben.

An den Zügeln wechselten sie sich ab. Briggs sprach wenig. Mary Bee vertrieb sich unter anderem die Zeit, indem sie alleinstehende Bäume zählte. Denn Bäume standen gewöhnlich an Bächen oder an Flüssen. Dort sah man Pappeln, Platanen, Eschen und Ulmen zusammenstehen, aber gelegentlich schien sich ein einsamer Baum selbst in die Prärie gepflanzt zu haben, wo er majestätisch emporgewachsen war. Wie er dahingekommen war, schien ein unlösbares Rätsel zu sein, vielleicht durch herabgefallenen Vogelkot. Mary Bee liebte diese einsamen Bäume. Sie kannten keine Furcht. Sie trösteten sie und lenkten sie ab.

Am zweiten Tag zählte sie vier, am dritten zwei dieser Bäume. Die Reisenden rasteten täglich zwei- bis dreimal. Bei einem Halt wurden die Tiere getränkt und das Wasserfass an einem Bach oder einer Quelle gefüllt. Bei der nächsten Rast nahm Briggs – wenn es Gelegenheit dazu gab – die Axt, schlug einen Vorrat an Feuerholz und warf dieses oben auf die Plane. Eine Pause war immer mittags eingeplant, damit die Frauen sich mithilfe von Mary Bee erleichtern konnten. Briggs trug dann wieder die junge Frau Sours mit ihrer Puppe. Briggs und Mary Bee jagten auch abwechselnd, sie an einem Nachmittag, er am nächsten. Dann sattelte Mary Bee Dorothy, nahm ihr Gewehr, ritt davon und fühlte sich so frei wie ein Vogel. Sie hoffte auf eine lohnende Beute, auf eine Antilope oder einen streunenden Büffel, aber gab sich dann doch, wie auch er es tat, mit Steppenhühnern oder Hasen zufrieden, die bis zu sechs Pfund wogen.

Am späten Nachmittag schlugen sie dann ihr Lager auf, nachdem Briggs den Platz gewählt hatte. Mary Bee entzündete ein Feuer, packte die Proviantkiste und den Schmortopf aus, nahm das Wild aus, zog es ab und würzte es. Briggs machte die Pferde und Maultiere los und befreite die Zugtiere von ihrem Geschirr. Dann pflockte er die vier Tiere an. Niemals zuvor hatte Mary Bee jemanden gesehen, der so penibel bei dieser Arbeit war. Zuerst suchte er nach gutem Gras, dann umkreiste er die Stelle und stampfte auf die Erde, bis er sich vergewissert hatte, dass der Boden fest war und nicht einbrechen würde. Anschließend rammte er die vier Pflöcke mit der Axt so tief ein, dass sie höchstens ein Flusspferd hätte ausreißen können. Am nächsten Morgen konnte er sie nur mit Mühe wieder herausziehen. Sobald das Abendbrot gegessen und das Geschirr gespült war und die Frauen in die Büsche oder auch hinter das Vieh gebracht worden waren, wurden für den Fall, dass es regnete, die Betten unter den Kastenwagen gelegt. Alle paar Tage, wenn ein Wasserlauf in der Nähe war, zog Mary Bee den vieren frische Unterwäsche an, wusch die getragene und breitete sie zum Trocknen aus. War die Wäsche bei Sonnenaufgang noch nicht trocken, legte Mary Bee sie oben auf die Plane und beschwerte sie mit Steinen. Gleich am Anfang bestand Briggs darauf, die Frauen nachts mit einem Handgelenk an eine Wagenspeiche anzubinden. Mary Bee wurde wütend. Sie wären Menschen, erklärte sie, und keine Tiere. Es sei also nicht nötig, sie anzupflocken. Und was, gab er zurück, wenn eine von ihnen in die Dunkelheit davonliefe? Oder gar mehrere von ihnen, zurück zu Heim und Herd? Unsinn, das würden sie nicht tun. Woher sie das so genau wisse? Würde sie ihnen am Morgen hinterherreiten und sie wieder zurückbringen? Ob sie das könne? Und wenn sie es nicht könne, was dann? So wurden die Frauen also angebunden. Mary Bee legte sich in ihrer Nähe nieder. Briggs schlief am Feuer – und lag doch in der Kälte, wie er sich beschwerte. Sie habe ihm zwei verdammt dünne Decken zugeteilt. Manchmal wurde Mary Bee nachts durch den Laut eines Maultiers oder eines Pferdes wach, und wenn sie dann zu ihm hinübersah, lag er auf der Seite, ihr Gewehr neben sich, und starrte nachdenklich in die Glut. Nachdenklich? Konnte er überhaupt denken?

So lang wurde Mary Bee Tag für Tag jede einzelne all der Stunden auf dem Kastenwagen, dass es ihr vorkam, als könne sie, während nur eine verging, den Äquator umrunden.

Hätte sie doch nur eine Querpfeife, um darauf zu spielen!

Hätte sie doch nur ein Buch von Mr. Emerson!

Hätte sie doch nur eine Hutnadel, um diese Schlafmütze neben sich aufzuschrecken!

»Warum sind Sie ein Landräuber?«, fragte sie eines Morgens.

»Von irgendwas muss man ja leben!«

»Wie kann man davon leben? Was hätten Sie denn für Andy Giffens Land bekommen?«

»Zweihundert Dollar.«

»Das ist nicht gerade viel.«

»Für drei Grundstücke braucht man vier Monate.«

»Und was wäre passiert, wenn Andy nach Hause gekommen wäre?«

»Er hätte mich nicht vertreiben können. Er hätte zu dem Rechtsanwalt in Wamego gehen müssen, für den ich arbeite. Hätte sein eigenes Anwesen zurückkaufen müssen, vielleicht für tausend Dollar, oder er wäre vom Gericht so lange hingehalten worden, bis er verhungert wäre.«

»Abscheulich!«

»Dumm.«

»Dumm?«

»Er hat das Grundstück nicht auf seinen Namen eintragen lassen.«

An einem anderen Morgen kam sie auf die Maultiere zu sprechen: »Werden sie es bis zum Missouri schaffen?«

»Das glaube ich kaum.«

»Warum nicht?«

Sie hatte den Finger auf einen wunden Punkt gelegt. »Sie werden zu stark abmagern«, erklärte er. »Die Tölpel, die Ihre Ausrüstung zusammengestellt haben, hätten einige Säcke Mais dazulegen sollen. In dem verdorrten Gras ist kein Nährwert mehr. Hier draußen sollte das Vieh täglich ein oder zwei Quart Mais bekommen. Einige behaupten zwar, Hafer sei besser, aber der verdirbt zu leicht. Es geht nichts über Mais. Das ist die beste Nahrung für Mensch und Tier.«

Ihr war jedes Thema recht, um ihn zum Reden zu bringen – um eine menschliche Stimme zu hören und um den Verstand nicht einrosten zu lassen. »Das Maultier, das mit den Ohren zuckt, weiß, dass wir über es reden. Das ist der Denker. Das andere ist der Arbeiter. Aber sie sollten richtige Namen haben. Wie sollen wir sie nennen?«

»Ich gebe Tieren nie Namen.«

»Oh! Und wie nennen Sie Ihr Pferd?«

»›Pferd‹.«

»›Pferd‹«, sprach sie nach.

»›Pferd‹«, wiederholte er.

»Das ist alles?«

»Das ist alles«, bestätigte er. »Ich möchte niemanden und nichts ins Herz schließen.«

»Ich verstehe.« Sie dachte darüber nach. »Meine Stute heißt nach meiner Schwester. Dorothy.«

Mary Bee machte eine Pause. Das könnte ein Ansatzpunkt sein. Wenn er auch nur einen Funken Anstand hatte, würde er darauf eingehen und sich höflich nach ihrer Schwester, ihrer Familie und ihrer Herkunft erkundigen. Doch sie wartete vergeblich. Er war ein ausgesprochener Flegel. Und so ergriff sie die Initiative und verfolgte ihren Weg zurück in die Vergangenheit, mühsam und schleppend, als schritte sie in der Furche hinter einem Pflug, immer das Feld hinauf und hinunter …

während seine Augenlider herabfielen und sein Kopf immer tiefer sank. Dorothy sei ihre ältere Schwester, zwei Jahre älter. Brüder hätte sie keine. Dorothy sei glücklich mit einem Arzt verheiratet, hätte einen kleinen sechsjährigen Sohn und erwarte ein weiteres Kind, wie sie ihr gerade geschrieben habe. Sie lebe in Bath am Keuka-See im Norden des Staates York, wo sie und ihre Schwester geboren und aufgewachsen seien. Ihr Vater sei ein Gerber gewesen, sie könne sich noch an den Säuregeruch erinnern, der ihn abends umgab, wenn er aus der Gerberei nach Hause kam. Ihre Mutter sei gestorben, als sie, Mary Bee, erst zwölf Jahre alt gewesen war. Sie hätte das Troy-Seminar für Frauen besucht und dann acht Jahre lang an Grundschulen in Massachusetts und New Hampshire unterrichtet. Schließlich hätte sie sich beim Nationalen Erziehungs-Ausschuss von Catherine Beecher in Boston beworben, wo ihr der Gedanke gekommen sei, nach Westen zu gehen. Sie hatte dort eine entsprechende Prüfung bestanden, und so wurden ihre Fahrtkosten übernommen. Ihr Ziel war es, Gott und der Kirche zu dienen, indem sie in der Dunkelheit an der entlegensten Grenze, wo noch Menschen wohnten, das Licht des Wissens entzündete … Wovon sie allerdings nicht sprach und sich Briggs gegenüber eher die Zunge abgebissen hätte, war ein weiterer Beweggrund für ihre Reise in den Westen: Auf diese Weise hoffte sie auch, einige Abenteuer zu erleben und einen starken, gut aussehenden, gebildeten, fleißigen Ehemann zu finden, kurz, ein männliches Vorbild … Mary Bee war schon fast auf dem Weg und wäre mit ihrer Freundin Miss Clara Marsh mit Eisenbahn, Dampfer und Postkutsche ins Territorium gekommen, wäre in diesem furchtbaren Jahr, das sie an der Schule südlich von Wamego verbracht hatte, nicht im Winter die Nachricht gekommen, dass ihr Vater gestorben sei. Im Frühjahr hatte sie dann ihr Erbteil erhalten. So hatte sie kurz darauf von einer Frau, die gerade Witwe geworden war, Land gekauft und begonnen, es zu bestellen. Briggs sackte das Kinn auf die Brust.

»Halte ich Sie vom Schlafen ab, Mr. Briggs?«, erkundigte sie sich.

Sein Kopf schnellte senkrecht in die Höhe.

»Wie? Nein, Cuddy«, sagte er, wobei er die Krempe seines Hutes berührte. »Sie wiegen mich geradezu in den Schlaf.«

Eines Tages lenkte Briggs den Kastenwagen in ein Gehölz, um die Tiere zu tränken und das Wasserfass zu füllen. Nachdem sie an dem beachtlichen Flusslauf angehalten hatten, sprang Mary Bee vom Kutschbock, schritt steifbeinig zu dem nächststehenden Baum, einem schwarzen Walnussbaum, legte die Arme um seinen Stamm und hielt ihn einige Minuten umschlungen. Was sie wahrscheinlich am meisten vermisse – so teilte sie Briggs unaufgefordert mit, während sie ihre Wange leicht am Stamm rieb –, das seien Bäume. Solche, wie sie sie im Staate York kennen- und lieben gelernt hätte: Ahorn und Buche, Pappel und Birke, Fichte und Zeder – ganze Wälder davon. Sie ließ die Frauen aus dem Wagen aussteigen und führte sie dann wieder zurück. Sie fuhren zwischen den Bäumen weiter, doch plötzlich hielt Briggs die Maultiere an. Vor sich sahen sie auf vier Pfählen, die aus jungen Bäumen gehauen waren, ein aus Schößlingen geknüpftes Gerüst. Es war durch rohlederne Riemen mit den Pfählen verbunden. Sie fanden drei solcher Plattformen, und auf jeder lag eine in ein Büffelfell gehüllte Gestalt, so groß wie ein Mensch. Leichen, erklärte Briggs. Winnebagos. So würden diese ihre Toten bestatten. Einen Augenblick lang saßen Mary Bee und Briggs ganz still. In der Ferne krächzte eine Krähe. Dann fuhr der Fahrer vorsichtig neben die nächstgelegene Plattform, stemmte sich hinauf und kletterte auf Händen und Knien über das Netzwerk. Er beugte sich vor, griff nach dem Büffelfell, das den Leichnam umhüllte, zerrte daran, bis er es freigelegt hatte, und warf es dann von der Plattform. Bevor es dumpf auf den Boden schlug, stieß Mary Bee, von Grauen erfasst, einen spitzen Schrei aus und wandte ihren Blick ab. Briggs schüttelte das Fell und schlug es gegen die Plattform, um es vom Staub zu befreien. Dann breitete er es auf dem Wagen zum Lüften aus, setzte sich wieder und fuhr weiter. Wann immer Mary Bee an diesem Tage das Fell zufällig sah, wurde ihr übel. Als es abends Zeit war, schlafen zu gehen, legte Briggs das Fell über die beiden Decken und rollte sich darin ein. Am Morgen verkündete er, er habe zum ersten Mal nicht gefroren.

Mary Bee bewahrte inzwischen alle Wertsachen in dem samtenen Nähkorb auf: das Blatt mit Namen und Adresse von Theoline Belknaps Schwester in Kentucky; das Briefbündel von Hedda Petzke sowie Name und Adresse von Karl Koenig, ihrem Bruder in der Nähe von Springfield in Illinois; das Blatt mit den Namen von Arabella Sours' zahlreichen Verwandten in Ohio und ihre rosa Kameenbrosche, die auf einem Stück Pappe festgesteckt war; der Umschlag mit den Namen und den Adressen der beiden Cousins von Gro Svendsen in Minnesota; die Stoffklaviatur; der letzte Brief von

Dorothy; schließlich auch den Umschlag, den der Bankier ihr gegeben hatte und der die sechs Fünfzig-Dollar-Scheine aus der Bank von Loup enthielt, adressiert an: »Mr. George Briggs, c/o Mrs. Altha Carter, Frauenhilfswerk, Methodistische Kirche, Hebron, Iowa«, und auch ihre eigenen zehn Dollarscheine. Tagsüber war der Korb in ihr Bettzeug eingerollt. Nachts stand er neben ihr. In ihrem Innern wusste sie, dass sie gut daran getan hatte, die dreihundert Dollar mitzunehmen, statt sie mit der Post zu schicken. Dieses Wissen ließ sie aber auch in der ständigen Angst leben, dass Briggs sie sofort verlassen würde, wenn er das Geld an sich bringen konnte. Denn war er wirklich der, für den sie ihn hielt, dann war er mit Sicherheit ein Dieb. Ein Mann niederer Gesinnung. Ein Dummkopf. Ein Hinterwäldler. Ein Tölpel. Ein Rohling – nur ein Rohling konnte Vester Belknap so am Kopf verletzen. Sie suchte nach einem Wort, das genau auf ihn zutraf. Die meisten Männer, die in die Prärie kamen, waren gut, ausdauernd und mutig, fürchteten Gott und waren strebsam – Familienväter. Sicher gab es Ausnahmen, richtige Verbrecher, Gesetzlose und Taugenichtse. Und dazwischen gab es Abschaum, Mitläufer in jeder Beziehung, Leute, die mitnahmen, was sich ihnen bot. Ohne etwas dafür zu tun. Genau! Das traf es. Der Landräuber war Abschaum.

Am nächsten Morgen wollten die Maultiere, schon im Geschirr und angespannt, nicht loslaufen. Mary Bee hielt die Zügel. Sie schnalzte, bis ihre Zunge lahm wurde. Briggs saß teilnahmslos neben ihr, sie stand auf, hielt die Zügel fest und gab jedem Tier einen kräftigen Schlag auf das Hinterteil. Der Denker zuckte mit den Ohren. Der Arbeiter blieb widerspenstig. Sie gab ihnen einen zweiten Schlag. Keiner rührte sich. Sie wünschte ihnen die ewige Verdammnis und schlug die Tiere erneut. Beide blieben störrisch stehen – wie Maulesel eben.

»Verdammt!«, schrie sie und setzte sich.

Briggs stieg hinunter und machte die Tiere los. Er nahm das Gespann am Zaumzeug, ließ die Zügel schleifen und führte es weg von der Deichsel und in einem weiten Kreis um den Wagen herum. Dann brachte er die Maultiere zurück, spannte sie an, als ob das an diesem Morgen zum ersten Mal geschehe, übergab Mary Bee die Zügel und setzte sich.

Sie schnalzte.

Und ab zogen sie.

Sie sah Briggs an, der sie auch ansah und etwas so Überraschendes tat, dass sie fast vom Sitz gefallen wäre.

Er zwinkerte ihr zu.

Als sie so Meile um Meile hinter sich brachten und die Räder des Kastenwagens mal knirschten, mal rumpelten, begann sie, ihre vier Schützlinge mit großer Anteilnahme zu beobachten und schrieb täglich Vermerke in eine Art inneres Notizbuch.

Am Zustand von Mrs. Petzke, die in den Wahnsinn hineingeängstigt worden war, änderte sich nichts. Ihre Lähmung blieb. Sie konnte nur gehen, wenn jemand sie um die Taille fasste, sich mit ihr bewegte und sie stützte. Und sie konnte nur Nahrung zu sich nehmen, wenn sie gefüttert wurde. Sie schien nie zu schlafen. Mary Bee schaute zuweilen zu ihr, wenn sie nachts unter dem Kastenwagen lag, mit dem Handgelenk an eine Radspeiche gebunden, die Augen immer geöffnet, die Pupillen geweitet wie vor Schreck. Manchmal winselte sie. Es war, als ob die arme Frau noch immer von Wölfen bedrängt werde und sich daran auch bis zum Ende ihres Lebens nichts ändern sollte.

Mrs. Sours schien die Beweglichkeit ihrer Beine für alle Zeiten verloren zu haben. Briggs trug sie zu den Mahlzeiten und damit sie sich erleichtern konnte. Ob sie nun wach war oder schlief, stets umklammerte sie die Lumpenpuppe. Sie war mager, ihre Wangen waren bleich und ihr hellblondes Haar stumpf. Es war kaum zu glauben, dass ein neunzehnjähriges Mädchen wie sie so teilnahmslos sein konnte. Mary Bee fütterte auch sie mit kleinen Häppchen, die sie ihr mit den Fingern in den Mund schob. Arabella öffnete den Mund dann zwar wie ein Säugling, kaute jedoch lustlos vor sich hin. Bei ihr schienen sowohl Geist wie auch Körper gelähmt zu sein, und sie erweckte bei Mary Bee von den vier Frauen das tiefste Mitleid.

Die »gefährliche« Mrs. Svendsen erwies sich als alles andere als mörderisch. Jetzt, da sie von der Gegenwart ihres Ehemannes befreit war, hatte sich der funkelnde Hass in ihren Augen verflüchtigt, und sie schien völlig harmlos zu sein. Wenn sie von Mary Bee angesprochen wurde, antwortete sie nicht, außer dass sie von Zeit zu Zeit gelassen sagte: »Gott wird dich niederschmettern.« Nachts konnte sie häufig nicht schlafen und warf sich ruhelos unter dem Wagen hin und her, wobei sie seufzte und stöhnte. Vielleicht geschah das aus einer inneren Erregung heraus, die sich bei Tage nicht äußerte.

Mrs. Belknap, die liebe Theoline, war unter den Frauen diejenige, die am auffälligsten wahnsinnig war. Ihre Nachtruhe war unstet, und während sie wach war, lallte sie leise in einer Sprache vor sich hin, die nur sie verstehen konnte. Ihr Blick wanderte ziellos umher. Sie aß wie ein Spatz und reagierte nicht, wenn man sie ansprach. Mary Bee bastelte sich eine Theorie zusammen: Theoline musste wahnsinnig bleiben, denn wenn sie zu Sinnen käme – und damit ihr Schuldgefühl geweckt würde –, würde sie sich umbringen. Einen lichten Moment, in dem sie die Ermordung ihres Babys in all seinen grausigen Einzelheiten klar vor Augen gehabt hatte, musste es gegeben haben, sonst hätte sie sich nicht die Pulsader an ihrem Unterarm durchgebissen. Mary Bee war sehr darauf bedacht, den Verband an ihrem Handgelenk alle paar Tage zu wechseln und auch das andere zu verbinden, für den Fall, dass Theolines Verstand sich wieder regen würde.

Das alles konnte Mary Bee beobachten, wenn die Frauen außerhalb des Kastenwagens waren. Saßen sie innen, hinter der Tür, die sie verschlossen und verriegelt hatte, waren sie ihr verborgen, und sie hatte keine Ahnung, wie sie auf ihre Gefangenschaft reagierten und ob sie untereinander Kontakt pflegten. Es war merkwürdig: Noch nie hatte sich, wenn sie zu einer Rast die Tür öffnete, eine der Frauen bewegt. Jede saß auf der Bank genau dort, wo Mary Bee sie hingesetzt hatte. Jede saß auch immer von der Frau neben sich und der ihr gegenüber durch mehrere Zoll getrennt. Es gab also keinerlei körperliche Berührung zwischen ihnen, wie holprig die Fahrt auch war. Es wirkte so, als ob jede von den vieren entschlossen war, ihren Freiraum abzustecken, um sich in ihrer eigenen Hölle abzuschotten.

Es war schon gegen Ende März, und doch hatte der Wechsel der Jahreszeiten noch nicht eingesetzt. Der Winter wollte und wollte nicht aufhören, der Frühling wollte nicht beginnen. Stattdessen zogen sich zehn immer gleiche Tage von einem Ende der Prärie bis zum anderen, nur unterbrochen von der Dunkelheit. An jedem dieser Tage war der Himmel grau, die Luft reglos und bleiern. An jedem Tag schleppte sich unter einem grauen Himmel ein grauer Wagen von einem Teil der unendlichen Fläche zu einem anderen. Und an jedem Tag erstreckte sich das Land erneut vor ihnen.

Dann kam an einem späten Nachmittag eine Brise von Norden auf – wie ein Willkommensgruß. Bald jedoch wurde daraus ein starker Wind. Briggs sog ihn in die Nase. Unwetter war im Anzug, kündigte er an, er wisse zwar nicht, welcher Art, aber es werde ein heftiges sein. Er hielt den Wagen an und stellte sich auf den Sitz, konnte aber weder ein Flussbett noch ein schützendes Wäldchen erspähen, ja nicht einmal einen Hohlweg. Er suchte weiter, bis er dann den Kastenwagen in eine fast drei Fuß tiefe Büffelsuhle fuhr. Er befahl Mary Bee, schnell die Frauen aus dem Wagen zu holen und sie mit ihrem Bettzeug darunter zu setzen; und sie solle auch das eigene und seines nicht vergessen. Während sie arbeitete, so schnell sie konnte, machte er die Plane los und nahm alles vom Wagendach herunter. Als die Frauen dann draußen waren, schleppte er die Proviantkiste heraus und schob sie unter den Wagen. Alles, was vorher auf dem Dach gewesen war, schaffte er ins Innere des Gefährts, blockte eines der Nordfenster mit einem Maismehlsack ab, der auf einem Sattel stand, und das andere mit einem Sack voller Bohnen. Jetzt wurde der Tag plötzlich zur Nacht, und der Wind wuchs sich zu einem Sturm aus. Briggs holte Hammer und Nägel und nagelte die Plane an der Nordseite des

Wagens fest, während Mary Bee sie festhielt. Die Plane musste schützen vor dem, was kommen würde, Regen oder Hagel. Zuletzt spannte Briggs die Maultiere ab, nahm ihnen das Geschirr ab und machte den Rotschimmel und die Stute los. Statt sie anzupflocken, band er die vier Tiere an Radspeichen an der Südseite des Wagens. Hier waren sie in der Nähe, dazu im Windschatten, und wenn sie auch leiden würden, so könnten sie nicht aufgescheucht werden und durchgehen. Er und Mary Bee krochen dann unter den Kastenwagen und wickelten sich und die Frauen in die Decken –, gerade als der Sturm den Wagen mit voller Wucht traf und die beiden Räder auf der Nordseite vom Boden hob.

Es war ein Eissturm, in den Ebenen ein ungewöhnliches Ereignis. Wolken von Eisnadeln, fast so fein wie Mehl, wurden von einem tosenden Sturm über das ebene Land gewirbelt. Weder Mensch noch Tier konnten sich dem Sturm entgegenstellen. Im Freien wurde das Gesicht eines Menschen sofort eisverkrustet, die Augen froren ihm zu, der Atem wurde ihm genommen, seine Kleidung vereiste durch und durch, sodass sein ganzer Körper fest eingeschlossen war. Nur der Schutz des Kastenwagens und der Plane rettete die Reisenden. Der Sturm ließ die Plane heftig flattern, sodass sie die dahinter Kauernden peitschte, bis sie das feste Gewebe zu packen bekamen und es nach innen ziehen konnten, wo sie es mit ihren Körpern beschwerten. Sogar im Windschatten litten die Tiere entsetzlich. Innerhalb von knapp einer Stunde waren sie mit Eis überzogen. Nach zwei Stunden hatten ihre Köpfe bereits die Größe von riesigen Körben, weil ihr Atem gefror. Bald darauf konnten weder die Maultiere noch die Pferde ihre schwere Last länger tragen und senkten ihre Köpfe zu Boden. Stundenlang wütete der Sturm um den Wagen und diejenigen, die sich unter ihm verbargen. Die sechs Menschen hielten sich umklammert, die Decken und das Büffelfell um und über sich. Mary Bee hatte keine Ahnung, was in den Köpfen der Frauen vor sich ging, ob sie Angst hatten oder nicht. Sie jedenfalls hatte Angst. Manchmal schien es, als würde der Wind den Wagen mit den darangebundenen Tieren in die Luft heben und ihn einfach wegschleudern, der Himmel mochte wissen, wohin. Mary Bee versuchte, ihr Entsetzen zu bändigen, indem sie sich vorstellte, sie liege irgendwo anders, nur nicht unter einem Kastenwagen in der Prärie mit vier wahnsinnigen Frauen und diesem Abschaum von einem Mann. Sie sah sich zusammen mit einem vertrauenswürdigen Kapitän auf einem dreimastigen Schiff, das durch ein fantastisches, sturmgepeitschtes Meer segelte. Nur ein einziges Mal überlegte sie, was wohl hier, in dieser kritischen Lage, ohne Briggs geschehen wäre – und sie wagte nicht, sich diese Frage zu beantworten. Gegen Morgen legte sich der Wind dann so plötzlich, wie er gekommen war, und nun hörte man als einzigen Laut weit und breit die Tiere durch die vereisten Löcher ihrer Nüstern schnaufen. Es war zwar noch Nacht, doch schon ging das Schwarz in Grau über, und dann stieg schließlich eine große goldene Sonne über dem Horizont auf: die erste Sonne, die sie seit elf Tagen zu sehen bekamen. In wenigen Minuten verwandelten ihre Strahlen die Eiswüste in eine Welt aus Diamanten, die mit fast überirdischer Helligkeit funkelten. Der Boden schien drei Inch tief in weißes Feuer getaucht zu sein. Die sechs waren geblendet.

Briggs kam schlecht gelaunt als Erster unter dem Kastenwagen hervor. Sein Katarrh machte ihm zu schaffen, er hustete, spuckte und fluchte, drehte den anderen den Rücken zu und schlug sein Wasser ab, sodass es alle sehen konnten. Er wollte, dass sie sofort aufbrachen, ohne zu essen, ohne Verzögerung. Nur vorwärts. Er benutzte die stumpfe Seite seiner Axt wie eine Keule und schlug so das Eis von den Maultieren und den Pferden, vom Zaumzeug und von der Plane. Mary Bee lud den Wagen aus und setzte die Frauen hinein. Dann kletterte sie auf das Dach, und Briggs reichte ihr die Sättel und die Vorräte hinauf. Sie befestigte dic Plane, während er die Stute und den Rotschimmel an den Wagen band und die Maultiere anspannte. In ziemlich kurzer Zeit waren sie aus der Büffelsuhle heraus. Mit knirschenden Rädern fuhren sie weiter Richtung Osten. Das Licht war so hell, dass die Augen schmerzten. Nach drei Meilen hatten sie das Eis hinter sich gelassen, und der Boden war wieder in dem bekannten Muster von Schnee und braunem Gras gefleckt, so als hätte es nie einen Eissturm gegeben. Der Himmel war jetzt blau und nicht mehr grau. In der Luft war ein Hauch von Wärme. Mary Bee meinte, eine Wanderdrossel und auch eine Spottdrossel zu sehen. Es war der allerschrecklichste Winter gewesen, den man je im Territorium erlebt hatte, und er hatte den Menschen einen grausamen Tribut abverlangt, die Frauen hinter ihr legten Zeugnis dafür ab. Aber dieser Sturm, der Sturm Gottes, hatte – obwohl er nur in einem beschränkten Gebiet gewütet hatte – endlich den Winter hinweggefegt und den Frühling eingelassen, ja, wirklich den Frühling. Dafür war Mary Bee ihrem Gott dankbar.

Gegen Mittag ließ sie Briggs anhalten, öffnete die Proviantkiste und gab jedem einen kalten Maisfladen. Sie saß gerade eben wieder auf ihrem Platz und biss hungrig in ihren Fladen, als Schreie aus dem Wageninneren sie aufschrecken ließen. Sie eilte zu der Tür, entriegelte sie und riss sie weit auf.

Zuerst konnte sie nicht genau erkennen, was los war. Vorne an der Tür waren Mrs. Sours und Line Belknap; sie hockten ängstlich zusammengekauert da und schützten die Köpfe mit ihren Armen. Mary Bee zog die beiden aus dem Wagen und sah dann, dass Mrs. Svendsen gerade auf Mrs. Petzke losstürzte, die sie auf die Bank gestoßen hatte, und mit den Fäusten auf sie einschlug.

»Hilfe!«, schrie Mary Bee so laut, dass Briggs es hören konnte, dann sprang sie in den Wagen, um Gro Svendsen Einhalt zu gebieten. Sie rang mit ihr. Aber Gro war eine ungestüme und starke Frau, und bevor Briggs überhaupt die beiden erreichen konnte, hatte Gro Mary Bee schon aus dem Wagen gestoßen. Sie lag auf dem Boden, und Gro schlug wie wild auf sie ein.

Doch wurde Gro nach oben gerissen. Ihre Filzhaube war zu Boden gefallen, und Briggs hatte sie an ihrem Haarschopf gepackt.

Er schwang sie herum und gab ihr mit der freien Hand eine Ohrfeige.

Das dämpfte ihre Angriffslust. Der funkelnde Hass wich aus ihren Augen. Gro fiel in sich zusammen.

Briggs umklammerte sie mit seinen Armen, hob sie über den Tritt und dann in den Kastenwagen und ließ sie wie einen Bohnensack auf eine Bank fallen.

Dann ging er nach vorn, griff unter den Kutschbock und kam mit Hammer, Nägeln und den vier Lederstreifen zurück, die er von dem Zaumzeug in Mary Bees Stall abgeschnitten hatte, bevor sie aufgebrochen waren. Er schlug acht Nägel in die Hartholzverschalung des Kastenwagens, vier auf jeder Seite, maß über Mrs. Svendsens Körper einen Streifen ab, der genau um ihre Ellbogen reichte, lochte das Leder und schob das Loch von jedem Streifenende über einen Nagelknopf. So war die Frau an die Wand gefesselt. Sie konnte keinen Arm mehr bewegen und musste aufrecht sitzen.

»Nein, nein«, wimmerte Mary Bee mit erstickter Stimme. Tränen rannen über ihre grün und blau geschlagenen Wangen. Ihre Rippen schmerzten von den Hieben.

Briggs führte Mrs. Sours nach drinnen und fesselte sie ebenso an die gegenüberliegende Wand.

»Sie werden das nicht tun!«, schluchzte Mary Bee.

Aber Briggs machte es auch mit Mrs. Petzke und Line Belknap so und stieg dann aus dem Wageninneren. In der Hand hatte er noch den Hammer, einen übrig gebliebenen Nagel hielt er zwischen den Lippen, dann schloss und verriegelte er die Tür.

»Ich lasse das nicht zu!«, schrie Mary Bee. »Sie sind keine Gefangenen, sie sind menschliche Wesen! Gottes Geschöpfe! Binden Sie die Frauen los!«

»Sie sind so verrückt wie Wanzen«, erklärte Briggs, der immer noch den Nagel im Mund hatte. »Und ich beabsichtige, sie nach Iowa zu schaffen, bevor sie sich gegenseitig umbringen.«

»Sie dürfen nie wieder Hand an die Frauen legen!«

»Ich werde tun, was getan werden muss«, erwiderte er, ging nach vorn, räumte Hammer und Nägel weg, setzte sich auf den Kutschbock und nahm die Zügel.

»Sie werden gefälligst das tun, was ich Ihnen befehle!«, schrie Mary Bee ihn an. »Ich trage die Verantwortung. Und ich habe Ihnen das Leben gerettet.«

»Machen Sie doch, was Sie wollen!«, meinte Briggs, trieb die Maultiere an und fuhr los.

Sie dachte nicht daran nachzugeben. Er würde es nicht wagen.

»Halt!«, schrie sie mit gellender Stimme.

Es war undenkbar, dass er sie hier alleine zurücklassen könnte, ohne Nahrung, ohne Wasser, ohne Pferd und ohne Freund. Aber die Minuten vergingen – und er kehrte nicht um. Sie musste also hinter dem Kastenwagen herlaufen, ihr blieb keine Wahl; aber der Stolz ließ sie stehen bleiben, und auch die Wut. Dann verschwand das Fahrzeug, das offensichtlich in einen Hohlweg gefahren war, aus ihrem Blick, und sie war völlig allein.

Auf einmal fiel Mary Bee wieder in ihren dunklen, altvertrauten Abgrund. Als sie zu frösteln begann und fühlte, wie sich die Leere in ihr mit Angst füllte, begann sie zu laufen, ungestüm, in panischem Schrecken. Ihre schweren Schuhe und ihr Mantel lasteten auf ihr. Schon bald war sie erschöpft und fiel in einen Wanderschritt. Nach einer Weile kam sie zum Grat des Höhenzugs. Dort unten stand der Kastenwagen. Briggs hatte erst angehalten, als er sicher gewesen war, dass sie ihn nicht mehr sehen konnte. Er war völlig überzeugt gewesen, dass sie nachkommen würde, ja, dass sie nachkommen musste. Sie ging mit langen Schritten hinunter, kam nach vorn und kletterte neben den Fahrer auf den Kutschbock. Ohne ihr einen Blick oder ein Wort zu schenken, schnalzte er den Maultieren zu.

Mary Bee war völlig außer Atem. Sie saß aufrecht, als sei sie an den Sitz gefesselt, und schnappte nach Luft.

Hoch über sich hörte sie den wehmütigen Schrei eines Regenpfeifers.

Nachdem die beiden in dieser Nacht das Lager vorbereitet, die Frauen gefüttert, das Geschirr gespült und das Vieh getränkt und angepflockt hatten, saß Mary Bee noch eine Weile am Feuer. Sie hatte sich eine Decke um die Schultern gelegt. Briggs saß ebenfalls dort und entspannte sich. Unmittelbar nach dem Abendessen hatte er den Whiskey hervorgeholt, den zu kaufen er Mary Bee in Loup gezwungen hatte. Und jetzt saß er mit gekreuzten Beinen auf den Decken und dem Büffelfell und trank schluckweise aus dem Krug. Er fühlte sich rundum wohl. Für ihn war das ein erfolgreicher Tag gewesen. Er hatte die Leute vor einem Eissturm gerettet, Mrs. Svendsen mit einer Ohrfeige zur Räson gebracht, er hatte durchgesetzt, dass die Frauen auch im Wagen gefesselt wurden, und außerdem hatte er es geschafft, dass eine erwachsene Frau ihm nachlief wie ein bestraftes Kind. Briggs hatte Mary Bee sogar beim Abendbrot geholfen. Er hatte Gesichter und Hände gewaschen, Mrs. Petzke und Mrs. Sours gefüttert, er hatte vor sich hin gesummt, als er die Plane losband und die Bettzeugrollen hinunterwarf.

»Ich war bei den Dragonern«, erzählte er.

Mary Bee wollte ihren Ohren nicht trauen. Das konnte nur der Whiskey sein!

»Schwadron C, Erste US-Kompanie.«

»Oh?« Sie war auf der Hut. Sie wollte zwar gern mehr erfahren, befürchtete aber, dass er sich betrank.

»Fort Kearney.«

»Ich verstehe.« Sie blickte kurz hinter sich, zu den

Frauen, die unter dem Kastenwagen lagen. Sie schliefen, jede an ein Rad gefesselt.

»Tja. Hatten mal in Kansas 'nen richtigen Aufruhr. Kiowa-Indianer.«

Sie wusste wenig über die »United-States-Dragoner«, doch sie vermutete, dass sie ausgebildet und ausgerüstet waren, um beritten und zu Fuß zu kämpfen.

»War 'ne höllische Zeit«, meinte er.

»Erzählen Sie.«

Dank der wärmeren Nacht hatte er seinen Rindsledermantel ausziehen können, er hatte auch den Hut abgenommen. Sie erinnerte sich an das schwarze schäbige Jackett mit dem zerrissenen Ärmel. Briggs zog den großen Revolver aus dem Gürtel, legte ihn neben sich, setzte den Krug wieder an und wischte sich mit dem Handrücken über den Mund.

»Wir rückten aus nach Fort Leavenworth, die ganze Schwadron C, von Kearney aus. Sie stellten eine Nachschubkolonne zusammen, Wagen mit je sechs Maultieren davor, fünfzig Wagen und eine Herde von dreihundert Pferden. Sollten nach Fort Union in New Mexico gebracht werden. Die C-Schwadron als Begleitmannschaft. Sie wissen, wie man mit Pferden treckt?«

»Nein.«

»In Reihen von je vierzig Pferden, von einem Treiber geleitet.«

»Ich verstehe.«

»Na ja, die Kiowa-Indianer waren wie lästige Fliegen. Schwirrten um uns herum. Kriegsbemalung. Frech. In voller Lebensgröße und echter als echt. Wollten die Pferde haben.«

»Ich verstehe.«

Er rieb sich das Kinn. »Nachts lagerten wir einmal am Arkansas-Fluss, an der Cimarron-Mündung. Die Fuhrleute pflockten die dreihundert Maultiere an und die Treiber die dreihundert Pferde. Im Sand. Sand! Diese Idioten. Trieben die Pflöcke nur halb ein, immer zwei oder drei Lassos an einen Pflock. Himmel! Die hätten nicht mal 'nen Präriehund gehalten. Und tatsächlich, in dieser Nacht jagten die Kiowas die Pferde in wilder Flucht davon, den ganzen Haufen. Weg waren sie! Sie zerstampften die Wagen. Das Vieh verfing sich in den Lassos und den herausgerissenen Pflöcken – und dann die ganzen Kiowas, die die Tiere mit ihrem Geschrei und Gebrülle verrückt machten.« Er hielt inne und starrte grimmig ins Feuer. »Wir waren außer uns! Das Signal wurde geblasen. In die Stiefel und Sättel, und nichts wie hinter ihnen her. Dann ging die Sonne auf, es wurde hell. Wir erwischten hier ein paar Kiowas, dort 'nen ganzen Haufen. Sie versuchten, unsere Pferde zu stehlen, und wir töteten sie dafür. Die Indianer hatten Pfeil und Bogen, wir Flinten und Revolver. Wir trieben unsere Tiere zusammen und jagten sie dann durch das verdammte Lager der Kiowas. Die Nacht brach herein, und wir hatten die meisten unserer Maulesel und Pferde wieder und mehr als dreißig Kiowas getötet – und ihr Lager zu Kleinholz gemacht.« Er grinste sie triumphierend an. »Ganz schönes Stück Arbeit, was? Schwadron C, Erste US-Kompanie!«

Er wartete und lächelte verschmitzt wie ein Kind, das ein Gedicht aufgesagt hat und auf Beifall hofft.

»Wie interessant«, meinte Mary Bee nur und ging zu ihrem Schlafplatz unter dem Kastenwagen. Sie machte sich ihr Lager und schlief gleich ein. Wie lange sie geschlummert hatte, wusste sie nicht, als ein Ruf sie weckte.

»Jipiieh!«

Sie lag mit dem Rücken zum Feuer. Schnell drehte sie sich herum, und was sie sah, das erstaunte sie. Harte Getränke, so vermutete sie, wirkten auf Männer ganz unterschiedlich. Briggs hatte das Feuerholz neu aufgeschichtet, und beim Feuer war er auch – und tanzte. Ausgerechnet George Briggs tanzte. Und im Unterschied zu seiner Erzählung von den Dragonern schien das, was er jetzt aufführte, ausschließlich zu seinem eigenen Vergnügen bestimmt zu sein. Es war eine Art Hüpfen, Wippen und Trampeln. Briggs stampfte all seine Kraft rückhaltlos im Tanz in den Boden. Er knallte seine Schuhe zusammen, er schwang die Arme wie Flügel. Und während er tanzte, begann er, einige Strophen von *Weevily Wheat* mit lauter, besoffener Stimme zu singen:

»I don't want none o' your weevily wheat,
An' I don't want none o' your barley,
Take some flour'n half an hour
An' bake a cake for Charley.

The higher up the cherry tree,
The riper grows the cherry,
The sooner that you court a gal
The sooner she will marry.

O Charley, he's a nice young man,
An' Charley he's a dandy,
Every time he goes to town
He brings the girls some candy.«

(Ich will nichts von deinem Weizen mit den Getreidekäfern haben, /
Und ich will auch nichts von deiner Gerste, /
Nimm in ’ner halben Stunde ein bisschen Mehl /
und backe ’nen Kuchen für Charley. //
Je höher du in den Kirschbaum greifst, /
desto reifer sind die Kirschen. /
Je eher du um ein Mädchen freist, /
desto eher wird sie dich heiraten. //
O Charley ist ein hübscher junger Mann, /
und Charley ist ein Stutzer, /
immer, wenn er in die Stadt reinfährt, /
bringt er den Mädchen was Süßes mit. //)

Mary Bee drehte sich um. Die Frauen waren wach. Sie lagen unter dem Kastenwagen auf der Seite und beobachteten den Tänzer. Im Schein des Feuers funkelten ihre Augen.

Der Frühling schickte Winde, die das Gesicht röteten und einem den Schlapphut vom Kopf rissen.

Der Frühling jagte die Wolken über den Himmel oder ließ sie friedlich wie Schafe im blauen Himmel grasen.

Der Frühling ließ in der Ferne dunkle Regenschleier niedergehen oder knickte die Ohren der Maultiere mit seinen strömenden Fluten ab.

Der Frühling suchte die Prärie mit Donner und Blitz heim oder segnete sie mit sonnigen Stunden, die so lieblich waren, dass einem das Herz überging.

Der Schnee schmolz, der graue Kastenwagen platschte durch Pfützen nach Osten. Briggs trieb die Reisegruppe energischer voran.

An einem späten Nachmittag sahen sie ein oder zwei Meilen weiter südlich eine Auswandererkolonne, die sich Richtung Westen bewegte. Es war ein kurzer Zug von sechs Wagen, die von Ochsen gezogen wurden, und eine kleine Herde von vielleicht fünfzig Rindern. Mary Bee und Briggs beobachteten, wie sich die Fahrzeuge im Kreis für das Nachtlager ordneten. Da kam ihr eine Idee. Sie würde aufsatteln, zu den Wagen hinüberreiten und fragen, ob sie nicht ihr Lager mit dem Treck dort drüben gemeinsam errichten könnten. Vielleicht würde es den Frauen guttun, wenn sie einige Stunden mit normalen weiblichen Wesen verbringen könnten, dachte sie. Vielleicht hätte es einen heilenden Einfluss, wenn sie ihr Mitgefühl spürten. Briggs aber war dagegen. Erstens wolle er sich nicht mit irgendwelchen verdammten neuen Siedlern einlassen, und zweitens würden die vier dort nicht willkommen sein. Mary Bee wollte wissen, warum denn um alles in der Welt nicht. Darum, sagte er. Weil die Ehemänner einfach Nein sagen würden, damit ihre Frauen nicht zu sehen bekämen, was aus den Frauen von Siedlern am Ende des Weges werden konnte: Wahnsinnige. Mary Bee erklärte, ihr sei egal, was die Ehemänner sagen würden. Mit diesen Musterbeispielen vor Augen würden sie wahrscheinlich besser auf ihre Frauen achten und sie nicht wie Sklaven oder Zuchtsauen halten. Während sie das sagte, sattelte sie bereits Dorothy. Dann ritt sie zu den Wagen hinüber. Einmal blickte sie zurück, doch da war Briggs schon weitergefahren. Er war nicht der Mann, der auf bessere Zeiten oder scharfzüngige Frauen wartete.

Die Ochsenwagen waren jetzt im Kreis gruppiert, das Vieh drängte sich innen, und ein Mann kam auf Mary

Bee zugeritten. Sie machten sich miteinander bekannt und tauschten Neuigkeiten aus, wie es im Westen üblich war. Er hieß Henry Trowbridge und war von seinen Reisegefährten, Mitgliedern der Kongregationalen Gemeinde von Massachusetts, zum Treckführer gewählt worden. Sie hatten sich, abgesehen von den Haushaltswaren, selbstständig ausgestattet und bei Kanesville den Missouri überquert. Zu ihrer Gruppe gehörten sechzehn Erwachsene, zwölf Kinder und zwei Säuglinge. Heute waren sie, von der Flussdurchquerung an gerechnet, schon fünfundzwanzig Tage lang unterwegs. Das Wetter sei leidlich gewesen, und, dem Herrn sei's gedankt, bei ihnen sei keiner krank geworden. Ihnen wären auch keine Indianer begegnet. Henry Trowbridge hatte seinen Hut gezogen, und Mary Bee sagte zu ihm, was für ein Vergnügen es doch sei, sich wieder einmal mit einem Gentleman zu unterhalten. Ihre Gruppe bestünde nur aus sechs Personen, berichtete sie, vier Frauen außer ihr und ein Mann. Sie seien seit elf Tagen mit einem Kastenwagen unterwegs und aus der Gegend von Loup gekommen, das an der nordwestlichen Grenze des Territoriums liege. Sie hätten einen grimmigen Eissturm überlebt, aber keine Indianer getroffen. Kleinwild hätten sie reichlich erbeutet. Sie sagte ihm, dass sie einer plötzlichen Regung gefolgt und herübergeritten sei, weil sie gedacht habe, es sei wahrscheinlich für alle von Vorteil, wenn sie in dieser Nacht zusammen lagerten. Ob er etwas dagegen habe?

»Überhaupt nicht, Madam. Es ist uns eine Ehre.«

»Etwas muss ich Ihnen jedoch noch mitteilen: Die anderen vier Frauen haben den Verstand verloren.«

Er starrte sie an. »Den Verstand verloren?«

»Es tut mir leid, ja. Es gibt keine einzige Anstalt im Territorium, deshalb bringen Mr. Briggs und ich sie zu einer kirchlichen Organisation in Iowa. Von dort aus werden sie in ihre alte Heimat zu ihren Verwandten begleitet.« Der Mann setzte seinen Hut wieder auf und zog ihn so tief ins Gesicht, dass die Krempe seinen Gesichtsausdruck verbarg. »Ich dachte, dass es unseren vieren guttun würde, wenn sie die Frauen aus Ihrer Gruppe kennenlernen könnten.«

»Frauen bei klarem Verstand«, sagte er.

»Ja.« Sie neigte sich vor, spähte unter seine Hutkrempe und versuchte, ihm in die Augen zu sehen. »Ändert dies etwas an Ihrer Einladung, Mr. Trowbridge?«

Er sah ihr offen und ehrlich in die Augen. »Gute Frau, ich fürchte, ja. Zumindest müsste ich darüber mit den Männern aus meiner Gruppe, mit den Ehemännern sprechen. Würden Sie mir dafür einige Minuten Zeit zugestehen?«

»Aber gewiss.«

»Danke.« Er wendete sein Pferd, doch kam er dann noch einmal zurück: »Sind sie gefährlich?«

Sie zögerte. »Sie sind Ehefrauen und Mütter.«

Sein Gesicht überzog sich mit einer tiefen Röte. »Ich bedauere, dass ich das gefragt habe. Verzeihen Sie.« Wieder wendete er sein Pferd und ritt zu dem Lager hinüber.

Mary Bee stieg ab und ließ ihre Stute grasen. Gleich darauf schlenderten ihr ein Junge und ein Mädchen entgegen. Ihrer Ähnlichkeit nach waren es wohl Bruder und Schwester. Sie wollten die Fremde begaffen. Nach und nach folgten den ersten beiden Kindern zwei weitere, dann fünf, dann noch drei. Einige schlichen vorsichtig näher, andere hüpften und manche rannten. Die Dame mit dem Kaninchenhut, die sozusagen aus dem Nichts erschienen war, machte sie sehr neugierig. Und schon bald war Mary Bee von großen und kleinen, dunklen und blonden, kecken und schüchternen Jungen und Mädchen umringt; es waren ein Dutzend. Und sie alle, auch Mary Bee selbst, schwatzten schon bald darauf miteinander und erzählten von ihren Abenteuern. Die Kinder berichteten, wie sie einen Fluss überquert hatten und dabei fast alle »ertrunken« wären. Mary Bee erzählte ihnen von dem Eissturm. Die Kinder schilderten, wie anstrengend ihre Aufgabe sei, Tag für Tag die Viehherde hinter dem Treck herzutreiben. Und wie gefährlich – sie hätten Hunderte von grausamen Indianern gesehen, die überall lauerten. Die Frau erzählte den Kindern, wie sie in ihrer Schulklasse auf eine Klapperschlange geschossen und sie getötet hatte. Alle Augenpaare weiteten sich. In ihrer Schulklasse? Ja, bekräftigte Mary Bee, sie sei Lehrerin gewesen. Oh, pfui –, aber sie wären zum Glück ein für alle Mal die Schule los, und sie würden nie wieder hingehen müssen. Mary Bee bat sie, doch genauer zu überlegen. Tatsache sei doch, sobald ihre Eltern sich irgendwo niedergelassen hätten, wäre es eines der ersten Dinge, dass sie eine Schule bauten und einen Lehrer einstellten. Und genau genommen, neckte sie, hätten die Kinder lange genug geschwänzt, und jetzt sei die allerbeste Gelegenheit: Warum sollte sie nicht hier mit ihnen das Einmaleins pauken? Die Kinder stöhnten. Na, gut. Wie wäre es mit einem Wettbewerb im Buchstabieren? Sie behaupteten, dass sie Magenschmerzen hätten. Na, gut! Wie wäre es mit dem Spiel »Gib mir den Schuh«? Hurra, jubelten sie.

Das Älteste war neun oder zehn, das Jüngste vier oder fünf Jahre alt. Mary Bee wies sie an, einen Kreis zu bilden und sich mit gekreuzten Beinen ins Gras zu setzen. Jeder musste einen Schuh oder einen Stiefel ausziehen. Einige kannten das Spiel noch nicht. Die Lehrerin erklärte es. Einer von ihnen würde einen Abzählvers singen. Jeder müsste im Takt dazu mit seinem Schuh oder Stiefel auf den Boden klopfen. Beim letzten Takt müsste das Schuhwerk demjenigen gegeben werden, der links von einem saß. So würde das immer weitergehen. Die Fußbekleidung würde rundherum gehen. Aber sobald ein Schuh oder Stiefel wieder bei seinem Besitzer angelangt sei, sei das Spiel zu Ende, und diejenige Person sei dann der Sieger und erhielte einen Preis. Hatten alle das verstanden? Gut, dann fertig machen, hinsetzen. Wer würde zuerst singen?

Es war ein stämmiger Junge mit schmutzigem Gesicht. »Eins – zwei – drei, alt ist nicht neu«, sang er, wobei die ganze Schar mit dem Schuhzeug auf den Boden klopfte. »Neu ist nicht alt, warm ist nicht kalt, kalt ist nicht warm, reich ist nicht arm.« Und bei dem Wort »arm« wurde die Fußbekleidung weitergereicht und hastig ergriffen – und jemand anders begann zu singen, ein kleines Mädchen mit einer Rotznase. »Geht ein Männlein über die Brück', hat ein Säcklein auf dem Rück', legt es auf den Pfosten. Pfosten kracht, Männlein lacht – und fällt ins Wasser: Plumps.« Einige reichten ihren Schuh nach rechts statt nach links weiter, verhedderten sich mit den Armen, und die anderen bogen sich vor Lachen. Jeder kannte Verse und Strophen, die er zum Besten gab, und so war an Freiwilligen kein Mangel. »Ein Mops kam in die Küche«, sang ein Mädchen mit Zöpfen, »und stahl dem Koch ein Ei, da nahm der Koch den Löffel und schlug den Mops entzwei. Da kamen viele Möpse und gruben ihm ein Grab und setzten ihm ’nen Grabstein, worauf zu lesen war: ›Ein Mops kam in die Küche …‹« Dann sangen zwei Jungen lauthals: »Ich und du, Müllers Kuh, Müllers Esel – das bist du!«

»Miss Cuddy!«

Es war Henry Trowbridge auf seinem Pferd. Sie beendete das Spiel und erklärte, sie müsse etwas mit Mr. Trowbridge besprechen. Aber sie könnten ja weiterspielen, wenn sich ihre Wege das nächste Mal in der Prärie kreuzten.

»Quatsch!«, platzte der Junge mit dem schmutzigen Gesicht heraus. »Wir werden Sie nie wieder treffen.«

»Wieso nicht, natürlich werden wir uns wiedersehen – die Welt ist klein«, versicherte sie den Kindern. »Aber bis dahin, denkt daran: Seid gute Jungen und Mädchen, achtet eure Eltern, betet, macht eure Schulaufgaben, habt keine schlechten Träume, folgt eurem Lehrer, wascht euch auch hinter den Ohren, und fröhliche Weihnachten, wenn es so weit ist!«

Zwei der Mädchen umarmten sie, und alle zogen wieder Stiefel und Schuhe an und schlichen zu den Wagen hinüber. Mary Bee litt darunter, sich von diesen Kindern trennen und sie einer ungewissen Zukunft überlassen zu müssen. Wie würde es ihnen ergehen? Welches Schicksal erwartete sie im Westen? Sie wünschte ihnen Gottes Beistand und seine Liebe.

Dann wandte sie sich Trowbridge zu. Sie musste ihm nur ins Gesicht sehen, um zu wissen, welche Botschaft er ihr brachte. »Nein, nicht wahr?«

Er zog seinen Hut und nickte.

Sie wandte sich von ihm ab, ging zu Dorothy und stieg auf. Der Nachmittag neigte sich dem Ende zu, es war schon fast dunkel. Rauchschwaden stiegen von den Feuern dort drüben bei den Wagen auf, wo die Frauen für ihre Familien das Abendessen kochten. Mit Tränen in den Augen ritt sie zu Trowbridge hinüber.

»Es ist mir mehr als peinlich«, erklärte er. »Ich schäme mich.«

»Ich bin töricht«, meinte sie. »Ich habe mir nicht klargemacht, wie grausam wir zueinander sein können.«

»›Ein neues Gebot gebe ich euch‹«, zitierte er. »›Liebe deinen Nächsten wie dich selbst.‹«

Sie nickte bei diesen ironischen Worten und blinzelte, um ihre Tränen zurückzuhalten. Trowbridge erinnerte sie an Alfred Dowd. Ein gebildeter Mann in mittlerem Alter; seine Haare waren weiß, und er hatte einen ebenso weißen gepflegten Bart.

»Ich verstehe Ihren Wunsch, glauben Sie mir«, versicherte er. »Aber sehen Sie es bitte auch von der anderen Seite, von den Männern aus. Sie wollen nicht grausam sein. Sie möchten ihre Frauen schützen. Wie ich bereits sagte, wir sind schon mehr als drei Wochen von Kanesville aus unterwegs, und bisher ist alles äußerst gut gegangen. Unsere Frauen singen, wenn sie arbeiten. Es wäre wirklich grausam, ihnen die armen Wahnsinnigen zu zeigen, die im Grunde ihre Schwestern sind, um ihnen vor Augen zu führen, was ihnen selbst zustoßen und wie hart vielleicht ihr zukünftiges Leben werden könnte. Das würde einen Schatten auf ihr Gemüt werfen. Verstehen Sie das nicht, Miss Cuddy?«

»Mir bleibt wohl keine andere Wahl.«

Trowbridge wirkte jetzt munterer. »Aber ich muss

Ihnen nicht alles verwehren. Ich bin beauftragt, Ihnen von unseren Vorräten anzubieten, was immer Sie brauchen. Wir haben reichlich.«

Mary Bee war kein bisschen erfreut. Ganz im Gegenteil, und diesmal half es ihr nicht zu blinzeln, um die Tränen zurückzuhalten. »Nein«, schrie sie. »Sagen Sie ihren Leuten vielen Dank! Wir brauchen keine Almosen. Was wir brauchen, ist einfach ein bisschen menschliche Wärme.« Sie nahm die Zügel fester und trabte los, während er ratlos zurückblieb.

Es dauerte eine halbe Stunde, bis sie ihre Gruppe gefunden hatte. Briggs war so lange weitergefahren, bis es fast schon dunkel gewesen war. Er hatte nur die Tiere angepflockt. Kein Feuer brannte, und die armen Frauen waren immer noch gefesselt im Wagen. Briggs hatte sich gegen den Kastenwagen gelehnt und summte eine Melodie. Mary Bee meinte, *Money Musk* zu erkennen. Wäre sie ein Mann gewesen, sie hätte ihn in die tiefste Hölle verdammt. Am allerschlimmsten war, dass Briggs, was die Menschen des Trecks anging, recht behalten und sie unrecht gehabt hatte. Ihr erschien es so, als habe er allmählich häufiger recht, als einem Mann das überhaupt zustand.

Constance, der vier Monate alte Säugling mit den großen blauen Augen, das Kind, das so viel lachte und das sie so sehr liebten, wurde am frühen Morgen krank. Es wollte nicht gestillt werden und war apathisch.

Ihre kleinen Brüder jedoch, der drei Jahre alte Clinton und der zwei Jahre alte Denton, waren gesund.

Im Laufe des Tages ging es Conny immer schlechter. Sie weinte. Sie zuckte und krümmte sich in dem großen Bett oder in den Armen ihrer Mutter, wenn sie mit ihr auf und ab ging. Ihr Hals schwoll an. Sie bekam einen trockenen Husten. Ihre Augenlider wurden rot. Sie atmete geräuschvoll, aber am Abend bekam sie kaum noch Luft. Und wenn die Kleine sie wieder ausstieß, roch der Atem. Der winzige Körper brannte im Fieber. Sie hatten keine Medikamente. Arabella legte dem Kind kalte Umschläge auf die Stirn und eine Milchbrei-Packung auf den Hals. Aber weder das eine noch das andere half. Garn ging mit Constance auf und ab und wechselte Clintons und Dentons Windeln, während Arabella das Abendessen zubereitete. Nach dem Essen schickte Garn seine Frau zum Toilettenhäuschen, und als sie zurückkam, hatte er sich entschieden. Er übergab ihr den Säugling.

»Belle«, verkündete er, »ich werde Doc Jessup holen.«

Sie schüttelte den Kopf.

»Wenn ich ihn nicht hole, könnte sie sterben!«, stieß Garn hervor. »Vielleicht ist es schon zu spät.«

Sie schüttelte wieder den Kopf. Seit einiger Zeit war sie sehr ruhig geworden, er wusste nicht, warum. Und sie hatte die Kinder mehr bemuttert, als es natürlich war, wie eine Glucke eine zu große Kükenschar. Garn sah sie mit einem Ausdruck an, als wolle er selbst weinen wie das Baby. Mit einem Ruck war er plötzlich bei Arabella, legte Conny auf das Bett, nahm seine Frau in die Arme und hielt sie eng an sich gepresst.

»Belle, ich muss gehen«, sagte er. »Ich hab Angst um sie, Schatz.«

Er ließ sie los, zog sich an, umarmte sie wieder und küsste sie. »Sorg dich nicht. Ich kenne den Weg, und ich werde oben bleiben, wo nicht viel Schnee liegt. Wenn der Doc zu Hause ist, bin ich in zwei, drei Stunden zurück. Bete zu Gott, dass er da ist.«

Er küsste sie nochmals, dann war er weg.

Garn Sours war einundzwanzig Jahre alt.

Arabella Sours war neunzehn.

Er hatte einen Weg von acht Meilen vor sich. Es war gut, dass es seit drei Tagen taute, aber Garn hätte den Ritt sowieso riskiert, egal um welchen Preis. Für Belle und die Kinder wäre er bis nach Timbuktu geritten. Die Nacht war dunkel, der Mond war nicht zu sehen, und es wurde wieder kälter. Und danach, wie der Wind ihm um die Ohren pfiff, würde er sich zu einem richtigen Sturm auswachsen. Garn hielt sich auf der Anhöhe, er mied die schneeverwehten Täler, in denen eine ganze Viehherde spurlos bis zum Frühling hätte verschwinden können, gar nicht zu reden von einem einzelnen Reiter. So bahnte er sich mit seinem Pferd bei Sternenlicht seinen Weg. Ab und zu steckten sie bis zum Bauch im Schnee. Nach einer Weile hielt er sein Pferd an, streckte sein linkes Bein vor und fühlte das Herz des Tieres heftig pochen. Es war ein altes, aber williges Pferd, das seine Aufgabe getreulich erfüllte. Es war, wie Garn schätzte, kurz nach Mitternacht, als er weit im Süden einen tiefstehenden Stern leuchten sah. Dies musste eine Laterne sein. Doc Jessum hatte schon vor langer Zeit einen hohen Mast, versehen mit einer Zugleine, aufgerichtet, und in den Winternächten hängte er eine Laterne daran, die ihm den Weg nach Hause weisen sollte. Vor Erleichterung schlug Garns Herz schneller. Auf der letzten Viertelmeile gab er seinem Pferd die Sporen und ließ es galoppieren. Dabei stellte er sich vor, er sei ein US-Kavallerist, der Indianer jagte.

Jessup war gerade nach Hause gekommen, nachdem

er zehn Meilen weiter westlich ein Kind entbunden hatte. Er sei total erledigt, sagte er. Aber als Garn ihm den Zustand von Conny schilderte, zog er seine Schuhe und seinen Mantel wieder an und setzte eine Dachsfellmütze mit Ohrenklappen auf. Er sattelte ein frisches Pferd im Stall und machte seine Arzttasche am Sattel fest. Dann nahm er einen kräftigen Schluck aus einer Whiskeyflasche, ließ sie in die Manteltasche gleiten, stieg ächzend auf, und ab ging's nach Norden. Nach einer Meile reichte er Garn die Zügel und schlief gleich darauf friedlich im Sattel ein.

Doc Jessup war ein wahrer Segen. Er kam immer, wenn er gerufen wurde. Er war kein ordentlich ausgebildeter Mediziner, und seine Kenntnisse über ansteckende Krankheiten waren vielleicht etwas überholt, wie er sich eingestand, wenn er betrunken war. Aber sein Talent bewies sich bei Brüchen, brandigen Infektionen, Schuss- und Pfeilwunden und bei der Geburtshilfe. Er hatte Clinton zur Welt gebracht, Denton und Constance waren allerdings zu schnell für ihn gewesen. Und er war ein chirurgisches Ausnahmetalent. Einmal, nachdem das Dach eines Sodenhauses eingefallen war, hatte er in einer dunklen Nacht draußen im Licht von Streichhölzern auf einem offenen Wagen einen geplatzten Blinddarm erfolgreich entfernt. Außerdem ließ er mit sich reden. Er verlangte einen Dollar für einen Krankenbesuch, dazu zehn Cent pro Meile und Weg, und wenn man kein Bargeld hatte und die Rechnung immer höher wurde, konnte man sie mit einem Kalb oder einigen Ferkeln begleichen. Obgleich er auch während der Arbeit pichelte, waren sich doch alle einig: besser ein betrunkener Arzt als ein toter Patient.

Als sie ihr Ziel erreicht hatten, rüttelte Garn ihn wach, brachte die Tiere in den Stall und folgte Jessup in die Erdhütte. Der Doc untersuchte Conny, die ganz ruhig mit geschlossenen Augen auf dem Bett lag. Belle sah erschreckend bleich und erschöpft aus.

»Ist das Kind tot?«, wollte Garn wissen.

»Im Koma«, antwortete Jessup.

Er untersuchte auch Clinton und Denton, die in der hölzernen Kiste, in der sie immer schliefen, weinten und herumzappelten. Belle schien unfähig, irgendetwas zu sagen.

»Was ist es, Doc?«, fragte Garn an ihrer statt.

»Diphtherie«, antwortete Jessup. Er öffnete seine Tasche, wühlte darin herum und reichte Belle einen kleinen weißen Umschlag. »Ein Pulver. Wenn es Ihnen möglich ist, Mrs. Sours, geben Sie den drei Kindern alle zwei Stunden eine Prise davon, in Wasser aufgelöst.« Er sah ihr in die Augen, als sei auch sie ein Kind. »Und versuchen Sie, ein wenig zu schlafen.« Jessup schloss die Tasche wieder und setzte seine Dachsfellmütze auf. »Garn, kommen Sie mit raus.«

Sie verließen das Haus und gingen zu dem in die Erde gegrabenen Stall, der einige Yards entfernt geschützt am Abhang lag. Der Wind blies jetzt heftiger, und schneidende Kälte schlug ihnen entgegen. Das Tauwetter hatte aufgehört. Im Stall machte Doc Jessup seine Tasche fest, nahm einen kräftigen Schluck aus der Flasche und bestand darauf, dass Garn ebenfalls trank. Garn hatte noch nie Whiskey probiert; er hustete und spuckte. Der Arzt lehnte sich gegen sein Pferd, als ob seine Beine ihm vor Müdigkeit wegsacken wollten.

»Verdammt noch mal!«, fluchte er. »Mir sind im vergangenen Monat sieben Kinder gestorben. An Diphtherie. Wenn ich könnte, würde ich mich so besaufen, dass ich vor dem Sommer nicht wieder zu mir käme.«

Garn wartete.

»Mein Besuch kostet nichts, mein Sohn. Vergessen Sie das. Denn dieses Pulver ist keinen Pfifferling wert. Wir werden das Baby verlieren. Und wahrscheinlich auch die beiden Jungen. Ein Kind nach dem anderen. Alle drei. Hören Sie, was ich sage?«

Garn hatte es gehört, konnte es aber nicht fassen.

»Gut, hören Sie zu. Gehen Sie nicht ins Haus zurück, sonst werden Sie es wahrscheinlich auch bekommen. Und das wäre nicht gut, denn Arabella wird Sie brauchen.«

Garn stand reglos da.

»Ihr Mädchen macht mir die allermeisten Sorgen. Sie können noch mehr Kinder haben. Aber morgen oder übermorgen wird Ihre Frau alt werden. Ganz plötzlich. Seien Sie ihr ein guter Ehemann, passen Sie auf Arabella auf. Seien Sie ein Mann.«

Jessup wartete, und nach einer Minute hörte er Garn weinen. Er ging im Dunkeln auf ihn zu, legte wie ein Vater die Arme um ihn und flüsterte ihm zu:

»Mein Sohn, es wird eine schlimme Zeit werden. Ich wünschte, ich könnte dir diese Bürde abnehmen, aber ich kann es nicht.«

Er ließ den Jungen los, schüttelte den Kopf und sagte laut zu sich selbst: »Großer Gott, das ist ein höllischer Platz für ein Mädchen, das erst noch erwachsen werden muss.«

Dann band er sein Pferd los, führte es rückwärts aus dem Stall hinaus, stieg auf und ritt ohne Abschiedsgruß in die Nacht hinein.

Als er sich wieder in der Gewalt hatte, ging Garn zum Haus zurück, pochte gegen die Tür und sagte Belle, dass er nicht hineinkommen dürfe, da Doc Jessup es so angeordnet habe. Er brauchte einige Decken. Belle holte sie ihm, aber als er fragte, wie es Conny gehe, schloss sie sofort die Tür. Als er wieder im Stall war, wickelte er sich in die Decken, grub sich in den Heuhaufen und versuchte zu schlafen.

Obwohl es noch stockdunkel war, musste es schon gegen Morgen gewesen sein, als Garn seine Frau rufen hörte. Er rannte zur Tür der Erdhütte, und als sie ihm Conny in den Arm legte, die sie in ihr eigenes schönstes Kleid gehüllt hatte, brach er in Tränen aus. Belle weinte nicht einmal. Sie schloss einfach die Tür. Er trug den winzigen Körper in den Stall und bettete ihn dicht bei sich auf den Heuhaufen. Wenn es wieder taute, könnte er vielleicht ein Grab ausheben, und sie würden eine richtige Beerdigung abhalten.

Im Frühling vor drei Jahren waren Garn und Arabella, damals jung verheiratet – er achtzehn, sie sechzehn Jahre alt –, mit einem Treck von Ohio aus nach Westen aufgebrochen, zusammen mit seiner Familie: seinem Vater, seiner Mutter und zwei jüngeren Brüdern. Alle waren sich darüber einig gewesen, dass Garn und Arabella zu jung für eine Heirat waren. Aber Garns Vater fieberte dem Aufbruch entgegen. So hatten die Kinder, die geradezu schmerzlich ineinander verliebt waren und die vielleicht vor Gram vergangen wären, hätte man sie getrennt, übereilt geheiratet. Ihre Hochzeitsnacht verbrachten sie zusammen im Wagen, als sie schon mit dem Treck unterwegs waren. Arabella ließ eine große, warmherzige Familie zurück und hatte einen

Monat lang Heimweh. Garns Verwandte statteten die Neuvermählten mit Wagen, Vieh, Handwerkszeug, Geräten und einigem Mobiliar aus. Das geschah in Glenwood, wo sie den Missouri überquerten. Sie folgten dem Platte-Fluss, wie die meisten anderen auch, und wandten sich dann nördlich ins Territorium, um sich dort nach Siedlungsland umzusehen. Bert, mit seinen dreizehn Jahren der jüngste Bruder von Garn, ertrank, als sie einen Fluss mit Hochwasser durchquerten. Sein Leichnam blieb verschollen. Garn und sein Vater konnten auch keine aneinander angrenzenden Grundstücke einschreiben lassen, wie sie das geplant hatten. So mussten sich Garn und Arabella fast dreißig Meilen entfernt ihr Land registrieren lassen. Das junge Ehepaar baute sich eine Erdhütte und hob einen Stall aus der Erde aus, weil das am einfachsten war. In einem engen Tal, das sich nach Osten hin öffnete, gruben sie mit ihren Spaten auf der Westseite eine Höhle aus. Nach einer Woche hatten sie eine Behausung, die vierzehn Fuß breit und sechzehn Fuß tief in den Abhang hineingegraben war. Garn zimmerte eine hölzerne Tür und ein kleines Fenster, setzte beides nebeneinander ein und füllte die Zwischenräume mit Erde. Von oben her bohrte er dann ein kleines Loch und führte das Ofenrohr von innen so hindurch, dass es über den Grasboden hinausragte. Es war eine gemütliche Behausung, warm im Winter und kühl im Sommer, und Belle durfte nach ihrem Geschmack das neue Bett, ihren Tisch und die zwei Stühle aufstellen. Sie war noch zu jung, um schon eine Truhe zu besitzen, deshalb verbarg sie ihren wertlosen Schmuck und ihre rosa Kameenbrosche unter dem Bett. Dann gruben Garn und Arabella einige Yards weiter unten in der Senke einen Stall aus. Garn verglaste das Fenster und baute ein Toilettenhäuschen, mietete einen Mann mit einem Ochsengespann und einem Hakenpflug und kaufte Saatgut. Und innerhalb eines Monats waren Mr. und Mrs. Sours Hausbesitzer und Farmer und so glücklich wie Mäuse in einer Kornmühle. Arabella war sofort schwanger geworden, und nach vier Monaten sah man es ihr auch schon an. Ihm lastete die Verantwortung so schwer auf den Schultern, dass er mit gebeugtem Rücken herumlief. Jeden Abend fielen beide völlig erschöpft ins Bett.

Als Garn an jenem Tag seine Arbeit verrichtete, war er nicht bei der Sache. Immer wenn er die Arbeit unterbrach, lief er vor dem Haus auf und ab. Er fühlte sich hilflos. Oder er presste von außen seine Nase gegen die Fensterscheibe und starrte nach drinnen. Er konnte Belle nicht verstehen. Sie saß auf dem Bett, hatte die hölzerne Kiste zu sich herangezogen und starrte auf ihre kleinen Söhne, die darin lagen. Sie nahm die Kinder nicht in den Arm, ging nicht mit ihnen auf und ab und versuchte auch nicht, ihnen die Pulvermedizin einzuflößen. Es sah so aus, als hätte sie sie schon längst aufgegeben, als wüsste sie, dass die Jungen sterben würden und als habe sie all ihren Kummer und ihre mütterlichen Gefühle tief in sich vergraben und konnte oder wollte nichts davon aus sich herauslassen. Das tat Garn in der Seele weh. Und es schmerzte ihn, wenn er sie ansah. Er hatte sie viel zu jung geheiratet, sie in ein viel zu raues Land gebracht und sie in einem Erdloch wohnen lassen. Ein höllischer Platz für ein Mädchen, das erst noch erwachsen werden muss, hatte Jessup gesagt. O ja, er, Garn, er war daran schuld. Aber wie hätte er denn wissen sollen, wie entsetzlich hart sie arbeiten musste? Wie hätte er ahnen können, dass sie in drei Jahren drei Kinder bekommen würde? Wie hätte er ahnen können, dass Arabella Sours, die allerschönste Frau, der er je begegnet war, schon bald genauso alt aussehen würde wie seine eigene Mutter?

Gegen Mittag klopfte er an die Tür und sagte, dass er hungrig sei. Sie reichte ihm einige kalte Maisfladen hinaus.

Später riss er sich von seinem Platz am Fenster los und klopfte noch einmal. Sie öffnete die Tür.

»Wie geht es ihnen, Schatz?«

Sie blickte ihn an, als habe sie ihn noch nie gesehen.

»Belle, ich muss es wissen!«, schrie er. »Ich bin ihr Vater. Wie geht es ihnen?«

Sie blieb reglos stehen.

»Belle, was ist mit dir?«

Als sie ihm die Tür vor der Nase zuschlug, brach Garn von Neuem in Tränen aus und lief ruhelos und weinend immerzu im Kreis herum.

Die Nacht senkte sich hernieder, kälter denn je, und es fing an zu schneien. Er war im Stall, als er hörte, wie sie ihn rief. Er eilte zum Haus, und sie reichte ihm das zweite tote Kind, das sie diesmal in einen Futtersack gehüllt hatte. Dann schloss sie sofort wieder die Tür. Er trug seinen Sohn in den Stall, wickelte ihn aus, um zu sehen, welcher es war, und brannte ein Zündholz an. Es war Denton, der Zweitälteste. Sein blondes Haar wellte sich in Locken wie das seiner Mutter. Garn wurde so sehr von trockenem Schluchzen geschüttelt, dass seine Brust schmerzte. Er legte den Leichnam neben Conny auf den Heuhaufen.

In jener Nacht – als er ganz nah neben seinem eigenen

Fleisch und Blut unter dem Heu lag, neben seinem kleinen Sohn und seiner Tochter – konnte er nicht schlafen. Belle war ziemlich religiös, wenigstens las sie viel in der Bibel oder hatte es bis vor Kurzem getan, aber Garn war es nicht. Er glaubte, ja, er hatte seinen Glauben, aber er beschäftigte sich nicht viel mit frommen Gedanken. Doch jetzt betete er. »Oh, Herr«, fragte er, »warum hast Du diese Kinder getötet? Warum hast Du meine liebe Frau verstummen lassen? Wir sind ehrliche Leute. Wir haben Deine Gesetze befolgt. Wir haben hier gesät und geerntet, wo niemand es jemals vor uns getan hat. Belle und ich, wir haben uns vermehrt. Wir halfen, für Dich eine Kirche zu bauen. Aber nun werden wir gestraft und wissen nicht, warum. Bitte, lass Clinton leben. Er ist alles, was wir noch haben. Und rette meine Frau. Ich liebe sie doch so sehr. Ich bitte Dich, Herr, lass uns ein Kind, und gib mir meine liebe Frau zurück. Danke. Amen.«

Es gelang ihm nicht einzuschlafen. Er lag und zitterte vor Kälte, bis ihn gegen Mitternacht irgendetwas aufschreckte. Er schlug seine Decken zurück und stapfte durch das Schneetreiben zur Erdhütte. Hinter dem zugefrorenen Fenster sah er ein schwaches Licht. Er drückte seine Nase und seine bloßen Hände gegen die Scheibe, sodass bald genug Eis geschmolzen war, um etwas zu sehen. Der Lichtschein kam von einer Kerze auf dem Tisch. Belle saß auf einem Stuhl. Ein kleines Bündel lag auf dem Bett, und er wusste instinktiv, dass dies Clinton war. Garn konnte das Warten nicht ertragen. Er öffnete die Tür und ging trotz der verfluchten Diphtherie hinein.

Clinton war tot. Aber es war seine Frau, die ihn lähmte. Sie saß ganz steif auf ihrem Stuhl, als könne sie weder ihre Arme noch ihre Beine bewegen wie eine alte

Frau aus Holz oder Stein. Im Arm hielt sie eine Puppe. Arabella hatte sie aus Ohio mitgebracht und mit ihren anderen Habseligkeiten unter dem Bett verstaut, und Garn war der Meinung gewesen, dass Belle das Spielzeug längst vergessen hätte. Die Puppe erinnerte ihn an jenen frühen Morgen vor drei Jahren, als sie ihre Heimat verlassen hatten. Seine Mutter und sein Vater vorne im Wagen, er, seine Brüder und Belle hinten auf dem Bett. Und die Straße hinunter winkte die Schar von Belles großer Familie und rief ihnen Abschiedsgrüße zu. Belle, die damals sechzehn Jahre alt und frisch verheiratet war, winkte ihnen zu und rief auch: »Auf Wiedersehen«, so lange, bis die Zurückbleibenden nicht mehr zu sehen und zu hören waren. Als Garn daran zurückdachte, fing er wieder zu weinen an, obwohl er eigentlich gar keine Tränen mehr hatte. Er ging zu seiner Frau, kniete vor ihr nieder und hoffte, dass sie ihn trösten würde. Aber sie tat es nicht, und plötzlich sah er zu ihr hoch. Sie hielt ihre Puppe und winkte mit einem Arm.

»Auf Wiedersehen!«, rief sie. »Auf Wiedersehen!«

Eines Morgens ließ sich der Denker nicht anschirren.

Sie hatten gefrühstückt, das Feuer gelöscht, die Decken auf den Wagen und die Frauen hineingepackt – alles war bereit zum Aufbruch, aber der Denker ließ sich das Geschirr nicht anlegen. Briggs hatte bemerkt, dass er in der letzten Zeit an Gewicht verloren hatte und nicht mehr seinen ganzen Anteil zog. Jetzt lief er umher und bleckte die Zähne, während ihm lange Speichelfäden aus dem Maul hingen und er offenbar Schmerzen litt. Er streckte seine Vorderbeine aus, räkelte sich wie eine Katze und schüttelte den Kopf.

Briggs meinte, es seien wohl Larven.

Mary Bee fragte, was er denn mit Larven meine.

Er sagte, das müsste sie doch wissen. Behandelte sie denn ihr Vieh nicht selbst?

Nein, sagte sie. Das machte ihr Nachbar Charley Linens für sie. Was war nun mit den Larven?

Larven von Magenwürmern.

Ach so, sagte sie. Was konnte man da machen?

Medizin geben, sagte er.

Er nahm einen Priem Kautabak, brach ihn in zwei Hälften, gab ihr die eine und sagte, sie solle ein Feuer machen, den Tabak in eine halbe Gallone Wasser geben, das Ganze bei ständigem Umrühren zum Kochen bringen und dann ein bisschen abkühlen lassen.

Sie tat, wie er gesagt hatte, und brachte dann die Mischung, die wie die Pest stank, zu Briggs zurück. Er war gerade dabei, das Tier zu Boden zu ringen.

Er band dem Maultier die Hinterbeine zusammen, schlang das Seil um das linke Vorderbein und zurrte dieses ganz nah an die Hinterbeine. Er befahl Mary Bee, den Kessel hinzustellen und sich bereitzuhalten. Sobald er das Tier auf dem Boden hatte, sollte sie sich schnell auf seinen Hals knien.

Er stellte sich vor das Maultier und zog mit einem kräftigen Ruck am Seil. Die Hinterbeine des Tieres wurden nach vorn gezogen, es sank in die Knie, und Briggs sprang herbei und gab ihm einen kräftigen Stoß gegen die Schulter, sodass es auf die linke Seite fiel.

»Jetzt!«, schrie Briggs.

Mary Bee versuchte, sich auf den Hals des Maultieres zu knien. Das war keine leichte Aufgabe, weil das Tier versuchte, wieder auf die Beine zu kommen – wenn auch vergeblich. Es warf den Kopf hin und her und schlug aus. Briggs hatte ihm jedoch schnell alle vier Beine zusammengebunden, und Mary Bee konnte ihre Knie an die richtige Stelle setzen.

»Weg jetzt!«, schrie Briggs.

Sie sprang auf, und Briggs war sofort an ihrer Stelle. Dann hob er dem Tier den Kopf und öffnete ihm das Maul, indem er es am Oberkiefer packte.

»Gießen Sie's rein!«, brüllte er.

Sie schüttete ihm die Flüssigkeit aus dem Kessel ins Maul. Das empörte Vieh streckte seine Zunge heraus und würgte und stieß ein löwenartiges Brüllen aus.

»Weiter, verdammt noch mal!«, schrie Briggs.

Sie machte weiter, so gut sie konnte. Briggs war von der Brühe völlig durchnässt, sie ebenso, und das Maultier hatte vielleicht die Hälfte geschluckt. Jetzt sprang Briggs von seinem Hals auf, wobei er beinahe Mary Bee umgeworfen hätte. Er löste das Seil und wich zur Seite aus, während das Tier sich hochrappelte. Es bäumte sich auf, hustete und brüllte.

Sie beobachteten den Denker.

»Jetzt lässt er sich anschirren«, sagte Briggs und schob sich einen Priem Star-Tabak in die Backe.

Mary Bee würgte es. »Wie grässlich«, sagte sie, »dieses scheußliche Zeug in den Magen zu bekommen.«

Briggs antwortete mit einem ersten, zufriedenen Ausspucken. »Eines garantiere ich Ihnen, Cuddy«, sagte er, »ich werde nie Würmer haben.«

Dann, eines Nachmittags, als er die Zügel in der Hand hatte, hielt er den Wagen plötzlich an und kniff die Augen zusammen. Sie folgte seinem Blick, und es lief ihr kalt den Rücken hinunter. Auf einer Hügelkette, etwa eine Dreiviertelmeile nördlich, hatte eine seltsame Reitertruppe angehalten. Sie starrte darauf, bis ihre Augen tränten. Sie zählte acht Männer, Indianer. Die meisten saßen auf gefleckten Ponys, von denen einige gesattelt waren, andere trugen Decken auf dem bloßen Rücken.

»Was sind das für Indianer?«, flüsterte sie, als ob die Reiter sie hören konnten.

»Pawnee wahrscheinlich. Und vielleicht ein paar Otoe.«

Sie waren ein armseliger Haufen. Mary Bee konnte ein paar blaue Jacken, Mützen und Gewehre erkennen.

»Irgendwo auf dem Weg«, sagte Briggs, »haben sie ein paar US-Kavalleristen umgelegt.«

Er schnalzte den Maultieren zu, und der Wagen setzte sich in Richtung Osten in Bewegung. Oben auf dem Hügelkamm bewegten die Reiter ihre Pferde in die gleiche Richtung. Der Mann und die Frau hinter dem Maultiergespann hörten ein lautes Geräusch.

»Was war das?«, fragte sie.

»Ein Horn.«

Briggs ließ die Maultiere wieder anhalten. Die Reiter stoppten ebenfalls und warteten.

»Was wollen die von uns?«, flüsterte Mary Bee.

»Was wir haben. Das Problem ist nur, dass sie nicht wissen, was das sein könnte. Sie haben bestimmt noch nie so einen Wagen gesehen. Da könnten Waren drin sein oder Soldaten oder sonst irgendwas.« Er überlegte. »Stehen Sie auf.«

Sie standen beide auf. Er nahm ihr Gewehr und Munition aus der Kiste unter dem Sitz und drückte ihr beides in die Hand. Sie setzten sich wieder hin. Er fuhr an. Die Indianer auf dem Kamm ritten los. Sie hielten Abstand, aber sie behielten das Tempo bei und blieben auf gleicher Höhe. Briggs zügelte die Tiere wieder. Die Indianer taten das Gleiche.

»Sie werden uns nicht vorbeilassen«, sagte Briggs. »Ich sehe vier Gewehre. Wenn sie denken, dass wir es wert sind, werden sie angreifen, und wir sind mausetot.«

Das Horn blies wieder. Mary Bee überlief eine Gänsehaut. Vor Indianern hatte sie auf dieser Fahrt die meiste Angst gehabt.

Briggs kam zu einer Entscheidung. »Na gut, ich werde versuchen, uns freizukaufen.« Er sprang vom Kutschbock, langte in seinen Mantel und reichte ihr seinen schweren Colt hinauf. »Halten Sie sich nicht mit dem Gewehr auf, wenn sie kommen. Verziehen Sie sich, so schnell Sie können, in den Wagen, und erschießen Sie die vier Frauen. Schießen Sie ihnen in den Kopf. Und dann erschießen Sie sich selber.«

Und bevor sie noch protestieren konnte, war er hinter dem Wagen verschwunden, und bevor sie ihn aufhalten konnte, hatte er Dorothy losgebunden. Er führte sie ein Stück auf die Indianer zu, ließ ihr Zaumzeug los, gab ihr einen Klaps, und als brave, gehorsame Stute galoppierte sie zu den Indianern hin.

Mary Bee hielt sich eine Hand über den Mund, um nicht laut aufzuschreien, mit der andern umklammerte sie den Colt und sah Dorothy hinterher. Einer der Reiter ritt auf ihre gute Dorothy zu, packte sie am Zügel und galoppierte mit ihr auf den Kamm zurück. Als sie im Gewühl der Pferde und Reiter verschwunden war, wurden zwei, drei Schüsse als Zeichen der Zustimmung in die Luft gefeuert, und die ganze Bande trabte den Kamm entlang und verschwand.

Briggs kletterte wieder auf den Kutschbock, verstaute Gewehr und Colt, nahm die Zügel auf und setzte den Wagen in Bewegung. Sie waren schon mehr als eine Meile gefahren, bevor Mary Bee sich so weit in der Gewalt hatte, dass sie sprechen konnte.

»Ich habe diese Stute geliebt«, sagte sie.

Briggs schwieg.

Nach einer weiteren Meile sprach sie weiter. »Ach, wenn ich das doch nur mit Ihrem Pferd gemacht hätte. Als Sie mit der Schlinge um den Hals draufgesessen haben.«

Und schließlich rang sie sich zu der Frage durch: »Was werden sie mit ihr machen?«

Briggs zuckte die Achseln. »Mit so ’ner feinen, fetten Stute? Aufessen vermutlich.«

Sie zählte die Tage im Kopf mit. Als sie am Morgen des neunzehnten Tages aufwachten, nieselte es, und Arabella Sours war verschwunden. Irgendwie hatte sie es im Lauf der Nacht fertiggebracht, ihr Handgelenk von der Speiche loszubinden. Ihre Lumpenpuppe war ebenfalls nicht mehr zu sehen.

Mary Bee sagte, das sei unmöglich. Das Mädchen hatte schließlich nicht einen einzigen selbstständigen Schritt gemacht, seit es das erste Mal in den Wagen getragen worden war.

Briggs sagte, es wäre vermutlich eine verdammte Zeitverschwendung, aber er würde sie suchen gehen. Er beauftragte Mary Bee, die Frauen zu füttern, den Wagen zu packen und die Maultiere frei grasen zu lassen. Er sattelte seinen hammerköpfigen Gaul und ritt einen weiten Kreis, bis er die Stiefelabdrücke des Mädchens fand. Er folgte ihnen nach Süden.

Das Gras war nass, und sie hatte tiefe Abdrücke hinterlassen. Sie war nicht geradeaus gelaufen, sondern wie ein kleines Kind – was sie ja auch eigentlich war – im Dunkeln herumgetappt. Sie vergeudete seine Zeit, das kleine Miststück, und verzögerte ihren Aufbruch. Jedenfalls hatte sie ein ganz schönes Stück zurückgelegt. Er schätzte, dass er gute zwei Meilen vom Wagen entfernt war, als ihre Fußabdrücke plötzlich aufhörten und von Hufabdrücken abgelöst wurden, die geradewegs in Richtung Süden zeigten. Irgendjemand hatte sie aufgelesen. Sie war mit einem Reiter auf und davon. Nach einer weiteren Meile konnte er die beiden weit vor sich durch den Sprühregen hindurch erkennen. Er beschleunigte sein Tempo und holte auf, und sie hielten an und wandten sich ihm zu.

Das Pferd war ein schwarzweiß gescheckter Wallach, bei dem man die Rippen zählen konnte. Der Mann im Sattel war vielleicht dreißig; er war untersetzt und hatte eine ölige Haarmähne. Er trug ein Wildlederhemd und kniehohe mexikanische Stiefel. Hinter ihm saß Arabella Sours. Sie hielt sich mit einem Arm an ihm fest, im andern hielt sie ihre Puppe.

»Morgen«, sagte Briggs.

»Morgen«, sagte der Mann.

»Woher kommst du, Freund?«, fragte Briggs.

»Von ’nem Frachtzug, ein Stück südlich von hier.«

»Ein großer Zug?«

»Und ob. Dreißig Wagen, zwölfspännig. Wir sind vor

zwei Wochen in Falls City los und unterwegs zum Salt Lake.«

»Bist du ein Gespannführer?«

»Klar doch. Bin gerade auf der Jagd. Irgendwelches Wild gesehen? Wir essen 'ne ganze Menge Fleisch zurzeit.«

Briggs nickte. Der Frachtkutscher hatte ein Gewehr in seiner Sattelscheide. So öffnete Briggs, während er sprach, beiläufig seinen Mantel. »Tja«, sagte er, »ich bin auf der Suche nach dieser jungen Dame hier. Sie hat sich verlaufen.«

»Jetzt ist sie auf dem richtigen Weg«, entgegnete der Lastenfahrer.

»Lass mich dir was erklären«, sagte Briggs. »Dahinten wartet ein Kastenwagen auf mich. Ich bin vor drei Wochen in Loup los und will runter zum Fluss. Ich hab vier übergeschnappte Weiber dabei. Ich bring sie nach Iowa zu so 'ner Kirchengruppe, die sie dann nach Osten zu ihren Verwandten schafft. Diese junge Dame hier ist eine davon. Ihr Name ist Sours. Sie ist verheiratet und hatte drei kleine Kinder. Die Kinder sind alle krank geworden und gestorben – an Diphtherie –, und da ist sie verrückt geworden. Sie ist in der letzten Nacht weggelaufen. Ich bin ihr Freund.«

»Ich auch«, grinste der Frachtkutscher. »Sie wird 'ne ganze Menge Freunde haben, wenn ich sie zu unserem Zug bringe.«

Briggs runzelte die Stirn. »Ihr werdet nichts mit ihr anfangen können. Nicht in ihrem Zustand.«

Der Frachtkutscher lachte dreckig. »Sie kann die Beine breitmachen; so wählerisch sind wir nicht.« Er deutete nach hinten. »Warum fragen wir sie nicht selber?«

Er wandte sich seiner Begleiterin zu. »Hör mal, Süße – mit wem möchtest du mitgehen, mit ihm oder mit mir?«

Arabella Sours legte ihr Kinn auf seine Schulter und starrte Briggs darüber hinweg an.

»Da hast du's«, sagte der Frachtkutscher. »Sie hat sich schon mit mir angefreundet.«

Briggs musterte ihn. Er schielte auf einem Auge, und das gab ihm einen bösartigen Ausdruck, aber Briggs hegte keine feindseligen Gefühle gegen ihn. Im Gegenteil, er bewunderte Frachtkutscher. Er hatte, als er noch bei den Dragonern war, viele Wagenzüge von Fort Kearney aus begleitet, und die Soldaten hatten ehrfürchtig beobachtet, was ein Gespannführer mit einem Wilson-Wagen, drei Tonnen Fracht, sechs Paar Ochsen und einem fünfzehn Fuß langen Ochsenziemer alles zuwege brachte. Mit diesem hier würde Briggs nicht so leicht fertig werden, zumal er das Mädchen schon hatte. Vielleicht, dachte Briggs, muss ich diesen Hurensohn sogar umlegen, um ihm Manieren beizubringen. Mit einem Ellenbogen öffnete er seinen Mantel noch ein Stückchen weiter.

»Freund«, sagte er, »ich bring sie jetzt nach Hause.«

»Kaum. Sie gehört mir. Ich hab sie dabei, und du weißt ja: ›Sei im Besitze, und du wohnst im Recht.‹«

»Tut mir leid«, sagte Briggs, »aber ich muss sie haben.«

Mit einer einzigen Armbewegung, kurz runter und rauf, hatte der Frachtkutscher sein Gewehr aus der Scheide gezogen und auf Briggs gerichtet. Dann verengte sich sein gutes Auge zu einem Schlitz: Briggs hatte aus dem Nichts einen Navy Colt hervorgezaubert, ihn entsichert und auf ihn gerichtet. Unentschieden.

»Herrgott«, sagte der Lastenführer.

Beide überlegten.

»Wir kämpfen um sie«, schlug der Frachtkutscher vor. »Der Sieger kriegt den Preis – was meinst du?«

»Von mir aus«, sagte Briggs.

»Also gut, ich sag: ›Jetzt‹, und wir werfen die Waffen weg – was meinst du?«

»Jederzeit.«

»Jetzt!«

Beide Männer schwangen die Arme, aber keiner ließ seine Waffe fallen.

»Herrgott«, sagte der Frachtkutscher.

»Sag's noch mal«, sagte Briggs.

»Jetzt!«

Diesmal ließen beide Männer ihre Waffen fallen. Briggs schwang sich von seinem Rotschimmel hinunter und wollte sich gerade den Mantel ausziehen, als der Frachtkutscher, der nicht länger warten wollte, auch schon aus dem Sattel sprang. Er ging mit einem Schrei auf Briggs los wie eine Kanonenkugel und warf ihn zu Boden. Es war eine wüste Keilerei. Sie rollten im regennassen Gras herum wie Hund und Dachs im Dachsbau. Sie fluchten und spuckten Blut und schnappten nach Luft. Sie versuchten, einander in die Ohren zu beißen, in die Augen zu stechen, die Schädel zu zerschmettern, sich die Knochen zu brechen, die Zähne auszuschlagen und dem andern ein Knie in die Weichteile zu stoßen. Einmal rammte Briggs dem andern zwei Finger so tief in die Nasenlöcher, dass dessen Augäpfel herausquollen. Aber er war ein Frachtkutscher und hatte mehr Kraft als Briggs, vor allem im rechten Arm, in seinem Peitschenarm. Außerdem war er zehn Jahre jünger, und Briggs wurde zusätzlich durch seinen Mantel behindert, und das gab den Ausschlag. Briggs' Herz schlug wie die große Pauke einer Dragonerkapelle. Der Frachtkutscher war über ihm und bekam Briggs' Hals im Würgegriff zu fassen. Sein Griff wurde immer fester, und Briggs bekam keine Luft mehr. Er wurde schlaff und war schon fast ohnmächtig, als plötzlich eine ohrenbetäubende Detonation ertönte, ganz ähnlich der Schießpulverexplosion in der Erdhütte. Der Würgegriff war weg, Briggs schnappte nach Luft, und etwas Warmes, Klebriges lief ihm über eine Gesichtshälfte. Er öffnete ein Auge und schaute direkt in ein anderes Auge. Es war starr und ausdruckslos. Briggs lag unter einem Toten. Er schob das Wildlederhemd von sich und richtete sich auf einem Ellenbogen auf.

Das warme klebrige Zeug auf seinem Gesicht war Gehirnmasse. Der Schädel des Frachtkutschers war explodiert.

Arabella Sours stand über ihnen, den Colt in der einen Hand, ihre Puppe in der andern. Sie hatte dem Frachtkutscher die Mündung an die Schläfe gehalten, abgedrückt und die Hälfte von seinem Gesicht und Schädel weggepustet. Briggs hatte einen Großteil davon abbekommen.

Er setzte sich auf, schnippte die Knochensplitter und das feuchte Zeug von seinem Gesicht und wischte sich mit einem Ärmel darüber. Dann stand er mühsam auf, noch ganz benommen, atmete ein-, zweimal tief durch und ging auf das Mädchen zu. Er streckte die Hand aus, und es gab ihm den Colt. Er verstaute ihn wieder in seinem Gürtel und bemühte sich, sie anzulächeln. Jung und flachsblond, und mit ihrem herzförmigen Gesichtchen war sie wirklich eine Augenweide.

»Mrs. Sours«, sagte er, »ich bin Ihnen sehr verbunden.«

»Auf Wiedersehen«, erwiderte sie.

Briggs durchsuchte die Kleider des Frachtkutschers, fand aber nichts von Wert außer einem zweischneidigen Bowiemesser. Es war ein Wunder, dass er, Briggs, das nicht in den Bauch gekriegt hatte. Er hängte sich das Messer mitsamt der Scheide an den Gürtel. Dann setzte er das Mädchen auf den Schecken, der ein braves Tier zu sein schien, nahm die Zügel auf und machte sich mit dem Mädchen und dem Pferd im Schlepptau auf den Rückweg. Neben dem toten Gespannführer hielt er noch einmal an.

»Du dummer Hurensohn«, sagte er zu der Leiche, »ich hab dir doch gesagt, dass sie verrückt ist.«

Auf halbem Weg hätte er sich am liebsten selbst in den Hintern getreten. Er hatte das Gewehr des Mannes liegen lassen, das dieser ins Gras geworfen hatte. Zu spät, jetzt war es auch schon egal.

Cuddy stand oben auf dem Sitz, um möglichst weit in die Prärie sehen zu können, sie schirmte ihre Augen mit einer Hand gegen die Morgensonne ab. Offenbar hatte sie weder die Frauen gefüttert noch den Wagen beladen. Als sie sich näherten, rannte sie auf Arabella Sours zu, half ihr beim Absteigen und schloss sie in die Arme, als sei sie ihr eigen Fleisch und Blut.

»Gott sei Dank, Gott sei Dank«, sagte sie erleichtert und wandte sich dann an Briggs. »Mussten Sie denn so lange wegbleiben?«

Er stieg ab. »Cuddy«, sagte er, »Sie haben ein Pferd verloren. Hier ist ein neues.«

Sie ließ die Ausreißerin los und gönnte dem schwarzweißen Wallach einen kurzen Blick. Sie verzog das Gesicht. »Wo haben Sie *den* denn her?«

»So ein Kerl hat ihn uns gelassen.«

»Das glaube ich Ihnen nicht. Wieso sollte er das tun?«

»Er war tot. Mrs. Sours hat ihn erschossen.«

»Das glaube ich Ihnen nicht.«

»Was kann man da nur tun?«

»Neue reinmachen natürlich.«

Mehrere Nägel waren aus den Seiten des Wagens gesprungen. Briggs holte den Hammer und die Nägel, die er von ihrer Farm mitgenommen hatte, und ersetzte die Nägel innerhalb weniger Minuten. Sie hätte nie daran gedacht, Hammer und Nägel mitzunehmen.

»Was können wir da nur tun?«

»Zusammenbinden und hoffen, dass es hält.«

Das war an einem anderen Tag. Er hatte einen kleinen Sprung in der linken Deichsel des Wagens bemerkt. Wenn die Deichsel brach, konnten sie keine neue herstellen. Briggs schnitt mit seinem neu erworbenen Bowiemesser einen langen Streifen von dem Büffelfell ab, das er von dem Winnebago-Grab mitgenommen hatte. Er umwickelte die Deichsel so fest er konnte. Das wäre ihr vielleicht auch eingefallen. Vielleicht aber auch nicht. Und jedenfalls hätte sie das Büffelfell nicht gehabt.

»Was passiert, wenn der Streifen abgeht?«

»Dann bricht das Rad.«

»Du meine Güte!«, sagte Mary Bee.

»Wir brauchen einen Schmied!«

»Das kann man auch so richten.«

Briggs sah sie mit finsterer Miene an. Das war wieder

an einem anderen Tag, als sich der Eisenreifen am linken Hinterrad gelockert hatte. Wenn der Reifen abging und sich das hölzerne Rad in seine Einzelteile auflöste, waren sie hoffnungslos verloren. Buster Shaver hätte einen Keil in das Rad geklemmt oder den Reifen rotglühend geschmiedet und ihn zu der genauen Passform abkühlen lassen, aber Briggs hatte weder eine Schmiedeesse noch das nötige Werkzeug zur Hand. Die nächste Stunde fuhr er sehr langsam, um das Rad so weit wie möglich zu entlasten. Er horchte auf das klingelnde Geräusch, wenn sie über Steine fuhren, und er bog immer wieder vom Weg ab und fuhr in jeden Graben hinunter.

»Was suchen wir denn?«

»Wasser.«

Nach einer Weile entdeckte er einen Bach, der breit und tief genug für sein Vorhaben war. Als der Wagen ausgeladen und die Frauen draußen waren, ließ er die Maultiere rückwärts gehen, bis die Hinterräder des Wagens zu einem gut Gutteil unter Wasser standen.

»Wozu soll das gut sein?«

»Das Holz ist trocken und hat sich zusammengezogen, deshalb ist der Reifen locker. Wenn man die Dinger gut einweicht, quellen sie auf, und dann passt's wieder richtig.«

Mitten in der Nacht weckte er sie, und sie half ihm, den Wagen so weit ins Wasser zu schieben, dass der andere Teil der Räder sich vollsaugen konnte. Sie war schläfrig und griesgrämig.

»Das ist doch lächerlich.«

»Wollen Sie fahren oder laufen?«

Am Morgen, als der Wagen wieder auf dem Trockenen stand und sie aufbrachen, passte der Reifen wieder perfekt aufs Rad, ohne zu flattern. Briggs summte ein Lied auf dem Kutschbock neben ihr, aber Mary Bee hätte sich eher die Zunge abgebissen, als dass sie sich bei ihm bedankt oder ihm gar gratuliert hätte. Sie hätte vermutlich nicht daran gedacht, Hammer und Nägel mitzunehmen, das musste sie zugeben; und sie hätte wohl auch die angeknackste Deichsel nicht reparieren können, aber ein auf welchem Wege auch immer repariertes Rad war schließlich kaum eines der sieben Weltwunder.

Langsam erreichten sie die östliche Hälfte des Territoriums. Die Landschaft war immer noch dieselbe, größtenteils so flach wie ein Tischtuch, nur hier und da ein Hügelkamm, ein Graben oder eine bewaldete Flussniederung. Es gab hier mehr Sodenhäuser, sogar einige Blockhäuser und bestellte Felder, und Briggs beklagte sich über die Schwierigkeit, ihnen allen auszuweichen. Jagen war Glückssache, es gab nur noch wenig Wild. Sie hatten das Schweinefleisch und die Kartoffeln aufgebraucht, und so musste Mary Bee mehr und mehr auf die Trockenvorräte wie Maismehl und Bohnen zurückgreifen. Der Speiseplan wurde immer eintöniger. Dann hatten sie drei Tage lang einen so starken Seitenwind, dass der Wagen schwankte und Mary Bee fürchtete, sie würde vom Kutschbock runtergeweht. Der Wind scheuerte auf der Haut und trocknete die Augen aus. Er verstopfte ihnen die Nasenlöcher mit Staub. Er schmerzte in den Ohren. Er heulte nachts unter dem Wagen und ließ sie nur unruhig schlafen. Nach drei Tagen war die ganze Gruppe erschöpft – bis auf die Maultiere. Sie gingen mit gutem Beispiel voran. Briggs schätzte, dass sie am Tag fünfzehn bis zwanzig Meilen schafften, ob mit oder ohne Wind. Sie waren zähe Biester.

Jetzt gab es auch Hinweise auf stärkeren Verkehr auf ihrer Route, Kisten und Farmgerät und gute Möbelstücke, von Auswanderern zurückgelassen, um ihre Wagen zu entlasten. Es gab auch Hinweise auf Tragödien. Eines Tages fuhren sie an mehreren Gräbern vorbei, vom Wetter schon mitgenommene Grabhügel mit schlichten Schildern oder Kreuzen. Am Nachmittag rollten sie mit zehn Fuß Abstand an einem weiteren Grab vorbei, aber hier war der Hügel wieder ausgehoben worden. Mary Bee, die die Zügel in der Hand hatte, hielt an und fragte Briggs, was hier geschehen war.

»Das waren Indianer. Wegen der Kleider.«

Sie gab ihm die Zügel, kletterte vom Kutschbock und ging hin, um es sich näher anzuschauen. Knochen waren um das Grab herum verstreut. Es waren ziemlich kleine Knochen. Sie fragte Briggs wieder, was hier wohl passiert war.

»Wölfe.«

Sie schauderte. Im Gras sah sie ein Schild liegen. Sie drehte es um und las die eingravierte Schrift:

CISSY HAHN 11 JAHRE 2 MONATE 9 TAGE
GOTT LIEBTE SIE UND NAHM SIE ZU SICH

Mary Bee spürte, wie ihr Tränen in die Augen stiegen. Elf Jahre alt. Sie wäre in der fünften Klasse gewesen. Sie hob das Schild auf, ging damit zum Wagen und zeigte Briggs die Inschrift. Da fiel ihr ein, dass er nicht lesen konnte, und sie las sie ihm vor.

»Geben Sie mir die Schaufel, bitte.«

»Wozu?«

»Ich will das Grab in Ordnung bringen.«

Er rührte sich nicht.

»Die Schaufel, bitte.«

»Es ist schon spät.«

»Das ist mir egal.«

»Wie es der Dame beliebt. Ich fahre auf jeden Fall weiter. Sie werden mit dem Wallach vorliebnehmen müssen.«

Er rührte keinen Finger, um ihr zu helfen. Er ließ sie den Sattel vom Wagendach holen, den Wallach satteln und an einen Busch binden, dann erst stand er auf, nahm die Schaufel aus der Kiste unter dem Sitz und gab sie ihr. Kaum hatte er das getan, trieb er auch schon die Maultiere an, und sie fuhren weiter. Er ließ sie ebenso stehen wie an dem Tag, als sie zu dem Treck der neuen Siedler geritten war.

Es war eine viel langwierigere und anstrengendere Arbeit, als sie gedacht hatte. Sie schuftete in der Dämmerung, bis sie auf Widerstand stieß und ihr ein übler Geruch in die Nase stieg. Sie sammelte die verstreuten Knochen ein und legte sie in die Erde. Dann hob sie noch mehr Erde aus und häufte sie zu einem größeren, höheren Hügel auf, der nicht von den Tieren zerwühlt werden konnte. Nachdem sie die Erde geglättet hatte, stellte sie das Schild wieder auf und trieb es mit der flachen Seite der Schaufel in den Hügel. Dann stand sie eine Minute lang schweigend und schwitzend da und sprach ein stilles Gebet für die Seele von Cissy Hahn. Als sie die Augen wieder öffnete, war es dunkel.

Der Schecke war launisch. Als sie ihn losband, scheute er und tänzelte im Kreis, warf den Kopf hoch und zog sie an den Zügeln mit sich herum. Sie ließ die Schaufel fallen und fasste die Zügel mit beiden Händen. Schließlich, nach einem letzten Schnauben und einem Satz zur Seite, blieb er stehen und beäugte sie misstrauisch. Sie näherte sich ihm und raunte leise in sein Ohr. Sie sagte ihm, sie würde ihn Shaver nennen, und sie würden Freunde sein, weil sie beide einen Freund brauchten. Der Wallach lauschte ihr und ließ sie aufsitzen. Dann legte er in einem flotten Trab in eine Richtung los, die ihr falsch vorkam, und sie musste fast die Trense in seinem Maul verbiegen, bis er die Freundlichkeit hatte stehen zu bleiben. Sie stellte sich in den Steigbügeln auf. Der Mond war eine schmale Sichel und gab nicht viel Licht. Sie konnte nirgends ein Feuer ausmachen. Er hätte wenigstens ein Feuer für sie anzünden können. Ihr kam zu Bewusstsein, wie allein sie war, dass ihr sogar das Pferd fremd war, und wie verloren sie war, wirklich verloren. Sie fühlte, wie die Leere erneut von ihr Besitz ergriff. Finsternis war in ihr, eine Finsternis, schwärzer als die Nacht. Sie schauderte, dann ruckte sie an den Zügeln und wandte das Pferd in die entgegengesetzte Richtung. Sie ließ es eine Meile in die eine, dann eine Meile in eine andere Richtung laufen. Sie guckte sich die Augen nach einem winzigen Anzeichen eines Feuers aus, irgendwo draußen in der Prärie. Sie bestand nur noch aus Furcht. Die Furcht lähmte ihren Atem, ihre Gedanken eilten panisch mal hierhin, mal dorthin, und schließlich ließ sie die Zügel fahren und das Tier unter sich die ganze Welt westlich des Missouri entlangwandern, wenn es das wollte. Ob sie es zuerst gesehen hatte oder Shaver, war unerheblich. Plötzlich eilten sie auf das Licht zu und tauchten ins Licht ein, und sie purzelte vom Pferd. Sie sah einen Mann und Frauen am Feuer; sie stolperte eine Stufe hinauf in den Wagen und schloss die Tür hinter sich, während sie schluchzend Luft holte. Hier, wo sie sicher und geborgen war, rang sie mit klagenden Lauten nach Luft. Das Eis in ihr schmolz und floss in Form von Tränen ihre Wangen hinab. Nachdem er ihr lange genug beim Heulen zugehört hatte, stand Briggs auf und näherte sich einem Wagenfenster.

»Was ist mit dem Abendessen?«

»Warum – haben Sie kein – Feuer für mich – angemacht?«

»Ich hab Feuer gemacht.«

Er wartete eine Weile, während sie weiterheulte. »Wo ist die Schaufel?«

Darauf hörte sie auf zu heulen.

»Sie wollen – mich auch – verrückt machen!«

Sie hatte einen Anfall. Er konnte nichts dagegen tun, er durfte sich nur nicht von ihr anstecken lassen. »Den Teufel versuch ich, Cuddy«, sagte er. »Ich versuche nur, eine Fracht zum Fluss zu schaffen. So schnell wie möglich. Und diese dreihundert Dollar zu kassieren. Das ist alles. Nicht mehr und nicht weniger.«

Er ging zum Feuer zurück. Am frühen Morgen wollte er zurückreiten und die blöde Schaufel holen. So eine launische Zicke war ihm noch nie untergekommen. Ja gut, sie war eine alte Jungfer, das erklärte das meiste, wahrscheinlich brauchte sie nur einen richtigen Mann, der's ihr ordentlich besorgte und ihr ein paar Kinder machte, damit sie vernünftig wurde. Aber es ging ihm nicht aus dem Kopf, was sie gesagt hatte: dass er versuchte, sie verrückt zu machen. Nichts dergleichen. Das musste er auch gar nicht. Sie machte sich selber verrückt und erledigte das erstklassig. Mit Heulkrämpfen und Tränen und Geschluchze, einmal fuhr sie ihn an, ein andermal die Frauen. Manchmal hätte er ihr am liebsten den Hintern versohlt. Briggs war hungrig. Abendessen würde es spät, wenn überhaupt, geben. Er kletterte auf den Wagen hinauf, rollte seine Deckenbündel auseinander, holte den Whiskey heraus und kippte sich einen hinter die Binde. Er hörte sie im Wagen unter sich plärren. Was ihn betraf, konnte sie heulen, bis sie schwarz wurde.

Hedda Petzke wurde an einem Morgen kurz vor Sonnenaufgang krank. Sie hatte Schüttelfrost und gab klagende Laute von sich. Mary Bee deckte sie mit ihren eigenen Decken zu und blieb bei ihr sitzen, bis es hell wurde und es Zeit war, Feuer zu machen. Als sie zu ihr zurückkam, glühte die arme Frau. Das musste das Wechselfieber sein, schlussfolgerte Mary Bee, die Symptome stimmten – Fieberanfälle und Schüttelfrost; und sie hatte das richtige Gegenmittel nicht dabei: Dr. Easterly's Fiebervernichter oder Dr. Christie's Fieberbalsam, beides weit verbreitete und anerkannte Mittel. Ebenso wenig führte sie die üblichen Hausmittel mit – Chinin oder Senf für Umschläge oder Jamaika-Ingwer, um einen Tee daraus zu kochen. Sie fragte Briggs, ob sie nicht den Tag hier rasten könnten oder wenigstens so lange, bis es Mrs. Petzke ein bisschen besser ginge. Er sagte nein, er würde kein Getue wegen einer Kranken machen, entweder würde sie wieder gesund werden oder nicht. Also wurden die Decken zusammengerollt, der Wagen beladen, die Pferde angebunden, die Maultiere angespannt, und sie holperten los. Hedda Petzke lag in Decken eingepackt auf dem Wagenboden zwischen den Bänken, und Mary Bee saß mit den anderen Frauen neben ihr und behalf sich mit einem feuchten Lappen, den sie immer wieder in einen Eimer Wasser tauchte, um ihn ihrer Patientin dann auf die Stirn zu legen.

Aber sie hatte sich getäuscht. Es war kein Wechselfieber, denn Hedda Petzke fieberte den ganzen elenden Tag lang. Nach dem Abendessen, als Briggs und die anderen Frauen sich schlafen gelegt hatten, saß Mary Bee bei ihr am Feuer, feuchtete immer wieder das Tuch an und legte es ihr auf die Stirn; sie fühlte sich genauso elend, wie es der Tag gewesen war. Die Nacht war sternenklar und still – bis auf die Geräusche, welche die kranke Frau von sich gab, die am Feuer ausgestreckt dalag, und das Schnaufen der grasenden Tiere im Dunkeln. Mitten in der Nacht kam Briggs von seinem Lager in der Nähe des Wagens herüber zum Feuer.

»Können Sie sie nicht zur Ruhe bringen?«

»Nein.«

»Was hat sie denn?«

»Ich weiß nicht. Wechselfieber kann es nicht sein. Oje, oje, ich würde es mir nie verzeihen, wenn wir sie verlieren.«

Briggs ging zu seinem Lager zurück, wühlte herum und kam mit seinem Büffelfell, einer Decke und seinem kostbaren Whiskeykrug zurück. Er legte das Büffelfell über Mrs. Petzke, zog sich die Decke um die Schultern, setzte sich und bediente sich aus dem Krug.

»Sie muss schwitzen«, sagte er.

»Sie glüht ja schon.«

»Das macht nichts.«

Mary Bee nahm ihre Kaninchenmütze ab. »Wie weit ist es noch bis zum Fluss?«

»Zwei Wochen. Vielleicht auch weniger. Kommt drauf an.«

»Worauf?«

»Wie viel Zeit Sie noch verplempern.«

Er war mürrisch. Er wurde um seinen Schlaf gebracht.

»Ich kann es kaum erwarten«, sagte sie. »Ich will eine richtige Stadt sehen, mit Straßen und Bäumen.«

»Einen richtigen Saloon«, sagte er.

»Und Holzhäuser.«

»Mit richtigen Lampen.«

»Und Menschen.«

»Und einen Geiger.«

»Ein heißes Bad.«

»Mais für die Maultiere.«

»In einer großen Wanne.« Sie seufzte. »Hebron. Hebron in Iowa. Ziel meiner Träume.«

Das Feuer war niedergebrannt. Mary Bee stand auf, stocherte in der Glut, legte Holz nach und setzte sich wieder.

»An welcher Stelle wollen Sie über den Fluss?«

»Bei Kanesville vielleicht. Weiß noch nicht.«

»Wie weit ist das von Hebron weg?«

»'ne Meile oder so.«

Die in Decken eingepackte Frau stöhnte mehrmals. Die Nachtluft trug die Klangfetzen weit hinaus in die Prärie. Mary Bee kniete nieder, machte den Lappen nass und feuchtete das Gesicht der Frau wieder an, dann schlug sie die Decken zurück und wusch ihr Hals und Hände.

»Ach, ich komme mir so hilflos vor. Ich flehe Gott um Hilfe für sie an. Als ihr Mann und ihre Söhne heimkamen, fanden sie vier tote Wölfe vor – ich hab's Ihnen ja erzählt. Sie hat vier Wölfe getötet. Sie hat so viel durchgemacht, und jetzt das hier. Es wäre eine Sünde – so weit gekommen zu sein und sie jetzt hier zu verlieren. Es würde mir das Herz brechen.«

Briggs antwortete, indem er den Krug hob. »Haben Sie das Geld eigentlich zur Post gegeben?«

»Sie haben mich doch dabei gesehen, in Loup. Ich bin sicher, dass Mrs. Carter es schon hat. Sobald wir da sind, können Sie es haben, und dann steht es Ihnen frei zu gehen.«

Mary Bee deckte ihre Patientin wieder zu, dann saß sie eine Zeit lang da und starrte ins Feuer. Nach einer Weile sagte sie: »Ich wünschte, Sie würden mich den Rest des Weges anständig behandeln.«

Er schwieg.

»Ich habe ein paar Sachen gesagt, die mir leidtun. Dafür möchte ich mich entschuldigen. Ich hatte eine schwere Last zu tragen.«

Das nachgelegte Holz flammte auf, und sie sah ihm ins Gesicht und konnte nichts darin erkennen.

»Wenn Sie das gnädiger stimmt, Mr. Briggs, dann will ich Ihnen etwas gestehen. Ich gebe zu, dass ich es ohne Sie nie geschafft hätte.«

»Tja«, sagte er.

»Dass ich Sie vor dem Strang gerettet habe – das haben Sie mir zehnmal zurückgezahlt. Ich wäre alleine keine Woche weit gekommen. Sie haben öfter recht als unrecht gehabt. Mit Mrs. Svendsen, zum Beispiel. Ich hatte keine Ahnung, wie gefährlich sie sein kann. Es war klug von Ihnen, sie festzubinden. Und dann die Indianer.«

»Wenn ich denen nicht Ihr Pferd gegeben hätte, wären wir jetzt tot, alle miteinander.«

»Ich weiß. Und mit dem Siedlertreck hatten Sie auch

recht. Ich hätte nie gedacht, dass sie uns abweisen würden.«

»Der kaputte Wagen«, sagte er. Falls sie das vergessen haben sollte, erinnerte er sie gerne daran.

»Ich hätte ihn nie reparieren können.«

»Die Larven.«

»Ich habe einfach keine Ahnung, wie man Vieh behandelt. Mein Nachbar Charley Linens macht das seit jeher für mich. Ich hätte auch Arabella Sours nie wiedergefunden.«

»Sie hat dafür gesorgt, dass ich mit heiler Haut davonkam, ein Frachtkutscher hatte sie aufgegabelt. Wenn sie ihn nicht erschossen hätte, hätte er mich umgebracht.«

»Du meine Güte! Und als die Maultiere bockten und Sie sie überlistet haben ... Ja, es ist eine lange Liste, und ich bin Ihnen wirklich dankbar.«

Briggs räusperte sich und spuckte ins Feuer. Die kühle Nachtluft machte ihm wegen seiner Erkältung zu schaffen. Dann sagte sie etwas, was sie nicht hätte sagen sollen, aber sie konnte es sich nicht verkneifen.

»Und Sie tanzen sehr gut.«

Er blickte finster. Sie biss sich auf die Zunge. Aber seine Antwort, wie immer sie ausgefallen wäre, blieb ihr erspart, weil Hedda Petzke sich wand und drehte und wieder laut zu stöhnen begann.

»Verdammt«, sagte Briggs. »Holen Sie mir eine Tasse.«

Sie gehorchte und kramte in der Proviantkiste, bis sie eine Tasse fand. Er goss aus seinem Krug Whiskey hinein, verschloss den Krug wieder, schüttelte ihn und lauschte, dann goss er noch ein bisschen mehr in die Tasse und stellte diese in die heiße Asche. Im Licht des Feuers und ohne seinen Hut konnte Mary Bee ihn genauer anschauen. Seine Wangen und sein Kinn waren stoppelig. Er rasierte sich nur selten. Durch sein Haar zogen sich bereits viele graue Strähnen. Wenn Augen die Spiegel der Seele waren, dann hatte er nicht viel Seele, denn in seinen Augen war nichts, was sie hätte erkennen oder erraten können, absolut nichts. Er hatte ein ziemlich gewöhnliches Gesicht. Er war auch ein gewöhnlicher Mensch. Nicht einmal mit dem eingerissenen Jackenärmel oder dem zerfetzten roten Schal, den er immer um den Hals trug, unterschied er sich von den anderen Leuten. Den versengten Lauf des Colts in seinem Gürtel und das Bowiemesser ausgenommen, war er völlig unauffällig. In einer Menschenmenge konnte man ihn verlieren, und niemand würde sich an ihm stören. Und sein Name war offensichtlich auch nicht »Briggs«, so viel hatte er zugegeben. Alles in allem war er ein Mensch ohne Eigenschaften, und es machte genauso wenig Sinn, dort nach Wasser zu graben, wo es nie welches gegeben hatte, wie zu versuchen, Tiefen in Briggs auszuloten, die es nicht gab. Sie überlegte, wie alt er wohl war. Er musste schon über vierzig sein, so viel war sicher, aber mit einem Spielraum von weiteren zehn Jahren. Der kahl werdende Witwer, den Clara Marsh geheiratet hatte, war doch mindestens zehn Jahre älter als sie, aber soviel Mary Bee wusste, war Clara damit zufrieden.

Briggs holte die Tasse mit einem Stock aus der Asche und ließ die Flüssigkeit ein bisschen abkühlen. Er schüttelte den Krug noch einmal und merkte, dass er leer war.

»Verdammte Scheiße«, sagte er.

Er erhob sich in einem Anfall von Wut, hielt den Krug mit ausgestrecktem Arm, einen Finger durch den

Henkel gesteckt, machte zwei Schritte vom Feuer weg und schleuderte ihn in die Dunkelheit. Dann nahm er die Tasse, kniete sich neben Mrs. Petzke, schob einen Arm unter ihre Schulter und setzte sie auf. Er presste den Rand der Tasse an ihre Lippen und flößte ihr den warmen Whiskey ebenso geflissentlich ein, wie er dem Maultier die Tabakbrühe ins Maul geschüttet hatte. Sie spuckte und hustete. Als Hedda Petzke das Zeug irgendwie hinuntergewürgt hatte, legte er sie wieder hin, ließ die Tasse fallen und setzte sich wieder.

»So«, sagte er. »Das wird wirken. Entweder sie schwitzt, oder sie kratzt ab.«

Sie warteten.

»Sie haben für Frauen nichts übrig«, behauptete Mary Bee nach einer Weile.

»Glauben Sie«, meinte Briggs.

»Ja, das glaube ich.«

»Ich hab mal mit einer zusammengelebt.«

»Ach so?«

Er biss nicht auf den Köder an. Er hatte auch keine Gelegenheit mehr dazu, weil Hedda Petzke plötzlich stöhnte und sich auf ihren Ellenbogen aufrichtete. Mary Bee kroch zu ihr hin und sah, dass ihr der Schweiß aus allen Poren rann.

»Das Fieber geht zurück!« Sie deckte die Frau noch einmal auf und wusch ihr Gesicht, Hals und Hände mit dem feuchten Lappen. »Sie ist tropfnass, oh, ich bin ja so froh!« Als sie fertig war, ließ sie Mrs. Petzke wieder zurücksinken und wachte bei ihr, bis sie in einen erschöpften Schlaf gefallen war.

Nach ein paar Minuten nahm Briggs aus eigenem Antrieb Mrs. Petzke samt Decke und Büffelfell auf die

Arme, trug sie zum Wagen, legte sie darunter und band ihr Handgelenk an einer Radspeiche fest. Dann rollte er sich in seine Decken und ließ Mary Bee allein am Feuer sitzen. Bald hörte sie ihn schnarchen.

Bevor sie sich selbst schlafen legte, kniete Mary Bee mit gefalteten Händen und zu den Sternen gerichteten Augen nieder und dankte Gott für die Rettung von Hedda Petzke und bat ihn, George Briggs, den Dieb und Nichtsnutz und Tänzer, für das Opfer seines Whiskeys zu segnen.

In den folgenden Tagen fand sie einen zweiten Grund, dankbar zu sein. Es kam ihr so vor, als habe sich der Zustand der Frauen, zumindest der körperliche, gebessert. Die Strapazen ihres Lebens an der Grenze der Zivilisation, hervorgerufen durch Ehemänner und Kinder und Unwetter und Schmerzen und Einsamkeit, lag jetzt hinter ihnen. Sie wurden gefüttert, gewaschen und gekämmt, und es wurde ihnen ständig Aufmerksamkeit zuteil. Sie hatten Farbe bekommen. Ihre ruhelosen Hände lagen still. Und sie kamen auch besser miteinander aus. Am Anfang der Fahrt hatte jede Frau ihren eigenen Platz im Wagen beansprucht, ihre eigene Abgeschiedenheit; jetzt stießen sie täglich aneinander, mit Schultern, Ellenbogen und Hüften, und keine schien es zu fürchten oder sich daran zu stören. Mrs. Sours konnte wieder gehen – tatsächlich sogar weglaufen, wenn sie wollte, wie sie bewiesen hatte. In Gro Svendsens Haltung und in ihren Bewegungen war nichts Feindseliges mehr. Die Zeit, die Fürsorge und die Entfernung von ihrem Ehebett wirkten wie Seifenlauge, die ihren Hass einfach weggewaschen hatte. Hedda Petzke hatte die Beweglichkeit ihrer Glieder wiedererlangt, und Größe und Form ihrer Augen waren wieder normal. Sie wimmerte nicht mehr. Die Wölfe, die sie getötet hatte, waren nun endgültig vergessen. Theoline Belknap, die sich erst vor ein paar Wochen die Pulsader durchgebissen hatte, war eine völlig andere geworden. Ihr Handgelenk war verheilt. Sie schaute nicht mehr unruhig umher. Sie aß ordentlich und schlief gut. Doch obwohl Mary Bee ihre Freundin oft ansprach, blieben die Antworten einsilbig und ohne Sinn. »Liebe Line«, sagte Mary Bee, »wie geht es dir heute?« »Da, da«, war die Antwort, oder »Im, im, im« oder etwas in der Art. Eine Unterhaltung mit den anderen Frauen war ebenso unmöglich. Mary Bee sprach sie an und schaute ihnen dabei direkt in die Augen, aber ohne Erfolg. Sie hatten schlichtweg die Sprache verloren. Es war sehr traurig. Man konnte keine Verbesserung ihres Geisteszustandes feststellen. Es kam Mary Bee so vor, als ob sie den Frauen ein klein wenig ähnelte. Auch in ihnen war eine Leere, aber während sie selbst gelegentlich von Furcht oder Zorn erfüllt war, würden in ihren Fällen weder Liebe noch Erinnerungen noch Licht die vollkommene Finsternis dahinter erhellen. Mary Bee wusste nicht, was sie vom Zustand der Frauen halten sollte. Wenn sie besiegt worden waren, so waren sie doch auch wieder sieghaft in der Niederlage. Wenn sie jetzt frei waren, so war diese Freiheit zu einem entsetzlich hohen Preis erkauft worden. Sie überlegte bisweilen, in welchem Zustand sie wohl besser dran waren – verrückt oder gesund? Angenommen, grübelte sie, nur einmal angenommen, sie würde eines Morgens aufwachen und die Frauen durch ein Wunder an Leib und Seele gesundet vorfinden. Würde sie den Wagen wenden und die Frauen zurückbringen, zurück zu Plackerei und Mühsal, zu Babys und Einsamkeit, zu Krankheit und den Ansprüchen der Männer, die ihnen mehr abverlangten, als sie geben konnten? Vielleicht nicht, vielleicht würde sie weiterfahren. Schließlich kehrten sie zurück in ihre Heimat, zwar nur noch Schatten ihres früheren Selbst, aber sie kamen nach Hause, zurück zu ihren Wurzeln. Sie waren frei und kehrten heim in die Arme ihrer Familien und die Gnade ihres Schöpfers.

Über die Verbesserung von Arabella Sours' Zustand freute sich Mary Bee am meisten. Neunzehn Jahre! Und in diesem Alter hatte das Mädchen schon ein ganzes Leben hinter sich. Sie hatte mit sechzehn geheiratet und war lediglich mit einer Puppe als Kind und einem Knaben als Ehemann den ganzen trostlosen Weg von Ohio bis in den Westen gekommen. Sie hatte in einer Erdhütte gelebt und in drei Jahren drei Kinder aufgezogen, um dann hilflos zusehen zu müssen, wie eins nach dem anderen innerhalb von drei Tagen zugrunde ging – nur jemand, der so jung und stark war wie Arabella, konnte so schreckliche Ereignisse überleben und wieder so erblühen, wie sie es tat. Sie bewegte sich leichtfüßig, ihre Wangen waren rosig. Sie sprach zwar nichts, doch lächelte sie manchmal. Vor allem lächelte sie Briggs an. Das irritierte Mary Bee, doch dann fand sie eine logische Erklärung dafür. Die junge Frau war ihm dankbar. Sie hatte ihre Kinder verloren und war verrückt geworden, weil sie sie nicht hatte retten können, deshalb fühlte sie sich schuldig an ihrem Tod. Andererseits hatte sie den Frachtkutscher getötet, als sie durchgebrannt war, und hatte damit Briggs das Leben gerettet. Gewissermaßen war diese Tat eine Wiedergutmachung und minderte die Last ihrer Schuld, und darum war sie ihm dankbar. Sie lächelte ihn während der Mahlzeiten an. Mary Bee war gerührt. Dann begann Arabella, ihn abends am Feuer lange anzuschauen. Mary Bee wurde argwöhnisch. Am nächsten Abend bot die junge Mrs. Sours dem Mann Essen von ihrem Teller an. Mary Bee war bestürzt.

In dieser Nacht spitzten sich die Ereignisse zu. Mary Bee wachte, kurz nachdem sie eingeschlafen war, wieder auf, weil sie eine Stimme hörte. Es war eine Männerstimme, die leise raunte. Sie richtete sich auf. Sie hatte sich wie üblich auf der einen, Briggs auf der anderen Seite des Wagens hingelegt. Das Feuer gab noch genug Licht, sodass sie unter den Wagen schauen konnte. Sie sah nur drei schlafende, in Decken gewickelte Gestalten. Eine der Frauen hatte ihr Handgelenk von einer Speiche losgebunden und war aufgestanden. Mary Bee stand ebenfalls auf und ging barfuß um den Wagen herum. Was sie sah, verschlug ihr den Atem.

Arabella Sours war es, die sich losgemacht hatte und zu Briggs' Lager gegangen war. Sie kniete neben ihm, beugte sich über ihn und nahm seinen Kopf in ihre Hände. Sie küsste ihn hingebungsvoll auf Stirn, Wangen und Lippen.

Mary Bee fühlte, wie die Leere von ihr Besitz ergriff. Tief in der Dunkelheit in ihrem Innern loderte ein Funke auf, und sofort war sie von Zorn erfüllt.

Sie rannte zu ihnen und schrie: »In Gottes Namen!«

Sie packte das Mädchen am Arm und zog es hoch, dann zerrte sie es hinter sich her, um die Vorderseite des Wagens herum und über die Deichseln, schubste es grob zu Boden auf sein Lager, kroch hinterher und band dann das Handgelenk des Mädchens fest an eine

Speiche. Arabella Sours wehrte sich nicht im Geringsten. Die anderen Frauen waren inzwischen aufgewacht und beobachteten die Szene.

Mary Bee kroch wieder unter dem Wagen hervor, richtete sich auf, beugte sich noch einmal nieder und funkelte die Frauen an.

»Schande über dich, Arabella Sours«, sagte sie. »Schande über euch alle. Ich habe gesehen, wie du diesen Mann angeschaut hast.«

Sie drohte mit dem Finger.

»Du hältst dich in Zukunft fern von ihm! Du weißt ja nicht, was du da tust! Keine Ahnung hast du!«

Briggs traute seinen Ohren nicht.

»Ich warne euch alle! Nehmt euch bloß gehörig in acht, sonst wird es euch leidtun! Ich lasse euch allein, dann könnt ihr zusehen, wie ihr zurechtkommt! Habt ihr mich verstanden? Ich lasse euch allein!«

Sie war völlig außer sich. Sie ging zu Briggs hinüber, baute sich vor ihm auf und schnappte nach Luft, die Hände zu Fäusten geballt.

»Sie Ungeheuer!«, schrie sie ihn an. »Wie konnten Sie es wagen!«

Briggs stützte sich auf seinen Ellenbogen und schaute zu ihr auf.

»Ein verrücktes Mädchen – auszunutzen! Das Abscheulichste – was ein Mann – wohl nur – tun kann!«

Ihre Worte kamen stoßweise, während sie nach Atem rang.

»Ich hab nix gemacht«, entgegnete Briggs mit undurchdringlicher Miene. »Sie ist zu mir gekommen.«

»Habe ich Sie dafür mitgenommen? Als Zuchtbullen? Um es uns allen zu besorgen?«

»Ach, Scheiße«, sagte Briggs.

»Verflucht sollen Sie sein! Keine von uns ist vor Ihnen sicher! Verflucht, verflucht, verfluchter Teufel!«

Dieser Ausbruch kostete sie ihren letzten Atem und ihre letzte Kraft. Und diesmal, zum allerersten Mal, wurde sie vollständig von den Flammen ihrer Leere verzehrt. Mary Bee brach ohnmächtig zusammen und fiel über den Mann auf dem Boden, wie ein Baum ins Feuer fällt.

Ein paar Minuten später wurde sie unsanft wieder zu Bewusstsein gebracht. Er hatte sie zu ihrem Lager zurückgetragen und zum Schutz gegen Kälte und Feuchtigkeit zugedeckt, dann hatte er eine Tasse aus der Proviantkiste geholt, sie mit kaltem Wasser gefüllt und es ihr ins Gesicht geschüttet. Hierauf ging er zurück zu seiner Bettstatt.

Am nächsten Tag sprach sie vom frühen Morgen bis zum Abend kein einziges Wort mit ihm; sie richtete nicht einmal ihren Blick auf ihn. Briggs wusste, dass sie verrückter war als ein nasses Huhn, aber das hier war mehr als einer ihrer üblichen Anfälle. Sie war schon vorher ab und zu wütend auf ihn gewesen, aber heute war es anders. Sie fuhr den Wagen, kochte und versorgte die Frauen, als ob sie allein wäre – als ob sie die Gruppe verlassen hätte. Und genau das tat sie auch am Abend nach dem Essen. Sie spülte das Geschirr, während die Sonne rot unterging, und ging dann ins Dämmerlicht davon. Als sie zu lange wegblieb, ging er hinaus in die Prärie, um sie zu suchen. Er war vielleicht ein paar hundert Ruten weit geschlendert, als er eine Frauenstimme singen hörte. Er ging leise weiter in die

Richtung, aus der das Lied kam, bis er den Text verstehen konnte.

»If you should hasten
To lands wild und wide,
Take thee this token,
My heart from my side.
Take thee this token,
My love with thee bide.«

(Wenn du von mir eilst /
in ein fernes, großes Land, /
nimm dies als Pfand, /
mein Herz aus meiner Brust. //
Nimm dieses Pfand; /
meine Liebe wartet auf dich.)

Er ging näher heran. Im Schein des aufgehenden Halbmondes sah er, wie sie im Gras saß. Sie hatte ihm den Rücken zugewandt, und vor ihr ausgebreitet lag ein langer Streifen Stoff mit dunklen und hellen Markierungen, die für ihn – er kniff die Augen zusammen, um es besser erkennen zu können – wie eine Klaviatur aussahen. Ihre Hände bewegten sich darauf, und ihre Finger berührten den Stoff. Verdammt, da saß sie doch wirklich und spielte auf einer Klaviertastatur aus Stoff und begleitete sich beim Singen! Er hatte schon alles Mögliche hier draußen gehört – das Heulen der Wölfe, brüllende Büffel, das Kriegsgeschrei der Indianer, Signalhörner und das Prasseln eines Präriefeuers –, aber so etwas wie das hier noch nie. Er erschauerte. Das Lied der Frau jagte wie ein Falke durch die Dunkelheit der Prärie.

»If thou should prosper,
Hear my heart pray,
Send me a summons
To wed thee one day.
Take thee this token,
And love me alway.
But if I should perish,
Thy promises keep,
Take thee our two hearts
And bury them deep.
Take thee our tokens,
In love let us sleep.«

(Wenn du erfolgreich bist, /
höre mein Herz bitten, /
sende mir eine Aufforderung, /
dich eines Tages zu heiraten. //
Nimm dieses Pfand, /
und liebe mich für immer. //
Aber wenn ich zugrunde gehe, /
dann halte dein Versprechen, /
nimm unsre beiden Herzen /
und vergrabe sie tief. //
Nimm unsre Pfänder /
und lass uns in Liebe vereint schlafen.)

Briggs trat langsam ein paar Schritte zurück, drehte sich um und machte sich auf den Weg zurück ins Lager. Zur Hölle, dachte er. Wenn sie wirklich überschnappte, würden zur Not auch fünf in den Wagen passen.

Und als er im Lauf der Nacht spürte, wie ihn etwas oder jemand berührte, war er augenblicklich wach und hatte die Hand am Colt. Als er sie neben sich sitzen sah, erschauerte er wieder. Das war verrückt, dass sie hier saß, genauso verrückt wie ihr Singen und Spielen auf der Stoffklaviatur. Gestern kein einziges Wort, und jetzt saß sie hier. Sei vorsichtig, sagte er zu sich selbst. Sie könnte ein Messer dabeihaben. Sie könnte dir etwas antun oder, ebenso wahrscheinlich, sich selbst.

»Ich konnte nicht schlafen«, sagte sie.

»Ich schon«, erwiderte er.

Sie saß zwischen ihm und dem verglimmenden Feuer, sodass nur ihre Umrisse zu sehen waren, und ihm fiel auf, wie breit ihre Schultern waren. Cuddy war eine kräftige Frau. Im Bett konnte sie einem Mann den Rücken brechen.

»Wie lange noch?«, fragte sie.

»Noch ’ne Woche. Ungefähr.«

»Wir haben schon seit drei Tagen kein Fleisch mehr. Heute werde ich die letzten Bohnen aufbrauchen. Von Maismehl allein können wir nicht leben. Wenn wir in die Nähe eines Ladens kommen, halten Sie bitte an, damit wir etwas kaufen können. Ich habe ein bisschen Geld dabei.«

Wenn eine Frau mal reden wollte, tagsüber oder nachts, konnte nichts sie aufhalten, so viel wusste er. Sie hatte die Kämme entfernt, und ihr langes Haar hing ihren Rücken herab. Sie griff nach hinten, teilte es und legte es über ihre Schultern nach vorn wie einen Schal.

Er gähnte, aber vergeblich.

»Ich wünschte, es gäbe eine Möglichkeit für sie, sich

zu baden. Ich werde mich für sie schämen. Schließlich kommen wir in das Haus eines Priesters.«

»Vielleicht kommen wir an einem Bach vorbei.«

»Das Wasser wäre eiskalt. Sie würden sich den Tod holen.«

Sie zog die Knie an, legte das Kinn darauf und grübelte. »Ich habe Heimweh. Ich vermisse mein Haus und so viele Leute. Alfred Dowd. Charley und Harriet Linens. Buster Shaver. Sogar diesen erbärmlichen Vester Belknap. Nebenbei bemerkt, ich komme prima mit dem Pferd von dem Frachtkutscher zurecht. Ich nenne es Shaver.«

Briggs ließ seine Waffe unter der Decke los und begann sich zu fragen, was zum Teufel sie eigentlich von ihm wollte, außer um den heißen Brei herumzureden.

»Tja«, sagte sie, »es ist jetzt fast vorbei. Was werden Sie danach machen?«

»Ich weiß nicht.«

»Ich meine, werden Sie in Iowa bleiben oder ins Territorium zurückkehren?«

»Weiß noch nicht.«

»Sie sind wohl kein großer Zukunftsplaner.«

»Nicht besonders.«

Mary Bee hätte ihn am liebsten durchgerüttelt. Aber jetzt war der Moment gekommen. Jetzt oder nie. »Mr. Briggs«, sagte sie, »ich will Ihnen einen Vorschlag machen. Sie sind ein intelligenter Mensch, und ich bin sicher, wenn Sie sich mein Angebot durch den Kopf gehen lassen, werden Sie erkennen, dass es sich lohnt, darauf einzugehen.« Sie holte tief Luft. »Wenn wir die Frauen an Mrs. Carter übergeben haben, warum heiraten wir dann nicht und kehren zusammen zurück?«

Er setzte sich jäh auf, und wie von einem Hustenanfall übermannt, hustete er, räusperte sich und spuckte ins Feuer. Sie wartete. Sie nahm an, dass er überrascht war. In Ordnung: sie würde ihm Zeit lassen und dann ihre Argumente vorbringen. Bei einem Mann funktionierte der Denkapparat wie eine hölzerne Achse. Ab und zu brauchte er ein bisschen Schmiere.

Sie wartete vergeblich. Er saß da und starrte sie an, als hätte sie ihm vorgeschlagen, für einen Ministerposten zu kandidieren.

»Denken Sie darüber nach«, sagte sie. »Ich bin einunddreißig Jahre alt. Wenn ich jemals heiraten will, dann sollte ich das möglichst bald tun. Und Sie werden schließlich auch nicht jünger. Denken Sie daran, was auf Sie warten könnte. Sie haben mein Haus und mein Vieh gesehen. Ich habe zwei ertragreiche Felder und Geld auf der Bank. Ich bin gesund und kann Kinder bekommen. Ich werde diesen Sommer sechzig Morgen mit Weizen bestellen, und im Frühjahr will ich Ferkel kaufen und mit Mais mästen. Außerdem werde ich Kürbisse setzen. Ich bin überzeugt, dass wir ein gutes Paar abgeben würden, Sie und ich, und wenn wir zusammenarbeiten, wird der Erfolg nicht ausbleiben. Meinen Sie nicht auch?«

Briggs war sprachlos. Er musste etwas antworten, aber dabei musste er aufpassen, dass sie nicht wieder einen Anfall bekam. Sie war schon zu nah dran überzuschnappen.

»Ich bin kein Farmer«, sagte er.

»Sie könnten einer werden.«

»Nein, ich hab's schon mal versucht.«

»Wann?«

»Ich hab Ihnen ja erzählt, dass ich mal mit 'ner Frau

zusammengelebt hab. Nördlich von Wamego. Sie war 'ne Witwe, mit zwei Kindern. Sie hatte 'nen Städter geheiratet, und dann waren sie hier rausgezogen, aber er konnte die Farm nicht in Schwung bringen. Eines Tages steckte er sich eine Schrotflinte in den Mund und ballerte sich den Kopf weg.«

»Nein!«

»Doch, das tat er. Im Stall, und sie hat ihn gefunden. Jedenfalls, ein Jahr später bin ich bei ihr eingezogen und hab versucht, ihr Land zu beackern. Von morgens bis abends diese verdammten Felder rauf und runter. Es gibt schönere Ansichten als den Hintern von 'nem Ochsen.«

»Und dann?«

»Eines schönen Tages bin ich einfach weggegangen.«

»Oh.« Mary Bee faltete die Hände im Schoß. »Warum?«

Briggs blickte finster drein. »Weil ich kein Farmer bin. Ich denke, wir waren quitt. Sie hat mich zwei Jahre lang zur Arbeit angetrieben, ich hatte meinen Unterhalt. Sie war eine gute Köchin und eine prima Hausfrau.«

»Sie haben sie schmählich verlassen.«

»Das können Sie sehen, wie Sie wollen.«

»Sie wollte sicherlich einen Ehemann.«

»Klar wollte sie das. Aber ich wollte nicht. Als ich wegritt, hat es mir leidgetan, aber ich hab mich nicht umgedreht.«

»Ich verstehe. Sie wollen mich also nicht heiraten.«

»Nee.«

»Wollen Sie nicht noch mal darüber nachdenken? Auf dem Weg nach Hebron? Und noch mal mit mir darüber reden?«

»Klar. Reden kostet nix.«

Es war lange still zwischen ihnen. In der unendlichen Dunkelheit hinter dem Wagen bewegten sich die Tiere und schnaubten beim Grasen. Unter dem Wagen bewegte sich eine der Frauen im Schlaf und murmelte ein, zwei unverständliche Worte. Es war für Mary Bee fast unmöglich zu begreifen, dass er sie zurückgewiesen hatte. Sie hatte nicht vorgehabt, ihm einen Antrag zu machen. Sie hatte es impulsiv getan, ebenso wie sie ohne Absicht alleine in die Dämmerung hinausgeschlichen war, um zu spielen und zu singen. Sie wusste nicht, welche andere Taktik sie anwenden sollte, aber sie würde nicht aufgeben, noch nicht. Sie hörte ein Summen in ihren Ohren.

»Ich möchte noch etwas sagen«, sagte sie.

Er gähnte.

»Vielleicht wissen Sie gar nicht, was für ein gutes Werk Sie tun, Mr. Briggs. Dass Sie diese armen, hilflosen Frauen heimbringen. Auch wenn Sie es nicht wissen, der liebe Gott weiß es, das versichere ich Ihnen. Und ich weiß es auch. Das hier ist vielleicht die beste, die großmütigste Tat in Ihrem Leben.«

»Vielleicht sind's nur die dreihundert Dollar.«

»Nein. Es ist mehr als das. Sie schätzen Ihren eigenen Wert nicht richtig ein. Zugegeben, Sie haben Fehler gemacht, aber in Ihrem Innern sind Sie ein anständiger, ehrlicher ...«

»Halt, Cuddy«, unterbrach er sie. »Sie haben Ihre Meinung ganz schön geändert. Vor Kurzem war ich noch ein Mensch mit schlechtem Charakter. Jetzt bin ich ein anständiger, ehrlicher ...«

»Ich habe mich eben geirrt.«

»Die Wahrheit ist, dass Sie keine Ahnung haben, wer ich bin.«

»Vorher hatte ich keine. Jetzt schon.«

»Ich bin von den Dragonern desertiert.«

In dem Frühling, als sie an der Schule unterrichtete, war sie einmal nach dem Unterricht durch ein Wäldchen gegangen und von einem Schwarm Bienen angegriffen worden. Sie war weggerannt. Die Bienen hatten sie verfolgt und mehrmals ins Gesicht und in den Hals gestochen, bevor es ihr einfiel, ihren Rock hochzuheben und ihren Kopf damit zu schützen. Jetzt, genau in diesem Moment, als sie das Summen hörte, fühlte sie die Stiche wieder, heftig und schmerzhaft, aber nur in ihrem Kopf. Es war, als würde ihr ins Gehirn gestochen.

»Desertiert!«, rief sie aus.

»Genau«, sagte Briggs. »Schwadron C, 1. US-Kompanie, Fort Kearney. Ich habe zwei Jahre gedient, hab verlängert, die Hälfte abgedient, dann hab ich ein Pferd geklaut, und weg war ich. Ich hatte die Schnauze voll. Hab mich heimlich davongemacht ins Territorium.«

»Desertiert«, sagte sie nachdenklich. »Deshalb verraten Sie Ihren Namen nicht.«

»Ganz richtig.«

»Und deshalb haben wir diese Route genommen. Und deshalb weichen Sie allen Leuten aus.«

»Die Armee hat einen langen Arm. Die werden mich suchen, solange ich lebe. Wenn die mich kriegen, komme ich ins Straflager und kriege Zwangsarbeit aufgebrummt.« Er legte seinen fleckigen Rindsledermantel zusammen, den er nachts zu einem Kissen zusammenrollte, lehnte sich zurück und verschränkte die Hände hinter dem Kopf. »Also werde ich mich nirgends niederlassen. Das sesshafte Leben geht mir sowieso gegen den Strich.«

Sie fühlte wieder die Stiche.

»Und Sie werden mich nicht heiraten.«

Er schloss die Augen, als wolle er schlafen. »Nee. Bin mit mir selbst verheiratet.«

»Ich bin eine hässliche alte Schachtel.«

Er antwortete nicht.

»Ich bin eine Giftschlange.«

Er gähnte.

Und wieder wurde sie von einer Biene gestochen. Der Schmerz breitete sich von einer Seite ihres Schädels zur anderen aus, und das wilde Summen in ihren Ohren war jetzt so laut, dass sie sich nicht einmal mehr denken hören konnte.

»Sie sind der zweite Mann, den ich gefragt habe, ob er mich heiratet. Der andere hat auch nein gesagt.«

Briggs öffnete die Augen einen Spalt, dann riss er sie auf. Sie hatte ihre großen Hände fest an die Schläfen gepresst, als ob sie Kopfschmerzen hätte.

»Dann würde ich verdammt noch mal mit der Fragerei aufhören, wenn ich Sie wäre.«

Darauf schossen ihr Tränen in die Augen, die ihre Wangen herabtropften. Tränen waren die Waffen einer Frau und wurden vergossen, wenn alle anderen Mittel versagten. Er konnte nicht sagen, was sie damit bezweckte; ihn zu beschämen vielleicht, obwohl er ihr dazu keinen Grund gegeben hatte.

»Oh, oh«, wimmerte sie, »ich wünschte, Sie hätten wenigstens ein freundliches Wort für mich übrig.«

»Was denn zum Beispiel?«

»Dass ich eine gute Frau bin. Dass ich Ihnen geholfen habe.«

»Das ist nur gerecht«, gab er zu. »Cuddy, Sie sind eine verdammt gute Frau, und Sie haben mir sehr geholfen.«

Hierauf entrang sich ihr ein Stöhnen, das wie das der Frau klang, die im Fieber geglüht hatte. Sie rappelte sich mühsam auf und ließ ihn allein. Briggs war mächtig erleichtert. Er vergrub sich in seinen Decken. Jeden Tag können wir jetzt an den Fluss kommen, dachte er, jeden Tag. Vielleicht schafft sie es, vielleicht auch nicht. Sie hat eine Macke, na gut. Man kann nicht voraussagen, was sie von einem Augenblick zum nächsten tun wird. Am besten gebe ich ihr nach und lasse ihr ihren Willen. Am besten behandele ich sie wie ein rohes Ei, weil sie kurz davor ist, überzuschnappen. Oder sie ist es schon. Und am besten treib ich die Maultiere gehörig an.

Er wachte auf und wurde starr vor Schreck.

Ein leichter Regen fiel, ein Sprühregen.

Sie stand splitternackt neben ihm.

»Nein«, sagte er.

»Doch«, sagte sie.

»Nein«, wiederholte er.

Sie mochte ein hässliches Gesicht haben, aber ihr Körper war schön. Ihre Haut war makellos weiß, ihre Brüste groß und straff, die Brustwarzen stachen wie Pfeilspitzen hervor. Sie hatte einen flachen Bauch und einen tiefen, dunklen Nabel. Ihre Beine waren lang mit kräftigen Schenkeln, und das schwarze V der Haare darüber sah so fest wie ein Nadelkissen aus. Gegen seinen Willen verspürte er Verlangen.

»Ich möchte mit Ihnen, mit dir schlafen«, sagte sie.

»Nein«, sagte er wieder.

»Du musst«, sagte sie. »Ich habe dir das Leben gerettet.«

»Nein«, sagte er erneut.

Sie kniete sich neben ihn und brachte ihr Gesicht neben seines, sodass sich ihre Wangen berührten. Ihr langes Haar beschirmte seinen Kopf wie ein Zelt. Er rührte sich nicht. Sie machte keine Anstalten, ihn zu küssen. Sie wusste nicht, wie man einen Mann erregte, und genauso wusste er nicht um alles in der Welt, was er mit ihr anfangen sollte.

»Lass mich nicht betteln«, murmelte sie.

Es setzte ihm hart zu, in einer solchen Lage festzusitzen. Man konnte wohl kaum tiefer sinken, als mit einer verrückten oder fast verrückten Frau ins Bett zu gehen. Es konnte ihr noch mehr schaden. Andererseits konnte es vielleicht dazu beitragen, dass sie zu einer gewissen weiblichen Ausgeglichenheit kam. Vielleicht, vielleicht. Verflucht, wenn er's tat, verflucht, wenn er's nicht tat.

Nach einer Weile schob er sie weg, schlug seine Decken zurück, stand auf und zog sich aus. Sie legte sich auf sein Lager und starrte ihn an, starrte auf das, was sie noch nie zuvor gesehen hatte. Sie staunte über das Haar – so viel davon, ein Gewirr, taufeucht, auf seiner Brust, seinen Beinen und Schultern. Sie starrte auf sein Glied. Angeschwollen und aufgerichtet wie auf ein Ziel hin, erschien es ihr wie der Lauf seiner großen Repetierpistole, und die Haare an der Wurzel wie das verkohlte Schwarz des Laufs.

Dann beugte er sich auf Händen und Knien über sie.

»Zieh deine Knie an«, befahl er.

Sie zog sie an.

»Nimm mich in die Hand.«

Das tat sie.

»Denk dran, Cuddy«, sagte er rau. »Ich habe dich nicht dazu gezwungen.«

»Ich denk dran.«

»Wenn ich dir wehtu, kann ich nichts dafür.«

»Ich weiß.«

»Ich hab dich nicht darum gebeten, sondern du hast mich darum gebeten.«

»Ich weiß.«

»Jetzt nimm mich in dich.«

»Ja«, sagte sie und begann am ganzen Körper zu zittern, wie vor Kälte und Angst, und der Regen fiel.

Später, als es vorbei war und sie zu ihrem Lager an der anderen Seite des Wagens zurückging, wusste Mary Bee Cuddy in ihrem Herzen, dass die Frauen wach gewesen waren und alles gesehen hatten, und ER ebenso.

Briggs wachte urplötzlich auf. Die Maultiere waren schuld. Jeden Morgen hatten sie ihn mit ihren Schreien geweckt, nur heute nicht.

Er schlug seine Decken zurück, stand auf und spähte ins Grau. Er konnte zwei Maultiere an den Ohren erkennen und den Schwanz seines eigenen Pferdes, aber den Schecken des Frachtkutschers, an dem sie Gefallen gefunden hatte, konnte er nicht ausmachen.

Er nahm sich keine Zeit zum Gähnen, Strecken, Husten, Ausspucken oder Kratzen, er zog seine Stiefel an und ging um den Wagen herum. Die Frauen schliefen noch. Cuddys Decken lagen da, wo sie hingehörten. Sie selbst war verschwunden.

Er kletterte auf den Kutschbock. Ihr Sattel war auch

weg. Sie hatte den Wallach gesattelt und war aus irgendeinem saublöden Weibergrund irgendwohin geritten.

Er stieg ganz oben auf den Sitz hinauf. Die Prärie wurde allmählich von der rosigen Morgensonne erleuchtet, und er drehte sich langsam im Kreis und suchte die Ebene ab, aber es war nichts zu sehen außer dem Zwielicht und der leeren Prärie und einem Baum, einem dunklen Fleck, eine Meile weit weg im Nordosten. Ihm fiel ein, wie sie den Walnussbaum umarmt und ihm die Ohren vollgesäuselt hatte von den Bäumen, in die sie zu Hause in York vernarrt gewesen war. Dies hier schien eine alte Pappel zu sein, die ganz alleine in der Ebene stand.

Und als er den Baum genauer betrachtete, traf seine Bedeutung Briggs wie ein Schlag in die Magengrube. Vor Jahren hatte er in der Kaserne der Schwadron C eine Keilerei mit einem Iren aus dem Osten gehabt, einem großen, dummen, betrunkenen Rekruten. Der hatte ihm in den Magen getreten, ihm damit alle Kampfeslust ausgetrieben und ihn k. o. geschlagen. Während der folgenden Tage war manchmal die Galle in ihm hochgestiegen, und er war dann immer kurz davor gewesen, sich zu übergeben. Wenn der Anfall vorüber war, blieb ein grüner, madiger Geschmack in seinem Mund zurück. Jetzt trieb ihm die Bedeutung dieses Baumes wieder die Galle hoch, und er fühlte sich, als müsse er sich seitwärts über den Wagen übergeben.

Stattdessen holte er seinen eigenen Sattel herunter, ging zu seinem Pferd und band es los, sattelte es, saß auf und machte sich im Schritttempo auf den Weg zur Pappel. Aber auf halbem Weg konnte er nicht mehr warten, er musste es hinter sich bringen, und so gab er dem Rotschimmel die Sporen und ließ ihn galoppieren.

Da war Shaver, ihr Pferd.

Briggs ritt näher, ließ sein Pferd stehen und ging um den Baum herum.

Tatsächlich.

Sie hatte es genauso getan, wie sie es bei ihm gesehen hatte.

Sie war unter einen langen Ast geritten und abgestiegen. Sie hatte das Seil über den Ast geschlungen und es in eine Astgabel gezerrt, hatte das eine Ende zum Baumstamm geführt, es um den Stamm gewunden und festgebunden. Dann war sie zu ihrem Pferd zurückgegangen und hatte ihren schwarzen Tuchmantel und ihre Kaninchenfellmütze abgelegt. Sie hatte das freie Seilende genommen, war aufgesessen, hatte das Seil so weit wie möglich gestrafft, die Schlinge geknotet, diese über ihren Kopf gezogen, das freie Ende losgelassen und den Wallach unter sich weggetrieben. Da sie keine Hilfe gehabt hatte, war es keine saubere Arbeit. Das Seil war zu locker gespannt, deshalb hing sie mit ihren Stiefeln nicht mehr als einen Fuß über dem Boden, und das freie Seilende schleifte auf der Erde. Der Fall war zu kurz gewesen, um ihr das Genick zu brechen, und sie hatte sich stranguliert. Sie hatte Bäume geliebt.

Briggs' erster Impuls war, sie abzuschneiden. Er zog sein Bowiemesser, ging um sie herum und sah ihr ins Gesicht. Der Anblick machte ihn fertig.

Das Seil hatte rote Male auf ihrem Hals hinterlassen. Ihre Wangen hatten eine bläuliche Färbung mit purpurnem Einschlag. Ihre Augen waren geschlossen. Ihre Schlangenzunge stand einen Zoll oder noch weiter aus ihrem Mund heraus.

Briggs wandte sich schnell von diesem Anblick ab, fiel

auf Hände und Knie und versuchte vergeblich, sich zu übergeben. Sein Magen war leer. Er würgte trocken. Er würgte so lange, dass er schließlich das Gefühl hatte, seine Eingeweide würden zerreißen. Endlich setzte er sich auf, während der Schweiß ihm aus den Poren lief und er einen Geschmack wie von Maden im Mund hatte.

Die Wut brachte ihn schließlich wieder auf die Beine. Er schaute sie an und brüllte.

»Cuddy, du verfluchtes Weib!«

Er steckte sein Messer ins Futteral zurück und wartete, als ob er eine Antwort von ihr erhalten habe.

»Gott kümmert es nicht, was wir gemacht haben! Wenn ich's dir doch sage! Gott schert sich einen Dreck darum!«

Aber sie hing leblos da mit ihrem blauen Gesicht und streckte ihm ihre Schlangenzunge heraus.

»Warum, verflucht noch mal?«, schrie er. »Warum?«

Als er einsah, dass er kein Wort aus ihr herausbekommen würde, ließ Briggs sie hängen, ging um die Pappel herum zu seinem Pferd, stieg auf, fasste ihr Pferd am Zügel und führte es mit sich zum Wagen zurück. Dort brach er das Lager ab. Er bewegte sich mit Bedacht. Seine Nerven waren zum Zerreißen gespannt. Er band die Pferde an den Wagen. Die Frauen waren inzwischen wach. Er zog ihnen die Stiefel an und führte eine nach der andern hinaus in die Prärie, damit sie sich erleichtern konnten. Dann setzte er sie in den Wagen und band sie fest. Zur Hölle mit dem Waschen, Kämmen und dem Frühstück. Er rollte die Decken zusammen, lud alles oben auf den Wagen und schnürte es fest. Schließlich zäumte er die Maultiere auf und spannte sie an, kletterte auf den Kutschbock, setzte den Wagen in Bewegung und fuhr die Meile zu der Pappel. Bei dem Baum hielt er an und ließ die Frauen vor dem Wagen in einer Reihe Aufstellung nehmen, wie ein Schulmeister Schüler antreten ließ.

»So«, sagte Briggs zu ihnen, »seht euch das an. Seht euch an, was ihr angerichtet habt.«

Sie schauten ihn an und den Baum und die Pferde und den Boden unter ihren Füßen.

»Verdammt noch mal!«, brüllte er. »Schaut sie euch an! Ihr sollt sie euch anschauen!«

Er packte die Frauen barsch um die Taillen und drehte sie so, dass sie der Leiche direkt gegenüberstanden. Sie betrachteten die gehängte Frau mit nicht mehr und nicht weniger Interesse, als hätten sie zum Trocknen aufgehängte Wäsche vor sich. Seine Wut flammte wieder auf und gewann die Oberhand.

»Schaut, was ihr angerichtet habt!« Er deutete auf Cuddy. »Umgebracht habt ihr sie! Ihr habt sie umgebracht!«

Sie starrten ihn an.

»Wenn ihr nicht gewesen wärt«, knurrte er, »wäre Cuddy jetzt nicht tot. Sie wäre nicht mal hier in dieser gottverlassenen Gegend. Wenn ihr nicht übergeschnappt wärt, hätte sie diese Fahrt nicht gemacht. Es war zu viel für sie – viel zu weit und viel zu viel Arbeit, Tag und Nacht auf euch aufzupassen.« Er drohte ihnen mit dem Finger. »Wenn ihr gewesen wärt, wie Ehefrauen sein sollten, stark und zuverlässig, dann wäre sie noch am Leben und zu Hause und ihr genauso. Aber nein, ihr seid durchgedreht und habt sie verrückt gemacht und habt sie umgebracht. Umgebracht! Na, was habt ihr dazu zu sagen?«

Er erwartete nicht gerade von ihnen, dass sie in Tränen ausbrachen, aber sie hätten wenigstens ein bisschen Reue oder Mitleid zeigen können, statt einfach dazustehen wie Zaunpfähle in einer Reihe.

»Zur Hölle mit euch!«, brüllte er. »Nicht mal eine Prise getrocknete Eulenscheiße seid ihr wert! Ihr seid ja keine Menschen mehr!«

Voller Verachtung spie er aus.

»Ein feiner Haufen«, sagte er und beruhigte sich langsam wieder. »Euch sollte man einsperren. Wenn wir hier draußen eine Klapsmühle hätten, würdet ihr da reingesteckt werden. Und auch dort bleiben.«

Briggs drehte ihnen den Rücken zu, ging zu der Leiche, umfasste sie mit einem Arm und schnitt sie mit seinem Messer ab. Er legte sie auf den Boden, ging zu dem Baumstamm, band das Seil los und zog es über den Ast. Er rollte es zusammen und hängte es oben an den Wagen; dann nahm er die Schaufel aus der Kiste unter dem Sitz, suchte eine geschützte Stelle unter dem Baum aus und begann, ein Grab zu graben. Er dachte daran, wie sie sich vor ein paar Tagen wegen dem Grab des kleinen Siedlermädchens angestellt hatte, wie sie zurückgeblieben war, um die Knochen wieder zu begraben, damit sie die Wölfe nicht erreichen konnten. Also grub er ganze drei Fuß tief. Als er sie jedoch in die Büffelhaut eingewickelt hatte, die er bei dem wärmeren Wetter jetzt nicht mehr brauchen würde, war das Loch zwar tief genug, aber einige Zoll zu kurz. Sie war eine große Frau. So stach er noch ein paar Zoll ab. Als er sie erneut hinunterließ, passte es perfekt.

Er schwitzte, als er aufstand, und sein Rücken schmerzte. Sie wog eine Tonne. Jetzt musste er sich überlegen, was er ihr ins Grab legen sollte. Er hatte ihr Deckenbündel vom Wagen heruntergeholt und es aufgerollt. Darin hatte er einen Nähkorb aus grünem Samt gefunden, der ihm bisher noch nicht aufgefallen war. Er setzte sich ins Gras, um ihn zu öffnen, und sobald er das tat, taten es ihm die Frauen gleich. Er schaute sie böse an. Sie hatten wirklich nur Stroh im Kopf. Er öffnete den Korb.

Obenauf lag zusammengerollt der lange weiße Stoffstreifen, den sie zu ihrem Klavier gemacht hatte und auf dem sie am Vorabend gespielt hatte. Dann kamen Kamm und Bürste und ein Restchen Seife zum Vorschein. In zwei Handtücher war etwas eingerollt, was er für Unterwäsche hielt. Außerdem zehn einzelne Dollarscheine. Vermutlich hatte sie damit in Hebron etwas für sich einkaufen wollen. Er schob das Geld tief in die Innentasche seines Mantels. Darunter lag ein Stapel Papiere, ein zusammengefaltetes Blatt mit Namen und Adressen darauf, ein Bündel Briefe und ein Kuvert. Aus Letzterem ragte die Ecke eines Geldscheins. Er öffnete es und fand acht Dollar Papiergeld darin. Dieses steckte er zu den anderen zehn Dollar in seinem Mantel. Dann fand er ein kleines, viereckiges Stück Pappe, auf das eine rosafarbene Kameenbrosche gesteckt war. Die Brosche zeigte das Gesicht eines jungen Mädchens mit einer Krone. Briggs dachte sich, dass ihm die Brosche bestimmt ein paar Dollar einbringen würde, deshalb steckte er sie in eine Seitentasche zu der Dose Sardinen, die er aus Giffens Erdhütte gerettet hatte. Darunter lag wieder ein Blatt Papier mit Namen und Adressen. Und schließlich waren da noch drei Umschläge, zwei offene und ein versiegelter, und diese öffnete er. Der erste enthielt nur ein Blatt mit Namen und Adressen. Im zweiten Umschlag war ein mit »Dorothy« unterzeichneter Brief an Cuddy – von ihrer Schwester, nahm er an. Er konnte ihn nicht lesen, und er interessierte ihn auch nicht. Er steckte ihn zurück in den Umschlag und legte ihn beiseite. An die Adresse auf dem letzten Umschlag, den er schon einmal gesehen hatte, erinnerte er sich: »Mr. George Briggs, bei Mrs. Altha Carter, Frauenhilfswerk, Methodistenkirche, Hebron, Iowa.« Der Umschlag war verschlossen. Er schlitzte ihn mit einem Finger auf. Er enthielt sechs Fünfzig-Dollar-Noten der Bank von Loup. Briggs war verblüfft. Stirnrunzelnd blickte er auf die Banknoten, bis ihm ein Licht aufging – sie hatte sie damals in Loup überhaupt nicht bei der Post aufgegeben. Sie hatte sie behalten und mitgenommen, und er wusste auch, warum. Sie hatte ihm nicht über den Weg getraut. Er war ein Mensch mit einem schlechten Charakter. Er hätte sich jederzeit von der Gruppe trennen, sie und die Frauen im Stich lassen und alleine nach Hebron reiten können, um dort den Umschlag abzuholen – er war ja an ihn adressiert – und sich mit reichlich Bargeld davonzumachen. Deshalb hatte sie ihm die Notlüge erzählt, dass sie das Geld im Laden zur Post gegeben hätte, und stattdessen hielt sie es all die ganzen langen Meilen und Tage in ihrem Nähkorb versteckt. Vielleicht wollte sie sich auch die Befriedigung gönnen, ihn persönlich damit zu bescheren, nachdem er seine Arbeit getan hatte. Er warf einen Blick auf das Grab. Schöne Bescherung. Und er hatte obendrein noch achtzehn Dollar Papiergeld. Er zählte die Banknoten noch einmal. Er hatte noch nie dreihundert Dollar auf einmal gesehen. Er erlaubte sich die Vorfreude auf ein paar Dinge, die er sich davon würde leisten können: ein Bad, ein weiches Bett, warme Mahlzeiten, einen ganzen Fluss voller Whiskey, eine Frau, ein Kartenspiel und vieles mehr …

Briggs faltete die Scheine zusammen, steckte sie in den Umschlag und schob ihn zusammen mit den Dollarnoten ganz tief in seine Manteltasche. Alle Briefe, außer dem von ihrer Schwester aus dem Osten, und die anderen Papiere steckte er zurück in den Nähkorb, dann stand er auf. Natürlich taten die Frauen dasselbe. Wie dressierte Affen. Er hob Cuddys Mantel, ihre Mütze und ihre persönlichen Sachen auf, rollte alles in ihre Decken, schnürte das Bündel zusammen und schob es unter die Plane auf dem Wagendach, indem er auf die Radnabe stieg. Dann ging er zu ihrem Grab. Er kniete daneben nieder, steckte den Brief ihrer Schwester in eine Falte des Büffelfells und breitete die Stoffklaviatur in voller Länge über sie aus, von ihrem Kopf bis zu den Füßen. Schließlich ging er in die Hocke.

»Cuddy«, sagte er mit gedämpfter Stimme, sodass ihn die Frauen nicht hören konnten, »jetzt hör mir mal zu. Wag es ja nicht, mich zu verfolgen und mir Gewissensbisse zu machen. Das wird nicht klappen. Ich kann nichts dafür. Du warst sowieso schon ein hoffnungsloser Fall. Verrückt, meine ich. Das weiß ich genau, weil ich mir gestern Abend Sorgen um dich gemacht hab und losgegangen bin und du ganz allein dagesessen und gesungen und gespielt hast. Auf einem Stoffklavier hast du gespielt.« Er zögerte. »Jedenfalls, auf Wiedersehen, und danke für das Geld. Du warst ’ne verdammt gute Frau, und du hast mir wirklich geholfen.« Er wurde verlegen. »Auf Wiedersehen.«

Er stand auf, nahm die Schaufel und begann, das Grab

aufzuschütten. Als das Loch zur Hälfte gefüllt war, stieg er hinein und trampelte auf der Erde herum, um sie festzustampfen, dann füllte er das Loch bis oben hin und stampfte die Erde erneut fest; und als er damit fertig war, formte er aus der übrig gebliebenen Erde einen Hügel, glättete ihn fein säuberlich und trat erschöpft zurück. Es war Zeit zum Aufbruch. Briggs holte sein Pferd und band es an den Wagen. Aus der Proviantkiste nahm er einen Becher und einen Löffel und maß ein Säckchen Maismehl aus dem größeren Sack ab – er konnte sich eine Schleimsuppe in dem Becher zubereiten –, und aus dem Fach unter dem Kutschbock holte er ihre Flinte und reichlich Patronen. Die Flinte steckte er in sein Sattelholster, den anderen Kram in seine Satteltasche. Seine Decken und seinen Mantel band er hinter dem Sattel zu einer Rolle zusammen. Er bewegte sich langsam und bedächtig, und die Frauen beobachteten ihn.

Zuletzt überlegte er, was er mit dem Nähkorb und den Briefen und den Namen der Verwandten darin tun sollte. Wo er ihn verstauen sollte, damit ihn sicher jemand fand. Er entschied sich für die Kiste unter dem Kutschbock, tat den Korb hinein und schloss den Deckel.

Er führte sein Pferd um den Wagen herum vor die vier Frauen, stieg auf und schaute jede lange und angeekelt an. Du lieber Himmel, er hatte wirklich genug von stummen Mündern und Gesichtern wie Stein und Augen wie blinden Fensterscheiben. »Also gut«, sagte er, »unsere Wege trennen sich hier. Ich reite allein weiter. Ich hab mir für euch auf dieser Fahrt den Arsch aufgerissen, und eine gute Frau ist wegen euch gestorben, und das reicht. Ihr könnt jetzt alleine nach Iowa fahren. Die Frau, zu der ihr gehen müsst, ist Mrs. Altha Carter.

Altha Carter. Ihr brecht von hier aus genau nach Osten auf, bis ihr an den Fluss kommt, dann fahrt ihr nach Süden zur Fähre von Kanesville, setzt über und fahrt weiter Richtung Süden nach Hebron.« Er hob einen Finger. »Also, wie ist der Name dieser Frau?«

Er wartete. Sie schauten ihn an, als hätte er aus der blöden Bibel vorgelesen – »und Nat zeugte Kisch, und Kisch zeugte Saul«, und so weiter und so fort.

»Wie heißt die Stadt?«

Die Frauen waren wie Strohpuppen. Es führte zu nichts, wenn man sich um sie kümmern wollte. Was sie brauchten, waren ein paar auf die Kehrseite, sonst nichts.

»Mist«, sagte er. »Na gut, ihr seid jetzt auf euch selbst angewiesen. Ihr habt Maismehl und vier Räder unterm Hintern und ein Pferd und ein prima Maultiergespann, und ihr solltet es eigentlich bis nach Hebron schaffen. Und wenn ihr's nicht schafft, wird es auch kein großer Verlust für die Vereinigten Staaten von Amerika sein.« Mit seiner freien Hand berührte er die Krempe seines Schlapphuts. »Also auf Wiedersehen, meine Damen. Auf Wiedersehen und viel Glück.«

Er ruckte an den Zügeln, und der Rotschimmel trug ihn für immer fort von dem Baum und dem frischen Grab und dem Wagen und den durchgedrehten Mädels. Seine Nerven waren den ganzen Morgen zum Zerreißen gespannt gewesen, und jetzt löste sich die Spannung. Er war noch keine zehn Ruten weit geritten, als er hörte, wie ihm jemand »Auf Wiedersehen! Auf Wiedersehen!« nachrief. Vermutlich winkte sie mit einem Arm und hielt im andern Arm ihre Puppe. Zum Teufel mit ihr. Zum Teufel mit dem ganzen närrischen, durchgedrehten Haufen. Dies hier war schließlich ein freies Land. Und George Briggs war Gott sei Dank endlich wieder ein freier Mensch.

Zuerst vergewisserte er sich noch einmal, ob alles in Ordnung war.

Er schob die Messerscheide und den Revolver unter seinem Gürtel zurecht, sodass beides bequemer saß.

Dann legte er eine Hand auf die Satteltasche, dann auf den Gewehrkolben und auf die Rolle hinter dem Sattel.

Er vergewisserte sich, dass die Brosche in einer Seitentasche und die Reichtümer an Dollarscheinen und Banknoten tief in der Innentasche seines Mantels steckten.

In friedlicher Stimmung ritt er weiter. Es drängte ihn, über seine Schulter zurückzuspähen und zu sehen, ob es irgendwelche Lebenszeichen um den Wagen herum gab, aber das hieße, Ärger heraufzubeschwören.

April.

Jede Menge Sonnenschein. Der Himmel war wasserblau, mit Federwölkchen, und der Gesang der Vögel hoch droben stach wie feine Nadeln in die Bläue.

Die Prärie erinnerte ihn an einen großen Teller voller Essen in einem Gasthof. Darauf wurde eine Mahlzeit namens Frühling gereicht, grün und braun, mit neuem Büffelgras, welches das alte ersetzte. Jeden Tag würde es jetzt mehr blaue, gelbe, orangefarbene und weiße Wildblumen geben, als das Auge essen konnte.

Er hätte sich beinahe umgedreht, beherrschte sich aber.

Er war ein Mann, der nie zurückschaute. Das hatte er Cuddy auch gesagt, als er ihr von der Frau erzählt hatte, mit der er zusammengelebt hatte und die ihn hatte heiraten wollen. »Ich bin von ihr weggeritten und hab mich kein einziges Mal umgeschaut.«

Wenn sie auch nur ein kleines bisschen Grips und Mumm hatten, würden sie alleine zurechtkommen. Sie waren schließlich Farmersfrauen. Sie konnten mit Pferd und Maultier und Wagen umgehen, sie konnten kochen und für sich selbst sorgen, und mit ihrem Narrenglück würden sie über jemanden stolpern, der Mitleid mit ihnen hatte und unter den Kutschbock schaute und zusah, dass sie ihr Reiseziel erreichten.

Der Drang, zurückzuschauen, wurde stärker.

Er hoffte, dass Hebron mehr als eines dieser kleinen verschlafenen Provinznester war, wo man sonntags nur in die Kirche gehen konnte. Auf jeden Fall musste es, weil ja die Furt nach Kanesville in der Nähe war, irgendetwas geben, wo ein Mann ordentlich auf den Putz hauen konnte.

Er stellte sich vor, er wäre ein Dragoner beim Appell. Er straffte die Schultern und hob den Kopf.

Selbst wenn sie es nicht schafften, wenn sie herumirrten und verhungerten oder sich gegenseitig umbrächten, wäre es ein Segen. Sie waren niemandem zu irgendetwas nütze. Ihrer Verwandtschaft würden sie nur zur Last fallen.

Briggs schaute sich um.

»Allmächtiger Gott!«, stöhnte er.

Sie folgten ihm. Hintereinander in einer Reihe wie Schafe auf dem Weg in den Pferch. Zuerst Sours, dann Petzke, dann Svendsen, dann Belknap. Sie stapften mühsam durch die Prärie, als sei er ihr Führer und als würden sie ihm auch durch Flammen und Fluten folgen, bergauf und bergab, ins Grab oder ins ewige Leben, als würden sie mit ihm als Anführer auch um den ganzen Erdball wandern.

Er hielt an. Er saß auf seinem Pferd und wartete. Er schaffte es nicht, noch einmal zurückzuschauen.

Das Mädchen erreichte ihn zuerst. Es umfasste sein Bein mit einem Arm und hielt ihn fest, als wäre es ihr sterbendes Kind. Die Wolfsfrau streckte ihre Arme über seine beiden Beine und fesselte ihn auf diese Weise an den Sattel. Die unfruchtbare Frau und die Kindsmörderin kamen auf die andere Seite und legten ihre Hände auf ihn, eine auf seinen Oberschenkel, eine auf seine Hüfte. Und dort in der Prärie, unter dem wasserblauen Himmel, schlossen die fünf einen Bund. Das Pferd rührte sich nicht, ebenso wenig, wie es sich in der Nacht am Fluss unter dem straffen Seil bewegt hatte, als es um Leben oder Tod ging. Außer dem Singen der Vögel hoch oben war kein Geräusch zu hören. Der Mann schaute auf die Frauen herab, auf die wirren Haare und schmutzigen Gesichter, in die leeren Augen. Er war nicht frei, bei Weitem nicht. Er musste Cuddy ersetzen. Vermutlich verstanden die Frauen Cuddys Tod nicht, aber was auch immer sie ihnen bedeutet hatte, das bedeutete er ihnen jetzt. Briggs war immer ein Einzelgänger gewesen und anderen aus dem Weg gegangen. Vor Liebe, Freundschaft und jeglicher Art von Bindung hatte er stets die Flucht ergriffen, und so hatte er nie entdeckt, was unerfüllt in ihm schlummerte. Jetzt schien es ihm, als ob etwas wie ein gemeinsames Gebet aus ihren Körpern in seinen überströmte – so wie Blut ruhig durch Venen fließt –, eine Bitte, auf die sein noch unerkanntes Selbst mit Ja antwortete.

Er lenkte sein Pferd von den Frauen weg, wandte es

um und ließ es im Schritt zurück *zum* Wagen gehen. Nach ein paar Ruten schaute er zurück.

Die vier folgten ihm.

Eine halbe Stunde später waren alle Sachen an ihrem rechtmäßigen Platz verstaut, die Frauen saßen wieder im Wagen, der Wagen fuhr los, die Pferde trotteten hinterher, und George Briggs saß auf dem Kutschbock mit den Zügeln in der Hand und verfluchte George Briggs. Wäre er jemand anders gewesen, er hätte George Briggs nach Strich und Faden verdroschen. Nur weil eine Frau, die ihn als einen »Menschen mit schlechtem Charakter« bezeichnet hatte, sich an einem Baum aufgeknüpft hatte. Nur weil vier übergeschnappte Gänse sich an ihn geklammert hatten wie an einen Ehemann oder Bruder oder den nächstbesten Heiligen. Der Mann, der nie zurückblickte, hatte genau das getan, nur dieses eine Mal, und damit vielleicht den größten Fehler seines Lebens gemacht. Wenn er Tabak gehabt hätte, hätte er einen Priem gekaut. Wenn er Whiskey gehabt hätte, hätte er sich besoffen. Aber er hatte nur einen leeren Magen und ein Gefühl der Enttäuschung und die Zügel in der Hand, und so schloss er einen Handel mit sich selbst: noch drei Tage, den heutigen mitgerechnet. Er würde diese durchgedrehten Hühner noch drei Tage lang befördern, und wenn er sie bis dahin nicht zur Fähre gebracht hatte, dann auf Wiedersehen, Schwestern. Von jetzt an würde er sich in Richtung Südosten halten, und nach drei Tagen konnte er sie mit gutem Gewissen allein lassen. Je weiter man nach Süden fuhr und sich dem Platte-River näherte, desto mehr Reisende traf man unterwegs. Irgendeine Gruppe auf dem Weg nach Westen würde sicher auf sie stoßen, die Papiere und Mrs. Carters Namen im Nähkorb finden und zwei und zwei zusammenzählen.

Am Nachmittag sah er in der Ferne zwei Wagenkolonnen und bemerkte zudem, dass die Sodenhäuser durch Blockhütten verdrängt wurden. Er machte eine kurze Bestandsaufnahme. Die Maultiere waren nur noch Haut und Knochen. Sie zogen den Wagen mit hängenden Köpfen. Sie brauchten Mais und ein paar Tage zum Ausruhen, aber er konnte ihnen nichts davon geben. Wenn sie nur lange genug auf den Beinen blieben, um den Wagen bis zum Fluss zu ziehen, dann konnten sie von ihm aus tot umfallen, es würde ihn einen Dreck scheren. Sein Pferd war gut in Form, ebenso wie Shaver, Cuddys Wallach. Am Kastenwagen allerdings hatte sich der Eisenreifen am linken Hinterrad wieder gelockert und klapperte beim Fahren. Er hielt Ausschau nach einem Bach, fand aber keinen, also spaltete er abends beim Lagern Holz und klemmte einen Keil zwischen Rad und Reifen. Er hoffte, dass es die zwei Tage noch halten würde. Das würde vielleicht klappen, das Maismehl allerdings würde sicher ausgehen.

Er musste jetzt alles selbst machen. Er buk Fladen aus dem restlichen Maismehl und teilte sie sorgfältig auf. Was von der Portion fürs Abendessen übrig blieb, würde morgen zwei kalte Mahlzeiten hergeben und keinen Krümel mehr. Aber früher oder später würden sie an einer Poststation oder einem Laden vorbeikommen, wo er Lebensmittel kaufen konnte. Er hatte ja Geld. Und ob er Geld hatte!

Am Morgen machte er eine Entdeckung. Er konnte die Frauen jeweils zu zweit ins Gebüsch führen anstatt einzeln, sie stritten und kämpften nicht miteinander. Und nicht nur das, sie kamen auch allein im Gänsemarsch wieder zum Wagen zurück. Wo er auch hinging, sie folgten ihm wie junge Hunde. Wenn er vergaß, sie zuerst im Wagen einzusperren, folgten sie ihm sogar, wenn er pinkeln ging.

An diesem Tag, dem zweiten, war das Wetter unbeständig. Es schüttete wie aus Eimern, dann hörte es auf, dann tröpfelte es wieder eine Weile und hörte wieder auf, als wäre das Wetter selbst unentschlossen, was es als Nächstes tun sollte. Briggs hielt Ausschau durch den Dunst. Er hätte bei Weitem lieber einen Laden als eine Poststation entdeckt. Bei einer Poststation hielten sich manchmal eine Menge Leute auf, vielleicht sogar mehrere Wagenkolonnen zur gleichen Zeit. Diese Leute kümmerten sich um die Hufeisen, sie reparierten ihre Wagen, tauschten fußlahme Tiere gegen frische ein, die Männer tranken Whiskey, die Frauen kauften unterdessen Brot und Käse, Melasse und Maismehl und getrocknete Äpfel zum Kuchenbacken und allerlei andere Waren, die angeboten wurden. Vielleicht waren auch Fuhrleute da und, was noch schlimmer war, Soldaten. Fünf Jahre war es jetzt her, dass er aus Fort Kearney abgehauen war. Vor den Rekruten hatte er keine Angst, aber wo gemeine Soldaten waren, waren vielleicht auch Offiziere, und manche von denen waren verdammt schlau und hatten ein Gedächtnis wie ein Elefant. Nein, er wollte zu einem Laden.

Am Vormittag wäre er fast an einem vorbeigefahren. Er stand am Rande eines Weidengehölzes und bot einen traurigen Anblick. Zwei gegabelte Stecken stützten eine Firststange, über die ein loses Segeltuch gezogen und an allen vier Seiten wie ein armseliges Zelt festgesteckt worden war. Durch einen offenen Schlag fiel Licht. Dass sich darin Soldaten oder irgendwelche anderen Kunden befanden, war sehr unwahrscheinlich.

Briggs kletterte vom Wagen, streckte sich, um einen Krampf in seinem Bein loszuwerden, und öffnete seinen Mantel, um ungehindert an seinen Gürtel greifen zu können. Er ging hinein. Innen im Zelt war es genauso duster wie draußen. Zwei schäbig gekleidete Männer saßen auf einer über zwei Sägeböcke gelegten Planke. Der eine war so lang wie eine Bohnenstange, der andere sah so kurz und abgesägt aus wie ein Schemel. Beide waren hager und hatten große Ohren; vielleicht waren sie Brüder oder Vettern. Sie schauten wichtig drein, um zu zeigen, dass sie die Eigentümer des Ladens waren.

»Tag«, sagten sie.

Briggs nickte und begutachtete ihr Geschäft, während sie ihn betrachteten. Viel Kapital hatten sie nicht investiert. Er sah zwei Fässer Whiskey auf einem Stapel Holz, einen Tisch mit einigen Konserven, ein Glas mit Eingelegtem, das ihm das Wasser im Mund zusammenlaufen ließ, und ein offenes Fass, in dem sich augenscheinlich gepökeltes Schweinefleisch befand.

»Woher?«, fragte Bohnenstange.

»Von Nordwesten.«

»Wohin?«, fragte Schemel.

»Kanesville.«

»Wozu?«

»Zum Übersetzen. Wo ist Hebron?«

»Iowa?«

»Genau.«

»Tja, am andern Ufer.«

»Das weiß ich auch.«

»'ne Meile flussabwärts nach der Bellevue-Furt.«

»Was haben Sie geladen?«, fragte Bohnenstange.

»Frachtgut.«

Schemel stand auf und ging zur Tür.

»Kanesville, sagen Sie?«, fragte Bohnenstange nach und kratzte sich am Ohr. »Tja, immer sachte mit 'n Gäulen.«

»Maultieren. Wieso?«

»Der Fluss hat südlich von hier Hochwasser. Sie kommen nicht rüber.«

»Klar doch.«

»Am Cheese Creek? Nicht, wenn er so hoch steht.«

»Was denn nun?«, fragte Briggs. »Wenn's trocken ist, ist er 'n Bach. Wenn's regnet, 'n Fluss.«

Schemel starrte nach draußen. »So'n Fuhrwerk hab ich ja noch nie gesehen. Was 'n das?«

»Ein Kastenwagen.«

»Kastenwagen? Was dagegen, wenn ich mir den näher angucke?«

»Ja.«

Bohnenstange richtete sich von der Planke zu voller Länge auf. »Was können wir für Sie tun, Mister?«

»Das Schweinefleisch.« Briggs deutete auf das Fass. »Was kostet das?«

»Ein' Dollar das Pfund.«

»Ein Dollar?«

»Bei Tolliver gibt's billigeres.«

»Wo ist das?«

»Am andern Ufer.«

Briggs verzog das Gesicht. »Ich nehm drei Pfund.«

Bohnenstange nahm ein Mehlsäckchen und schaufelte das Fleisch mit der bloßen Hand aus dem Fass in das Säckchen. Briggs schaute sich nach Schemel um, der nicht mehr da war, ging langsam zur Tür und sah ihn auf Zehenspitzen neben dem Wagen stehen und durch ein Fenster hineinspähen. Ärgerlich wandte er sich an Bohnenstange.

»Ich hab doch gesagt, er soll von dem Wagen wegbleiben! Holen Sie ihn wieder rein!«

Bohnenstange war mit dem Abfüllen fertig und band das Säckchen zu. »Er ist mein Vetter. Er hat seinen eigenen Kopf.«

Briggs trat zu einem der beiden Whiskeyfässer und zog sein Bowiemesser aus der Scheide. Er hieb es seitlich in das Fass wie in einen Menschenleib, dann ging er auf die andere Seite, trieb dort das Messer bis zum Heft hinein und zog es wieder heraus. Der Whiskey plätscherte aus beiden Löchern. Bohnenstange machte ein Gesicht, als hätte er nicht in das Fass, sondern in ihn gestochen.

»Warum machen Sie so was?«, blökte er gequält. Er klaubte ein paar Lumpen auf und machte eine Bewegung Richtung Fass.

»Immer sachte mit den Gäulen!«, sagte Briggs ruhig und wedelte mit dem Messer. »Sie können das Fass stopfen, wenn Sie ihn reingeholt haben.«

Bohnenstange war mit zwei Schritten an der Tür. »Herrgott noch mal, Vetter, komm wieder rein!«, brüllte er. »Der Kerl ist ’n Messerstecher!«

Schemel machte einen Satz in die Luft und kam im Schweinsgalopp ins Zelt zurück.

»Nicht zu fassen!«, kreischte er Bohnenstange zu, der kniend das vordere Loch stopfte. »Der hat da vier Weiber drin!«

Briggs drehte sich zur Seite, sodass keiner der beiden Vettern ihm auf die Finger schauen konnte, kramte in seiner Tasche nach den Geldscheinen, suchte drei Ein-Dollar-Noten heraus, steckte das Bündel zurück und legte die drei Dollar auf den Tisch.

»Weiber!«, kreischte Schemel.

»Halt's Maul, blöder Arsch, und stopf das andre Loch!«, schnauzte ihn Bohnenstange an.

Schemel machte einen Satz auf das Fass zu. Briggs nahm den Deckel vom Glas, durchbohrte eine eingelegte Gurke mit seinem Bowiemesser, biss hinein und fand Geschmack daran. Er steckte sein Messer wieder ins Futteral zurück, nahm das Fleisch und ging zur Tür hinaus, die Gurke wie eine Zigarre zwischen den Zähnen.

Die Vettern brüllten ihm nach: »Halt! Wir kriegen noch Geld! Zehn Cent für die Gurke!«

Briggs rülpste. Die Gurke stieß ihm auf. Die geldgierigen Scheißkerle hatten wirklich recht gehabt. Der Cheese Creek war zu einem richtigen Fluss angewachsen. Regen und das aus anderen Bächen in ihn mündende Wasser hatten ihn bedrohlich anschwellen lassen, und Briggs schätzte seine Breite auf knapp zehn Ruten. Am Nachmittag hatte er den Wagen in die Flussniederung gefahren, die mit verschiedenen Sträuchern und grün belaubten Eschen bestanden war. Er hatte den Fluss lange betrachtet und sich überlegt, ob er woanders nach einer besseren Furt suchen sollte oder ob er hier übersetzen konnte. Es gab nur eine Möglichkeit, das herauszufinden. Er kletterte vom Wagen und zog sich ganz aus. Er leerte das Wasserfass, das hinten angebracht war, aus, verschloss es wieder und zerrte es hinter sich her zum

Fluss. Splitternackt watete er vorsichtig Zoll für Zoll ins Wasser und hielt auf die andere Seite zu; seine Füße tasteten den Grund nach Buschwerk, Zweigen und Geröll ab. Das Wasser war verdammt kalt. Briggs hatte nie schwimmen gelernt. Sogar bei den Dragonern war er im Wasser immer auf seinem Pferd sitzen geblieben, und danach hatte er nur Fähren benutzt.

Er klammerte sich fest an das Fass, und das war auch gut so: Auf halbem Wege nämlich, als er bis zu den Achseln im Wasser stand, verlor er plötzlich den Boden unter den Füßen. Unter ihm war ein tiefes Loch. Mit dem linken Arm hielt er das Fass umklammert, als ob es um sein Leben ginge, mit der Rechten drosch er auf die Strömung ein, und mit dieser unbeholfenen Methode bekam er endlich wieder Boden unter die Füße und watete schließlich ans andere Ufer. Er stellte das Fass hochkant und setzte sich rechtschaffen zitternd und keuchend darauf.

Hier unten in diesem Wäldchen war der Tag noch düsterer. Es tröpfelte von den Bäumen. Donner grollte irgendwo weiter nördlich.

Briggs überlegte. Ob er den Wagen über das Loch schwimmen lassen konnte, wenn er ihn vollständig entlud? Wie würden die Maultiere sich verhalten? Wenn er es schaffte und mit den Maultieren wieder zurückschwamm, konnten sich die Frauen zum Übersetzen auf ihnen halten? Oder würden sie es mit der Angst zu tun bekommen und runterfallen? Und selbst wenn er sie auf den Maultieren rüber bekam, was stellte er mit der restlichen Fuhre an? Mit der Proviantkiste und den Decken und dem andern Kram? Er musste sich etwas einfallen lassen. Er würde nicht hier am Cheese sitzen bleiben und auf eine Eingebung warten. Dies war der vorletzte Tag seines mit sich selbst geschlossenen Handels. Wenn allerdings der Wagen unterging und die Frauen ersoffen wie ein Wurf junger Kätzchen, war der Handel nichtig.

Mithilfe des Fasses planschte er durch die Strömung zurück, trocknete sich mit einer Decke ab und zog sich wieder an. Dann sattelte er seinen Rotschimmel, saß auf und schaute durch ein Fenster in den Wagen. Die Frauen saßen seelenruhig da.

Er ritt Richtung Osten das Ufer entlang, zwischen den Bäumen hindurch, und hielt Ausschau nach einer besseren Furt. Er war noch keine hundert Yards weit geritten, als er zu einer Lichtung kam. Alle Bäume dort waren gefällt worden, und in der Mitte der Lichtung stand ein hölzerner Schuppen. Briggs konnte sich erst keinen Reim darauf machen, doch als er nahe genug herangekommen war, um die hölzernen Walzen und den Verdunster unter dem Dach zu erkennen, begriff er den Sinn der Einrichtung sofort: Dies war eine herrenlose Melassemühle. Jemand hatte sie aufgegeben, obwohl es genug Holz zum Verfeuern gab und genug Wasser, um die Geräte sauber zu halten. Zucker war teuer geworden in letzter Zeit, und so war die Herstellung von Melasse aus Sorghum ein einträgliches Geschäft im Territorium geworden. Die Mühlen waren einfache Apparate. Man füllte das Sorghum zwischen zwei Walzen, die mit einer Pferde- oder Maultierstärke gedreht wurden; die Walzen pressten den Saft aus, der eine schräge Rinne entlang in den Verdunster lief, eine große Pfanne mit hohen hölzernen Wänden und einem Eisenboden. Dort wurde der Saft zu Sirup eingekocht. Briggs wusste, dass eine Mühle mit einem Pferd pro Stunde zwanzig bis dreißig Gallonen pressen konnte.

Er starrte die Pfanne an. Sie war etwa fünf Fuß lang und gerade zwei Fuß breit. Er schnippte mit den Fingern und schwang sich aus dem Sattel. In weniger als drei Minuten war er wieder aufgesessen und zog die Melassepfanne an einem Seil hinter sich her aus dem Schuppen heraus, durchs Gebüsch und zurück zum Ufer des Cheese, wo der Wagen stand.

Er ließ die Frauen aussteigen und setzte sie in einer Reihe ans Ufer. Dann lud er den Wagen komplett aus. Um ihm mehr Auftrieb zu geben, band er das Wasserfass an seinen Platz hinten am Wagen. Anschließend zog er sich wieder aus. Die Frauen schenkten seiner Anatomie nicht mehr Aufmerksamkeit als einem Frosch im Brunnen. Er ließ den Wallach am Wagen angebunden, stieg auf seinen Rotschimmel und führte die Maultiere in den Fluss. Als sie den Boden unter den Hufen verloren, begannen sie zu schwimmen. Briggs redete ihnen ermutigend zu, und der Kastenwagen schwamm, die schwimmenden Maultiere überquerten das Loch, bekamen wieder Grund unter die Hufe und trotteten mit ihrer Fracht aus dem Wasser, als ob sie jede Woche eine solche Flussüberquerung machten. Briggs schaute ans andere Ufer zurück.

»Nein!«, schrie er.

Auf der anderen Seite wateten seine vier Patientinnen ins Wasser, um ihm wie brave kleine Mädchen zu folgen.

»O Gott, nein!«, brüllte er.

Sie würden ertrinken. Sie waren verrückt. Sie würden ihn nie ziehen lassen. Er würde sie nie loswerden.

»Geht zurück!«

Er war von seinem Pferd und auf das Loch im Wasser losgestürzt, bevor ihm einfiel, dass er nicht schwimmen konnte.

Mit ausgebreiteten Armen scheuchte er sie ans Ufer zurück, setzte sich hin und schnappte nach Luft wie ein Fisch auf dem Trockenen. Er bemerkte, dass er immer noch splitternackt war, doch keiner störte sich daran.

Nach einer Weile stellte er die Frauen um den Stamm einer großen Esche herum und band sie mit einem Seil, das er ein paarmal um sie herumwickelte, fest. Er fällte einen jungen Baum, befreite ihn von allen Ästen und machte sich so einen zehn Fuß langen Stab. Dann fuhr er zweimal in der Melassepfanne über den Fluss, wobei er mit dem Stab ruderte und steuerte. Auf der ersten Fahrt nahm er die Proviantkiste, die Decken und das Werkzeug mit hinüber, beim zweiten Mal Shavers Sattel, die Sachen aus der Kiste unter dem Sitz und den grünen Nähkorb. Jetzt hatte er alles außer den Frauen hinübergeschafft.

Briggs ruhte sich einen Moment lang aus. Er war völlig erledigt. Es wurde langsam dunkel. Der Donner hatte aufgehört, aber Wind blies die Niederung entlang, fuhr zwischen den Ästen hindurch und brachte Nieselregen mit.

Er fing mit Sours an, weil er dachte, dass sie am leichtesten zu handhaben wäre. Er setzte sie vor sich in die Pfanne, und sie kamen leicht hinüber. Aber auf der Rückfahrt schaute er sich um.

»Nein!«, schrie er. »Verdammt noch mal, geh zurück!«

Er war selber schuld; er hatte nicht daran gedacht. Sie hingen an ihm wie Kletten. Sours watete ihm, bis zur Taille im Wasser, hinterher. Sie hatte fast schon das Loch erreicht. Er ließ den Stab fallen, sprang aus der Pfanne, planschte durchs Wasser zu ihr hin, legte den Arm um ihre Taille und führte sie zurück ans Ufer. Dort öffnete er die hintere Wagentür. Es verlangte ihn danach, ihr derart ein paar aufs Hinterteil zu verabreichen, dass sie mehr oder weniger in den Wagen fliegen würde. Stattdessen half er ihr die Stufen hinauf wie ein Kavalier, dann knallte er die Tür zu, verriegelte sie und kehrte zum Fluss zurück. Den Stab hatte er verloren. Die Melassepfanne trudelte langsam mit der Strömung den Fluss hinab und verschwand um eine Biegung. Briggs trabte hinterher und watete ins Wasser. Er verfing sich mit einem Bein in einer Wasserpflanze, machte sich los, erreichte die Pfanne, zog sie wieder ans Ufer und dort entlang bis zum Wagen. Hier machte er sich mit der Axt einen neuen Stab zurecht und fuhr wieder los.

Er band Petzke los, setzte ohne Zwischenfälle mit ihr über und steckte sie zu Sours in den Wagen, dann wiederholte er das Ganze mit Svendsen. Er behielt sie allerdings genau im Auge, bis er sie in den Kasten gesperrt hatte. Jetzt war nur noch Belknap übrig.

Aber er war zu müde, und kalt war ihm auch. Seine Haut lief schon bläulich an, und er zitterte vor Kälte. Er wickelte sich in eine Decke und krümmte sich zusammen, hustete, räusperte sich und spuckte aus – er hatte sich erkältet. Dieser ganze Kraftakt, dachte er, war für einen einzelnen Mann einfach zu viel. Wenn Cuddy da gewesen wäre, hätte sie sich um das eine, er um das andere Ufer gekümmert, und sie hätten diese Sache in null Komma nichts geschaukelt. Und wie wäre Cuddy nachher über den Cheese gekommen? Ganz einfach: Sie wäre über das Wasser gewandelt.

Er ließ die Decke fallen und machte sich in der Pfanne wieder auf zum anderen Ufer. Dort band er Belknap vom Baum los, setzte sie in die Pfanne, rollte das Seil zusammen und stieß sich wieder ab. Als sie gerade über dem Loch waren, sprang die Frau auf, so plötzlich, dass er es nicht hatte voraussehen können. Sie sprang auf und machte einen Satz von einer solchen boshaften Kraft, dass sie die Pfanne und damit auch sich und Briggs zum Kentern brachte.

Er schluckte Wasser, strampelte mit Händen und Füßen und bekam sie zu fassen, worauf sie ihre Arme um ihn schlang und sie zusammen untergingen wie ein Stein. Während sie in die Dunkelheit versanken, fuhr ihm durch den Kopf, was Cuddy einmal über Belknap gesagt hatte: dass sie verrückt bleiben musste. Sonst, wenn sie auch nur einen einzigen klaren Gedanken fassen konnte, würde sie begreifen, dass sie ihr Baby getötet hatte, und sie würde versuchen, sich umzubringen. Jetzt versuchte sie zweifellos, ihn ebenfalls umzubringen, und das machte Briggs rasend. Wenn sie wollte, sollte sie sich ruhig umbringen, aber ihn sollte sie gefälligst aus dem Spiel lassen. Er erreichte mit den Füßen den Grund des Flusses, ging in die Knie, stieß sich mit beiden Beinen ab, und sie schossen wieder hinauf zur Oberfläche. Er konnte sich jedoch nicht aus ihrer Umklammerung befreien und sank ein zweites Mal mit ihrem Gewicht am Hals nach unten. Seine Lungen waren kurz vor dem Platzen. Als er den Boden berührte, stieß er sich wieder ab und kämpfte mit ihr, und als er Luft zu schnappen bekam, schaffte er es, sich so weit zu befreien, dass er ihr mit der rechten Faust einen Kinnhaken verpassen konnte. Er schlug sie bewusstlos. Theoline Belknap wurde schlaff, und Briggs packte sie an den

Haaren und zerrte sie mit letzter Kraft über das Loch hinüber, fand Boden unter den Füßen und schleppte sie auf dem Rücken ans Ufer. Er fiel neben ihr mit dem Gesicht in den Matsch. Er schnappte nach Luft und begann aus Angst zu heulen wie ein kleiner Junge, denn er war dem Tod sehr nahe gewesen.

An diesem Abend gab er seinen Passagieren die Hälfte des Schweinefleischs und die Hälfte der Maisfladen zu essen und die andere Hälfte am nächsten Morgen. Jetzt hatten sie überhaupt keinen Proviant mehr. Briggs war das egal, weil heute sein letzter Tag als Amme war. Sie mussten jetzt nah am Missouri sein. Wagenzüge auf dem Weg nach Westen gab es so viele wie Schmeißfliegen. Sie waren bei Kanesville aufeinandergetroffen, als sie den Fluss überquerten, und verstreuten sich auf dieser Uferseite wieder auf dem Weg ins Territorium. Briggs mied sie wie die Pest. Einmal kam ihm eine lange Reihe von Frachtwagen entgegen, Sechsspänner mit Maultieren. Sie waren so nah, dass er beinahe die Peitschen knallen und die Fahrer fluchen hören konnte. Eine andere Kolonne, die aus lediglich vier Planwagen bestand, hatte eine große Viehherde dabei. Kinder mit Stöcken stapften als Treiber hinterher. Briggs schätzte, dass Indianer ihnen in weniger als einer Woche die Hälfte des Viehs weggetrieben haben würden. Er sah auch eine ganze Horde Männer zu Fuß, die Karren vor sich herschoben. Das waren vermutlich Mormonen auf ihrem beschwerlichen Weg zum Salzsee. Es war, als ob die ganzen Vereinigten Staaten Pilger spielten. Jedenfalls würden die Frauen, wenn er sie heute Nacht verließ, nicht verhungern. Er würde sie in der Nähe des Hauptweges schlafen legen, sich davonstehlen und am Morgen in Kanesville sein.

Der Sturm war vorbei, und es war ein sonniger Tag. Am späten Nachmittag stieß er auf einen so überraschenden Anblick, dass er den Wagen anhielt. Ein ausgedehntes, ebenes Stück Land erstreckte sich vor ihm, und weit entfernt, mitten in der Prärie, stand ein großes, zweistöckiges Gebäude. Die untergehende Sonne spiegelte sich in den beiden übereinanderliegenden Fensterreihen aus echtem Glas und ließ die Farbe des Gebäudes leuchten: ein grelles, prahlerisches Blau. So ein Bauwerk hatte hier nichts verloren. Und genauso unglaublich waren die vielen weißen Pfähle, Hunderte, nein Tausende, die an allen vier Seiten des Gebäudes in geraden Reihen im Boden steckten. Er fuhr mit dem Wagen darauf zu und entdeckte, dass die Pfähle ordentlich und gleichmäßig angeordnet waren. Manche Reihen standen so weit auseinander, dass man dazwischen hindurchfahren konnte, und das tat er auch. Da dämmerte es ihm. Das hier war eine Straße. Das hier war eine sogenannte Papierstadt. Und tatsächlich kam er an ein Schild. Er hielt an und drehte und wendete die Buchstaben in seinem Hirn, bis sie einen Sinn ergaben:

WILLKOMMEN IN FAIRFIELD

Es gab nicht nur eine Papierstadt im Territorium, sondern Hunderte, oder es hatte sie gegeben und würde sie auch weiterhin geben. Briggs bewunderte die Unverschämtheit und die Fantasie der Gründer. Eine Bande schloss sich zusammen, trieb ein bisschen Geld auf und bestach den Gesetzgeber, die Stadt einzutragen. Dann heuerten sie ein paar Habenichtse an, ließen sie meineidig ein paar tausend Morgen Land registrieren, steckten das Gelände für die Straßen ab und teilten Parzellen von 125 mal 25 Fuß ab. Als Nächstes zogen sie ein Hotel hoch, um Platz für sich und alle anderen Hochstapler zu schaffen, die sich ihnen noch anschließen würden. Dann eilten sie zur nächstbesten Druckerei oder Zeitung und ließen Flugblätter drucken, die für die Stadt Werbung machten. Diese Flugblätter verkündeten, dass man jetzt »Anteile« kaufen sollte, zehn Parzellen auf einen Streich. Das wäre die Garantie für spätere Reichtümer, da diese Stadt von ihrer Lage her und von den Göttern gesegnet sei wie keine zweite. Sie gründe sich auf eine blühende Landwirtschaft, die Wasser- und Holzversorgung wäre gut, und sie besäße üppige Blei-, Eisen-, Kohle- und Salzvorkommen. Die Eisenbahnlinie dorthin wäre bereits im Bau. Auf Lithografien bekam man breite Prachtstraßen zu sehen, mit eleganten Villen, einem Opernhaus, Kirchen, einer Schule und einem Fluss mit Hafenanlagen, wo haufenweise Dampfer vertäut lagen. Flugblätter und Lithografien wurden zu Tausenden nach Osten versandt; Verkäufer wurden für einen Dollar am Tag plus Provision angestellt, um die an Missouri und Iowa angrenzenden Staaten abzugrasen. Wenn die Werbetrommel kräftig gerührt und die Falle mit dem Köder bestückt war, lehnten sich die Gründer zurück, rieben sich die Hände und warteten auf den Goldregen. Wenn dieser in Form von Tausenden argloser Dollar gefallen war, brachen sie ihre Zelte ab, um ihr Glück woanders zu versuchen. Normalerweise machten sie sich nicht einmal die Mühe, das Hotel abzureißen oder die Pfähle zu entfernen.

Jedenfalls war die blaue Farbe des Hotels frisch, und es trug ein Schild mit der Aufschrift *Fairfield Hotel* an der Fassade. Und gerade als Briggs mit dem Wagen vor dem Hotel vorfuhr, hatte er eine Idee. Heute Nacht würde er die Frauen verlassen, und dies war der geeignete Ort dafür. Er würde zwei Zimmer nehmen, eines für sie und eines für sich. Sie konnten zu viert in einem Bett schlafen. Er würde Abendessen für sie alle bestellen und zusehen, dass sie baden konnten. Im Lauf der Nacht würde er abhauen und den Nähkorb mit den Papieren am Empfang stehen lassen. Lebt wohl, Mädels; er würde sie frisch gewaschen, mit gefüllten Mägen, in tiefem Schlaf in einem richtigen Bett zurücklassen – was konnten sie sich mehr wünschen? Sollten die Hotelbesitzer sich um sie kümmern, wenn er fort war. Für ihre Bemühungen konnten sie den Wagen, die Maultiere und den Wallach behalten. Das war ja wohl kein schlechter Tausch.

Er kletterte vom Kutschbock, stieg die Stufen zum Hotel hinauf und ging hinein. Innen war es dank der Fenster und der tiefstehenden Sonne so hell wie draußen. Sein erster Eindruck war der von Vergänglichkeit. Dies war ein Papierhotel für eine Papierstadt, eilig zusammengenagelt und mit Möbeln bestückt, um für eine kurze Zeit bewohnbar und anständig zu wirken und um dann wieder des Glases und des Whiskeys beraubt zu werden. Es würde bald nur noch Geister als Gäste haben und irgendwann verrottet zusammenbrechen oder vom Wind umgeweht werden. Briggs gegenüber führte ein paar Fuß entfernt eine breite Treppe in den zweiten Stock hinauf. Zu seiner Rechten, vor einer Reihe nackter Fenster ohne Vorhänge, stand eine Ansammlung alter Stühle und Sofas. Zu seiner Linken war ein langer Tresen, hinter der ebenso lange Regale mit Flaschen bestückt waren. Zwischen den Flaschen und dem Tresen, auf Letzteren aufgestützt, lehnte ein großer, dicker Mann, wohl der Barkeeper. Er war kein junger Spund mehr. Er hatte eine Glatze, graue Koteletten und Tränensäcke unter seinen Eulenaugen. Briggs ging langsam auf ihn zu.

»Tag«, sagte er.

Der Barkeeper nickte.

»Hübsches Fleckchen haben Sie hier.«

Der Barkeeper war nicht sehr gesprächig.

»Haben Sie für Gäste geöffnet?«

Eulenauge nickte.

»Fein«, sagte Briggs. »Ich bringe Ihnen welche. Draußen im Wagen sitzen vier Frauen. Ich brauche heute Nacht ein Zimmer für sie und eins für mich. Und außerdem könnten wir jetzt ein Bad und später ein Abendessen vertragen.«

»Wir sind ausgebucht.«

Briggs legte ungläubig seinen Kopf schief. »Wer wohnt denn hier?«

»Glauben Sie mir einfach.«

Briggs ging an die Theke und legte seine Hände darauf.

»Draußen auf dem Schild steht ›Hotel‹. Wir sind von verdammt weit her gekommen. Wir brauchen zwei Zimmer und so weiter.«

»Tut mir leid.«

Briggs zog eine finstere Miene. Er trat von der Bar zurück und öffnete seinen Mantel, um seine Waffe zu zeigen. Er hatte das Gefühl, dass der Anblick des schwarz verkohlten Laufes eine solche Eule zum Blinzeln bringen konnte. »Mister«, sagte er, »ich bin nicht hergekommen, um Ärger zu machen. Aber ich bin verdammt müde, und wenn ich müde bin, werde ich ungemütlich. Das hier ist ein Hotel. Ich habe Geld. Ich will zwei Zimmer, baden und essen, oder ich will wissen, warum das nicht geht. Und zwar sofort.«

Der Barkeeper blinzelte. »Einen Augenblick.« Und schon war er hinter der Bar hervorgekommen und lief seinem kugelrunden Bauch hinterher zur Treppe. Er bewegte sich leichtfüßig wie eine Feder. »Mr. Duffy!«, rief er die Treppe hinauf. »Kundschaft! Können Sie mal runterkommen?« Er schaute Briggs an und schwebte zur Bar zurück.

Ein Mann mit Zylinder kam die Treppe herunter. Er schritt flink auf Briggs zu.

»Ich bin Aloysius Duffy«, sagte er und streckte Briggs die Hand entgegen. »Und Sie, Sir?«

»Briggs.«

»Was können wir für Sie tun?«

Briggs zählte seine Wünsche auf: zwei Zimmer, heiße Bäder und ein Abendessen für fünf Personen. Duffy hörte höflich zu. Er war ein Mann in den Vierzigern, mittelgroß, mit rotem Gesicht. Er trug ein gestärktes Hemd, eine rote Krawatte, schwarze Hosen, flotte gelbe Schuhe und etwas, was man als eine diamantenbesetzte Krawattennadel durchgehen lassen konnte. Die Hand, die er zur Begrüßung ausgestreckt hatte, war weich und hatte sicherlich häufiger wertlose Papiere unterzeichnet als eine Sichel geschwungen. Er bot das Bild eines Mannes, der nach dem Grundsatz lebte: Erst die Arbeit, dann das Vergnügen.

»Soso«, sagte Duffy. »Aber warum brauchen Sie zwei Zimmer?«

»Tja, ich bin nicht allein unterwegs. Ich fahre einen Wagen mit vier Passagieren. Frauen.«

»Frauen?« Duffys Augen glitzerten heller als seine Krawattennadel. »Aha. Eine ungewöhnliche Fuhre, wenn ich das so sagen darf.« Er wurde wieder ernst. »Aber trotzdem, Mr. Briggs, ich bedaure, ich kann Ihnen nicht zu Diensten sein.«

»Ich will wissen, warum. Das ist doch ein Hotel, oder etwa nicht? Und es hat geöffnet?«

»Lassen Sie mich das erklären.« Duffy hob zwei Finger in Richtung des Barkeepers. »Kommen Sie«, lud er Briggs ein. »Trinken Sie erst mal einen auf Kosten des Hauses.«

Sie gingen an die Bar und schauten zu, wie der Barkeeper zwei Whiskeys einschenkte. Der Hotelbesitzer hob sein Glas. »Auf Ihr Wohl, Sir.« Er kippte seinen Whiskey und wandte sich wieder an Briggs. »Nun denn. Meine Partner sind oben. Wir vier haben mächtig was investiert in Fairfield. Ich habe keinerlei Zweifel, dass Fairfield eines Tages eine Stadt sein wird, die im weiten Umkreis um ihren blühenden Handel und die natürliche Schönheit ihrer Lage beneidet werden wird. In der Zwischenzeit verkaufen wir Anteile, um einen Teil unserer Auslagen wieder hereinzuholen.« Er leckte sich die Lippen, hob zwei Finger, und der Barkeeper schenkte nach. Duffy kippte seinen Whiskey, und Briggs tat es ihm nach. »Mr. Briggs, Sie hätten gar nicht ungelegener kommen können. Zufällig ist von St. Louis eine Gruppe möglicher Investoren hierher unterwegs. Sechzehn Mann, sie kommen per Dampfer. Manche von ihnen werden vielleicht von ihren Gattinnen begleitet. Sie sollen in Upper Mormon an Land gehen, wo wir mit Wagen auf sie warten, die sie über Land hierherbringen sollen. Wir haben schon gestern mit ihnen gerechnet, aber sie sind noch nicht angekommen. Sie werden aber sicherlich heute Abend da sein, und ihre Anzahl wird die Kapazität dieses Hauses völlig auslasten.« Duffy legte seine Hand tröstend auf Briggs' Arm. »Das ist die Lage in knappen Worten. Sie sehen sicherlich ein, dass wir niemanden sonst beherbergen können. Die Herren sind begüterte Gentlemen, und wir dürfen hoffen und erwarten, ihnen ein ansehnliches Bündel von Anteilen zu überschreiben. Tatsächlich könnte die gesamte Zukunft unseres Unternehmens sehr gut allein davon abhängig …«

»Die sind übergeschnappt.«

»Wer?«

»Die Frauen.«

Briggs hörte sich sprechen. Wenn er keinen Whiskey getrunken hätte, hätte er nichts gesagt. Er musste wirklich völlig fertig sein. Lächerliche zwei Drinks hatten bei ihm noch nie so schnell gewirkt. Es war, als explodiere Schießpulver in seinen Gedärmen.

Duffy stand mit offenem Mund da. »Wollen Sie damit – wollen Sie sagen, dass sie verrückt sind?«

»Sie sind vollkommen durchgedreht.«

Der Stadtgründer starrte ihn an. »Erwarten Sie etwa, dass ich glaube …«

»Im letzten Winter. Die eine hat ihr neugeborenes Baby getötet. Die zweite ist wegen den Wölfen meschugge geworden. Eine hat versucht, ihren Alten umzubringen. Die jüngste hat in zwei Tagen drei Kinder verloren. Diphtherie.«

Duffy starrte ihn immer noch an. Sogar der Barkeeper hatte seine Augen aufgerissen.

Briggs sprach weiter. »Wir sind vor ein paar Wochen in der Nähe von Wamego aufgebrochen. Ich bringe sie nach Hause. Das heißt, ich bringe sie nach Hebron, zu einer Pfarrersfrau. Die kümmert sich darum, dass sie zu ihrer Verwandtschaft zurück in den Osten kommen. Sie sind in einem traurigen Zustand. Dreckig und müde und hungrig. Deshalb brauche ich …«

»Das reicht!«, stieß Duffy hervor. »Das ist mehr als genug. Lassen Sie mich sie ansehen.«

Briggs ging auf die Tür zu. Duffy drehte sich noch einmal um und sprach leise mit dem Barkeeper. Dann folgte er Briggs, der vor ihm her durch die Tür und die Stufen hinunterging. Duffy blieb stehen.

»So einen Wagen habe ich noch nie gesehen.«

»Was drin ist, auch nicht.«

Duffy warf ihm einen Blick zu und ging zu einem der Wagenfenster. Er machte Anstalten hineinzuschauen, aber dabei fiel ihm der Zylinder vom Kopf. Er hob ihn wieder auf und gab ihn Briggs. Dann umfasste er mit den Fingern den unteren Rand des Fensters und steckte seinen Kopf hinein. Erst nach mehr als einer Minute zog er seinen Kopf wieder zurück.

»Allmächtiger Gott«, sagte Aloysius Duffy.

Briggs gab ihm seinen Zylinder zurück. Duffy behielt ihn in der Hand. Er hatte einen Gesichtsausdruck, den er sonst wohl nur bei einem Begräbnis oder einem Bankrott aufsetzte.

»Eine Tragödie«, sagte er.

»Wie ich's Ihnen gesagt habe«, erwiderte Briggs.

»Ich muss mich bei Ihnen entschuldigen.«

»Das waren mal prima Frauen.«

»Ohne Zweifel.«

»Wie können Sie sie abweisen?«

»Ich kann es nicht.«

Duffy schüttelte den Kopf und ging, den Hut immer noch in der Hand, zum Hoteleingang zurück. Briggs folgte ihm und dachte, dass er die Sache gut geschaukelt hätte, dass der Anblick der Frauen für sich selbst sprach und dass er Duffy sogar ein paar Drinks spendieren würde, sobald die neuen Gäste gebadet, gefüttert und ins Bett gesteckt waren.

Aber in dem Augenblick, als sie das Hotel betraten, sprang Duffy beiseite. Drei bewaffnete Männer standen Briggs gegenüber, zwei mit Gewehren, einer mit einem Revolver in der Hand. Sie waren offensichtlich Duffys Partner, die zuvor oben gewesen waren. Keiner hielt seine Waffe direkt auf Briggs gerichtet. Sie standen einfach nur da, zwei bärtige und ein glattrasierter Mann, alle drei mit gestärkten Hemden, und alle drei sahen durch Briggs hindurch und hielten ihre geladenen, entsicherten Waffen in der Hand.

Und dann trat Duffy neben die Männer, und sie waren zu viert, auch wenn Duffy nicht bewaffnet war.

»Mr. Briggs, ich habe mich bei Ihnen entschuldigt, aber weiter kann ich nicht gehen«, sagte er. Seine betretene Miene von vorhin war verschwunden. »Das ist das Äußerste. Ich gebe zu, dass die Frauen zu bemitleiden sind, aber wir können sie hier heute Nacht nicht brauchen. Zum Teufel mit der Milch der frommen Denkungsart. Meine Partner und ich haben unsere Seelen und unsere Bankkonten in dieses Projekt gesteckt, und wir werden unter keinen Umständen Verlust machen.«

Er setzte seinen Zylinder wieder auf und tippte kurz daran. »So, und jetzt werden Sie sich einfach umdrehen und zur Tür rausgehen und mit diesem Wagen fortfahren. Gute Reise, Mr. Briggs.«

Briggs überlegte nicht erst lang. Blitzartig zog er mit seiner rechten Hand den Revolver aus dem Gürtel und richtete ihn auf die Männer; keiner von ihnen hatte auch nur Zeit zum Luftholen gehabt.

»Andersrum wird ein Schuh draus«, sagte er. »Ihr legt jetzt eure Waffen auf den Boden – und zwar ganz langsam –, und dann sperrt ihr zwei Zimmer auf und macht Wasser heiß.« Mit dem Daumen entsicherte er den Revolver. »Tut, was ich gesagt habe, verdammt noch mal. Und zwar ein bisschen plötzlich.«

Da spürte er den Druck von etwas Hartem, Rundem im Kreuz. Er wusste, was das war. Der Barkeeper bewegte sich wirklich leichtfüßig wie eine Feder.

»Wierum wird ein Schuh draus, Mr. Briggs?«, fragte Aloysius Duffy. »Hinter Ihnen steht Mr. Jacobus, unser Wirt und Barkeeper, mit seiner zuverlässigen Schrotflinte. Entweder stecken Sie Ihre Waffe weg, oder er knallt Sie über den Haufen. Also tun Sie besser, was ich sage. Und zwar ein bisschen plötzlich.«

Briggs steckte seine Waffe in den Gürtel zurück.

»Brav«, sagte Duffy. »Jetzt machen Sie sich auf und davon, und bedanken Sie sich für den Whiskey.«

Briggs blieb stehen, wo er stand. »Na gut. Aber ich will euch erst noch sagen, was ich von euch halte. Ihr seid die übelste Bande von beschissenen Schurken, die mir je begegnet ist.«

Die Schrotflinte drückte ihm in den Rücken. Er drehte sich um und ging ganz langsam, die Hände an den Seiten, auf die Tür zu. Seine Stiefeltritte dröhnten auf dem hölzernen Boden.

»Ihr verschließt eure Tür vor diesen armen Frauen«, sagte er so laut, dass sie ihn hören konnten, »und ihr sollt euer Leben lang dafür büßen. Ihr sollt nie wieder ruhig schlafen können. Ihr sollt an euren Drinks ersticken. Euer Essen soll euch in den Eingeweiden stecken bleiben, und ihr sollt an eurer eigenen Scheiße verrecken.«

Die Schrotflinte presste sich ihm schmerzhaft ins Kreuz.

Trotzdem blieb er stehen. »Ich werde wiederkommen«, sagte er und suchte einen Augenblick nach dem Wort, das er noch nie benutzt hatte. »Ihr habt mich beleidigt«, sagte er, »deshalb komme ich wieder. Wartet's nur ab.«

Der Bastard von Barkeeper zwang ihn mithilfe der Schrotflinte durch die Tür und die Treppe hinunter. Er hielt die Waffe so lange auf Briggs gerichtet, bis der auf den Kutschbock geklettert war, die Zügel aufgenommen hatte und die Maultiere antraben ließ.

Briggs war wütend. Briggs war geradezu außer sich vor Wut. Er lenkte sein Gespann über möglichst viele der weißen Pfähle. Er ließ sie von den Maultieren zertrampeln, er ließ sie von den Wagenrädern zerschmettern. Als er am letzten Pfahl vorbeigekommen war und die Papierstadt endgültig hinter sich gelassen hatte, fuhr er geradewegs in die Dämmerung in die Prärie hinaus. Er war wütend, weil sein Plan durchkreuzt worden war. Wie und wo sollte er die Frauen jetzt loswerden? Er tobte, weil er sich von vier gestärkten Hemden, die kaum ein Gewehr von einem Revolver unterscheiden konnten, hatte übertölpeln lassen. Wie hatte er nur übersehen können, dass der Barkeeper fehlte, als er mit Duffy ins Hotel zurückgegangen war? Und wie zum Teufel konnte er ihnen das jemals heimzahlen? Früher oder später würde er es auf jeden Fall tun.

Er machte ein kleines Wäldchen aus und fuhr darauf zu. In Gedanken versunken blieb er sitzen, bis ein runder, tröstender Mond aufging und er einen neuen Plan ausgeheckt hatte, der ebenso gut wie sein erster und ein verdammtes Stück befriedigender erschien. Er sprang vom Kutschbock, band die Maultiere an einen Baum und bedauerte, dass er keinen Mais für sie hatte. Dann ging er zur Rückseite des Wagens und entriegelte und öffnete die Tür.

»Hallo, meine Damen«, begrüßte er sie.

Im Mondlicht sah er, dass er am Morgen vergessen hatte, sie festzubinden. Nun gut, sie hatten einander nichts Böses getan, also würde er die Riemen in Zukunft weglassen. Er öffnete die Proviantkiste, holte eine Blechtasse heraus und gab jeder Frau ein bisschen Wasser aus dem Fass.

»Jetzt werde ich ein Weilchen weg sein«, erzählte er ihnen. »Seid brave Mädchen und legt euch schlafen; ich bin bald wieder da.«

Er verriegelte die Tür wieder und klopfte Shaver auf das Hinterteil. Dann band er seinen Rotschimmel los und sattelte ihn. Er vergewisserte sich, dass Cuddys Gewehr in der Satteltasche steckte. Er nahm mehrere Päckchen Munition für das Gewehr und seinen Colt und schob sie in eine Seitentasche. Dann saß er auf, blies dem Tier ins Ohr und lenkte es in Richtung Fairfield.

Es lag nicht mehr als eine Meile entfernt. Er ritt eine

der abgesteckten Straßen entlang, bis das Hotel sichtbar wurde. Acht Fenster oben und acht unten glänzten wie Spiegel im Mondlicht. In einem Fenster im zweiten Stock und in zweien im ersten Stock glomm eine Lampe, eine an der Bar und eine ganz hinten. Als er noch ein paar Ruten vom Hotel entfernt war, ritt er im Kreis einmal außen herum und stieg an der Rückseite des Hauses ab. Hier war, wie er vermutet hatte, der angebaute Stall. Er zählte fünf Pferde. Eins nach dem andern führte er sie hinaus und jagte sie mit einem Klaps davon in die Nacht. Dann saß er wieder auf und sagte zu sich selbst: Sei schnell. Sei schneller als jemals zuvor, weil du sonst dabei draufgehst.

Briggs trat dem Rotschimmel die Hacken in die Seiten, trieb ihn zu einem Kantergalopp an und ritt einen weiten Bogen um das Hotel. Er hielt die Zügel in der Linken und das Gewehr in der Rechten. Er feuerte mit Überlegung, Kugel für Kugel, lud nach, ritt weiter und schoss wieder. Er zerschoss jede einzelne Fensterscheibe im ersten Stock.

Bei seiner zweiten Runde zerschoss er alle Fenster im zweiten Stock. Das Licht ging aus, und es wurde auf ihn geschossen. Er sah Mündungsfeuer und hörte Blei durch die Luft pfeifen. Er hatte sie nach oben getrieben, die vier Geschäftspartner und den Barkeeper, wo er sie auch haben wollte. Er hatte alle zweiunddreißig Fensterscheiben des Hotels zerschossen.

Er tauchte an der Hintertür des Hotels auf, schob das Gewehr in das Sattelholster, schwang sich von seinem Pferd, zog den Colt, riss die Tür auf und stürmte hinein.

Er stand in der Küche.

Er sah einen Herd, eine Petroleumlampe und einen

langen Tisch. Unter dem Tisch kauerte eine Frau und wimmerte wie ein verschrecktes Kätzchen. Auf dem Tisch lagen ein Stapel Handtücher und zwei Weißbrote.

»Raus hier!«, schrie er die Frau an, stürzte durch die nächste Tür und fand sich gegenüber der Hintertreppe wieder. Er feuerte eine Kugel die Treppe hinauf.

Dann rannte er an der von einer Petroleumlampe beleuchteten Bar vorbei zur Vordertreppe und feuerte noch zwei Kugeln ab, damit die Männer wirklich oben blieben.

Er stürmte zurück in die Küche und verstaute seinen Colt wieder im Gürtel. Die Frau war verschwunden. Er packte die Petroleumlampe und schnappte mit dem freien Arm die Handtücher. Damit stürzte er zurück zur Bar, ließ die Hälfte der Tücher auf die unteren Stufen der Vordertreppe fallen, dann rannte er zur Hintertreppe und ließ dort die restlichen Handtücher fallen. Er zog den Docht aus der Lampe, goss das Öl über die Tücher, ließ die Lampe fallen, riss ein Streichholz an und warf es auf die durchtränkten Lappen. Sie loderten in einer prächtigen Flamme auf.

Dann öffnete er die Vordertür, um einen Luftzug zu erzeugen, und war im nächsten Moment schon wieder, mit der Lampe an der Hintertreppe. Hier entzündete er auf genau die gleiche Weise ein hübsches Feuerchen.

Er hörte sie oben schreien.

»Dich machen wir fertig, Briggs!«

»Hier lang, um Gottes willen!«

»Verfluchter Mörder!«

Er zog seinen Colt und feuerte die letzten drei Kugeln die Treppe hinauf, um sie oben festzunageln. Dann hörte er oben jemanden in die andere Richtung rennen, den

Gang entlang. Er rannte ebenfalls zur Vordertreppe und lud währenddessen seinen Colt nach. Als sie das Treppenhaus erreichten, streckte er seinen Unterarm um die Ecke und gab drei Schüsse ab. Diesmal erwiderten sie das Feuer mit den Gewehren und dem Colt, aber Briggs war bereits hinter der Bar verschwunden.

Er klemmte sich ein paar Flaschen unter den Arm, rannte zur Treppe und warf eine nach der anderen hinauf. Sie zerschellten auf den oberen Stufen. Der Whiskey floss die Treppe herab und flammte auf, als er das Feuer erreichte.

Briggs sammelte noch mehr Flaschen zusammen, rannte damit zur Hintertreppe und ließ den Brand auch hier bis in den zweiten Stock vordringen.

Jetzt konnte Briggs nicht mehr. Der Rauch machte ihm zu schaffen, und seine Knie zitterten. Er zog sich zur Küchentür zurück, um sein Werk zu betrachten. Die beiden Feuer fraßen sich mit einem solchen Krachen und Prasseln die Treppen hinauf, dass er kein anderes Geräusch mehr hören konnte. Und während er sich mit tränenden Augen umschaute, leckten die Flammen schon die Decke entlang. Er machte sich wohl besser davon, solange noch Zeit war.

Auf dem Weg durch die Küche nach draußen blieb er stehen und stopfte sich die beiden Weißbrote unter den Arm. Vor der Tür stand sein Rotschimmel immer noch haargenau da, wo er ihn hatte stehen lassen. Dieses hässliche Biest würde bis zum Jüngsten Tag stehen bleiben, wenn es nötig war, bei Feuer oder bei Hagel oder unter einem Mann mit einem Seil um den Hals. Briggs saß auf und ließ das Pferd zwischen den weißen Pfählen hindurchgehen, bis sie in sicherem Abstand waren und sich umsahen. Da standen sie, Pferd und Reiter, und gönnten sich das Vergnügen eines letzten ausgiebigen Blickes.

Es war die Hölle – ein Papierhotel in einer Papierstadt, und es brannte wie Papier vom Keller bis zum Dach und brüllte wie ein Lebewesen. Sein Skelett zeichnete sich glühend rot vor dem Nachthimmel ab, und der Rauch stieg als rosige Säule kerzengerade zu den Sternen hinauf. Mitten in der kahlen Prärie machte das Feuer den Eindruck, als könne man es vom Atlantik bis zum Pazifik sehen. Briggs war stolz auf sein nächtliches Werk. Hatte er nicht sogar christlich gehandelt? Er allein gegen fünf, und er hatte keinen von ihnen erschossen! Das Feuer brannte jetzt so hell, dass er dunkle Gestalten erkennen konnte, die aus den Fenstern im zweiten Stock sprangen. Wenn er gewollt hätte, hätte er sie mit dem Gewehr aufs Korn nehmen können wie große Vögel und der Reihe nach abknallen. Sie rannten zur Rückseite des Hauses, vermutlich um ihre Pferde zu satteln, die nicht mehr da waren, und ihn zu verfolgen. Der Anblick verschaffte ihm große Genugtuung. Ihr habt mich beleidigt, ihr Hunde, sagte er in ihre Richtung. Ihr habt die Frauen beleidigt, die in meiner Obhut sind. Lasst es euch eine Lehre sein. Gebt denen Hilfe, die Hilfe brauchen. Das machen wir hier draußen in dieser Gegend nämlich so. Wir helfen einander.

In diesem Moment brach das Fairfield Hotel zusammen. Die Wände gaben nach, das Dach stürzte ein und sandte ein Feuerwerk von Funken und einen ersterbenden Seufzer mit dem letzten Rauch des noch grünen Holzes gen Himmel. Die Vorstellung war vorbei. Briggs wandte sein Pferd heimwärts. Der Stahl seines Navy

Colts, der in seinem Gürtel steckte und gegen seinen Magen drückte, war noch warm.

Als er das Wäldchen erreicht hatte, ließ er die Damen aus dem Wagen, führte sie hinter einen Baum, damit sie sich erleichtern konnten, und nutzte die Gelegenheit auch selbst. »Hört mal, meine Damen«, sagte er zu ihnen. »Ich habe heut Abend ein großes Fest gefeiert. So was spricht sich rum. Und wenn ihr das nächste Mal in einem Hotel absteigen möchtet, werdet ihr sicher anständig behandelt, jede Wette.«

Sie sahen ihm zu, wie er die Tiere anpflockte, ein kleines Feuer entfachte, die Proviantkiste vom Wagen hob und in die Nähe des Feuers stellte. Schließlich ging er noch einmal zum Wagen und kam wieder, wobei er etwas hinter dem Rücken versteckte. Er setzte sich neben die Kiste. Die Frauen setzten sich dazu.

Er holte den Laib Weißbrot hinter seinem Rücken hervor und legte ihn feierlich auf die Kiste, zog sein Messer und schnitt das Brot in fünf Scheiben. Dann förderte er aus seiner Manteltasche die Dose Sardinen zutage, die er mit sich herumgetragen hatte, seit Cuddy ihn vor dem Tod gerettet hatte. Er machte die Dose auf, nahm die Sardinen am Schwanz heraus und verteilte sie gleichmäßig auf das Brot. Dann warf er die Dose über seine Schulter, nahm die Scheibe, die vor ihm lag, und fing an zu essen. Die Frauen machten es ihm augenblicklich nach.

Briggs hatte noch nie etwas so Köstliches gegessen. Er hielt inne und schaute über die Kiste auf die vier durchgedrehten Frauen. Da saßen sie im Mondschein, die Damen Petzke, Belknap, Sours und Svendsen, und ließen es sich gut gehen. Sie kauten und leckten sich die Lippen, während ihnen das Sardinenöl das Kinn herablief. Glücklich aß er weiter.

»Ist das nicht was Feines, Mädels?«, fragte er begeistert mit vollem Mund. »Ist das nicht einfach großartig?«

Aber er konnte nicht einschlafen. Brot und prasselnde Flammen und schreiende Männer und einstürzende Wände und Gewehrfeuer und die saftigen Sardinen rumorten in ihm. Er hatte es ihnen gezeigt, diesen beschissenen Hunden. Er schlug die Decke zurück, stand auf und warf einen kurzen Blick auf die schnarchenden Frauen unter dem Wagen. Er hatte vergessen, ihre Handgelenke an den Speichen festzubinden, ebenso wie er heute vergessen hatte, sie im Wagen festzubinden. Aber das war nicht so schlimm. Morgen oder übermorgen würde er sie über den Fluss geschafft haben. Er schürte nach, nahm den grünen Nähkorb unter dem Kutschbock hervor, setzte sich damit ans Feuer und ging noch einmal den Inhalt durch. Zuerst allerdings richtete sich seine Aufmerksamkeit auf seine Hand. Er hatte beim Schießen den Griff so fest umklammert, dass seine Handfläche so schwarz war wie ein Pik-Ass. Er überflog die Papiere der Frauen: Name und Adresse von Line Belknaps Schwester auf einem Blatt; auf einem anderen Blatt der Name und die Adresse von Hedda Petzkes Bruder, dazu ein Packen Briefe; die vielen Namen und Adressen von Arabella Sours' Verwandtschaft; der Umschlag mit dem Namen und der Adresse von Gro Svendsens Vettern. Das würde bald wichtig sein, und die richtigen Papiere mussten die richtige Frau begleiten – in Hebron würde er der Einzige sein, der wusste, welche Frau welchen Namen trug. Er zählte das Geld in seiner

Tasche. Nachdem er drei Dollar für das Schweinefleisch bezahlt hatte, hatte er noch fünfzehn Dollar übrig – nicht viel, aber immerhin besser als nichts. Dann bewunderte er noch einmal die rosafarbene Kameenbrosche mit dem Mädchenkopf und sagte sich wieder, dass sie ihm genug einbringen würde, um die drei Dollar wieder wettzumachen. Zum Schluss zählte er, zweimal, die sechs Fünfzig-Dollar-Noten der Bank von Loup, dann stopfte er alles zusammen wieder tief in seine Taschen. Seine Mundwinkel zogen sich in einem breiten Grinsen auseinander. Dreihundert Dollar. Er war reich. Er legte die Papiere in den Nähkorb zurück, stand auf und verstaute den Korb wieder unter dem Kutschbock. Dann ging er ein paar Schritte, knöpfte seine Hose auf, schlug sein Wasser ab und machte es sich schließlich wieder zwischen seinen Decken bequem. Er legte sich auf den Rücken, verschränkte die Arme hinter dem Kopf und schaute durch die Zweige zu den Sternen hinauf.

Cuddy.

Er hatte bisher jeden Gedanken an sie beiseitegeschoben, aber jetzt, wo er ihre Deckenrolle als Kissen benutzte und wo das Ende der Reise abzusehen war, ließ er seinen Gedanken freien Lauf.

Hoffentlich bist du zufrieden, sagte er zu ihr. Ich hab dir mein Wort gegeben, dass ich diese Sache zu Ende bringe, und ich hab's gehalten. Morgen oder übermorgen sind wir an der Fähre. Klar, sie sind schon eine Plage. Sie laufen mir nach wie Küken der Glucke. Ich kann ja kaum alleine pissen gehen. Ich musste ein bisschen von dem Geld ausgeben, um Fleisch zu kaufen. Deine liebe Freundin Belknap hätte mich ersäuft, wenn ich sie nicht k. o. geschlagen hätte. Und als sie von einer Bande nichtsnutziger Gauner abgewiesen und beleidigt wurden, musste ich auf mich schießen lassen und ein Hotel bis auf die Grundmauern niederbrennen, um es ihnen heimzuzahlen. Falls du das noch nicht gewusst hast, jetzt weißt du's. Außerdem nehme ich zurück, was ich gesagt habe. Dass du eine hässliche alte Schachtel bist und eine Giftschlange. Cuddy, ich entschuldige mich bei dir. Jedenfalls sind deine Frauen schon so gut wie zu Hause. Ich hab deine dreihundert Dollar ehrlich verdient. Also hoffe ich, dass du zufrieden bist und in Zukunft eine gute Meinung von mir hast.

Er ließ seine Gedanken zu ihr zurückschweifen, die ganze Fahrt entlang. Es hatte damit angefangen, dass sie ihn mit einem Seil um den Hals gefunden hatte. Und schließlich hatte sie sich eines um ihren eigenen Hals geschlungen. Er sah jetzt alles vor sich, was passiert war, und er sah auch ganz klar, warum. Als sie in Loup aufgebrochen waren, war sie ebenso männlich wie weiblich gewesen. Sie konnte reiten, schießen, ein Maultiergespann lenken und Befehle geben. Unterwegs gab es aber Tag für Tag mehr und mehr Dinge, die sie nicht konnte, die nur er konnte und auch tat, und das war ihr in den falschen Hals geraten. Nach und nach blieb ihr nur mehr übrig zu kochen, die Frauen zu versorgen, sich seinen Befehlen zu fügen und sich wie eine Frau zu benehmen. Und das hatte ihren Mut schwinden lassen und ihren Willen gebrochen. Dann hatte sie ihn gefragt, ob er sie heiraten würde, und er hatte nein gesagt, schlicht und einfach deswegen, weil ihr eine Ehe nicht genügt hätte. Sie hätte auch Liebe von ihm erwartet, und er wusste nicht einmal, was Liebe war. Er selbst hatte nie welche erfahren. Um ihres Glückes willen hatte er nein gesagt. Sie verdiente eine bessere Partie. Und dass sie mit ihm schlafen hatte wollen – das begriff er nicht, aber vielleicht wollte sie einfach nicht als Jungfrau sterben. Und natürlich verstieß das gegen ihre religiösen Grundsätze. Tja, wenn er drüber nachdachte, hatte er keine Schuld an ihrem Tod. Es hatte so kommen müssen. Er war ein Mann, und sie war eine Frau, aus seiner Rippe gemacht. Er durfte ein ruhiges Gewissen haben. Er hatte sie nicht geschubst, sie war gesprungen. Mit der Stadtgründerbande war es genau das Gleiche gewesen. Sie hatten im zweiten Stock in der Falle gesessen, nach unten konnten sie nicht, also waren sie aus dem Fenster gesprungen. Der Unterschied war nur, dass sie es geschafft hatten und Cuddy nicht. Ihr Fall war zu tief gewesen.

Er konnte immer noch nicht einschlafen. Ein leichter Wind säuselte durch die Bäume und strich über die Zweige. Er hätte schwören können, dass er sie mit dem Wind singen hörte:

But if I should perish,
Thy promises keep,
Take thee our two hearts,
And bury them deep.

Briggs hielt sich die Ohren zu. Wäre es nicht ein guter Witz, wenn er auch noch verrückt würde? Dann wären sie komplett. Zu hundert Prozent. Er konnte sie immer noch hören.

Take thee our tokens,
In love let us sleep.

Er wagte nicht, die Augen zu schließen. Er hatte sie gebeten, ihn nicht zu verfolgen, aber im Leben wie im Tod machte sie das, was ihr gefiel. Er lauschte dem Lied und starrte zu den Sternen hinauf.

Am nächsten Morgen aßen sie das restliche Weißbrot zum Frühstück, und Briggs rasierte sich für alle Fälle. Er schnitt sich zweimal und stillte die Blutung mit Spucke und Flüchen. Dann spannte er an, setzte die Damen in den Wagen, band sie fest und brachte die alte graue Kiste ins Rollen. Es gab in dieser Gegend ungefähr ein Dutzend Furten, wo man den Missouri überqueren konnte. Briggs hatte bisher erst eine benutzt, bei St. Joe, damals bei der Armee. Er hatte gehört, dass Kanesville eigentlich aus zwei weit voneinander entfernten Furten bestand, Upper Mormon weiter nördlich und Bellevue südlich. Er hielt auf Bellevue zu, von wo aus er nur noch eine Meile von Hebron entfernt sein würde.

Es geschah am Nachmittag, so unerwartet, dass er dachte, seine Augen spielten ihm einen Streich. Er hielt den Wagen an. Er war auf einer Anhöhe, und vor ihm, unten im Tal, war endlich, endlich der Fluss. Das musste der Missouri sein, einer der biegungs- und strudelreichsten Ströme der Vereinigten Staaten. Der Fluss funkelte im Sonnenlicht, in einem breiten Tal, und schlängelte und drehte sich in alle möglichen Richtungen gleichzeitig, floss nach Norden, Süden, Osten und Westen. An einer Stelle war er breit und tief, an einer anderen schmal und flach; hier war sein Grund fest, dort konnte Treibsand einen Wagen oder ein Ochsengespann im Handumdrehen verschlingen; hier floss das Wasser ungehindert, dort erstickte der Fluss an Treibgut. Es war ein Wunder, dass die Dampfer, auch wenn sie nur geringen Tiefgang hatten, hier fahren konnten. Briggs schätzte, dass er sich auf den Sitz stellen, seinen Hut schwenken und »Juhu« brüllen sollte, aber es war ihm nicht danach. Die Reise war zu lang und zu beschwerlich und zu traurig gewesen, und jede Faser seines Körpers war müde und ausgelaugt. Was hätte Cuddy getan, wenn sie hier gewesen wäre? Er wusste es sofort. Er kletterte vom Kutschbock, ging an eins der Wagenfenster und sagte: »Kinder, wir sind da! Am Fluss. Wir haben es geschafft. Wir werden bald drüben sein, und dann kommt ihr in bessere Hände. Also freut euch und seid beruhigt. Habt ihr mich verstanden?« Er erwartete keine Antwort, bekam auch keine, stieg wieder auf den Sitz und schnalzte mit der Zunge. Die Maultiere zogen an.

Auf dem Hang zum Fluss hinab bemerkte er mehrere Dinge. Auf dieser Seite der Bellevue-Furt war nichts zu sehen außer einem Siedlertreck, der sich mühsam Richtung Westen bewegte. Die Planwagen waren so schwer mit Haushaltsgegenständen beladen, dass die Hälfte davon bald irgendwo am Wegrand zurückbleiben würde. Nach jeder Furt brauchte jede Wagenkolonne ein oder zwei Wochen, bis sie zu der Einsicht gelangte, Ballast abzuwerfen. Eine kleine Hütte am Westufer beherbergte vielleicht den Fährmann und seine Helfer. Am Ostufer war ein kleines Wäldchen und darinnen und drumherum ein Lager mit Zelten und Wagen, Tieren und Menschen, es herrschte ein geschäftiges Hin und Her – die Wagenzüge, die sich hier sammelten und auf die Überfahrt warteten. Die Fähre selbst war ein Leichter, ein Gefährt mit flachem Kiel, ohne Aufbau, mit einer Reling an jeder Seite. Die Strömung diente ihr als

Antriebskraft: Eine starke Trosse war weiter stromaufwärts am Ufer an einem Baum befestigt, und ein Flaschenzug bewegte sich das Seil entlang, das an beiden Enden der Fähre festgemacht war. Im Moment war die Fähre auf dem Weg von Osten nach Westen. Briggs schätzte, dass er das westliche Ufer gerade dann erreichen würde, wenn die Fähre die zwei Pferdewagen und die paar Milchkühe abgesetzt hatte, und dass er so ohne Verzögerung übersetzen konnte. Sein Gespann fiel in ein flottes Tempo. Sogar das rechte Maultier, das Cuddy den »Denker« genannt hatte, legte sich mächtig ins Geschirr und übernahm seinen Teil der Pflicht. Und dann mussten sie plötzlich den Geruch des Flusses in die Nase bekommen haben – sie waren nicht mehr zu bremsen. Sie trabten so scharf, dass der Wagen wie eine leichte Jagdkutsche hüpfte und holperte. Briggs zog die Zügel an und brüllte, aber er konnte diese verrückten Viecher ebenso wenig zurückhalten wie eine aufgestachelte Büffelherde. Sie rannten mit angelegten Ohren und aufgestellten Schwänzen. »Hoo, verdammt noch mal!«, brüllte Briggs. »Hooo!«

Aber die Maultiere wussten es besser. Sie erreichten die Fähre auf die Sekunde genau wie erschreckte Angsthasen, denn als sie am Ufer ihr Tempo verlangsamten, wurde gerade die letzte Kuh mit Flüchen von der Fähre gescheucht. Er konnte umgehend mit dem Wagen und den Pferden hintendran an Bord gehen. Als er vom Kutschbock stieg, kam der Fährmann, ein Kaw-Indianer, auf ihn zu. Aus irgendeinem Grund – kein Mensch wusste, warum – waren fast alle Fährleute in dieser Gegend am Missouri Kaws. Dieser hier trug eine Kleidungskollektion, die unter anderem aus einem ehemals weißen Hemd und einem Zylinder mit einer Adlerfeder daran bestand; er deutete mit Grunzlauten an, dass die Überfahrt einen Dollar für den Wagen und für jedes Tier fünfzig Cents kostete. Briggs sagte, er hätte kein Geld. Ohne Geld keine Überfahrt, erwiderte der Indianer. Briggs zog ihn zur Rückseite des Wagens und entriegelte und öffnete die Tür. Der Indianer spähte hinein und sah dann teilnahmslos Briggs wieder an. Der versuchte es mit Zeichensprache, tippte sich mit dem Finger an die Schläfe und rollte die Augen. Der Mann starrte die vier Frauen nochmals neugierig an, sagte dann etwas in einer unverständlichen Sprache, drehte sich um und gab seinen Helfern ein Zeichen. Sie machten sich am Seil zu schaffen, drehten bei, und die Fähre glitt langsam vom Ufer weg. Briggs verriegelte die Tür und genoss die kostenlose Überfahrt, die nur ein paar Minuten dauerte. Es machte ihm Spaß, Indianern das Fell über die Ohren zu ziehen, wann immer er die Gelegenheit dazu hatte. Er erinnerte sich nämlich an Situationen, wo Indianer ihm das Fell bei lebendigem Leib abziehen wollten. Als die Fähre sich dem östlichen Ufer näherte, saß er bereits wieder auf dem Kutschbock, und im nächsten Moment ruckte er mit den Zügeln, und der Wagen rumpelte von der Fähre auf den festen, zivilisierten Boden des Staates Iowa.

Briggs staunte. Das bunte Treiben, der Lärm und der Tumult überwältigten ihn. Seit vielen Tagen war er in der Prärie zu Hause gewesen, nur in der Gesellschaft von vier Vertretern des anderen Geschlechts, die weder sprachen noch auf Ansprache reagierten. Er war für alles zuständig gewesen. Heute war er auf den Missouri gestoßen, war darauf zugeeilt und hatte ihn überquert, und jetzt war er auf einmal von menschlichen Wesen umgeben – eine Flut von Ereignissen, die ihn so schnell mit sich riss, dass er weder Widerstand leisten noch sie steuern konnte. Es ging ihm wie dem sprichwörtlichen Blinden, der vor einem Elefanten steht und nicht weiß, was er davon halten soll.

Er schlängelte sich mit dem Wagen durch das Gewühl und fragte nach dem Weg nach Hebron. Es war eine Meile weit entfernt, immer südlich der Straße nach, am Ufer entlang.

Er ließ die Maultiere in einen flotten Schritt fallen. Zu seiner Rechten lag der Fluss, linker Hand eine Reihe von Häuschen, in denen diejenigen Siedler mit allem Notwendigen ausgerüstet wurden, die mit nicht viel mehr als einem bisschen Bargeld und den Kleidern, die sie am Leib trugen, auf dem Weg nach Westen hierhergekommen waren. Es gab dort Stellplätze für Wagen, Schmieden, Pferche für Rinder und Pferde, und alle machten ein Bombengeschäft.

Genauso plötzlich, wie ihm alles andere am heutigen Tag widerfuhr, war er in Hebron. Briggs erkannte sofort die Kleinstadt wieder, die Cuddy sich eines Nachts am Feuer ausgemalt hatte. Die Hauptstraße war von schattenspendenden Bäumen gesäumt, die schon aprilgrünes Laub trugen. Die Häuser waren einfach, aus Brettern gebaut, mit ordentlichen Vorgärten mit Rasen und bunten Blumenbeeten davor. Die meisten Häuser waren gestrichen, bei manchen sogar der Abtritt im Hinterhof. Briggs wurde an seine Kindheit im Osten erinnert. Er erreichte die Mitte des Städtchens und sah dort zwei Läden, ein Hotel namens *Hutchinson House,* eine Schmiede, eine Bank, die Schilder von Barbier, Arzt und Rechtsanwalt, aber keinen einzigen Saloon. Hebron war ein knochentrockenes Pflaster.

Er hielt an, tippte an seine Hutkrempe und fragte eine Matrone, die eben aus einem Laden kam, nach dem Haus von Altha Carter. Das sei die Pfarrersfrau, war die Antwort. Er solle einfach auf die weiße Methodistenkirche zufahren. Das weiße Haus daneben sei das Pfarrhaus.

Die Kirche war ein kleines Fachwerkgebäude mit einem Kirchturm. Das weiße Pfarrhaus stand direkt daneben, hinter einem Beet mit Flammenden Herzen. Auf der der Kirche zugewandten Seite des Hauses führte eine zweispurige Zufahrt an einer Veranda vorbei zu einer ungestrichenen Scheune, wo der Pfarrer vermutlich sein Pferd und seine Kutsche unterstellte.

Briggs bog in die Einfahrt ein und fuhr mit dem Wagen bis zur Seitentür vor. Er hängte die Zügel über den Kutschbock, stieg ab und holte den grünen Nähkorb hervor. Er ging langsam auf die Veranda zu und die Stufen hinauf. Er knöpfte seinen Hemdkragen zu und klopfte an die Tür. Die Sonne stand schon tief. Kein Lufthauch regte sich, es roch nach Schlamm und Frühling und Fluss. Seine Beine gaben nach. Er musste sich zusammenreißen. Zu diesem Zweck spie er über die Veranda in ein Beet mit Maiglöckchen.

»Bitte?«

»Guten Tag, Ma'am.« Er zog seinen Hut. »Sind Sie Mrs. Altha Carter, die Pfarrersfrau?«

»Ja, die bin ich.«

»Tja, Ma'am, mein Name ist Briggs«, sagte er. »Ich komme aus dem Territorium aus Loup und bringe Ihnen die vier Frauen.«

»Frauen? Oh! Du meine Güte, ja!«

Sie schlüpfte so plötzlich durch die Tür, dass Briggs beiseitespringen musste, um ihrem Reifrock auszuweichen. Wenn er eine überlebensgroße Frau oder ein Wesen mit Flügeln erwartet hatte, war er zu Recht enttäuscht.

Sie war klein und kräftig wie ein Baumstumpf und schon in die Jahre gekommen. Briggs schätzte sie auf Mitte fünfzig. Sie hatte graue Haare, Falten im Gesicht und Krähenfüße um die Augen. Eine Brille mit halben Gläsern, sodass sie entweder hindurch- oder darüber hinwegschauen konnte, saß auf ihrer Nase. Sie musterte ihn von oben bis unten. Sie strahlte Wärme aus und Stärke. Sie erinnerte ihn an eine kleine Dampfmaschine. Ihr fehlten lediglich Pfeife und Glocke.

Sie lächelte ihn an. »Sie sind lange unterwegs gewesen, Mr. Briggs. Ich bin froh, dass Sie hier sind. Leider ist Reverend Carter nicht da – er ist irgendwo bei einer Beerdigung.«

Sie huschte geschäftig an ihm vorbei, um sein Gefährt zu begutachten. Ihr Kleid und ihr gestärkter Kragen entsprachen seinem Bild und gefielen ihm, aber der Reifrock fand seine Zustimmung nicht, schon gar nicht an einer Pfarrersfrau. Er hatte bisher nur einmal einen Reifrock gesehen, an einem jungen Ding in Wamego, und er hatte sich damals so wie jetzt gefragt, was den Frauen verdammt noch mal als Nächstes in den Sinn kommen würde. Eine Altha Carter trug natürlich, was ihr gefiel, und sie scherte sich einen Teufel um andere Meinungen.

Sie drehte sich um. »Einen Augenblick. Ich dachte, dass eine Frau namens Cuddy sie bringen würde. Das hat mir jedenfalls Reverend Dowd geschrieben.«

Er runzelte die Stirn. »Ma'am, es tut mir leid, Ihnen das sagen zu müssen. Sie hieß Mary Bee Cuddy. Sie war bis vor einer Woche bei uns, und sie hat geschuftet wie ein Landsknecht. Dann ist sie am Fieber gestorben.« Sie zog ein langes Gesicht. »Ma'am, es tut mir so leid. Ich habe wirklich getan, was ich konnte, aber nichts hat geholfen. Ich hab sie begraben, und wir sind weitergefahren.«

Mrs. Carter schüttelte den Kopf. »Oh, so ein Verlust! Es tut mir leid für Miss Cuddy und auch für Sie, Mr. Briggs. Sie war sicherlich ein guter, furchtloser Mensch.«

Briggs nickte. »Ja, das war sie.«

»Wie grausam – so weit zu kommen bei solch einer Mission, um dann daran zugrunde zu gehen. Aber ich bin sicher, dass der Herr sie bei sich aufgenommen hat.« Sie drehte sich wieder um. »Was ist denn das? So einen Wagen habe ich mein Lebtag noch nicht gesehen.«

»Man nennt so was einen Kastenwagen.«

»Genau wie eine große Kiste, mit Fenstern. Und sie – sie sind da drinnen? Sie haben den ganzen weiten Weg da drin gesessen? Allmächtiger!«

»Ja, Ma'am.«

»Es ist an der Zeit, sie willkommen zu heißen.« Sie ging die Stufen der Veranda hinunter und auf die Rückseite des Wagens zu. »Ich weiß nicht, ob ich das schaffe«, murmelte sie mehr zu sich selbst.

Briggs setzte seinen Hut auf und ging an ihr vorbei. »Sind Sie bereit, Ma'am?«

»Ja, bitte.«

Er entriegelte die Tür und öffnete sie weit. Mrs. Carter kam heran und sah hinein, sah in jedes der vier Gesichter. Dann drehte sie sich herum zu Briggs und legte ihre Hand auf seinen Arm, wie um sich zu stützen, und senkte den Kopf. Er hatte sich getäuscht. Unter ihrer rauen Schale schlug ein weiches Herz. Sie würde alle Streuner aufnehmen, ob Katzen oder Menschen, und ein gutes Heim für sie suchen. Er wartete. In einem Baum in der Nähe sang eine Spottdrossel ein Lied über Liebe und Insekten und Tapferkeit. Mrs. Carter hob ihr Gesicht, in ihren Augen standen Tränen.

»Sie müssen einen fürchterlichen Winter gehabt haben«, sagte sie.

»Ja, Ma'am, in der Tat.«

»Lassen Sie uns sie ins Haus bringen.«

»In Ordnung. Würden Sie bitte diese Tasche nehmen?«

Sie nahm den Nähkorb von ihm entgegen, trat einen Schritt zurück und schaute zu, wie er den Frauen die Stufen hinunterhalf. Dann, als sie alle nebeneinander standen, wurde sie unsicher. »Wie sollen wir es anstellen?«

»Ich gehe vor, dann folgen sie mir«, versicherte ihr Briggs.

»Wirklich? Dann durch diese Tür, bitte, durch die ich gekommen bin, und dann nach rechts in den Salon.«

Er nickte. »Auf geht's, meine Damen«, sagte er zu seiner Gruppe. »Kommt mit.«

Er ging voran, und sie folgten ihm im Gänsemarsch über die Veranda und ins Haus, dann nach rechts in den Salon. Dort drängten sie sich hinter ihm, als er zögernd stehen blieb.

»Setzen Sie sie auf das Sofa«, sagte Mrs. Carter, die ihm folgte, »es bietet ausreichend Platz.«

Briggs war unsicher, wie er das bewerkstelligen sollte. Dann nahm er die erste Frau am Arm und führte sie zu dem großen, schwarzen Rosshaarsofa und ließ sie sich setzen, dann ging er zu der zweiten und so weiter, bis alle vier nebeneinandersaßen.

»Hier«, sagte Mrs. Carter. Sie gab ihm den Nähkorb. »Einen Augenblick, bitte.«

Sie ging durch die Tür hinaus, und er hörte ihre Stimme. Vermutlich sprach sie mit einer Bediensteten in der Küche. »Hallie, geh bitte zu Mrs. Conner, Mrs. Offutt, Mrs. Vaughn und Mrs. Campbell. Sag ihnen, dass die Frauen aus dem Territorium hier sind und dass sie bitte vorbeikommen sollen, wenn sie Zeit haben.«

Briggs sah sich im Salon um. Vielleicht war das Zimmer überladen, aber er konnte sich nicht erinnern, jemals so einen bunten, modischen Raum betreten zu haben. Die Wände und die Decke waren weiß gekalkt. Ripsvorhänge hingen vor zwei verglasten Fenstern. Der größte Teil des polierten Bretterbodens war von einem Teppich bedeckt, der mit rosa Rosen in voller Blüte gemustert war. Neben dem Sofa standen zwei kleine Tische. Auf dem einen stand eine Lampe mit Messingschirm. Der andere sah lediglich aus wie ein entfernter Verwandter eines Tisches.

Er hatte eiserne Beine, unten war eine Art Trittbrett aus Metall angebracht, und obendrauf saß eine Blechhaube mit einem Hebel in der Mitte. Vor diesem Tisch stand ein Stuhl mit einer geraden Lehne. In einer Ecke stand ein Harmonium, dessen Registerknöpfe und Tastatur offen lagen, was darauf schließen ließ, dass es häufig gespielt wurde. Aber am interessantesten fand er die große Flagge, die gerahmt an der Wand über dem Sofa hing. Diese Flagge war einfach toll. Ihre Grundfarbe war weiß, und ringsum war sie mit einem breiten goldenen Band eingefasst. Das Mittelstück war unglaublich: ein großer, grünseidener Alligator. Er schlug mit dem Schwanz, warf den Kopf hoch, seine roten Augen funkelten zornig, und seine klaffenden Kiefer waren mit bösartig aussehenden Zahnreihen bestückt. Die Flagge hatte graue Stellen, wo sie mit Schießpulver in Berührung gekommen war, eine Ecke war eingerissen, und sie war mit kleinen Löchern, wohl Andenken von einer Kartätsche, übersät.

Mrs. Carter kam zurück. Briggs war von dem Alligator fasziniert. »Ist sie nicht prächtig?«, fragte sie. »Sie fesselt jeden. Das war mal eine Regimentsflagge – haben Sie auch Ihrem Land gedient, Mr. Briggs?«

»Nein, Ma'am.«

»Das war die Flagge der Schützen von Beales. 1815, nach der Schlacht von New Orleans, hat Andrew Jackson sie höchstpersönlich Gershom, dem Vater meines Mannes, überreicht, als Anerkennung für seine Tapferkeit. Wir sind sehr stolz darauf.« Sie richtete ihre Aufmerksamkeit auf die vier Frauen und fragte Briggs sanft: »Sprechen sie?«

»Nein.«

»Verstehen sie – irgendetwas?«

»Keine Ahnung, Ma'am.«

»Ich sehe, dass sie sich im Zimmer umschauen. Was hat das zu bedeuten?«

»Schwer zu sagen.«

»Vielleicht erinnern sie sich an so einen Salon«, vermutete sie. »Aus ihrer Vergangenheit, meine ich. Ach, die armen, armen Dinger. Haben Sie irgendeine, auch nur die geringste Verbesserung ihres Zustands feststellen können?«

»Kaum, Ma'am. Nur, sie streiten nicht mehr miteinander und versuchen auch nicht mehr wegzulaufen.«

»Ich verstehe. Das ist ein gutes Zeichen.« Die Pfarrersfrau holte tief Luft. »Aber kommen wir zur Sache. Sagen Sie mir ihre Namen – sonst kann ich sie ja nicht auseinanderhalten. Und haben Sie nicht auch Papiere für sie dabei?«

»Ja, Ma'am. Hier.« Briggs öffnete den Nähkorb, nahm das Bündel Papiere heraus und stellte den Nähkorb auf einen der Tische. »Am besten lege ich jeder die richtigen Papiere in den Schoß.« Er fing links an. »Das hier ist Belknap.« Er konnte den Namen und die Adresse auf dem Blatt entziffern, weil sie ihm mittlerweile vertraut waren. »Theoline Belknap. Sie ist aus Kentucky, und hier sind Name und Adresse ihrer Schwester.«

»Theoline Belknap«, wiederholte Mrs. Carter.

»Sie hat ihr Baby getötet.«

»Oh, nein, nein, erzählen Sie mir nichts davon.« Sie drückte seinen Arm. »Bitte, ich will es nicht wissen; es ist nicht wichtig.«

»In Ordnung.« Briggs legte das Blatt Papier in Belknaps Schoß und las die Aufschrift auf dem obersten Blatt von einem Papierbündel. »Das ist Petzke. Hedda Petzke. Ihr Bruder wohnt in Illinois.«

»Hedda Petzke.«

Er legte ihr die Briefe in den Schoß. »Das ist Svendsen.« Er las die Anschrift auf einem Umschlag. »Gro Svendsen. Aus Norwegen, vermute ich. Sie hat zwei Vettern in Minnesota.«

»Gro Svendsen. Ausgezeichnet.«

Er gab Svendsen den Umschlag in die Hand. »Und die Letzte ist Sours.«

»Aber sie ist ja fast noch ein Kind. Sie hat ja sogar eine Puppe!«

»Ja, Ma'am, und die lässt sie niemals los. Sie hatte drei Kinder. Sind an Diphtherie gestorben, alle drei.«

Altha Carter schloss die Augen. »Lieber Gott. Erzählen Sie mir nichts mehr davon. Wie ist ihr vollständiger Name?«

»Arabella Sours.«

»Arabella Sours.«

Er legte dem Mädchen das Blatt Papier in den Schoß. »Sie hat 'ne Menge Verwandtschaft in Ohio. Hier stehen ihre Namen drauf und wo sie wohnen.«

Briggs stand jetzt mit leeren Händen und merkwürdig gemischten Gefühlen da. Sowie er die Blätter und Umschläge, die Namen und Adressen aus der Hand gegeben hatte, war eine Verbindung durchtrennt worden. Seine Fürsorge, seine Verantwortung für die bezeichneten Personen endete hier. Eine Last war ihm von den Schultern genommen worden, aber mit der Erleichterung ging ein Gefühl des Verlustes einher, fast ein körperlicher Schmerz. Er starrte den Tisch mit den Eisenbeinen und der Blechhaube an, ohne ihn zu sehen. Nur scheinbar hörte er Mrs. Carter zu, die ihm erklärte, was jetzt weiter passieren würde. Nach all dem, was er deshalb durchgemacht hätte, sagte sie, hätte er ein Recht darauf, das zu erfahren. Sie würde genauso verfahren wie im letzten Jahr, als ein ehrenwerter Mann namens McAllister drei Frauen zu ihr gebracht hatte. Jede der vier Frauen würde eine Art Paten bekommen. Diese Paten, Mitglieder des Frauenhilfswerks, hatte sie soeben verständigen lassen. Die vier Frauen würden in deren Obhut gegeben werden. Dort würden sie gebadet werden, könnten sich ausruhen und würden mit ordentlicher Kleidung versorgt. Nach ein paar Tagen würden sie nach St. Joe gebracht und von dort aus mit ihren Paten mit der Eisenbahn weiterfahren. Sie nehme an, dass alle Frauen in weniger als zwei Wochen zu Hause bei ihren Lieben sein würden. Die Mittel für die Reise ständen auch zur Verfügung. Im Winter wende sich das Hilfswerk regelmäßig an Gemeinden im Osten, und deren Großzügigkeit hätte sie noch nie im Stich gelassen. Altha Carter unterbrach sich. Briggs war kein Mann, der einer Frau lange zuhörte. Etwas anderes hatte seine Aufmerksamkeit gefangen genommen, und sie fand auch die Ursache.

»Dieser Tisch interessiert Sie wohl?«

»Ja, Ma'am.«

»Es ist gar kein Tisch – ich zeige es Ihnen.« Sie ging hin und nahm die Haube ab. »Das ist eine Nähmaschine!«

»Eine Nähmaschine?«

»Eine ganz neue Erfindung, eine Wilcox & Gibbs. Reverend Carter hat sie mir zu Weihnachten geschenkt. Sie macht Heftstiche, Säume, Abnäher, näht Kordeln, Einfassungen und Litzen fest und näht Steppnähte und Stickereien. Einfach den Faden einfädeln, und schon geht's los – so heißt es jedenfalls.« Sie warf einen Blick auf die Frauen auf dem Sofa, um zu sehen, ob die Maschine sie interessierte. Das war nicht der Fall. Sie hatten nur Augen für Briggs und für andere Möbelstücke, und für die Ferne. Sie setzte die Haube wieder auf die Maschine. »Ich lerne, so schnell ich eben kann, mit ihr umzugehen. Ich gebe sogar meinen Freundinnen Unterricht. Aber es ist sehr kompliziert.«

Ihre Worte waren ohne Bedeutung. Sie stand neben der Nähmaschine, Briggs in der Mitte des Raumes. Er bemerkte, dass er in ihrem Salon seinen Hut aufbehalten hatte. Jetzt nahm er ihn ab. Und dann dämmerte ihm, dass es Zeit war aufzubrechen, dass Altha Carter darauf wartete, dass er ging, dass sie sich allmählich um ihre eigenen Angelegenheiten kümmern wollte. Sie sagte nichts, aber es war so eine Energie in der Frau, dass er fast den Druck spürte, der sich aufstaute, wenn sie aufgehalten wurde.

»Ich geh dann wohl besser«, sagte er.

Ihr Schweigen bedeutete Zustimmung.

»Ich hoffe nur, dass sie dableiben«, fügte er hinzu. »Vielleicht stehen sie auch auf und folgen mir.«

»Das glaube ich nicht, jedenfalls nicht jetzt. Ich glaube, dass das Zimmer sie momentan ablenkt.«

Er wandte sich ein letztes Mal den verrückten Frauen zu, wie sie da nebeneinander aufgereiht saßen, die Papiere auf dem Schoß: Belknap, Petzke, Svendsen und Sours. Er schaute in die müden Gesichter, drei davon zu alt für ihre Jahre, schaute die schmutzigen Jacken an und die abgetragenen Stiefel.

»Tja, nun«, sagte er zu ihnen.

Wenn eine Uhr im Salon gewesen wäre, hätte man sie ticken hören.

»Ach, fast hätt ich's vergessen.« Er wühlte in seiner Manteltasche und brachte das Stückchen Pappe mit der Kameenbrosche zum Vorschein. »Das hier habe ich unterwegs gefunden.« Er zeigte es Mrs. Carter.

»Das ist aber hübsch.« Sie lächelte.

»Ich dachte, ich schenk es einem von euch Mädchen«, sagte er zu ihnen. »Und zwar wird das wohl Mrs. Sours sein. Sie ist die Jüngste und wird sie am besten gebrauchen können.«

Er beugte sich vor und legte die Brosche in Arabella Sours' Schoß auf die Papiere mit den Adressen ihrer Verwandtschaft. Dann richtete er sich auf und blieb mit dem Hut in der Hand stehen. Er drehte den Hutrand in den Händen, als wisse er nicht, was um alles in der Welt er sagen solle. Er war verwirrt, aber nicht durch das Kaleidoskop der Ereignisse, die vor ihm lagen, sondern durch das, was hinter ihm lag. Er dachte daran, wie sie die Frauen eine nach der anderen abgeholt hatten, er und Cuddy; wie Hedda Petzkes Ehemann Otto geheult und eine Szene gemacht hatte; wie er und der junge Sours das Mädchen mit seiner Lumpenpuppe die Schlucht hinauf zum Wagen getragen hatten; wie Svendsen ein Gewehr auf ihn gerichtet und Cuddy mit ihrem eigenen Gewehr gekontert hatte, sodass sie wegfahren konnten; wie er Vester Belknap eins überbraten musste, um ihm beizubringen, dass man sich nicht mit einem bewaffneten Mann anlegt; wie Cuddy stolz hoch oben auf dem Kutschbock saß und ihm auf den Fahrten von einem Halt zum andern die Ohren vollquasselte; und schließlich, wie die Frauen, nachdem sie alle eingesammelt waren und sich auf den Weg gemacht hatten, plötzlich angefangen hatten zu winseln.

»Das ist also unser Abschied, meine Damen«, sagte er. »Passt gut auf euch auf und tut, was Mrs. Carter euch sagt. Ihr seid schon fast zu Hause.« Er beugte seinen Oberkörper nach vorn, um eine Verbeugung anzudeuten, dann setzte er seinen Hut auf. »So, auf Wiedersehen, meine Damen. Gott schütze euch.«

Er drehte sich unbeholfen um, schritt durch den Salon und stolperte durch die Tür nach draußen.

Auf der Veranda folgten ihm Schritte. Es war Altha Carter.

»Sie werden schon zurechtkommen«, versicherte sie ihm. »Ich wollte mich von Ihnen verabschieden.«

Aber er war schon am Wagen. Er kletterte auf den Kutschbock, packte eine Deckenrolle, holte sie herab und zeigte sie ihr. Das waren ihre Decken gewesen, Miss Cuddys, und es waren ein paar Sachen drin, die sie vielleicht gebrauchen konnte, Seife und Kleider und so weiter. Sie sagte »Natürlich«, bedankte sich bei ihm und legte die Rolle auf die Veranda. Dann sagte er, er hätte sich was überlegt. Er könne die anderen Deckenrollen auch nicht gebrauchen, genauso wenig den Wagen und die Maultiere, also würde er ihr und den Methodistinnen den ganzen Kram schenken, damit sie ihn verkaufen und das Geld für Fahrkarten oder sonst was verwenden könnten. Ob ihr das recht sei?

»Oh, Mr. Briggs!« Tränen glitzerten in ihren Augen. »Ob mir das recht ist? Ich bin entzückt! Wie großzügig von Ihnen!«

Er war verlegen. Er knöpfte seinen Kragen auf. Er sagte, alles, was er dafür wolle, sei das Versprechen, dass Reverend Carter die Maultiere ordentlich mit Mais aufpäppele, bevor er sie verkaufe. Sie hätten es verdient.

»Das wird er sicher tun«, versprach sie. »Ich wünschte nur, dass er hier wäre, um Sie kennenzulernen. Wo werden Sie jetzt hingehen, Mr. Briggs? Bleiben Sie in Iowa, oder gehen Sie zurück ins Territorium?«

»Ich weiß noch nicht.«

»Wenn Sie zurückgehen, richten Sie bitte Reverend Dowd meinen Dank und meine herzlichsten Grüße aus. Und sagen Sie ihm bitte, dass er sich weiter unverzagt um das Territorium kümmern muss. Wir können uns nicht immer auf ein paar tapfere Seelen wie Sie und Miss Cuddy oder McAllister im letzten Jahr verlassen.«

»Ich werd's ausrichten, Ma'am.«

Sie trat auf ihn zu. »Dann müssen wir uns jetzt verabschieden. Aber ich bin nicht hier, um Ihnen Lebewohl zu sagen, sondern um Ihnen zu danken. Geben Sie mir Ihre Hände.«

Er streckte seine Hände aus, und sie ergriff sie und schaute ihm über ihre Brillengläser hinweg direkt in die Augen. Sie sagte, sie würde ihm das mit auf den Weg geben, was sie im letzten Jahr auch zu McAllister gesagt hätte. Dass er eine großartige Tat vollbracht habe. Dass er darauf sein ganzes Leben stolz sein könne und solle. Sie glaube, dass die meisten Menschen gut und anständig und ehrbar seien, wenn man ihnen die Möglichkeit dazu gäbe. Aber Menschen, die aus freiem Antrieb für andere das tun würden, was er getan hätte, gäbe es nur sehr, sehr wenige. Auf seine Art, in seiner Zeit und an seinem Ort, sei er ein Erlöser gewesen.

»Ich werde für Sie beten«, sagte sie gütig und beugte ihren Kopf.

Briggs tat nichts dergleichen. Er trat von einem Bein aufs andere, während sie ihre Gedanken äußerte. Er heftete seinen Blick auf die Veranda, für den Fall, dass seine vier Freundinnen ihm nach draußen folgten. Die Spottdrossel sang immer noch. Sie würde die ganze Nacht hindurch singen, weil Frühling war. Der Abend lag über der kleinen Stadt und über dem Fluss, als stünde diese Stätte unter Gottes Gnade.

»Gott, allmächtiger Vater«, betete sie, »segne diesen Mann auf allen seinen Wegen. Wache über ihn, lasse Dein Angesicht leuchten über ihn und nimm ihn eines Tages in Deiner Güte auf. Er hat dies für Deine Töchter getan, so tu Du das Gleiche für ihn, denn er ist Dein getreuer Diener. Vater, ich bitte Dich im Namen Deines Sohnes, der Dein Werk auf der Erde vollendet hat, der für uns alle gestorben und in Herrlichkeit wieder auferstanden ist. Amen.«

Briggs' Magen schloss sich mit einem lauten Amen an, und er wurde rot. Er war hungrig wie ein Wolf.

Altha Carter hob ihren Kopf, ließ ihren Reifrock außer Acht, stellte sich auf die Zehenspitzen und gab ihm einen Kuss auf die Wange. Dann huschte sie davon, drehte sich auf der Veranda noch einmal um und sagte noch ein paar letzte Worte zu ihm. »Jetzt gehe ich zu ihnen hinein«, sagte sie lächelnd. »Ich hoffe, dass wir uns wiedersehen, Mr. Briggs, und zwar bald. Auf Wiedersehen.«

Briggs war so verdutzt über den Kuss, dass es ihm die Sprache verschlagen hatte. Bis er den Mund aufmachte, war sie schon im Haus.

Es war vorbei.

Er war frei.

Er verfiel in hektische Betriebsamkeit. Zuerst sattelte er seinen Rotschimmel, zog seine Bettrolle unter der Wagendachplane hervor und band sie zusammen mit seinem Mantel hinter dem Sattel fest. Dann ging er zu den Maultieren, stellte sich zwischen sie und legte seine Arme freundschaftlich über die Hälse von Denker und

Arbeiter. »Auf Wiedersehen, ihr alten Placker«, sagte er. »Ihr seid die verdammt besten Maultiere, die jemals diese Straße langgekommen sind. Möge der liebe Gott euch mit Mais segnen, denn ihr seid Seine getreuen Diener.« Dann band er Shaver, den Wallach, los, führte ihn neben den Rotschimmel, stieg auf, befreite sein eigenes Pferd und beugte sich vor. »Und was hältst du von einem bisschen Mais, Hübscher?«, fragte er das Pferd leise ins Ohr, dann drückte er ihm die Hacken in die Seiten, und sie trabten davon. Der Hammerkopf war so erfreut, das Wort »Mais« zu hören und endlich nicht mehr am Wagen zu hängen, dass er einen langen, fröhlichen Furz ließ. Sie trabten aus der Einfahrt, Reiter, Rotschimmel und Schecke – hinaus aus der Welt der Frauen und zurück in die Gesellschaft der Männer, wo sie hingehörten. Briggs schaute nicht zurück.

DER HEIMFÜHRER

Da sie keinen Mais im Mietstall hatten, bestellte er für beide Pferde eine große Portion Hafer und ordnete an, dass sie sauber gestriegelt würden. Dann trat er, seinen Rindsledermantel und die Satteltaschen über der Schulter, auf die dunkel werdende Straße hinaus. Er war todmüde. Er betrat das Hutchinson House. Niemand schien da zu sein. Er sah eine Rezeptionstheke und sechs Schlüsselfächer mit sechs Schlüsseln darin, aber sonst keine Möbel. Nachdem er eine Weile gewartet hatte, knallte er seine Faust laut genug auf die Theke, um Tote aufzuwecken, und sofort glotzte ein vielleicht fünfzehnjähriges Mädchen aus einer Hintertür. Briggs war angewidert. Männergesellschaft wollte er, zum Teufel.

»Ich brauche ein Zimmer«, grollte er.

»Ja, Sir.«

»Das beste im Haus.«

»Das ist Nr. 5, im ersten Stock.«

»Und ich brauche frische Luft.«

»Ja, Sir. Es hat zwei Fenster.«

»Kein Strohsack.«

»Oh, nein, Sir. Und wie lange werden Sie bei uns bleiben?«

»So lang ich Lust habe. Wie viel knöpft ihr mir dafür ab?«

»Einen Dollar pro Nacht, Sir.«

»Ich will auch hier essen.«

»Ja, Sir.«

»Wer kocht?«

»Meine Mutter.«

»Sie scheint nicht sehr viel Kundschaft anzuziehen.«

»Sie ist eine sehr gute Köchin.«

»Das werde ich beurteilen, junge Dame. Gehen wir.«

Das Mädchen zündete eine Kerze an, nahm den Schlüssel und ging ihm voraus nach oben. Briggs fiel auf, dass sie barfuß lief. Das Zimmer war anständig, mit einem kleinen Tisch und einem Stuhl, einem irdenen Waschkrug mit Schüssel und Seife und Handtüchern und Spiegel, einem Bett mit hohem Kopf- und Fußteil, einem Nachttopf darunter und Spitzenvorhängen an den Fenstern. Briggs ließ seine Satteltaschen aufs Bett fallen, öffnete beide Fenster, so weit es nur ging. Das Mädchen zündete mit seiner Kerze die Kerze auf dem Tisch an.

»Das Bett ist in Ordnung«, sagte Briggs. »Ich will ein heißes Bad. Wo ist das?«

»Den Gang entlang. Ein Bad kostet fünfzig Cents.«

»Dann mach schon mal das Wasser heiß. Danach will ich mein Essen hier drin serviert bekommen. Ich will ein halbes Rind, einen Berg Bratkartoffeln, einen halben Laib Weißbrot mit Butter und Kaffee. Bohnenkaffee.«

»Das kostet fünfundsiebzig Cents.«

Briggs blickte sie mit seiner finstersten Feldwebelmiene an und betrachtete das Mädchen jetzt zum ersten Mal genauer. Er war erschüttert. Seine Augen brannten, als stünden Tränen darin. Wenn man ihr Alter verdoppelte, ihr goldbraunes Haar schwarz färbte, ihr Schuhe anzog, um ein paar Zoll an Größe zu gewinnen, vierzig Pfund Gewicht hinzufügte, dann, Herrgott noch mal – stand Mary Bee Cuddy in voller Lebensgröße vor ihm. Im Augenblick war sie noch spindeldürr, nur Haut und

Knochen, Knie, Ellbogen und Wirbelsäule, aber sie hatte breite Schultern und ein hässliches Gesicht wie eine alte Schachtel, und ihre Augen sahen durch ihn hindurch und entlarvten dabei seine Schattenseiten. Er sah sie vor sich, wie sie eines Tages reiten und schießen würde und Schulunterricht gab und alleine lebte, kein Kerl im Umkreis Manns genug, um sie zu heiraten, und, ja, Gott behüte, eines Tages mit gebrochenem Herzen an einem Baum baumelnd.

»Wie heißen Sie?«, fragte er.

»Tabitha Hutchinson.«

Sie trug ein verblichenes Musselinkleid mit kurzen Puffärmeln. Das Kleid war sauber, aber am Kragen durchgescheuert und zwei Nummern zu klein.

»Hutchinson. Tabitha. Na gut, Miss Hutchinson, Sie haben Ihren Marschbefehl. Ein Bad und Abendessen, und je schneller, desto besser.«

»Ja, Sir.« Ihre Augen funkelten, und weg war sie.

Briggs legte sich aufs Bett und lauschte Tabitha Hutchinson, die mit vollen Eimern die Treppe hinauf und mit leeren wieder hinabstolperte. Er schaute sich im Zimmer um, in seinem Zimmer. Es war märchenhaft, wieder in einem richtigen Zimmer zu sein, mit vier Wänden und einer Decke und Fenstern. Nie wieder würde er so im Dreck leben wie in den letzten Wochen, scheiß auf das Geld oder den Anlass. Er hatte genug gegeben. Jetzt war er mit dem Nehmen dran. Zumindest für eine Weile wollte er in Saus und Braus leben.

Es klopfte an der Tür, und Briggs ging den Gang entlang, zog sich aus und wusch Körper und Haare in einer Zinkwanne mit heißem Wasser und Seife und unter behaglichem Grunzen, dann trocknete er sich mit einem kuscheligen Handtuch ab. Er fand, dass dies das allerbeste Bad seines Lebens gewesen war.

Als er in sein Zimmer zurückkam, stand sein Essen auf dem Tisch, und er machte sich darüber her. Nachdem er den Teller mit einem Stück Brot ausgewischt, gerülpst und mit einem Streichholz zwischen den Zähnen herumgestochert hatte, fand er, dass dies das allerbeste Essen seines Lebens gewesen war.

Er schloss die Tür ab, blies die Kerze aus, zog seine langen Unterhosen aus und schlug die Bettdecke zurück. Er legte sich auf den Rücken, die Beine ausgestreckt, während eine sanfte Brise über ihn hinwegstrich. Er zog ein sauberes, baumwollenes Laken bis zu den Hüften über sich und schloss die Augen.

Dann schlief er zwölf Stunden lang den Schlaf eines Mannes, der eine großartige Tat vollbracht hat.

Am nächsten Morgen fand er, dass dies auf alle Fälle der allerbeste Schlaf seines Lebens gewesen war.

Er klopfte mit dem Stiefel auf die Dielenbretter, bis Miss Hutchinson, das Mädchen für alles, die Treppe hinaufstürmte und seine Bestellung fürs Frühstück entgegennahm.

Bis er sich geschnäuzt und angezogen, sich geräuspert und aus dem Fenster gespuckt hatte, stand es auf dem Tisch: vier Eier, ein Haufen Speck, geröstetes Brot, ein Stück Apfelkuchen und ein Becher Kaffee. Er aß mit Appetit. Das Einzige, was ihm fehlte, waren ein Schluck Whiskey für die Verdauung und ein zweiter für sein seelisches Wohlergehen. Aber der Whiskey konnte warten. Er hatte einen ereignisreichen Tag vor sich und eine noch ereignisreichere Nacht.

Er ging nach unten und knallte seine Faust auf die Theke.

»Miss Hutchinson, sagen Sie mir, wo ich ein paar neue Klamotten kaufen kann.«

»Klamotten?«

»Kleidung.«

»Ach so. Wir haben hier zwei Läden. Ich denke, ich würde es zuerst bei Keppler probieren.«

Sie hatte aufgehört, ihn mit »Sir« anzureden, und schaute ihn sich genau an – zum Beispiel auch die Waffe in seinem Gürtel. Er überlegte, ob sie wohl in seinen Satteltaschen rumschnüffeln würde.

»In Ordnung«, sagte er. »Und gibt es hier irgendwo einen Steinmetz?«

»Einen Steinmetz?«

»Jemanden, der Grabsteine und Schilder und so was macht.«

»Ach so. Ich frage mal meine Mutter.«

Briggs wartete.

Sie tauchte wieder auf. »Sie sagt, Sie sollen zu einem Mann namens Janz gehen. Das ist nicht weit von hier, ein Stück die Straße runter nach Süden. Da stehen Grabsteine vor seinem Haus.«

»Janz«, wiederholte Briggs. »Dankeschön.«

Er ging zuerst zum Friseur, ließ sich rasieren und die Haare schneiden und ein bisschen Klatsch erzählen. Nach Auskunft des Friseurs hatte ein gewisser Thomas Hutchinson das Hutchinson House eröffnet, aber es lief nicht so besonders. Weil Hutchinson Zimmermann war, hatte er eine Arbeit an einer Baustelle flussaufwärts an der Kanesville-Furt angenommen, er käme nach Hause, sooft er könne. In der Zwischenzeit kümmere sich seine Frau um das Hotel, und ihre Tochter helfe ihr dabei. Tabitha, sagte Briggs. Ja, sagte der Friseur, so hieße sie wohl.

Briggs schlenderte die Straße entlang in Richtung Süden. Es gab so gut wie nichts zu sehen. Die Hauptbeschäftigungen der Bürger von Hebron mussten wohl solche Dinge wie Quilten, Fliegentotschlagen, Hymnensingen, Däumchendrehen und In-der-Bibel-Blättern sein. In Loup war jedenfalls eine Menge mehr los gewesen, und verglichen mit diesem Provinznest war Wamego fast schon Philadelphia.

Der Steinmetz warb mit ein paar ungravierten Steinen vor seiner Werkstatt für sein Handwerk. Die Werkstatt war eine Art Schuppen, der an ein kleines Haus angebaut war, und Janz war ein kleiner, älterer Mann mit einem Bart, aus dem man einen Besen hätte binden können. Briggs sagte ihm, er wolle ein Schild für ein Grab. Eiche oder Walnuss? Briggs fragte, was der Unterschied sei. Walnuss koste zwei Dollar mehr, sagte Janz, weil es hübscher aussehe. Also Walnuss, entschied Briggs. Und was darauf stehen solle? Pro Buchstabe zehn Cents. Briggs sagte es ihm. Janz schrieb sich Namen und Inschrift auf, rechnete ein bisschen und sagte schließlich, die Arbeit käme auf vierzehn Dollar und zehn Cents, sagen wir vierzehn glatt. Briggs sagte, das sei ganz schön happig. Janz strich sich über den Bart. Briggs sagte, na gut, verdammt noch mal, er solle es machen, er würde das Schild am Abend abholen. Janz sagte, er wolle fünf Dollar als Anzahlung. Briggs versuchte, ihn mit einem finsteren Blick einzuschüchtern, aber Janz spielte mit seinem Bart und bekam schließlich sein Geld.

Briggs schlenderte zum Mietstall zurück, sattelte beide Pferde, nahm Shaver am Zügel und ritt nach Norden am Fluss entlang zur Fähre. Kaum hatte er die Stadt verlassen, als er auf drei US-Kavalleristen traf, die ebenfalls nach Süden ritten, zwei Offiziere und einen einfachen Soldaten. Briggs hatte gehört, dass es die Dragoner nicht mehr gab, dass sie von Washington in die normale Kavallerie eingegliedert worden waren. So brach ihm beim Anblick der Abteilung der kalte Schweiß aus. Er sackte im Sattel zusammen und spielte den Zerstreuten, und die Reiter zogen vorbei, ohne ihn zu bemerken. Aber auch wenn sie ihn verdächtigt und mitgenommen hätten, hätten sie in ihren Akten keinen »George Briggs« gefunden. Beim ersten Viehhändler, bei dem er vorbeikam, vertrödelte er eine Stunde damit, den Wallach zu verkaufen. Der Händler wollte ihm einen Klepper für sein kerngesundes Pferd andrehen, eine Stute mit abgenutzten Zähnen, Schultermuskelschwund und einem blinden linken Auge, aber Briggs wollte nicht tauschen, er wollte verkaufen, und endlich konnte er das dem Händler klarmachen, und schließlich kassierte er zwanzig Dollar für Shaver und den Sattel.

Anschließend kehrte er in die Stadt zurück, stellte seinen Rotschimmel im Stall unter und ging geradewegs zu Keppler. Dort teilte er den Leuten mit, dass er sich neu einkleiden wolle, und zwar vom Scheitel bis zur Sohle. Sie waren hocherfreut, ihm gefällig sein zu dürfen. Im Laufe des Nachmittags probierte er in einem Hinterzimmer zwischen Schrauben, Säcken, Fässern und Schachteln einige Sachen an. Er wählte einen schwarzen Anzug, der dem glich, in dem er den ganzen Winter herumgebracht hatte, dazu ein Hemd, lange Unterwäsche, einen seinem alten Schlapphut ähnlichen Hut und zwei Paar dicke Socken. Ein Paar neue Stiefel wies er als zu teuer zurück. Während der Angestellte seine Rechnung zusammenzählte, steckte er seine Dollarscheine und die Banknoten verstohlen in die Innentasche des neuen Anzugs. Das zweite Paar Socken stopfte er in eine Seitentasche. Nachdem er gezahlt hatte, fragte ihn der Angestellte, was man denn mit seiner alten Kleidung machen solle. Briggs gab zur Antwort, man solle sie jemandem geben, der sie brauchen könne und verdiene. Schon im Gehen kaufte er, neu eingekleidet, noch mehrere Schachteln Munition für seinen Colt und Cuddys Gewehr. Dann verließ er den Laden, machte eine Kehrtwendung und ging wieder hinein, um Star-Tabak zu kaufen. Dann verließ er den Laden wieder, machte nochmals eine Kehrtwendung, ging wieder hinein und beriet sich mit dem Angestellten. Wie teuer denn ein hübsches Paar Schuhe für eine junge Dame wäre? Knöpfstiefel oder Schnürstiefel? Was denn am modernsten sei? Knöpfstiefel, und welche Farbe? Welche Farbe? Ja, weiß, schwarz oder braun? Was denn am modernsten sei? Weiß. Drei Dollar. Drei Dollar! Für ein Paar Schuhe? Richtig. Briggs verzog das Gesicht und überlegte. Kenne er, der Angestellte, eine junge Dame namens Hutchinson, die von dem Hotel? Ja, erwiderte er, sie käme ab und an vorbei. Briggs zählte ein, zwei, drei Dollar auf den Ladentisch. Na gut, das nächste Mal, wenn sie hier auftaucht, solle er ihr ein Paar weiße Knöpfstiefel anpassen. Der Angestellte versicherte, das werde er tun. Briggs sagte, er habe bereits das Geld, also täte er gut daran, es nicht zu vergessen.

Dann machte er sich auf den Weg zurück ins Hotel. Dort bestellte er sich ein leichtes, spätes Abendessen bei Miss Hutchinson. Nachdem das Essen serviert war und er gegessen hatte, wurde er schläfrig, deshalb streckte er sich in seiner Unterwäsche auf dem Bett aus, um sich vor der langen Nacht ein bisschen auszuruhen. Die Wonnen des Bettes, des Essens in seinem Magen und die Aussicht auf den Abend brachten ihn zu einer Entscheidung: Verdammt sollte er sein, wenn er je wieder ins Territorium zurückginge. Was gab es denn da für ihn zu holen? Einen abgefrorenen Arsch? Einen leeren Magen? Die Möglichkeit, ein paar arme übergeschnappte Geschöpfe durch die halbe Welt zu karren? Nein danke, er würde sich in Iowa niederlassen. Heute Abend würde er den Anfang machen. Er würde ein bisschen Kapital investieren und es dann verdoppeln oder verdreifachen. Dann wollte er nach nicht allzu langer Zeit aus Hebron weggehen, weil es ihm hier zu brav war. Er würde seinen Namen einfach wieder ändern und jemanden aufgabeln, mit dem er etwas Einträgliches und Todsicheres aufziehen konnte. Aber halt! Wenn er auf dieser Seite des Flusses blieb, wozu hatte er dann das Schild für Cuddy gekauft? Für nichts und wieder nichts. Und verdammt noch mal, er hatte Janz schon fünf Dollar dafür gegeben. Ach egal, er konnte die Rechnung ebenso gut begleichen und das Ding mitnehmen. Irgendwann würde er sicher mal dort vorbeikommen und es dann für sie aufstellen. Wenn er sich die dreihundert Dollar verdient hatte und die Maultiere den Mais, dann war für Cuddy allemal ein Schild drin, um ihr Grab zu kennzeichnen.

Briggs schlief über diesen Gedanken ein und sprang aufgeregt aus dem Bett, als er wieder aufwachte. Es war inzwischen dunkel geworden. Er zog sich eilig an, begab sich nach unten und traktierte die Theke mit seiner Faust. Sie erschien mit einer Kerze, groß und knochig und Cuddy so ähnlich wie nur möglich.

»Miss Hutchinson«, sagte er, »ich habe einen anstrengenden Tag hinter mir. Wo kann ein Mann hier was trinken und Karten spielen und sich ein bisschen amüsieren?«

Sie schaute zu Boden. »Woher soll ich das wissen?«, fragte sie.

»Zum Teufel, so etwas wissen Sie doch!«

Sie hatte die Kerze auf die Theke gestellt und ihre großen Hände danebengelegt, und er sah, wie sie sie zu Fäusten ballte. »Ich wäre Ihnen dankbar, wenn Sie in meiner Gegenwart nicht fluchen würden«, sagte sie und klang so sehr wie eine andere, dass ihn eine Gänsehaut überlief. »Und wenn Sie spielen gehen, dann zahlen Sie bitte vorher Ihre Rechnung.«

Sie hatte ihre Stimme erhoben, sicher wegen ihrer Mutter, die vermutlich mit spitzen Ohren im Hinterzimmer lauschte.

»Ich zahle, wenn ich Lust dazu hab«, schnauzte er sie an.

Sie ließ sich nicht einschüchtern. Sie betrachtete seine neuen Kleider von oben bis unten und schob ihr Kinn vor. »Wenn Sie neue Kleider kaufen können, können Sie auch meine Mutter bezahlen. Sie fressen ihr schließlich noch die Haare vom Kopf. Ich wollte, Sie würden sich wie ein Gentleman benehmen, auch wenn Sie keiner sind, und zahlen, was Sie schuldig sind.«

»Kommen Sie mit.«

Briggs langte über die Theke, fasste sie am Arm und zog sie um die Theke herum.

»Nein«, sagte sie und sträubte sich.

»Kommen Sie mit.«

Er wusste nicht, wie man mit Frauen umgeht, von jungen Mädchen ganz zu schweigen, aber irgendetwas, vielleicht die Berührung seiner Hand oder seine dringliche Miene, überzeugte sie, sie gab nach und ließ sich von ihm zur Tür hinausführen, hinaus auf die stille Straße, weg von ihrer Mutter, aus dem Kerzenlicht ins Mondlicht.

Er hielt sie an ihren bloßen Ellbogen fest, wie ein Vater oder ein großer Bruder, und schaute in ihr reizloses Gesicht. Sie zitterte. Die Ähnlichkeit erschütterte ihn immer noch. Cuddys jüngere Schwester. Oder das Kind, das Cuddy nie bekommen hatte. Briggs' Mund wurde trocken, und es schnürte ihm die Kehle zu, weil er sie wiedererkannte.

»Miss Tabby«, sagte er, »lassen Sie uns einen Handel abschließen. Sie sagen mir, wo ich mich amüsieren kann, und ich gebe Ihnen dafür einen guten Rat.«

»Sie zuerst«, sagte sie.

»In Ordnung. Wenn Sie erwachsen werden und heiraten, bleiben Sie hier. Verlieben Sie sich nicht in irgendeinen Grünschnabel, der als Farmer in den Westen zieht. Tun Sie das bloß nicht.«

»Warum nicht?«

Briggs schüttelte den Kopf. »Tun Sie's nicht.«

Mit fünfzehn verstand sie das noch nicht und konnte es auch nicht verstehen. Er wollte sagen, um Himmels willen, Mädchen, zieh nicht hier fort, um dann in einem Sodenhaus zu leben und einen Wurf Bälger zu kriegen und vorzeitig alt und verrückt zu werden und schließlich von jemandem in einem Wagen festgebunden und hierher zurückgekarrt zu werden zu Mama und Papa, die dann vermutlich schon mausetot sind. Aber er sagte nichts dergleichen. Er brachte es nicht übers Herz.

»Jetzt sind Sie dran«, sagte er stattdessen.

Sie befreite sich aus seinem Griff. In ihrem Gesicht zuckte es, und einen Moment lang befürchtete er, sie würde anfangen zu weinen.

»Candletown«, sagte sie und eilte zurück ins Haus.

Candletown?

Er ging die Straße runter und fragte den Mann im Mietstall. Candletown bestehe aus zwei Häusern, sagte der, eins sei eine Art Saloon, das andere so ein Tanzhaus mit Frauen, die man sich aussuchen könne. Und wo wäre das? Am Fluss entlang nach Norden, dann zwischen zwei Ausrüstungsläden nach Osten und einen Pfad zwischen den Bäumen entlang. Also sattelte Briggs sein Pferd, ließ seinen Mantel da, weil es ein warmer Abend war, ritt los nach Norden und drehte dann wieder um. Ihm war Cuddys Schild eingefallen. Er kam zu dem Steinmetz, betrachtete das Schild, bezeichnete es als zufriedenstellend und bezahlte Janz. Dabei fiel ihm auf, dass sein Dollarbündel ganz hübsch geschrumpft war, nachdem er Kleider, Munition, Tabak und Knöpfstiefel gekauft und Janz neun weitere Dollar gezahlt hatte. Aber das machte nichts – in ein, zwei Stunden würden ihm die Dollarnoten zu den Ohren rauskommen. Er band das Schild auf seine Deckenrolle hinter dem Sattel, stieg wieder auf und spornte den Rotschimmel zu einem Kantergalopp zurück nach Norden an. Als er am Hutchinson House vorbeiritt, überlegte er kurz, ob er das Schild besser dort ließe, doch dann entschied er sich dagegen. Zum Teufel, er hatte keine Lust, diesem

Stockfisch jetzt noch einmal über den Weg zu laufen, er war unterwegs, um sich zu amüsieren.

Candletown.

Es gab tatsächlich zwei Gebäude am Ende des Pfades zwischen den Bäumen, auf einer mit Baumstümpfen bestandenen Lichtung. Das eine war ein wackliges, zeltähnliches Ding, auf Pfosten gestützt. Die Zeltplane war an einer Seite aufgerissen und trug Geschrei, Geheul und das Klirren von zerbrechendem Glas in die Nacht hinaus. Das Publikum bestand wahrscheinlich aus Frachtkutschern, Habenichtsen und Besoffenen von den Wagenkolonnen, die an der Bellevue-Furt auf die Überfahrt warteten. Um sich die Zeit zu vertreiben, prügelten sie sich. Briggs hatte schon oft solchen Radau gehört. So etwas rührte normalerweise von einem Messer im Bauch her oder von einem Tritt in die Geschlechtsteile oder von einer Flasche, die einer dem andern über den Schädel schlug.

Solche Kämpfe waren kostenlose Unterhaltung, aber Briggs hatte Geld und richtete seine Aufmerksamkeit auf das Tanzhaus daneben. Es waren eigentlich zwei Gebäude, rechts war ein kleines Häuschen, aus dem kratzige Katzenmusik von einer Fiedel klang. Das war wohl der Ort, wo getanzt wurde und wo auch die Frauen waren. Das kleine Gebäude war mit einem großen, zweistöckigen Haus durch einen überdachten Gang verbunden, einem »Hundelauf«, wie so etwas hier genannt wurde. Die offenen Fenster des großen Hauses waren einladend erleuchtet. Briggs fühlte sich, als wäre er endlich zu Hause.

Er stieg ab und band sein Pferd an einen Baumstumpf,

wo schon einige andere Pferde standen. Er ging zunächst zum Tanzhaus und stellte sich dort in den Eingang. In einer Ecke sägte ein Geiger *Devil's Dream*. Nach einer Weile konnte Briggs ein halbes Dutzend verschwitzte Paare ausmachen, Männer und Frauen, die sich ernst und stumm auf dem Holzboden im Kreis drehten. An der hinteren Wand des Raums gab es mehrere Nischen. Dort konnte man einer Frau seine Aufwartung machen. Briggs wandte sich um und ging die etwa zwanzig Fuß Hundelauf entlang. Er öffnete eine Tür, trat ein und war im siebten Himmel. Endlich unter Männern! Alle hier im Raum konnten im Stehen pissen.

Dieses Haus war ein einziger großer Raum, zwei Stockwerke hoch und von Petroleumlampen erleuchtet, die von der Decke hingen. Er wies eine hübsche, eichene Theke mit langen Gläserreihen auf, einen Spieltisch und mindestens vierzehn Kartentische. An diesen saß eine Auswahl der ehrbaren Bürger von Hebron und Umgebung. Es ging nicht laut zu. Poker wurde hier zum Broterwerb gespielt. Die Spieler waren gut angezogen und nüchtern, und sogar die hausangestellten Spieler, die er an den modischen Hüten, den weißen Hemden und den Spitzenmanschetten erkannte, sahen aus wie Ehrenmänner. Das Letzte, was man hier erwarten würde, waren Schusswaffen, und er konnte auch keine einzige ausmachen. Das Ding in seinem Gürtel war somit mehr als ein Gegengewicht; falls nötig, war es eine Trumpfkarte.

Briggs schlenderte an die Bar und ließ sich nacheinander zwei Whiskeys aus einer Flasche einschenken. Der Mann, der ihn bediente, war mittleren Alters und ausstaffiert wie ein Geistlicher – mit Hemd, Krawatte, Weste, goldener Uhrkette und einem goldenen Ring. Briggs schätzte, dass der Whiskey der beste war, den er jemals getrunken hatte, und das durfte er für fünfzig Cent pro Glas ja wohl auch erwarten. Er wärmte ihn bis in die Lenden. Briggs blieb an den Tresen gelehnt stehen, bis er einen geeigneten Tisch ausgewählt hatte, bewegte sich dann beiläufig darauf zu, zog einen Stuhl heran und setzte sich.

Drei Spieler saßen dort, zwei Männer aus der Stadt und ein Berufsspieler mit einem gewichsten Schnurrbart. Die drei nickten ihm zu. Sie hatten eben ein Spiel beendet.

»'n Abend«, sagte der Berufsspieler, während er das Blatt mischte. »Wir spielen um hohe Einsätze, Sir. Können Sie mit fünfzig Dollar mithalten?«

Briggs schaute ihm geradewegs in die Augen. Es schien ihm, als hätte er sein ganzes Leben lang auf diesen Augenblick gewartet.

»Klar kann ich«, sagte er.

Aus der inneren Brusttasche seines neuen Anzugs holte er sein Bündel Papier. Er faltete es auseinander, legte eine Fünfzig-Dollar-Note der Bank von Loup in die Mitte des Tisches und legte dann die anderen fünf Banknoten, eine nach der anderen, darauf.

»Reicht das?«, fragte er.

Der Spieler griff nach dem obersten Schein. »Darf ich mir den mal näher ansehen?«

»Bitte.«

Der Spieler betrachtete den Schein eingehend, dann hob er einen Arm und winkte den Mann hinter der Bar zu sich, der sich daraufhin einen Weg zwischen den Tischen hindurch bahnte.

Der Spieler gab ihm die Banknote. »Würden Sie sich den Schein mal ansehen, Mr. Carmody?«

Carmody warf Briggs einen flüchtigen Blick zu. »Ich bin der Besitzer dieses Hauses«, sagte er zur Erklärung. Er musterte den Geldschein und legte ihn dann neben die anderen auf den Tisch. »Die Bank von Loup«, sagte er. »In der Nähe von Wamego, hab ich gehört. Wie lange ist es her, dass Sie dort waren?«

»Fünf, sechs Wochen«, sagte Briggs.

»Tja, die Bank von Loup ist pleite gegangen«, sagte Carmody. »Letzte Woche kam jemand aus dem Territorium hier vorbei und hat das erzählt. So geht das mit diesen Hinterwäldlerbanken. Und ich sitze hier auf einer Menge von diesem wertlosen Papier.« Er nickte Briggs zu. »Es tut mir leid, Sir, aber ich kann diese Scheine nicht annehmen. Und ich kenne hier in der Gegend auch sonst niemanden, der das tun wird.«

Briggs saß regungslos auf seinem Stuhl. Carmody, der Berufsspieler und die beiden anderen Spieler schauten ihn an. Briggs fühlte sich, als sei er vom Stuhl zu Boden geschleudert worden. Er fühlte sich wie vom Donner gerührt. Er fühlte sich, als hätte ihn der Blitz getroffen und gespalten. Er fühlte sich, als sei er mausetot.

»Tut mir leid«, wiederholte Carmody und ging an die Bar zurück.

Der Spieler schob Briggs die Banknoten zu, mischte die Karten und gab den beiden anderen und sich selbst ein Blatt. Sie legten Karten ab, nahmen neue auf und machten ihre Einsätze. Der Spieler gewann mit zwei Paaren, Buben und Dreien. Er mischte neu und schaute Briggs neugierig an.

»Es tut mir leid, Sir«, sagte er, »Aber es gehört zu den

Gepflogenheiten des Hauses, dass Sie einen Platz nur dann beanspruchen dürfen, wenn Sie bezahlen können. Ich muss Sie bitten zu gehen.«

»Was«, murmelte Briggs.

»Ich muss Sie bitten, den Tisch zu verlassen.«

Briggs schaute über den Tisch. Plötzlich versuchte er aufzustehen, schaffte es nicht, rappelte sich dann mühsam hoch und warf dabei den Stuhl um.

Er zog langsam seinen Colt aus dem Gürtel, hielt ihn am ausgestreckten Arm in die Höhe und feuerte einen Schuss in die Decke.

Der Effekt war großartig. Spiel und Unterhaltung brachen ab. Keiner im Raum rührte auch nur den kleinen Finger. Briggs ließ den Colt sinken.

»Jetzt hört mal alle zu«, sagte er.

Seine Stimme war rau. Sie mussten die Ohren spitzen, um ihn zu verstehen.

»Mein Name ist Jack Martin. Ich bin gerade sechs Wochen unterwegs gewesen, von Loup hierher. Ich habe einen Wagen mit vier Frauen gefahren. Ehefrauen und Mütter. Sie waren verrückt. Ja, verrückt. Sind letzten Winter übergeschnappt. Sie konnten nicht zu Hause bleiben. Und es gibt kein Heim im Territorium. Also hab ich sie hierhergebracht, zu der Frau von Reverend Carter, dem Methodistenprediger. Sie und ein paar Kirchenfrauen werden sie heim in den Osten bringen, zu ihren Verwandten. Wenn ihr mir nicht glaubt, könnt ihr ja Mrs. Carter fragen.« Seine Sätze waren abgehackt. »Tja, es war höllisch schwer, sie hierherzubringen. Ich hab dreihundert Dollar für die Arbeit gekriegt, im Voraus – das ist das Geld hier.« Er deutete auf den Tisch. »Ich hätte es einstecken und mich aus dem Staub machen können, aber ich hab's nicht gemacht, ich hab durchgehalten. Mrs. Carter sagt, das war eine großartige Tat – das hat sie tatsächlich gesagt. Und ich soll stolz sein darauf.« Er unterbrach sich und fuhr sich mit der Hand übers Gesicht. »Und dann hab ich neue Kleider gekauft und bin hierhergekommen, um mich ein bisschen zu amüsieren, und jetzt erfahre ich, dass mein Geld nichts mehr wert ist. Die Bank von Loup ist bankrott gegangen. Ich bin völlig pleite. Ich muss mich besaufen. Ich brauch was zu trinken. Nach allem, was ich getan hab, kann mir wohl jemand 'ne Flasche spendieren?«

Er wartete. Die einzige Antwort war das Gekratze der Fiedel am andern Ende des Hundelaufs.

»Ich bin kein Bettler«, beharrte Briggs. »Ich hab meinen Stolz, genau wie jeder andere.«

Jemand hüstelte.

Briggs schaute sich im Raum um. »Ihr verdammte, herzlose, knickrige Bande!«, sagte er. »Nach allem, was ich für diese armen Frauen getan hab.«

Er wartete wieder.

»Das ist doch eine so christliche Stadt!«, schrie er. »Was zum Teufel ist denn los mit euch?«

Carmody, der Besitzer, erhob seine Stimme hinter der Bar. »Martin, kommen Sie hier rüber. Stecken Sie die Waffe weg und kommen Sie her.«

Briggs starrte ihn an.

»Kommen Sie«, drängte Carmody.

Briggs steckte die Waffe in seinen Gürtel, ließ die Scheine auf dem Tisch liegen und ging langsam in die verkehrte Richtung. Er stieß an einen Tisch, wandte sich um und ging erneut in eine falsche Richtung. Die Menge beobachtete ihn stumm und neugierig. Er machte mehrere Anläufe in verschiedene Richtungen, bis er es schaffte, dorthin zu schlurfen, wo er eigentlich hinwollte. Sobald er die Bar erreicht hatte, wurde es im Raum wieder lebendig; Stimmen erhoben sich, und Stühle wurden gerückt.

Carmody nahm eine Flasche aus einem Regal, kam um das eine Ende der Bar herum und legte eine Hand freundschaftlich auf Briggs' Arm.

»Lassen Sie uns nach draußen gehen«, sagte er. »Wo wir in Ruhe und ungestört miteinander reden können. Was meinen Sie?«

Sie gingen nach draußen in den Hundelauf, und Carmody schloss die Tür hinter sich.

»Geht's Ihnen einigermaßen, Martin?«, fragte er.

»Weiß nicht.«

»Ich möchte nicht, dass Sie das persönlich nehmen. Ich muss dafür sorgen, dass mir diese wertlosen Schwindelpapiere nicht angedreht werden. Ich hab schon öfter draufzahlen müssen.«

Briggs nickte.

»Jedenfalls, das war eine tolle Räuberpistole, das mit den Frauen«, fuhr Carmody fort. »Hier kommen eine ganze Menge armer Teufel aus dem Territorium entlang. Völlig am Ende, sagen sie. Hypothek verfallen, Frau gestorben, ich hab schon alles Mögliche gehört. Und sie wollen sich alle nur umsonst besaufen. Sollte ich ihnen glauben? Besser nicht. Wenn ich alle freihalten würde, könnte ich den Laden zumachen. Aber so eine abenteuerliche Geschichte wie Ihre hab ich noch nie gehört.« Er schaute die Flasche an und schüttelte den Kopf. »Das ist so verdammt unglaublich, dass es wahr sein könnte.«

»Verdammt wahr sogar«, murmelte Briggs.

»Schon gut. Ich kenne Altha Carter und werde sie fragen. Aber ich glaube Ihnen schon fast. Deshalb geb ich Ihnen eine Flasche von meinem besten.« Er hielt sie ihm hin. »Damit können Sie sich auch fast besaufen. Ist das ein faires Angebot?«

Briggs nahm die Flasche.

»Aber trinken Sie sie woanders, ja?«

Briggs nickte. Carmody klopfte ihm auf die Schulter. »Also dann auf Wiedersehen, Martin. Und ich wünsche Ihnen beim nächsten Mal mehr Glück.«

Er ging zurück ins Haus, und Briggs entkorkte die Flasche sofort. Er hatte noch nie so einen gewaltigen Durst verspürt. Er hob die Flasche, nahm einen kräftigen Zug und verschluckte sich. Er verschloss die Flasche wieder und blieb im Hundelauf stehen, bis er den Whiskey im Magen spürte. Im anderen Gebäude, in dem Zelt, war der Streit vorbei. Im Tanzhaus spielte der Geiger *We'll all go down to Rouser's*. Jetzt machte sich Briggs auf die Suche nach seinem Pferd und hatte dabei die gleichen Schwierigkeiten wie vorhin auf dem Weg zur Bar. Er irrte in mehreren Richtungen zwischen den Baumstümpfen umher. Er wanderte zwischen den Pferden entlang und stieß gegen einen Buggy. Einmal war er einem Farmer begegnet, der vom Blitz getroffen worden war, als er während eines Sturms vom Stall zum Haus rennen wollte. Der Blitz hatte ihn zu Boden geschleudert, und er hatte auf der Erde gelegen und den Donner gehört und geglaubt, er sei tot. Als er dann feststellte, dass er nicht tot war, und aufstand, konnte er den Weg zum Haus nicht finden. Es war, als säße sein Kopf verkehrt herum auf seinen Schultern. Er ging in diese und jene Richtung und brauchte furchtbar lange für die fünfzig Fuß zu seinem Ziel. Schließlich und endlich brauchte dieser Farmer ein oder zwei Tage, um überhaupt ausfindig zu machen, wo er sich befand. George Briggs konnte das Ausmaß und die Bedeutung dessen, was ihm zugestoßen war, kaum fassen. Er hatte sein gesamtes Kapital verloren, ohne es ein einziges Mal aufs Spiel zu setzen. Sechs Fünfzig-Dollar-Noten hatten sich in Klopapier verwandelt. Daran war nicht er schuld, ebenso wenig Cuddy oder der Spieler oder Carmody. Der Bankier in Loup war schuld daran, und vielleicht nicht einmal er, vielleicht nicht einmal die großen Scheißbankiers im Osten. Niemand war schuld. Großmütige Tat. Sie war noch viel großmütiger, als Altha Carter gedacht hatte, denn er hatte sie umsonst vollbracht! Für eine halbe Flasche Whiskey! Scheiße! Jetzt, endlich, fand Briggs sein Pferd und nahm dankbar einen weiteren Schluck aus der Flasche. Nachdem er sein Pferd losgebunden hatte, hatte er allerdings Schwierigkeiten damit, aufzusitzen und gleichzeitig die Flasche festzuhalten. Das konnte ebenso am Whiskey liegen wie an dem Blitz, der ihn getroffen hatte. Er schob die Flasche in eine Seitentasche und versuchte es noch einmal. Diesmal stieß er mit dem Stiefel das Schild herunter, das er an seiner Deckenrolle festgebunden hatte. Er fluchte, suchte im Mondlicht den Boden ab und fand es schließlich. Er klemmte es unter seinen Arm, und jetzt, beim dritten Anlauf, gelang es ihm hinaufzuklettern, Zügel und Schild festzuhalten und sich in den Steigbügeln zurechtzurücken.

Lebwohl, Scheiß-Candletown. Er trabte zur Straße am Fluss in der Absicht, nach links, nach Süden in Richtung Hebron abzubiegen, aber sein Kopf saß ihm immer noch verkehrt herum auf den Schultern, und so wandte er sich nach rechts, nach Norden in Richtung der Furt.

Die Fähre war am Ostufer des Flusses vertäut, um bei Tagesanbruch auf das Geschäft vorbereitet zu sein. In dem Wäldchen mit den hohen Bäumen verglommen die Lagerfeuer, wo die Frachtkutscher und Siedler schliefen und auf den Tagesanbruch warteten. Unter einem Mond, der wie ein großes Goldstück glänzte, lag der Missouri, eine lange silberne Linie zwischen dem Bekannten und dem Unbekannten.

Briggs ritt das Ufer hinab und an Bord der Fähre. Die Hufe seines Rotschimmels dröhnten laut auf dem leeren Gefährt. Auf halbem Weg hielt er an, glitt vom Pferd, ließ das Schild mit einem dumpfen Schlag fallen und band sein Pferd an einen Pfosten des stromaufwärts gelegenen Geländers. Er schob das Schild mit einem Stiefel ans Geländer, ließ sich schwerfällig daneben nieder und lehnte sich mit dem Rücken an einen Pfosten. Dann holte er die Flasche aus seiner Tasche und nahm einen langen, melancholischen Schluck.

Plötzlich fiel ihm ein, dass er seinen Mantel im Stall und seine Satteltaschen im Hotel gelassen hatte.

Er hatte den größten Teil seiner weltlichen Güter hier bei sich auf der Fähre: ein hartmäuliges Pferd, einen neuen Anzug, einen Hut, Sattel, Gewehr, Colt und Munition für beides, ein Bowiemesser, ein Grabschild und ein paar Dollarnoten – wie viele oder wenige, wusste er nicht, und er war zu besoffen, um sie zu zählen.

Einen Tag und eine Nacht in Iowa, und schon war ihm das Fell über die Ohren gezogen worden. Natürlich war er zu einem Gutteil selbst daran schuld.

Er hätte niemals Altha Carter die Maultiere und den Wagen schenken sollen. Verdammt, er hätte mindestens fünfzig Dollar dafür kriegen können.

Er hätte seinen Mantel und seine Satteltaschen mitnehmen sollen.

Er hätte jetzt gerne in eine saure Gurke gebissen.

Er hätte niemals drei Dollar für die Knöpfstiefel für Tabitha Hutchinson verprassen sollen.

Er wünschte, er hätte sich von Cuddy das Lesen beibringen lassen. Vielleicht hätte er sich doch an sie ranmachen und sie schließlich heiraten sollen. Sie war eine verdammt tolle Frau gewesen.

Er hätte die Brosche behalten und verkaufen sollen.

Ohne zu überlegen, hatte er beschlossen, den Fluss zu überqueren und ins Territorium zurückzukehren. Das war jetzt sein Zuhause. Er würde sich einem Siedlertreck anschließen, für Kost und Logis arbeiten – den Weg auskundschaften und jagen –, dann wollte er sich in Richtung Wamego absetzen.

Wenn er dort war, könnte er vielleicht als Vertreter für Blitzableiter arbeiten. Das war leichtes Spiel, hatte er gehört. Man verkaufte einem dummen Hinterwäldler ein Gerät, knöpfte ihm sein Geld ab, gab ihm eine Quittung und versicherte ihm, dass der Kollege mit dem Wagen am nächsten Tag mit dem Blitzableiter auftauchen würde. Man brauchte nur ein Gerät zum Vorführen und konnte in null Komma nichts einen Haufen Geld verdienen, wenn man nur immer schnell genug weiterritt.

Briggs leerte die Flasche und stellte sie neben sich. Er war schon herrlich besoffen. Da war das Schild. Walnuss sah wirklich viel hübscher aus. Er zog es zu sich und betrachtete die Buchstaben der Inschrift:

Er fand, dass das genau passte. Dann kam er drauf, dass er vierzehn Dollar dafür vergeudet hatte. Er würde diese einsame Platane nie wiederfinden, nicht in tausend Jahren würde er ihr Grab aufspüren. Das verdammte Schild würde ihn nur behindern und ärgern und verfolgen. Da hatte er eine Idee.

Er legte das Schild auf den Boden, legte sich selbst der Länge nach hin, drehte sich auf den Bauch, steckte seinen Kopf durch das Geländer, und sein neuer Hut fiel ihm vom Kopf und schwamm davon.

»Hurensohn!«, sagte er.

Er sah Sterne im Wasser. Der Fluss bildete einen Strudel und kochte von unten herauf.

»O Gott!«, schrie er auf und zog seinen Kopf ein wie eine Schildkröte. Ein großer grüner Alligator hatte mit dem Kopf die Wasseroberfläche durchbrochen. Er hatte rote Augen, und in seinem klaffenden Kiefer staken fürchterliche Zähne. Briggs schloss die Augen, und kalter Schweiß brach ihm aus allen Poren. Nach einer Weile wagte er wieder hinzusehen, doch der Alligator war verschwunden.

Mit der linken Hand tastete er nach dem Schild und ließ es zum Wasser hinunter. Mit der rechten griff er nach der Flasche und stellte sie aufrecht auf die Inschrift, dann ließ er das Schild los. Das Floß schwamm davon, Schild und Flasche und seine Heimsuchung, und sein Blick folgte ihm, wie es im goldenen Mondlicht stromabwärts trieb, bis es kaum noch zu sehen war.

Dann zog er seinen Kopf zurück und blieb auf dem Bauch neben seinem Pferd liegen, mit der Wange auf dem Bretterboden. Er schloss die Augen wieder. Ihm schien, als höre er den Kastenwagen knirschen und holpern und die Frauen winseln. Er versuchte, sich an ihre Namen zu erinnern, aber sie fielen ihm nicht mehr ein.

Er schlief ein.

Als er aufwachte, war der Mond schon untergegangen, die Sterne verblassten, und die Nacht war fast vorbei.

Neben ihm stand sein Pferd und hielt Wache.

Mit einem Grunzen rappelte er sich auf die Füße, wobei er sich am Geländer festhielt; er gähnte und streckte sich und spuckte über das Geländer.

Der Fluss strömte dahin, er schleppte Schlamm mit sich und überschwemmte das Land und tat, was ihm gerade gefiel. In dem Wäldchen am Fluss war kein Feuer mehr zu sehen, und es war totenstill.

Vom Westen her, aus der weiten Prärie, wehte ein sanfter Wind. Briggs schnupperte. Der Wind hatte einen sauberen, offenen Geruch, als sei er über weite Gegenden gestrichen, wo ein Mann noch sein eigener Herr sein konnte. In der Morgendämmerung des anbrechenden Tages würde er einer der Ersten sein, die den Fluss überquerten; der Erste, der seinen Fuß wieder auf freien Boden setzte.

Briggs fühlte sich wohl. Der Rausch hatte ihm gutgetan. Er begann, *Weevily Wheat* zu summen, und bald begann er zu wippen und zu hüpfen. Er bewegte sich zur Mitte der Fähre hin und stürzte sich in den Tanz wie ein Bär in die Beeren. Seine Stiefel hämmerten auf das Deck wie auf eine Trommel, er klatschte in die Hände, er bewegte die Arme wie Windmühlenflügel, und bald begann er lauthals zu singen:

Take her by her lily-white hand
And lead her like a pigeon,
Make her dance the weevily wheat
And scatter her religion.
Charley here and Charley there
And Charley over the ocean,
Charley, he'll come back some day
If he don't change his notion.

(Nimm sie an der lilienweißen Hand, /
Und führe sie wie ein Täubchen /
Tanz mit ihr den Getreidekäfer-Tanz /
Und zerschlage ihren Glauben. //
Charley hier und Charley da /
Und Charley in Übersee, /
Charley kommt irgendwann wieder, /
wenn er sich's nicht anders überlegt.)

Plötzlich wurde er von ärgerlichen Flüchen aus dem Wäldchen unterbrochen, und Hunde begannen, ihn anzukläffen. Er zog blitzschnell den Colt aus dem Gürtel, entsicherte ihn und feuerte einen Schuss in die Bäume ab. Das brachte sie verdammt noch mal zum Schweigen, die Kerle und die Köter. Briggs fühlte sich geschmeichelt. Er bluffte gerne. Tatsächlich hatte er noch nie jemanden erschossen, aber schon viele erschreckt, und er wusste verdammt genau, wie man Leute dazu brachte, dass sie sich aufsetzten und aufmerksam wurden. Er steckte den Colt in den Gürtel zurück, wischte sich den

Ruß von seiner Waffenhand an seiner neuen Hose ab und fing wieder an zu tanzen und zu singen.

O Charley, he's a nice young man,
An' Charley he's a dandy,
Every time he goes to town
He brings the girls some candy.

(O Charley ist ein hübscher junger Mann, /
und Charley ist ein Stutzer, /
Immer, wenn er in die Stadt 'reinfährt, /
bringt er den Mädchen was Süßes mit.)

Das Lied war zu Ende, und die Nacht dämmerte weiter dahin, doch der Heimführer tanzte und tanzte.

Nachwort

Von Miles Swarthout

»Alice Dahners erzählte mir oft Geschichten über die ersten Siedler, die sie von ihrer Mutter erfahren hatte. Als diese noch ein kleines Mädchen war, hörte sie nach dem ersten Frühlingstau die Frauen im Gefängnis die ganze Nacht schreien. Nach den harten Wintern, die sie in ihren Sodenhäusern in Dakota zugebracht hatten, waren sie von ihren Männern auf Karren in die Stadt befördert worden; sie waren auf dem Weg zur Irrenanstalt in Jamestown.«

– Abigail McCarthy, *Private Faces, Public Places* (1972)

Mein Vater, der inzwischen verstorbene Glen Swarthout, wurde zu seinem *anderen* meisterhaften Western durch die wenigen Informationen inspiriert, die in den kaum vorhandenen guten Memoiren und Geschichtsbüchern über die Siedler aus den 1850er-Jahren nachzulesen sind – eine vergessene Dekade in der amerikanischen Geschichte.

Geschichte wird immer von den Siegern geschrieben. In diesem Fall waren dies die hauptsächlich weißen Amerikaner, die mit Pferd und Planwagen nach Westen zogen. Mit der Hilfe des Militärs vertrieben sie die Indianerstämme und überquerten die Rocky Mountains, um ihr Glück in den Goldminen und auf den fruchtbaren Äckern der Westküste zu suchen. Die Geschichte dieser »Manifest Destiny«-Doktrin wurde oft und ausführlich erzählt. Glendon allerdings interessierte sich für die Verlierer, jene Siedler, die in weitaus kleineren Trecks zurück nach Osten zogen, weil sie die Gesundheit und den Mut verloren hatten, weil ihre Ernte verdorben, ihr Vermögen aufgebraucht, ihre kleinen Herden verhungert oder gestohlen worden waren. Diesen Pionieren blieb der amerikanische Traum von Reichtum und Glück im goldenen Westen versagt, und sie bezahlten einen schrecklichen Preis für ihren Wagemut, indem sie sich zurück nach Osten kämpfen mussten – in ein vergleichsweise sicheres Leben inmitten ihrer Verwandten und Freunde in einer einigermaßen zivilisierten Gesellschaft.

Doch wer erzählt die traurige Geschichte dieser gebrochenen Bürger, die ihre Ersparnisse und nicht selten auch ihren Verstand bei dem Versuch verloren hatten, sich in der Wildnis Amerikas eine Existenz aufzubauen? 1986, als mein Dad für den Roman recherchierte, der später den Titel *The Homesman – Es führt ein Weg zurück* tragen sollte, waren kaum historische Berichte über das harte Leben an der Grenze in den 1850ern zu finden. Was geschah, wenn dort jemand verrückt wurde? Höchstwahrscheinlich starb er schnell an Krankheit oder Unterernährung. Andere wurden Alkoholiker, die sogenannten »Swampers«, die für Schnaps Spucknäpfe ausleerten und die dreckigen Böden heruntergekommener Saloons wischten. Diejenigen, deren Geisteskrankheit offensichtlicher war, liefen an weit entlegenen

Orten Gefahr, wie tollwütige Hunde über den Haufen geschossen und von ihren hartgesottenen Zeitgenossen auf diesem Weg von ihrem Elend erlöst zu werden.

Doch selbst in einer kaum zivilisierten Kleinstadt in der weiten Prärie des Mittleren Westens konnte man eine Frau nicht einfach so erschießen. Andererseits wurde eine Frau, die in einer behelfsmäßigen Gefängniszelle die ganze Nacht über heulte, von einer Siedlergemeinschaft nicht lange geduldet. Allmählich fand Glendon heraus, was mit diesen verrückt gewordenen Frauen geschehen war: Sie wurden in kleinen Gruppen zurück nach Osten verfrachtet, möglicherweise sogar in denselben Gefängniswagen, mit denen auch Strafgefangene von einer Haftanstalt zur anderen geschafft wurden. Diese Frauen mussten über den Missouri eskortiert und dann jede einzeln mit dem Zug zu ihren Verwandten oder – sofern vorhanden – einer Irrenanstalt im Osten gebracht werden.

Eine mehr als ungewöhnliche Idee für einen Western, aus der Glendon nach und nach, im Laufe einer mehr als acht Jahre dauernden Recherche, eine Geschichte entwickelte. Meine Mutter Kathryn, die heute fünfundneunzigjährig in Scottsdale in Arizona lebt, begleitete Glendon auf seinen Rechercheerreisen nur selten, doch bei dieser Studienfahrt war sie unabkömmlich. Im Mai 1986 flogen sie von Scottsdale nach Omaha, Nebraska. Dort mieteten sie sich ein Auto und fuhren weiter nach Lincoln, wo sich die Bibliothek der University of Nebraska befand. Glendon wollte außerdem den Nachbau eines Sodenhauses mit eigenen Augen betrachten. Die Bibliothekare schickten sie die Interstate 80 nach Nordwesten zum North Platte Valley Museum in Gering, Nebraska, das direkt im Schatten der Felsformationen von Scott's Bluff – dem Wahrzeichen Nebraskas – und nur zwanzig Meilen vom berühmten Chimney Rock entfernt liegt. Diese Felsspitze war ein Orientierungspunkt für viele Siedler, die über die Prärie zogen. Vor dem Museum befinden sich ein Sodenhaus und eine kleine Blockhütte im Stil des späten neunzehnten Jahrhunderts. Die Besucher können sie betreten, sich die kleine Küche und den winzigen, originalgetreu eingerichteten Schlafbereich ansehen.

Danach fuhren meine Eltern zum Highway zurück und Richtung Osten nach Kearney, Nebraska, dann nach Hause an das Kearney State College (seit 1991 die University of Nebraska-Kearney). Glendon konnte sich ein paar gute Abhandlungen zur Siedlungsgeschichte aus dem Archiv des Staates Nebraska ausleihen, während Katherine ein altmodisches Liederbuch entdeckte, aus dem sie die beiden Volkslieder heraussuchte, die im Roman zitiert werden – Mary Bee's Klagelied »Take Me This Token« und »Weevily Wheat«, zu dem Briggs am Ende tanzt.

Viele der Ereignisse aus *The Homesman – Es führt ein Weg zurück* sowie mehrere Szenen aus dem Film basieren auf tatsächlichen Begebenheiten, die den wenigen geschichtlichen Darstellungen über die frühe Siedlerära entnommen sind. Beispielsweise erfuhr Glendon durch Dick Everetts Schlüsselwerk *The Sod-House Frontier,* wie Landdiebe in jenen gesetzlosen Territorien eine Heimstatt übernahmen, während der eigentliche Bewohner nach Osten gezogen war, um Verwandte zu treffen oder sich eine Frau zu suchen. Wenn der Eigentümer die Registrierungsgebühr nicht bezahlt oder es verpasst hatte, seinen Anspruch auf das Land in der nächsten Stadt eintragen zu lassen, musste der Hausbesetzer lediglich seinen Besitzanspruch auf das Grundstück anmelden. In diesem Geschichtsbuch wird auch folgende Begebenheit berichtet: An einem kalten Wintertag wollten die Freunde eines abwesenden Hausbesitzers einen Landdieb vertreiben, indem sie Schwefel durch einen Schornstein auf das darunter brennende Feuer warfen und einen Beutel Schießpulver hinterherschickten. Das Resultat war eine laute Explosion, die den Landdieb förmlich aus seinem »geborgten« Heim sprengte. Des Weiteren wird in diesem Buch erklärt, wie Sodenhäuser gebaut wurden und wie sie aussahen. Noch aufschlussreicher war die Schilderung der Arbeitsweise der Kleinstadtbanken, die mit geringem Eigenkapital in der Prärie gegründet wurden und keinerlei staatlicher Reglementierung unterlagen. Diese unterkapitalisierten, winzigen Banken druckten ihr eigenes Geld, um finanzielle Transaktionen in der betreffenden Region überhaupt erst zu ermöglichen. George Briggs muss am Ende seiner langen Reise am eigenen Leib erfahren, dass sein »Lohn« plötzlich wertlos geworden ist, da die Bank, die seine Geldscheine gedruckt hatte, Bankrott anmelden musste.

The Sod-House Frontier berichtet auch von tödlichen Eisstürmen, die die Prärie hin und wieder mit einer Geschwindigkeit von bis zu vierzig Meilen pro Stunde heimsuchten. Die umherwirbelnden Eispartikel gefroren an Mensch und Tier und bedeckten sie in kürzester Zeit mit einem dicken Eispanzer, der mit einer Keule abgeschlagen werden musste, damit die betreffende Person oder das Tier wieder atmen und sich bewegen konnte.

Auf ihrer Reise nach Osten erreichen Briggs und die verrückten Frauen ein falsches Hotel, das von Landspekulanten betrieben wird und das Glanzstück ihrer »zukünftigen« Stadt darstellt. Das berühmteste und auch erfolgreichste Beispiel für diese Art des Betrugs ist die imaginäre Stadt Curlew in Cedar County in Nebraska, wo über zehntausend Parzellen an gutgläubige New Yorker verkauft wurden. Allein in Nordnebraska gab es fünfzig solcher »Papierstädte«, in denen kein einziges Gebäude errichtet wurde. Die Parzellen brachten den Betrügern über 150 000 $ ein, zu damaliger Zeit ein Vermögen. Bevor Briggs und seine Mitreisenden den Missouri erreichen, machen sie an einem kleinen Geschäft halt, einem winzigen, aus Zeltstangen und Leinwänden errichteten Gemischtwarenladen, in dem die notwendigsten Bedarfsgüter verkauft wurden. Auch der New Yorker Zeitungsverleger Horace Greeley schrieb in seinem Reisebericht *An Overland Journey from New York to San Francisco in the Summer of 1859* über das schlechte Essen, das dort serviert wurde.

Elizabeth Cosworths Buch *The Sod Home* geht ausführlich auf die ansteckenden Krankheiten ein, mit denen die Siedler unter diesen archaischen Bedingungen zu kämpfen hatten. Viele litten an Malaria, dem sogenannten »Wechselfieber«. Kleine Kinder erkrankten häufig an Diphtherie. Die neunzehnjährige Arabella Sours verliert den Verstand, als ihre drei kleinen Kinder den unhygienischen Umständen in ihrem Sodenhaus zum Opfer fallen. Durch gemeinsame Nutzung des Waschwassers und eine generell unzureichende Körperpflege konnte sich diese tödliche Krankheit rasch ausbreiten.

Dick Shinns Fähre über den Platte River bei Octavia in Nebraska wurde von John F. Zeilinger in einem Zeitungsartikel beschrieben. Sie war sechzig Fuß lang und zwanzig breit und aus Pappelstämmen gefertigt. Es dauerte drei Monate, eine Fähre zu bauen. Das Eisenkabel, an dem man das große Floß mithilfe von Ankerwinden über den Fluss zog, war fünf Zentimeter dick. An der Fahrstelle war der Platte ziemlich tief und etwa hundert Meter breit, und die Bootsmänner benutzten drei Meter lange Stangen, um den Sandbänken in der engen Rinne auszuweichen. Dick Shinns Fähre war von 1859 bis 1872 im Einsatz. Sie wog 15 Tonnen, hatte einen Tiefgang von dreißig Zentimetern und kann als Paradebeispiel jener Fähren gesehen werden, mit denen die fünf »mittleren« Überfahrten des Missouri bei Kansas City, Weston-Leavenworth, St. Joe, Nebraska City und Council Bluffs-Omaha (das später die Hauptstadt des Bundesstaats werden sollte) bewältigt wurden. Üblicherweise wurden für die Überführung eines Karrens 4–5 $ und die einer Person 3 $ verlangt. An einer dieser Überfahrten endet auch die Geschichte von George Briggs.

Mit *The Homesman – Es führt ein Weg zurück* gewann Glendon Swarthout nicht nur den Spur Award der Western Writers of America (als bester Roman), sondern auch den Wrangler Award der Western Heritage Association der National Cowboy Hall of Fame in Oklahoma City. Damit war das Buch unbestreitbar der beste Westernroman des Jahres 1988. Außerdem wurden zwei von Glendons Romanen zum Zeitpunkt ihres Erscheinens von ihren Verlagen für den Pulitzer Prize nominiert – *Sie kamen nach Cordura* (Random House,

1958; verfilmt 1959) und *Denkt bloß nicht, dass wir heulen* (Doubleday, 1970; verfilmt 1972).

Mehrere von Glendons Romanen wurden sogar zu *erfolgreichen* Filmen – *Dazu gehören zwei* (1960) oder auch *Der Shootist* (1976), in dem John Wayne seinen letzten Auftritt hatte. *Der Shootist* gewann außerdem einen Spur Award als bester Westernroman des Jahres 1975.

Inzwischen sind Glendons Werke und die sechs Kinderbücher meiner Eltern als E-Book-Ausgaben erhältlich. Weitere Informationen über die Swarthouts, ihre Romane und die Verfilmungen finden Sie auf www.glendonswarthout.com

Miles Swarthout
September 2013

Glossar

1 Rute	ca. 5 Meter
1 Yard	ca. 90 Zentimeter
1 Inch	ca. 2,5 Zentimeter
1 Zoll	ca. 2,5 Zentimeter
1 Fuß	ca. 30 Zentimeter
1 Meile	ca. 1,6 Kilometer
1 Morgen	ca. 40 Ar = ca. 4000 Quadratmeter
1 Gallone	ca. 4,5 Liter
1 Quart	ca. 1,1 Liter
Dime	Zehncentstück

Territorium

Wenn ein neu besiedeltes Gebiet eine bestimmte Größenordnung erreicht hatte, erkannte die US-Administration es offiziell als Territorium an. Dies war der erste Schritt zum selbstständigen Bundesstaat. Solange ein Gebiet als Territorium galt, unterstand es der Gesetzgebung und der Verwaltung des Bundes.

Heimstätte

Nach dem »Heimstättengesetz« von 1862 erhielten Siedler etwa 65 Hektar regierungseigenes Land im Westen, um hierauf eine Heimstätte zu errichten. Das Land ging erst in ihren Besitz über, wenn sie es mindestens fünf Jahre lang bebaut hatten. Im Gegensatz dazu gab es den

Ansiedler,
der das Vorkaufsrecht für das von ihm bearbeitete Land hatte, und den

Siedler,
der sein Land gleich zu Beginn käuflich erwarb.